VERBORGENE
GEHEIMNISSE

Übersetzung aus dem Englischen: Ursula Mirwald

Lektorat: Annika Mirwald

Cover Artist: Karri Klawiter

Bücher von Shawn McGuire

Whispering Pines – Das Flüstern der Kiefern

VERBORGENE GEHEIMNISSE

Whispering Pines – Das Flüstern der Kiefern, Band 4

Shawn McGuire

Kapitel Eins

TRIPP BENNETT LEGTE EINE HAND AUF DEN POP-UP-CAMPER, wie ein Priester, der einem Sterbenden die letzte Ölung erteilte.

„Warum mache ich aus dieser Aktion nur so ein Drama?" Seinen Worten folgte ein tiefer Seufzer. „Er wird ja nicht verschrottet. Wir stellen ihn lediglich ein Stück weiter hinter. Der Winter kommt schneller, als man denkt, und dann kann ich eh nicht mehr darin schlafen."

Seit ich Tripp vor drei Monaten angeheuert hatte, um mir bei der Renovierung des Hauses zu helfen, stand der knapp fünf Meter lange Faltwohnwagen in meinem Vorgarten. Heute kam er endlich weg.

Auch wenn er ein wenig sentimental zu sein schien … für mich war heute ein großer Tag. Nach monatelanger Knochenarbeit hatten wir es endlich geschafft: Das ehemalige Sieben-Schlafzimmer-Haus meiner Großeltern war fertig umgebaut und nun offiziell ein Bed & Breakfast. Doch in all der Vorfreude schwang auch ein wenig Wehmut mit. Die Türen für Gäste zu öffnen, bedeutete, dass sich unsere gemeinsame Zeit grundlegend verändern würde. Vorbei wären die endlosen, gemütlichen Abende auf der

Dachterrasse meiner kleinen Wohnung über dem Bootshaus, an denen wir einfach nur dasaßen und beobachteten, wie das flirrende Mondlicht über den See tanzte, und den sehnsuchtsvollen Rufen der Eistaucher lauschten, die durch die Nacht hallten.

„Lass dir Zeit." Ich legte ihm tröstend eine Hand auf die Schulter und bemühte mich, ob dieser doch sehr emotionalen Abschiedsszene geduldig zu bleiben.

Natürlich konnte ich nachvollziehen, warum Tripp das so naheging. Fünf Jahre lang war er mit seinem geliebten Campinganhänger kreuz und quer durchs Land gezogen und nie lange an ein und demselben Ort geblieben. Spontane Entscheidungen zu treffen, stellte demnach kein Problem für ihn dar. Wandfarben oder Fliesen für die neun Bäder auszusuchen? Dazu brauchte er nicht länger als eine halbe Stunde. Einen Koch einzustellen oder sich selbst um das Frühstück im *Pine Time B&B* zu kümmern? Das dauerte keine Sekunde, denn seine Küche jemand anderem zu überlassen, kam für ihn überhaupt nicht infrage. Selbst ich schied aus, aber ich konnte eh nicht kochen. Doch ausgerechnet bei der Frage, was mit dem kleinen Wohnwagen geschehen sollte, ließ er sich wochenlang Zeit.

Schließlich einigten wir uns darauf, ihn an der Rückseite der frei stehenden Garage zu parken, dort, wo man ihn weder vom Haus noch von der Einfahrt aus sehen konnte. Heute Morgen hatten wir mit dem Umzug begonnen und all seine Sachen vom Trailer auf den Dachboden hinaufgeschafft, was flott vonstattenging. Tripp besaß nicht viel. Und nun bereitete er sich seit geschlagenen zwanzig Minuten innerlich auf den letzten Schritt vor: das Teil an seinen roten, halb verrosteten Pick-up zu hängen.

„Okay." Erneut atmete er tief durch. „Ich bin bereit."

„Du schaffst das." Gut, dass ich hinter ihm stand, denn bei dieser Bemerkung verdrehte ich die Augen, und das hätte er mir mit Sicherheit übelgenommen.

Er sprang auf den Fahrersitz, legte den Gang ein und rangierte den Camper wie ein Profi rückwärts hinter die Garage. Meeka, mein West Highland White Terrier, überwachte die Aktion, bellte zustimmend oder gab ein tadelndes Kläffen von sich, wenn etwas nicht nach ihren Vorstellungen lief.

„Ich hole eine Plane und decke ihn schnell noch …" Plötzlich brach er mitten im Satz ab, blinzelte und eilte zurück zu der Stelle, wo der Wohnwagen gestanden hatte.

„Was ist los?" Ich hastete hinterher, und jetzt sah ich die Bescherung ebenfalls: diverse kahle Stellen im Rasen, verursacht durch die Reifen, und ein großes, gelbgrünes Rechteck dort, wo der Camper seinen Schatten geworfen hatte.

Tripp stöhnte auf und fluchte leise, was er sonst nie tat. „Mal schauen, wie ich das auf die Schnelle ausbessern kann. Am besten, ich fülle etwas Erde auf und säe neuen Rasen an."

„Heute Abend ist unsere große Eröffnungsparty und du hast Gäste zu bewirten, schon vergessen? Wofür haben wir Leute eingestellt? Sollen die sich doch darum kümmern."

„Du hast recht." Genervt schüttelte er den Kopf. „Ich rufe den Gärtner an, er soll direkt vorbeikommen."

„Das reicht auch morgen. Jetzt ist es eh zu spät, sich darüber Sorgen zu machen."

„Ich hätte nicht bis zur letzten Minute warten, sondern das Teil gestern schon wegfahren sollen."

Ich stellte mich auf die Zehenspitzen und küsste ihn auf die Wange. „Ich liebe es, wie du dich um jedes kleine Detail hier kümmerst. Deshalb weiß ich, dass unser Vorhaben ein voller Erfolg wird."

„Apropos letzte Minute – wo sind eigentlich die Tische und Stühle?"

Wir hatten für die Feier zehn runde Tische und hundertzwanzig Stühle bestellt, die um zehn Uhr geliefert werden sollten. Mittlerweile war es fast ein Uhr.

„Die sind bestimmt schon unterwegs, aber ich rufe sicherheitshalber mal bei der Verleihfirma an und hake nach."

Ich nahm seine Hand und führte ihn in die Mitte des Vorgartens. Dort drehte ich ihn um, sodass er auf das Haus blickte. Als ich vor etwas über drei Monaten hier ankam, kurz vor dem Memorial-Day-Wochenende, befand sich das Haus, oder vielmehr das gesamte Anwesen, in einem absolut desolaten Zustand. Die Außenfassade der imposanten, fünfzig Jahre alten Villa am See brauchte dringend einen neuen Anstrich. Der Garten war seit Jahren nicht mehr richtig gepflegt worden. Am schlimmsten jedoch sah es im Inneren aus. Offenbar waren Vandalen eingebrochen und hatten alles kurz und klein geschlagen. Meine Großeltern hätten sich bei diesem Anblick im Grab umgedreht.

Heute erstrahlten die Gärten wieder in ihrer ursprünglichen Pracht und rahmten die frisch gestrichene Fassade in sturmwolkengrau mit schneeweißen Zierleisten perfekt ein. Zu verdanken hatte ich das meiner Freundin Morgan Barlow, der mächtigsten grünen Hexe in ganz Wisconsin, was im Wicca-Jargon bedeutete, dass sie ein besonderes Händchen für Pflanzen hatte. Sie war vorbeigekommen, hatte sich alles angesehen, mir Tipps zur Neugestaltung gegeben und anschließend ein paar Leute aus dem Dorf empfohlen, die ich mit der Umsetzung betreuen konnte. Ich schwöre, es war, als hätte ihre pure Präsenz ausgereicht, um dem ermatteten Grün neues Leben einzuhauchen.

„Erinnerst du dich noch, wie es hier aussah, als wir angefangen haben?", fragte ich Tripp.

„Wie könnte ich das vergessen? Ich kann immer noch nicht fassen, dass wir das alles rechtzeitig hinbekommen haben."

Drei intensive Monate voller Renovierungsarbeiten, Website-Design und Mundpropaganda lagen hinter uns, um die Eröffnung des *Pine Time Bed and Breakfast* irgendwann im

August Wirklichkeit werden zu lassen. Wir hatten es tatsächlich geschafft, aber gerade noch so. Morgen war der erste September, und heute Nachmittag, pünktlich zum langen Labor-Day-Wochenende, würden unsere ersten Gäste anreisen.

Ehrlich … hätte mir vor einem Jahr jemand gesagt, ich würde Madison, Wisconsin, verlassen und in ein kleines Dorf irgendwo in den Northwoods ziehen, hätte ich ihn ausgelacht. Doch bereits nach weniger als einer Woche an diesem klaren See, umgeben von Menschen, denen das Wohl ihrer Nachbarn wichtiger war als ihr eigenes, wusste ich, dass ich nie wieder wegwollte. Schon während des Umbaus stand die Dorfgemeinschaft geschlossen hinter uns und packte mit an, wo sie nur konnte, und zum Dank veranstalteten wir für sie heute Abend eine große Eröffnungsparty mit Barbecue. Touristen waren natürlich ebenfalls willkommen.

Während wir so dastanden und, stolz wie frischgebackene Eltern auf ihr Neugeborenes, auf unser wunderschönes Haus blickten, drang von den Bäumen entlang der Einfahrt das markante Brummen eines teuren Motors zu uns herüber. Kurz darauf bog ein glänzender schwarzer Sportwagen um die Kurve und hielt direkt auf uns zu.

Tripp fiel vor Staunen die Kinnlade herunter. „Ich glaube, ich bin verliebt."

„Was ist das denn für eine Marke?" Dieses Auto war schlichtweg heiß. Tiefergelegt, wie Sportwagen es nun mal waren, glich es beinahe einem Raubtier – einem Wolf oder Panther auf Beutejagd.

Tripp wischte sich verstohlen einen kleinen Sabberfaden aus dem Mundwinkel. „Das ist ein Aston Martin Vanquish."

Ich warf ihm einen amüsierten Blick zu. „Und woher weißt du das?"

Er blinzelte verwundert, scheinbar irritiert von dieser Frage. „Weil ich ein Mann bin. Derartiges Wissen hat man einfach im Blut."

Da er mir gerade eher wie ein kleiner Junge am Morgen der Bescherung vorkam, ließ ich die etwas sexistisch anmutende Erklärung unkommentiert. „Was kostet so ein Ding?"

„Ein paar hundert."

Eigentlich hätte ich erwartet, er würde gleich losprusten und mir den tatsächlichen Preis nennen, aber er starrte nur weiterhin wie hypnotisiert auf das Gefährt. Wer bitte zahlte denn eine sechsstellige Summe für ein Auto? Gebannt beobachteten wir, wie der Wagen neben meinem klapprigen, zwanzig Jahre alten Cherokee einparkte – der nicht mehr als ein paar hundert Dollar gekostet hatte –, und ein Mann ausstieg, der seiner Luxuskarrosse in Sachen Eleganz und Ausstrahlung in nichts nachstand.

Mindestens einen Meter neunzig groß, Anfang dreißig, dezent gebräunte Haut, blassblaue Augen, schwarzes, leicht gewelltes Haar bis zum Kragen und Schultern breit genug, um die Last der Welt zu tragen.

Der Typ sah aus, als wäre er direkt einem Vampirroman entsprungen. Oder vielleicht war er auch ein dunkler Engel. Ich hätte mich jedenfalls nicht gewundert, wenn ihm plötzlich schwarze Flügel aus dem Rücken gewachsen wären.

„Wer ist das denn?", presste ich hervor.

Kapitel Zwei

ICH SCHLUG TRIPP MIT DEM HANDRÜCKEN LEICHT GEGEN DEN Arm, um seine Aufmerksamkeit von dem Aston Martin, der in unserer Einfahrt abkühlte, wieder auf mich zu lenken.

„Wer ist der Kerl?", wiederholte ich meine Frage.

„Das wissen wir erst, wenn wir ihn gefragt haben. Aber ich vermute, es ist River Carr, einer unserer Wochenendgäste." Er blickte stirnrunzelnd auf mich herab. „Jetzt sabberst du ebenfalls."

Rasch fuhr ich mir mit der Hand über den Mund. „Tue ich nicht!"

Mit langen, souveränen Schritten kam unser Besucher näher. Sein schwarzer Ledermantel flatterte dabei um ihn herum wie das Cape eines Zauberers oder die Flügel einer Fledermaus. Er streckte mir die Hand entgegen, zog sie dann jedoch nochmals zurück, um zuerst die schwarzen Lederhandschuhe abzustreifen.

„Guten Tag." Seine Stimme war weich und wohlklingend, durchzogen von einem kaum wahrnehmbaren europäischen Akzent. „Ich bin River Carr und habe für dieses Wochenende ein Zimmer bei Ihnen reserviert."

Ich stand da wie versteinert und starrte ihn nur an –

gefühlt eine Ewigkeit, tatsächlich aber wohl kaum länger als ein, zwei Sekunden. Tripp machte nach wie vor keine Anstalten, unseren Gast zu begrüßen. Whispering Pines zog zwar Touristen aus aller Herren Länder an, aber ich konnte mich nicht erinnern, je jemanden gesehen zu haben, der so elegant und weltgewandt wirkte wie dieser Mann.

„Willkommen im *Pine Time*, Mr Carr. Ich bin Sheriff Jayne O'Shea." Mit einem Lächeln und Schulterzucken fügte ich hinzu: „Verzeihung – ich bin zwar der Sheriff von Whispering Pines, aber gleichzeitig auch Miteigentümerin dieses Bed and Breakfast. Und das hier ist mein Partner, Tripp Bennett."

Der Mann deutete mit dem Kopf eine leichte Verbeugung an, während er Tripp die Hand schüttelte. „Mr Bennett. Ich glaube, wir haben miteinander telefoniert."

„Stimmt. Es ist mir eine Freude, Sie persönlich kennenzulernen, Mr Carr, und ich heiße Sie als unseren allerersten offiziellen Gast herzlich willkommen."

„Die Ehre ist ganz meinerseits. Aber bitte nennen Sie mich einfach River. Ich hole nur eben mein Gepäck, und dann würde ich gern einchecken, falls ich nicht zu früh dran sein sollte. Tatsächlich war ich schneller hier als gedacht."

„In so einem Wagen dürften die Kilometer wohl nur so dahinschmelzen", grinste Tripp und musterte den Vanquish erneut mit unverhohlener Bewunderung.

River grinste ebenfalls, wobei seine hellen, intensiven Augen vor Stolz funkelten. „Möchten Sie ihn sich einmal genauer ansehen?"

Offenbar hatte Tripp meine Anwesenheit völlig ausgeblendet, denn er ließ meine Hand los und folgte unserem Gast wie in Trance zu dessen elegantem Fahrzeug, als wäre dieser der Rattenfänger von Hameln.

„Typisch. Jungs und ihr Spielzeug. Und wo bleiben wir, Meeka?" Doch als ich nach unten blickte, sah ich von meinem Terrier nur noch den hochaufgerichteten Schwanz, als sie den Männern hinterhersauste.

Während die drei dem fahrbaren Untersatz huldigten, eilte ich ins Haus, um meinen Deputy, Martin Reed, anzurufen und mich zu vergewissern, dass im Dorf alles in bester Ordnung war. Er hatte sich netterweise bereiterklärt, heute die Stellung zu halten, damit wir uns in Ruhe auf die große Eröffnung vorbereiten konnten. Noch vor drei Monaten, als ich hier ankam, hätten Reed und ich uns eher gegenseitig die Augen ausgekratzt, als unter demselben Dach zu arbeiten. Zum Glück konnten wir unsere Differenzen beilegen, und inzwischen, nur wenige Wochen nach seiner Wiedereinstellung, vertraute ich ihm blind, und wir waren sogar gute Freunde geworden.

„*Was* bitte ist da gerade bei dir vorgefahren?", fragte Martin verblüfft, als ich ihm von dem Wagen unseres ersten Gastes erzählte. „Was dagegen, wenn ich heute ein wenig früher Feierabend mache, Boss? Klingt ganz so, als bräuchtest du jemanden, der das Gefährt rund um die Uhr bewacht."

„Keine schlechte Idee." Ich lehnte mich in dem bequemen, abgewetzten Ledersessel zurück, der einst meinem Großvater gehört hatte. Dieser Raum war früher sein Arbeitszimmer gewesen, jetzt diente er unserer Pension als Büro. „Aber vielleicht kann ja eine der Hexen einen Schutzzauber aussprechen."

Das war natürlich als Scherz gemeint, denn von dem ganzen esoterischen Hexenbrimborium, das über dem Dorf schwebte, hielt ich herzlich wenig. In diesem Fall jedoch hätte ich nichts gegen einen unsichtbaren Schutzschild einzuwenden.

„Du kommst heute Abend aber zur Party, oder?", fragte ich.

„Die würde ich mir um keinen Preis der Welt entgehen lassen. Du redest ja schon so lange von diesem B&B, dass ich das Gefühl habe, ich kenne es längst in- und auswendig. Und jetzt, wo so ein schickes Teil in deiner Einfahrt parkt, hab ich noch einen Grund mehr, vorbeizuschauen."

Im selben Moment ging die Haustür auf, und Männerstimmen erfüllten die Diele. „Ich muss jetzt unseren dunklen und geheimnisvollen Mr Carr einchecken. Wollte nur sichergehen, dass bei dir alles ruhig ist."

„Wird schon trubeliger – ist ja Labor-Day-Wochenende –, aber bislang alles im grünen Bereich. Wenn du nichts von mir hörst, ist alles gut, und wir sehen uns später."

Da Mr Carr unser erster offizieller Gast im *Pine Time* war, bekam er natürlich die größte Suite, das ehemalige Schlafzimmer meiner Großmutter und meines Großvaters. Während ich seine Personalien aufnahm und ihm den Schlüssel aushändigte, erzählte ich ihm ein bisschen über die Geschichte des Anwesens und natürlich über den Raum, den wir ihm zugedacht hatten.

Mit einer weiteren angedeuteten Verbeugung sagte er: „Es ist mir eine Ehre, im Schlafgemach Ihrer Großeltern nächtigen zu dürfen."

„Es ist ziemlich geräumig", fügte ich hinzu. „Erwarten Sie noch jemanden?" Ich hatte den Satz kaum ausgesprochen, als mir auch schon die Röte ins Gesicht stieg. „Bitte entschuldigen Sie. Ich wollte nicht indiskret sein."

Er lächelte – ein strahlendes, fast unnatürlich weißes, irgendwie raubtierhaftes Lächeln, das mich einen Moment lang aus dem Konzept brachte. Etwas Dunkles, Magnetisches ging von diesem Typen aus, und ich war mir sicher: Falls er sich nicht ohnehin mit jemandem hier treffen wollte, würde er nicht lange allein bleiben … Es sei denn, er wollte es so.

„Keine Sorge, Sie haben mich nicht beleidigt. Aktuell bin ich allein, aber man weiß ja nie, was der Tag noch so bringt."

Wusste ich es doch!

Er schob seine Kreditkarte zurück in sein schmales, schwarzes Portemonnaie und verstaute dieses in der Innentasche seines Staubmantels. „Ich will ehrlich zu Ihnen sein, Ms O'Shea. Mir war, als hätte eine höhere Macht mich an diesem Wochenende genau hierhergeführt. Tatsächlich hatte ich noch nie zuvor etwas von Whispering Pines gehört, und ich weiß auch nicht, wen ich hier treffen soll. Aber ich spüre ganz deutlich, dass ich für jemanden bestimmt bin. Das wird sich mit Sicherheit bald aufklären."

Er war für jemanden bestimmt? Was für eine interessante – und zugleich leicht überhebliche – Umschreibung für ein Date.

Als er mir den Schlüssel aus der Hand nahm, ließ er seine langen Finger über meinen Handrücken gleiten, und ich erschauderte, ohne benennen zu können, warum. Weder fühlte ich mich von ihm bedroht noch schien er mich anmachen zu wollen, wo ja auch mein Freund keine drei Meter entfernt stand. Es war einfach diese Intensität, die von ihm ausging, dass man gar nicht anders konnte, als darauf zu reagieren.

„Wo befindet sich mein Zimmer?" Sein Blick glühte und zog mich noch ein Stück tiefer in seinen Bann.

„Die Treppe hoch gleich rechts", durchbrach Tripp den Zauber. „Darf ich Sie hinbringen?"

Nach einem letzten eindringlichen Blick auf mich wandte sich River ihm zu – mit derselben selbstsicheren Gelassenheit. „Vielen Dank. Ich weiß Ihre Gastfreundschaft wirklich zu schätzen, bin mir aber sicher, ich finde selbst hin."

Damit drehte der mysteriöse, schwarz gekleidete Mann sich um und ging davon, und wir schauten ihm beide wie gebannt hinterher. Nein, gehen war das falsche Wort. River Carr glitt dahin, als würde die Schwerkraft für ihn nicht existieren.

„Gast Nummer eins ist ein bisschen … speziell, oder?" Tripp wartete, bis River weit genug weg war, sodass er uns nicht mehr hören konnte –

es sei denn, er besaß nicht nur das Aussehen, sondern auch noch das Gehör einer Fledermaus.

„So könnte man es auch ausdrücken. Er kommt mir fast vor wie ein …"

Beinahe wäre mir *Vampir* herausgerutscht. In den letzten drei Monaten, seit ich in diesem Dorf lebte, hatte ich einiges zu akzeptieren gelernt. Wenn gewisse Leute sich für Hexen hielten – bitte schön, nur zu. Solange sie mit ihren *Zauberkünsten* niemandem schadeten, war mir das herzlich egal. Aber wenn mir jemand erzählen sollte, er sei ein mittelalterlicher Blutsauger, würde ich den Notruf wählen und ihn direkt in die nächstgelegene Psychiatrie einweisen lassen.

„Wie eine Art Hexenmeister oder so", sagte ich stattdessen, was offensichtlich genauso bescheuert klang, wie Tripps schallendes Gelächter mir deutlich machte.

„Er ist schräg, kein Zweifel, aber für einen Hexenmeister halte ich ihn nicht unbedingt." Dann starrte er gedankenverloren in die Richtung, in die unser Gast verschwunden war, und zog vielsagend die Augenbrauen hoch. „Was meinst du, wen er wohl vorhat, hier zu treffen?"

„Keine Ahnung. Allerdings ist mir nicht wohl bei dem Gedanken, dass diese dubiose Begegnung ausgerechnet im Schlafzimmer meiner Großmutter stattfinden soll."

Erneut wanderten seine Augenbrauen nach oben. „Von dieser Vorstellung solltest du dich schleunigst verabschieden, Jayne. Es ist jetzt nicht mehr Lucys Schlafzimmer, sondern die Grand Suite des *Pine Time*."

Seit zwei Wochen versuchte ich ihm klarzumachen, dass der Camper nicht fortgeschafft, sondern lediglich umgeparkt werden sollte. Er wiederum erwähnte bei jeder Gelegenheit, dass die Grand Suite inzwischen nichts weiter als ein normales Gästezimmer war. Irgendwie wollte er es nicht verstehen. Die Erinnerungen an meine Großeltern und Eltern, bevor alles den Bach runterging, lagen wie stumme Schatten über den Räumen. Und ganz egal, was wir mit diesem Ort auch anstellten, für mich würde er immer das Zuhause von Grandma und Grandpa bleiben.

Ich brummte eine knappe Zustimmung, klickte ein paar Mal auf dem Laptop herum, der auf dem Schreibtisch stand, und öffnete den Belegungsplan. „Unsere nächsten Gäste sollten ebenfalls bald eintreffen."

Auf diese Gruppe freute ich mich besonders. Ich war mir nicht sicher, ob es meine Schwester Rosalyn oder meine Mutter gewesen war, die begonnen hatte, in Madison Werbung für unser B&B zu machen – doch eine von beiden hatte uns offensichtlich in den höchsten Tönen gelobt. Wahrscheinlich eher Mom. Immerhin hatte sie in dieses Projekt investiert und verstand etwas von Werbung … und nichts funktionierte so gut wie Mundpropaganda. Es hätte allerdings auch Rosalyn sein können, denn sie neigte dazu, sich mit fremden Federn zu schmücken. Man gebe ihr nur fünf Minuten, und sie hätte jeden davon überzeugt, dass die Idee für *Pine Time* ganz allein von ihr stammte.

Wie auch immer, drei meiner engsten Freunde aus College-Zeiten erfuhren irgendwie von dem Gästehaus und meldeten sich, noch bevor ich überhaupt die Buchungsfunktion auf der Website freigeschaltet hatte. Kristina, Alicia und Trevor waren nicht nur in stressigen Prüfungsphasen für mich da, sie standen auch hinter mir, als ich beschloss, mein Hauptfach Jura abzulegen und stattdessen Kriminalwissenschaften zu studieren. Ganz im Gegensatz zu meiner Mutter, bei der diese Entscheidung zu einem regelrechten Drama führte.

„Ich kann es kaum erwarten, die drei endlich kennenzulernen", unterbrach Tripp meinen gedanklichen Ausflug in die Vergangenheit. „Du bist ja wegen des Wiedersehens schon seit Wochen völlig aus dem Häuschen."

„Ich hab ja keinen von ihnen mehr gesehen, seit Kristina und Kyle vor ein paar Jahren geheiratet haben. Alicia und Derek sind direkt nach dem College durchgebrannt – sie war schwanger und wollte das Geld lieber fürs Baby sparen, als für eine große Hochzeit auszugeben. Und Trevor? Das Letzte, was ich von ihm gehört habe, war, dass er mit jemandem namens Jeremy zusammen ist. Aber das kann sich inzwischen schon wieder geändert haben. Er verliebt sich ja ständig neu."

„Auf der Liste steht aber ein Jeremy", stellte Tripp fest, der mir über die Schulter geschaut und mitgelesen hatte. Dann tippte er auf das vierte Paar, das für das Wochenende zu meinen Freunden stoßen würde. „Und wer sind die anderen beiden? Nick und Constance."

„Constance ist Kristinas Schwester. Die habe ich bei unserer Abschlussfeier kennengelernt. Und Nick ist offensichtlich ihr Ehemann, aber den habe ich bisher noch nicht getroffen."

„Es ist fast ein Uhr." Ein Anflug von Panik machte sich in Tripps Stimme breit. „Wir sollten uns langsam auf das Barbecue heute Abend konzentrieren."

„Immer mit der Ruhe. Essen haben wir mehr als genug."

Maeve und Laurel würden jede Menge Beilagen sowie ein Fass Bier und ein oder zwei Kisten Wein mitbringen. Honey und Sugar hatten dutzende Kekse und fünfzehn große Boxen Eis angekündigt. Violet versprach, für Kaffee und andere Getränke zu sorgen. Peyton, der Besitzer von *Sundry*, dem Dorfladen, hatte mehr als genug Teller, Schüsseln, Servietten, Besteck und Becher geschickt. Vermutlich würde das sogar noch für eine zweite Party reichen.

„Apropos Essen – ich muss mich um die Rippchen kümmern."

Er drückte mir einen flüchtigen Kuss auf die Wange und verschwand, und Meeka trottete ihm hinterher. Wann immer er sich in letzter Zeit um die Zubereitung der Mahlzeiten kümmerte, wich sie ihm nicht von der Seite, in der stillen Hoffnung auf ein paar herabfallende Happen.

Ich ließ mich zurück in meinen Sessel sinken und schloss die Augen. Seit ich vor ein paar Wochen Grandmas Tagebücher gelesen hatte, wusste ich, dass es stets ihr Wunsch gewesen war, dieses Haus mit Leben zu füllen. Ursprünglich natürlich mit eigenen Kindern, aber leider war mein Vater ihr einziges geblieben. Also nahm sie jede Menge Freunde bei sich auf. Doch als die nach und nach in ihre eigenen Häuser zogen, verstreut über die zweitausend Hektar rund ums Dorf, blieben nur sie und Grandpa in dem großen, verwinkelten Gemäuer zurück. Und seit seinem Tod vor zehn Jahren hatte sie ganz allein hier gewohnt.

Statt Familie oder Freunde würde ihr Zuhause zukünftig Fremde beherbergen. Das war zwar nicht das, was sie immer wollte, aber ich hoffte, sie würde gutheißen, was Tripp und ich aus ihrem Traum gemacht hatten.

Kapitel Drei

VOM BÜROFENSTER AUS BEOBACHTETE ICH, WIE KURZ VOR drei Uhr drei Fahrzeuge die Einfahrt heraufrollten – ein riesiger, alter SUV in mattem Beige, ein etwas kleinerer, auf Hochglanz polierter weißer Luxus-SUV und ein knallrotes Mini-Cabrio – und sich zu dem Aston Martin gesellten. Das Kreischen, das ausbrach, als Kristina, Alicia und Trevor durch die Eingangstür gestürmt kamen, überraschte selbst mich.

Ein vielstimmiges *O mein Gott, du siehst fantastisch aus!* und *Wie lange ist das jetzt her?* hallte durch den ganzen Flur. Das mit dem *fantastisch aussehen* stimmte größtenteils. Die wunderschöne Kristina, die mich immer an eine perfekte asiatische Porzellanpuppe erinnert hatte, schien seit dem College keinen Tag älter geworden zu sein. *Eins fünfundsechzig groß, das glatte schwarze Haar zu einem Knoten gebunden, schmaler Mund mit winzigen Zähnen, fein geschnittene Züge.* Lediglich ihr Gesicht kam mir ein wenig runder vor, aber sie wirkte noch genauso glücklich wie vor fünf Jahren.

Trevor – *einen Meter achtzig, kupferrotes Haar, leuchtend blaue Augen, runde Drahtbrille, Grübchen* – besaß die Ausstrahlung eines Mannes, der viele Stunden in einen Job investierte, den er liebte. Doch wie so oft wirkte sein Lächeln irgendwie leer, als wäre sein Leben nicht ganz so gelaufen, wie er es sich gewünscht hatte.

Lediglich Alicia sah ein wenig mitgenommen aus. Soweit ich wusste, hatte sie fünf Kinder und unterrichtete die ältesten zu Hause. Meiner Meinung nach hatte jede Frau mit dieser Menge an Kleinkindern das Recht, erschöpft zu wirken, ohne sich dafür rechtfertigen zu müssen.

Eins siebenundfünfzig groß, wohlgeformte Hüften und volle Oberweite, ansonsten jedoch schlank, dunkle Schatten unter den schwarzbraunen Augen, die Haut ein sattes Dunkelbraun.

„Als Dereks Eltern heute Morgen reinkamen, musste ich mich echt zusammenreißen, um nicht loszuheulen." Sie umarmte mich so stürmisch, dass ich beinahe das Gleichgewicht verlor. „Ehrlich, ohne diese Eröffnung deines Bed & Breakfast hätte ich in den nächsten zehn Jahren wohl keinen einzigen freien Tag bekommen."

„Wie alt ist dein Jüngster jetzt?", erkundigte ich mich.

„Achtzehn Monate." Sie seufzte müde auf und warf einen Blick über die Schulter zu ihrem Mann. „Wie alt müssen Kinder sein, damit man sie offiziell aus dem Haus werfen darf?"

Ich lachte und verpasste ihr einen spielerischen Klaps auf den Arm.

„Wunderschönes Haus", lobte Kristinas Schwager Nick, während er jeden Winkel des großen Raums in Augenschein nahm, den Tripp und ich mit viel Mühe restauriert hatten. Dann wandte er sich mir zu und streckte mir die Hand entgegen. „Kyle hat mir schon erzählt, dass du eine Schönheit bist, aber das war eine ziemliche Untertreibung."

Augenblicklich bereute ich, ihm die Hand gegeben zu haben, da er, anstatt sie zu schütteln, einen feuchten Kuss darauf drückte. Ich bedachte ihn mit einem gezwungenen Lächeln, wünschte, ich trüge noch mein Sheriff-Abzeichen, und entzog sie ihm schnell wieder. Nick Halpern ließ sofort sämtliche meiner Alarmglocken schrillen. Irgendwie wirkte der Kerl schmierig, und ich beschloss, ihn gut im Auge zu behalten. Das hätte ich bei unserer ersten Gästerunde wahrlich nicht gebraucht.

„Es widerstrebt mir total, euch nur kurz begrüßen zu können und dann direkt wieder zu verschwinden", sagte ich, nachdem ich den Papierkram erledigt und die Zimmerschlüssel verteilt hatte, „aber heute Abend steigt eine große Party, und ich muss sicherstellen, dass alles vorbereitet ist. Natürlich seid ihr alle herzlich eingeladen. Es ist unsere große offizielle Eröffnung, und ihr als die ersten Besucher seid quasi unsere Ehrengäste."

Alicia ließ die Schultern hängen. „Ich habe nichts Schickes dabei, weil ich so etwas mittlerweile gar nicht mehr besitze. Muss ich mich dafür in Schale werfen?"

„Nein, überhaupt nicht", versicherte ich ihr und warf ihrem Mann Derek einen vielsagenden Blick zu. *Eins fünfundsiebzig groß, Spitzbart, lange schwarze Dreadlocks, die ihm bis über die Schultern fielen, sportliche Figur, dunkelbraune Haut und Augen.* „Aber wenn du dir noch etwas besorgen möchtest – *Ivy's Boutique* im Dorf hat eine großartige Auswahl an richtig schönen Sachen. Dort wirst du bestimmt fündig."

Alicia sah ihren Mann flehend an, musste die Frage aber gar nicht erst stellen.

„Komm, wir bringen erst mal unsere Taschen aufs Zimmer", entschied der, „und dann kaufen wir dir was Hübsches für die Party."

Völlig perplex wandte sie sich mir zu und flüsterte: „Was für wundersame Dinge gehen hier denn bitte vor sich?"

Ich musste mich richtig zusammenreißen, um nicht laut loszulachen, aber ein Grinsen konnte ich mir nicht verkneifen. „Du hast ja keine Ahnung."

Nachdem ich den vier Paaren ihre Zimmer gezeigt hatte,

ging ich nach draußen auf die Terrasse, wo ich auf Tripp stieß, umgeben von vier Holzkohlegrills und einem riesigen Smoker. Ganz in seinem Element – dem Kochen – wirkte er deutlich entspannter als noch vor einer Stunde.

„Wie läuft's hier hinten?", erkundigte ich mich und sog schnuppernd die Luft ein. „Riechen tut es jedenfalls fantastisch."

„Alles unter Kontrolle", erwiderte er und ließ die Grillzange lässig um den Finger kreisen. „Können wir vielleicht diesen Smoker kaufen? Ich habe so ein Ding noch nie zuvor benutzt, aber ich finde es großartig."

Wie süß! „Vorschlag zur Güte: Wenn die Rippchen gelingen, reden wir noch mal darüber, einverstanden? Denn vergiss nicht, wir sind ein Bed and Breakfast und kein Bed and Dinner."

„Schon klar, aber wir beide müssen ja auch essen." Dabei grinste er über das ganze Gesicht.

„Was gibt es denn eigentlich alles?", fragte ich neugierig.

Tripp zeigte nacheinander auf jeden einzelnen Grill. „Hier kommen die Burger drauf, und dort drüben die Hähnchenbrüste. Hotdogs auf den hier, und auf dem letzten bereite ich die Schaschlikspieße zu."

„Schaschlikspieße? Wann wurden die denn in den Speiseplan aufgenommen?"

„Vor ein paar Tagen. Habe ich dir das nicht erzählt?"

„Nein, das hätte ich mir gemerkt."

„Hast du wegen der Tische angerufen?"

„Der Lieferwagen ist bei Minocqua liegengeblieben." Aufgrund des langen Labor-Day-Wochenendes waren im Umkreis von achtzig Kilometern sämtliche Outdoor-Sitzgruppen vergriffen und wir mussten auf einen Ramsch-Partyverleih außerhalb von Wausau zurückgreifen.

„Das kommt davon, wenn man alles auf den letzten Drücker erledigt."

„Sie haben versprochen, bis vier hier zu sein." Ich warf einen Blick auf meine Armbanduhr. „Das wäre demnach in einer halben Stunde."

„Dann müssen wir uns mit dem Aufbau aber ganz schön sputen."

Ich ließ den Blick über den leeren Garten schweifen und musste ihm recht geben. Wahrscheinlich wären wir immer noch damit beschäftigt, Stühle hin und her zu schleppen, während bereits die ersten Gäste eintrudelten. „Wird schon schiefgehen. Notfalls zwingen wir die Lieferleute, mit anzupacken. Und wenn alles nichts hilft, legen wir einfach Decken aus und veranstalten ein Picknick."

Pünktlich zur Aufbauzeit tauchten auch Arden und Holly auf, unsere beiden neuen Mitarbeiterinnen. Arden, eine etwas rundliche, unverheiratete Wicca in ihren Fünfzigern, die ihr graumeliertes Haar stets zu einem wirren Dutt aufgetürmt trug, war unsere leitende Hausdame. Sie lebte bereits seit über zwanzig Jahren in Whispering Pines und war froh, endlich einmal etwas anderes tun zu dürfen, als im Garten zu wühlen oder zu basteln. An ihren freien Tagen sprang dann Holly ein – zweiundzwanzig Jahre jung und Mutter eines höchst anspruchsvollen Kleinkindes. Sie empfand es als wahre Wohltat, ihren kleinen Rabauken an ein paar Vormittagen bei einer Tagesmutter abgeben und sich dem Aufräumen des B&B widmen zu dürfen.

„Allein die Vorstellung, dass das, was ich putze, auch länger als dreißig Sekunden sauber bleibt, ist für mich total befriedigend", hatte sie beim Vorstellungsgespräch gesagt.

„Womit sollen wir anfangen, Schätzchen?", fragte Arden, als sie mich im Garten entdeckte.

Ich starrte sie einen Moment lang ungehalten an, woraufhin sie sich entschuldigend die Hand vor den Mund schlug. Immerhin hatte ich sie mehrfach gebeten, mich nicht so anzusprechen. Auch wenn sie älter war als meine Mutter, war ich immer noch ihre Vorgesetzte und obendrein der

Sheriff dieses Ortes. Ein gewisses Maß an Respekt wollte ich mir schon bewahren.

„Entschuldigung", murmelte sie zwischen ihren Fingern hindurch.

„Sobald die Tische da sind, brauchen wir jede verfügbare Person zum Eindecken. Bis dahin könnt ihr schon mal die Papierservietten und das restliche Zubehör auf unseren beiden Tischen verteilen. Oh, und bitte auch die Wannen für das Eis aufstellen, in denen wir die Getränke kühlen können."

„Ich habe Blumen mitgebracht", sagte Arden. „Aufgrund des vielen Regens ist mein Garten dieses Jahr ein einziges Blütenmeer. Ich dachte mir, ich stelle auf jeden Tisch ein kleines Väschen und würde zusätzlich noch ein paar Sträuße im Haus verteilen."

„Eine wundervolle Idee." Ich schenkte ihr ein dankbares Lächeln. „Sagt Bescheid, wenn noch irgendwas fehlt oder unklar ist."

Okay. Tripp kümmerte sich um die Grills, und Arden und Holly schienen alles Übrige im Griff zu haben. Das verschaffte mir ein wenig Luft, und ich hatte gerade beschlossen, nach oben zu gehen und mich für das Fest umzuziehen, als unsere heutigen Unterhaltungskünstler eintrafen.

„Wo soll ich meinen Stand aufbauen?" Lily Grace, die jüngste Wahrsagerin des Dorfes, hatte sich bereit erklärt, den Gästen kostenlos die Zukunft vorauszusagen.

„Was ist los?", fragte ich. Ihre türkisfarbenen Augen funkelten nicht wie sonst, und sie klang ungewohnt ernst. „Du wirkst bedrückt."

Sie zuckte mit den Schultern und glich heute mehr denn je einem mürrischen Teenager.

„Sie reden nicht mit mir", sagte sie.

„Worüber?"

„Über meine Eltern und das tote Mädchen. Sie wissen,

was passiert ist, aber weigern sich, mir etwas darüber zu sagen."

Mit *totes Mädchen* meinte sie wahrscheinlich Priscilla – eine Jugendliche, die vor vierzig Jahren in Whispering Pines gestorben war. Nachdem ich viele Stunden in Großmutters Tagebüchern geschmökert und unzählige Gespräche mit den alten Dorfbewohnern geführt hatte, war ich zu der Überzeugung gelangt, dass ihr Tod ein tragischer Unfall gewesen sein musste, ausgelöst durch Lily Graces Mutter Rae. Wie so vieles hier war die Sache kompliziert, und da es nie eine offizielle Ermittlung gegeben hatte, fehlte natürlich jeglicher Beweis. Von daher konnte ich, obwohl ich mittlerweile wusste, was passiert war, nichts unternehmen.

„Ich nehme an, mit *sie* meinst du Effie und deine Großmutter Cybil?"

„Ich möchte jetzt nicht darüber reden", unterbrach sie mich barsch, bevor ich noch weiter nachbohren konnte, „sondern einfach nur die Gäste unterhalten, indem ich ihnen aus der Hand lese." Ein bitteres Lachen entrang sich ihrer Kehle. „Schon irgendwie lustig. Ausgerechnet das, was ich nie machen wollte, ist aktuell meine einzige Zuflucht. Ich konzentriere mich auf das Leben anderer und blende somit mein eigenes zumindest für eine kurze Weile aus." Während sie sprach, fingerte sie unablässig an dem Katzenaugenanhänger an ihrem Hals herum, der eher wie ein echtes Auge aussah als ein Edelstein. Ich fand ihn ein wenig gruselig. „Oren versucht natürlich zu helfen, was sehr nett von ihm ist, aber das Einzige, was mir wirklich was bringen würde, wären Antworten – und mit denen rückt keiner raus." Sie warf den Kopf in den Nacken und stöhnte.

Oren musste der verständnisvollste Freund auf dem ganzen Planeten sein, denn Lily Grace, selbst an guten Tagen schon hektisch und angespannt, war gerade ein richtiges Nervenbündel. Ironischerweise tappte die Wahrsagerin, was ihr eigenes Leben anbelangte, völlig im Dunkeln.

Zum Zeichen der Kapitulation hob ich die Hände. „Ich verspreche, ich werde keine weiteren Fragen stellen … okay, bis auf eine Sache: Wie viel Platz brauchst du heute Abend?"

Sie verdrehte genervt die Augen. „Ich habe nur so einen tragbaren Pavillon mit einem kleinen Podest, einem Tischchen und drei Stühlen mitgebracht." Sie deutete auf eine Stelle vorne im Garten. „Da drüben wäre gut, wenn das für Sie in Ordnung geht. Die Bäume und das ganze Zeug drumherum gewähren ein bisschen mehr Privatsphäre, und darauf legen die Leute Wert."

„Gerne. Brauchst du Hilfe beim Aufbau?"

„Nur beim Hinübertragen und vielleicht mit dem Dach. Den Rest schaffe ich allein."

Schweigend, aus Respekt vor ihrer Stimmung, half ich ihr, alles in die vordere Ecke meines Gartens zu bringen. Kaum dort angekommen, tauchte ein ganzer Wagen voller Schausteller auf. Die Jongleure und die Truppe kleiner Akrobaten entlockten Lily Grace ein Lächeln, was jedoch nicht lange anhielt.

„Kann ich noch etwas tun?", fragte ich, nachdem wir das Vordach vertäut hatten. „Ich bleibe gerne, falls du mich brauchst."

Sie winkte ab. „Alles gut."

Also schlenderte ich zu den Schaustellern hinüber und war baff, als ich Dallas Brickman, den Messerwerfer, und seine Assistentin Abilene im Wagen sitzen sah. Die beiden würden garantiert Publikum anziehen.

„Findet die Show heute Abend etwa ohne Sie beide statt?", fragte ich Dallas. Immerhin waren Abilene und er die Hauptattraktion.

„Nein, wir müssen pünktlich zur Spätvorstellung zurück sein", sagte er, „aber für den Nachmittag hat man uns freigestellt, und wir freuen uns, Ihre Gäste ein wenig unterhalten zu dürfen."

„Fantastisch! Was benötigen Sie für den Aufbau?", erkundigte ich mich.

„Wir haben alles dabei, was wir brauchen, und das schaffen wir zu zweit", erwiderte er. „Die Übrigen mischen sich gleich mal unters Volk."

Ich deutete auf eine Stelle etwas weiter abseits. „Da Sie mit scharfen Gegenständen um sich werfen werden ... Wie wäre es, wenn Sie gegenüber von Lily Grace Aufstellung nehmen?"

Just in diesem Moment bog der Lieferwagen mit Tischen und Stühlen in die Zufahrt ein.

„Und was den Rest von euch anbelangt ... folgt mir."

Während Arden, Holly, die Lieferleute und die Schausteller damit beschäftigt waren, die Sitzgelegenheiten zu arrangieren, machte ich mich auf die Suche nach Tripp. Allmählich wurde es Zeit, Jeans und T-Shirts gegen unsere Gastgeber-Outfits zu tauschen. Ich fand ihn hinten bei der Terrasse, genau dort, wo ich ihn vor einer gefühlten Ewigkeit zurückgelassen hatte, völlig konzentriert darauf, die Holzkohle am Brennen zu halten.

„Wie läuft es bei dir?", erkundigte er sich.

Ohne wirklich hinzusehen, deutete ich über die Schulter auf die gegenüberliegende Seite. „Arden hat alles im Griff." Dann zeigte ich auf die Fläche vor dem Anwesen. „Dort haben sich unsere äußerst niedergeschlagen wirkende Wahrsagerin in der einen und der Messerwerfer in der anderen Ecke angesiedelt."

„Niedergeschlagen?"

„Das erzähle ich dir später, denn uns bleiben nur noch knapp fünfzehn Minuten, um uns umzuziehen, bevor die Gäste eintreffen."

„Das reicht völlig. Aber vorher noch schnell ..." Er zog mich in eine relativ abgeschiedene Nische der Terrasse und küsste mich lang und innig. Ich vergrub meine Hände in seinen langen Locken, während er die seinen über meinen Rücken und meine Hüften wandern ließ.

„Wofür war das denn?", fragte ich ein wenig atemlos, aber deutlich entspannter, nachdem wir uns wieder voneinander gelöst hatten.

„Für einen gelungenen Abend und eine glückliche Zukunft", sagte er mit einem selbstzufriedenen Grinsen und verschwand im Haus, während ich versuchte, mich daran zu erinnern, was ich eigentlich gerade hatte tun wollen.

Kapitel Vier

Ungefähr fünfundvierzig Minuten, bevor die Party offiziell beginnen sollte, trudelte unser sogenannter innerer Zirkel ein. Was Maeve aus dem Pub *Grapes, Grains, and Grub* anschleppte und Laurel aus der Küche des Gasthauses *The Inn* beisteuerte, reichte locker, um einen gut zweieinhalb Meter langen Tisch mit Beilagen bis zum Bersten zu beladen. Violet brachte zwei riesige Kaffeekannen vom *Ye Olde Bean Grinder* mit, dazu Säfte und Sprudelwasser, und Honey und Sugar hatten sich selbst übertroffen – mit einem Berg an Keksen und je fünf gewaltigen Wannen „*Treat Me Sweetly*"-Eis: Vanille, Schokolade und der sündhaft dekadenten Sorte Karamell-Oreo. Der absolute Hingucker war jedoch die Torte – eine exakte Nachbildung meines Hauses.

„Die haben *Sie* gebacken?", fragte ich staunend, während ich das etwa einen Meter breite und gut fünfzig Zentimeter hohe Prachtwerk bereits zum dritten Mal umrundete.

„Es war schon eine kleine Herausforderung", erklärte Honey, die jüngere der beiden Schwestern, bescheiden. „Sugar kann ja Kekse, Gebäck und Süßigkeiten im Schlaf zubereiten, und ich lediglich Eis machen."

„So wie Sie das sagen, klingt es, als wäre Ihre Arbeit nichts Besonderes." Tripp ging in die Hocke, um jeden Zentimeter des Kuchens genauestens in Augenschein zu nehmen. „Dabei sind Ihre Eiskreationen legendär."

Honey schoss die Röte in die Wangen. Mein Freund war aber auch ein Charmeur.

„Ich dachte mir einfach, man könnte das Angebot etwas ausbauen", fuhr sie fort. „Viele Leute kommen speziell hierher, um Geburtstage und Jahrestage zu feiern, und was passt besser zu Feiern als Kuchen?"

„Geniale Idee, und tausend Dank für die Torte." Stürmisch zog ich sie an mich, und es war schwer zu sagen, wen das mehr überraschte, sie oder mich, denn Umarmungen waren eigentlich so gar nicht mein Ding.

Just in dem Moment traf Morgan ein, in einem tief ausgeschnittenen, schwarzen Kleid, das jede ihrer Kurven betonte und gerade so viel Haut zeigte, dass es gefährlich werden könnte. Sie musste doch frieren wie verrückt, denn der heutige Abend so nah am See war ausgesprochen kühl.

„Seid gesegnet, ihr alle", begrüßte sie uns mit einem Lächeln, das jedoch schlagartig verblasste, als sie unsere Gesichtsausdrücke bemerkte. Irritiert sah sie an sich herunter, als wolle sie sicherstellen, dass nicht irgendwo etwas verrutscht war. „Was denn? Ivy meinte, das Outfit würde mir stehen."

„Damit hatte Ivy auch absolut recht." Tripp starrte sie so unverhohlen an, dass ich ihm kurzerhand die Augen zuhielt.

„Ich habe ihr noch geraten, sich besser ein Tuch um die Schultern zu legen", warf Morgans Mutter Briar ein, die sich ebenfalls zu uns gesellte.

„Nein, das hätte doch all ihre Ketten verdeckt", verteidigte Tripp sie erneut und schob energisch meine Hand zur Seite.

„Sie sehen übrigens ebenfalls sehr hübsch aus", wandte ich mich an Briar, wobei ich ihm einen kleinen Stoß gegen die Hüfte verpasste.

Sie strich sich über ihr schlichtes schwarzes Spitzenkleid und machte einen kleinen Knicks. „Anscheinend hat Ivy für den heutigen Abend das halbe Dorf neu eingekleidet."

Ivy, die ehemalige stellvertretende Geschäftsführerin von Quins Modeladen, hatte sich durch den aufwendigen Prozess der Ladenübernahme gekämpft, nachdem dessen Vorbesitzer, Donovan, festgenommen worden war – wegen Anstiftung zum Mord und anschließender Vertuschung des Todes meiner Großmutter. Am liebsten hätte ich ihn natürlich deshalb zur Rechenschaft gezogen, doch er beharrte darauf, es sei ein Unfall gewesen, und mir fehlten die eindeutigen Beweise, um diese Aussage zu widerlegen. Immer und immer wieder hatte ich mir das Hirn zermartert, um irgendetwas zu finden, womit ich ihn hätte dingfest machen können, aber das Beste, was mir einfiel, war ein Verstoß gegen die gesetzlich vorgeschriebene unterlassene Hilfeleistung. Und selbst das wäre vor Gericht kaum zu beweisen gewesen. Im Moment hatte sich die Sache ohnehin erledigt, denn der Mistkerl der Polizei entwischt und befand sich auf der Flucht.

„Was ist denn da drin?", fragte ich Morgan argwöhnisch und deutete auf eine dunkelbraune Holzkiste, die sie in Händen hielt, kunstvoll verziert mit Symbolen der dreifachen Mondgöttin und kleinen Pentagrammen. Sie stellte sie auf einem Tisch in der Nähe ab, öffnete sie und entnahm ihr Räucherwerk, drei goldene Kerzen, einen Federkiel und ein Stück wunderschönes, handgeschöpftes Papier. All diese Dinge mussten aus ihrem Laden *Shoppe Mystique* stammen.

Behutsam fuhr ich mit dem Finger über die in das Blatt eingearbeiteten Blüten und Blätter. „Du willst einen Zauber wirken, oder?"

„Nicht ich", entgegnete sie mit einem Augenzwinkern, „sondern wir."

Sie versammelte alle um den Tisch: mich, Tripp, Briar, Violet, Honey, Sugar, Laurel, Maeve und sogar Lily Grace, die, von Neugierde getrieben, zu uns herübergekommen war.

Dann zeichnete sie einen großen Kreis in die Mitte des Bogens.

„Der Kreis steht für eure Welt." Sie schrieb unsere Namen hinein – Tripp und Jayne sowie *Pine Time* – und setzte ein paar Dollarzeichen drumherum. „Und jetzt bitte ich euch alle, ein Wort hinzuzufügen, das für eure Hoffnung oder euren Wunsch in Bezug auf das Unternehmen der beiden steht."

Ich entschied mich, den Anfang zu machen, und schrieb: *Unabhängigkeit*. Tripp fügte *Zufriedenheit* hinzu. Nachdem auch das letzte Wort zu Papier gebracht worden war, stellte Morgan die drei goldenen Kerzen in Form eines Dreiecks auf – eine an die Spitze des Papiers, die anderen beiden in die unteren Ecken.

„Je mehr Aufmerksamkeit man einer Sache schenkt", erklärte sie, „desto mehr kann sie wachsen. Fasst euch bitte an den Händen und richtet eure Gedanken auf Jayne, Tripp und dieses schöne Zuhause, das sie mit der Welt zu teilen gedenken."

Wir bildeten einen Kreis um den Tisch und reichten einander die Hände. Morgan zündete zuerst die Kerzen an und dann den Weihrauch, wobei sie einen leisen Singsang anstimmte, in dem es um das Entfachen von Hoffnungen und Träumen ging. Ein sanftes Pulsieren wanderte durch uns hindurch, wie eine kaum wahrnehmbare und doch energetische Welle. Tripp drückte meine Hand, und Meeka schmiegte sich an mein Bein. Offenbar hatten sie es ebenfalls gespürt.

„Wunderschön", murmelte Morgan, nachdem sie die Meditation beendet hatte. Sie blies die Kerzen aus und faltete das Papier dreifach zusammen, sodass die geschriebenen Worte darin eingeschlossen waren. „Mama und ich werden dieses Blatt jetzt im Vorgarten vergraben, damit unsere positiven Energien auf dieses Haus und Grundstück übergehen mögen."

Zwar blickte ich ihnen lächelnd hinterher, spürte jedoch,

wie die Emotionen mich zu übermannen drohten. Trotz des ganzen Woo-Woo hatten gerade die Menschen, die mir in diesem Dorf am meisten ans Herz gewachsen waren, mich, meinen Freund und unser gemeinsames Projekt gesegnet.

„Alles okay?", fragte Violet leise.

Ich nickte. „Ich musste nur daran denken, wie viel ihr alle mir inzwischen bedeutet, obwohl ich noch gar nicht so lange hier bin."

„Oje, jetzt wird's sentimental!", rief Sugar laut aus, woraufhin alle in Gelächter ausbrachen. Doch mir entging nicht, wie sie sich verstohlen eine Träne aus dem Augenwinkel wischte.

Uns blieben gerade noch ein paar Minuten, um gemeinsam zu essen, bevor wir vom Rest des Dorfes überrollt werden würden. Also luden wir uns eilig unsere Teller voll und ließen uns gemeinsam an einem der Tische nieder. Und tatsächlich … Wir hatten kaum abgeräumt, da strömten auch schon die ersten Besucher herbei. Sie hatten ihre Autos auf dem einen knappen Kilometer entfernten, öffentlichen Parkplatz abgestellt und wurden von den Schaustellern in Pferdekutschen zum Anwesen gebracht. Mit Feuereifer machten sich alle über das Buffet her, und sowohl die Kinder als auch die Erwachsenen waren begeistert von der Truppe kleiner Akrobaten und dem stummen Clown, der aus Luftballons kunstvolle Tiere und Hüte zauberte. Innerhalb von fünfzehn Minuten hatten auch Dallas und Abilene eine Menschentraube um sich geschart, und vor Lily Graces Zelt bildete sich eine Schlange, die sie bis weit nach Einbruch der Dunkelheit auf Trab halten würde.

Dann stießen auch unsere Gäste aus dem B&B zu der munteren Truppe. Die meisten mischten sich unters Volk, aßen, lachten, plauderten und schienen sich prächtig zu amüsieren. Nick Halpern, Kristinas Schwager, allerdings benahm sich, als sei das Fest ausschließlich zu seinen Ehren veranstaltet worden. Wie ein Wahlkämpfer auf Stimmenfang ging er von Tisch zu Tisch, bedankte sich bei allen fürs Kommen und küsste jeder Frau galant die Hand – genau wie mir bei unserer ersten Begegnung. Anfangs kam er vielleicht noch charmant rüber, doch schon bald wurde es unangenehm. Er rückte den Damen immer mehr auf die Pelle, trat vor, wenn sie einen Schritt zurückwichen, und sein Händedruck verwandelte sich in ein aufdringliches Streicheln über deren Schultern und Arme. Als ein Mann versuchte, sich zwischen ihn und seine Begleiterin zu drängen, plusterte Nick sich auf, als wollte er den Störenfried jeden Moment vermöbeln.

„Was soll das?", fuhr ich ihn zischend an, denn mittlerweile hatte sich schon die dritte Frau bei mir beschwert. Seine mehr oder weniger zufälligen Berührungen an den Armen waren längst zu gezielten Griffen geworden, und inzwischen *verirrte* sich seine Hand auch gerne mal auf die Hinterteile der weiblichen Gäste.

„Du sagtest doch, wir seien die heutigen Ehrengäste." Sein Auftreten war überheblich geworden – oder besser gesagt, noch überheblicher, nachdem er in den knapp fünfundvierzig Minuten, in denen er nun hier war, kräftig dem Gratisbier zugesprochen hatte.

„Du weißt doch, dass das nicht ernst gemeint war." Ich wartete auf irgendein Zeichen, dass er den Scherz verstanden hatte, allerdings vergebens. „Dies ist nicht deine Party, Nick. Niemand hier kennt dich. Wir feiern die Eröffnung unseres *Pine Time*."

„Aber du …"

Sheriff Jayne, stets Herrin der Lage, schob die zivile Jayne entschlossen zur Seite. „Hör zu. Wenn du dich nicht augenblicklich zusammenreißt und mit diesen Belästigungen aufhörst, sehe ich mich gezwungen, dich zu bitten, auf dein Zimmer zurückzukehren."

Er starrte mich einen Moment lang an und schob dann

die Unterlippe vor. „War ich ein böser Junge? Muss ich jetzt bestraft werden?"

Der Typ war zwar nicht unattraktiv − *knapp einen Meter achtzig groß, mit sorgfältig getrimmtem Haar, das an den Schläfen bereits silbrig schimmerte, und graubraunen Augen* −, aber er war bei Weitem nicht der Traummann, für den er sich zu halten schien. Unwillkürlich ballte ich die Hände zu Fäusten, als er sich umdrehte und mir provokant den Hintern hinreckte, als würde er eine Tracht Prügel erwarten, bevor er davonstapfte.

„Gibt's ein Problem?"

Wütend fuhr ich herum und fand mich meinem Deputy gegenüber, an seiner Seite die reizende Lupe Gomez. Reed stand in Kampfposition, bereit, auf mein Wort hin die Welt herauszufordern.

„Könnte sein", antwortete ich und schilderte ihm, was es mit meinem störrischen Gast auf sich hatte.

„Soll ich ihm folgen und sicherstellen, dass er sich ab jetzt benimmt?"

Dankbar für seine bedingungslose Loyalität mir und dem Dorf gegenüber schüttelte ich den Kopf. „Du bist nicht im Dienst. Wenn du ihn im Auge behalten willst, habe ich nichts dagegen, aber lass dir von ihm nicht den Abend verderben."

„Geht klar."

Lupe ließ ihren Blick über die versammelte Gesellschaft schweifen. „Das ist großartig. Du weißt wirklich, wie man eine Soirée inszeniert." Das französische Wort klang in ihrem hispanischen Akzent besonders charmant.

„Danke, aber ich hatte ja auch jede Menge Hilfe."

Sie hielt ihre professionelle Digitalkamera hoch. „Was dagegen, wenn ich Fotos schieße? Ich brauche noch einen Bericht, und diese Party bietet sich dafür an."

Lupe war seit Juni in Whispering Pines unterwegs und schrieb für ihr Online-Magazin Artikel über das Dorf und seine Bewohner. Zudem hatte sie mich bei der Aufklärung diverser Morde unterstützt, und so waren wir enge

Freundinnen geworden. Eigentlich war ihr Einsatz auf den Sommer beschränkt, doch während anderswo im Land die Saison mit dem Labor-Day-Wochenende endete, dauerte sie hier noch einen weiteren Monat an. Wir orientierten uns am Wicca-, Hexen- oder aber am spirituellen Kalender, wie auch immer man ihn nennen mochte, und erst der Wicca-Sabbat Mabon Ende September läutete den Herbst ein. Lupe hatte ihren Chefredakteur überredet, sie über das Festival berichten zu lassen, und bekam eine vierwöchige Verlängerung, unter der Bedingung, dass sie weiterhin Artikel lieferte. Schwer zu sagen, wer sich mehr darüber freute: sie oder Reed.

„Mach so viele Fotos, wie du willst", ermutigte ich sie. „Hol dir aber die Einverständniserklärungen der Leute, dann nehmen wir ein paar der besten auch gleich für unsere Website her."

Sie salutierte kurz, und die beiden schlenderten davon.

„Zwischen den Zweien scheint sich ja wirklich etwas anzubahnen." Morgan tauchte hinter mir auf, hakte sich bei mir ein und fächelte sich mit der anderen Hand Luft zu. „Mama wird müde, Jayne. Von daher bringe ich sie besser wieder nach Hause."

Ich runzelte die Stirn. „Ist dir etwa warm?"

„Allerdings." Sie hob ihr volles Haar empor, damit der kühle Luftzug auch ihren Nacken streifen konnte.

„Ich persönlich finde es heute Abend ziemlich frisch. Geht es dir gut?"

„Es ist bestimmt nichts, worüber man sich Sorgen machen müsste." In diesem Moment wanderte ihr Blick über meine Schulter hinüber zum Haus, und ihr klappte die Kinnlade herunter. „Wer ist das denn?"

Ich drehte mich um und sah River Carr auf der Terrasse neben Tripp stehen. Er starrte zu Morgan herüber, während er aus einem Kelch trank, den ich noch nie zuvor gesehen hatte. Im selben Augenblick begann die Luft zu knistern, und die feinen Härchen auf meinen Armen stellten sich auf.

Das hier war zwar keine Wicca-Magie – dafür fehlten Räucherwerk, Kerzen und monotoner Singsang –, aber zwischen Morgan und River geschah etwas, das dem verdammt nahekam. Seine hellgrauen Augen, ohnehin von unheimlicher Intensität, schienen förmlich zu glühen. Und Morgan stand da wie verzaubert. Für einen kurzen Moment war die Spannung so greifbar, dass ich das Gefühl bekam, mich zurückziehen zu müssen.

„Eine höhere Macht", sagte ich leise.

Mit sichtbarer Anstrengung riss sie sich von seinem Anblick los, blinzelte kurz und wandte sich mir zu. „Was?"

„Beim Einchecken habe ich ihn gefragt, was ihn an diesem Wochenende nach Whispering Pines geführt hätte, und er meinte, es sei es eine höhere Macht gewesen." Ich sah die kleinen Schweißperlen an ihrem Schlüsselbein glitzern und grinste. „Hast du ihn herbeigerufen?"

Sie reagierte nicht, starrte ihn nur weiterhin unverwandt an. Dann hob sie langsam das Kinn – eine beinahe rituelle Bewegung, mit der sie ihren hellen, schutzlosen Hals entblößte. War das eine Geste der Unterwerfung, wie bei einem Tier, das dem Stärkeren die Kehle darbietet, oder eher eine stumme Herausforderung: *Na los, komm schon und hol mich.* Da ich Morgan noch nie unterwürfig erlebt hatte, tippte ich auf Letzteres.

„Wer ist das?", fragte sie erneut.

River setzte sich in Bewegung, überbrückte die Distanz zwischen uns in wenigen Schritten und blieb direkt vor ihr stehen. Mit all der Eleganz und Selbstsicherheit, die sie ausmachte, hob Morgan eine schmale Hand, und er ergriff sie und führte sie, ohne den Blick von ihr zu lösen, an seine Lippen. Es war wie eine Szene aus einem viktorianischen Liebesroman. Im Gegensatz zu den mehr als unangebrachten feuchten Küssen, mit denen Nick Halpern die Damenwelt beglückt hatte, war dieser Kuss nicht nur willkommen, sondern auch noch verdammt sexy. Plötzlich hatte ich ebenfalls das dringende Bedürfnis, mir Luft zuzufächeln. Oder mir Tripp zu schnappen.

„River Carr", stellte er sich vor, seine Stimme kaum mehr als ein kehliges Schnurren. „Und Sie sind Morgan Barlow."

Sie hob eine makellose Braue. „Seien Sie gesegnet, River Carr. Sie haben sich nach mir erkundigt?"

„Ich musste es tun."

Ja, ich sollte tatsächlich besser verschwinden, aber da dies eine wahre Lehrstunde in Sachen Verführungskunst zu werden versprach, blieb ich wie angewurzelt stehen.

Mit einer geschmeidigen Geste deutete River zur Veranda. „Ich würde gerne alles über Sie erfahren. Darf ich Ihnen etwas zu trinken holen?"

Morgan tätschelte seine Hand, die noch immer die ihre umschloss, und löste sich dann von ihm. „Ich habe Jayne gerade mitgeteilt, dass ich meine Mutter nach Hause bringen muss. Gerne ein anderes Mal. Bleiben Sie das ganze Wochenende hier?"

„Ja." Er deutete ein Nicken an. „Ich freue mich darauf, Sie wiederzusehen." Dann trat er zurück, drehte sich langsam auf den Absätzen seiner schwarzen Stiefel um, wobei sich sein langer Mantel um ihn herum aufbauschte, und verschwand gemessenen Schrittes in der Menge.

Einen Moment lang standen wir nur da und sahen ihm nach. Als mir klar wurde, dass ich River genauso unverhohlen anstarrte wie Tripp zuvor Morgan, hob ich die Hände wie Scheuklappen an die Schläfen.

„Jetzt mal ehrlich – hast du ihn gerufen?"

Meine Freundin beugte sich zu mir herüber und hauchte mir einen Luftkuss auf die Wange. „Eine absolut gelungene Party, Jayne. Ich freue mich sehr, dass sich all deine harte Arbeit gelohnt hat. Wir sehen uns später."

Ehrlich gesagt, an den Rest des Abends erinnerte ich mich kaum, weil mir tausende Fragen durch den Kopf schwirrten. Wer war dieser River Carr? Was hatte es mit dieser unmittelbaren Verbindung zwischen ihm und Morgan auf sich? Welchen Schaden hatte Nick Halpern bereits angerichtet? Würde es in diesem Dorf jemals eine ganz normale Woche geben? Andererseits – Dunkelheit, Geheimnisse und eine Prise Ärger gehörten hier in Whispering Pines einfach zum Alltag dazu.

Kapitel Fünf

Tripp und ich hatten eigentlich gehofft, uns nach dem Fest noch ein paar ruhige Minuten zu zweit auf dem Sonnendeck gönnen zu dürfen. Ursprünglich waren wir davon ausgegangen, dass die Party gegen halb elf oder elf enden würde, doch es war fast Mitternacht, als wir den letzten Gast verabschiedeten. Da das Frühstück jeden Morgen ab halb acht serviert wurde, bedeutete das, Tripp musste spätestens um sechs aufstehen, besser noch um halb sechs. Statt trauter Zweisamkeit auf meiner Veranda begnügten wir uns also damit, dass er mich wie ein Gentleman der alten Schule nach Hause begleitete.

„Ich würde sagen, die Eröffnungsfeier des *Pine Time* war ein voller Erfolg", sagte er und gähnte herzhaft.

„Da kann ich dir nur zustimmen. Noch fit genug für ein wenig Klatsch und Tratsch?"

Trotz seiner Erschöpfung bedachte er mich mit einem solch intensiven Blick, dass mir ein Schauer über den Rücken jagte. „Immer."

Ich trat einen Schritt zurück und brachte ein wenig Abstand zwischen uns, bevor mir ebenso heiß wurde wie zuvor Morgan.

„Sie mich nicht so an. Du musst sehr früh aufstehen."

„Du doch auch. Falls du dich erinnerst: Du hast mir versprochen, mir beim ersten Frühstück zu helfen. Also, rück schon raus mit der Sprache. Was wolltest du mir erzählen?"

„Hast du mitbekommen, wie Carr meinte, er habe sich hierherberufen gefühlt?"

„Klar, und er ist wegen Morgan hier." Triumphierend wie ein Sieger streckte er die Faust in die Höhe, weil er mir die Pointe gestohlen hatte, und küsste mich dann zur Entschuldigung auf die Nasenspitze. „Er kam auf die Terrasse geschritten wie der Fürst der Finsternis persönlich, trank etwas Rotes aus einem Kelch – vermutlich Wein, aber wer weiß, vielleicht auch Blut –, und fragte mich, wer ‚die atemberaubende Schönheit' sei, die da neben ‚der Inhaberin des Etablissements' stehe."

Ich lachte laut auf. „Hat er das wirklich so gesagt?"

Tripp hob die Hand ans Herz, wie ein Pfadfinder, der seinen Eid ablegte. „Wortwörtlich, ich schwöre es. Dann muss er wohl meinen Gesichtsausdruck bemerkt haben, denn er wiederholte die Frage noch einmal, diesmal in ganz normalem Englisch. Ich glaube, er hat sich nur einen Scherz erlaubt, aber sicher bin ich mir dessen nicht."

„Er ist definitiv ein interessanter Typ. Das mit ihm verspricht noch unterhaltsam zu werden."

Er öffnete mir die Tür zu meinem Bootshaus-Apartment, und Meeka stürmte hinein, direkt zu ihrem Kissen in der Ecke neben meinem Bett. Sie hatte ebenfalls einen anstrengenden Abend hinter sich, immer auf der Flucht vor Kindern und Erwachsenen, die sie streicheln oder knuddeln wollten. Ich hätte sie ja schon früher in die Wohnung gebracht, aber irgendwie schien ihr das Ganze auch Spaß zu machen.

„Ich hab mir was überlegt …", begann ich. „Da wir am Wochenende nicht komplett ausgebucht sind und das Schlafzimmer im Erdgeschoss frei geblieben ist – wie wär's, wenn du dort übernachtest?"

Tripp hatte sich bereits geistig darauf eingestellt, auf dem durchgesessenen Sofa oben auf dem Dachboden zu schlafen. Was völlig unnötig war, wenn im Haus ein ordentliches Bett leer stand.

„Ausgezeichnete Idee", sagte er, ohne zu zögern. „Der einzige Ort, der noch einladender klingt als ein bequemes Bett in unserem B&B, ist dein Bett."

Ich spürte, wie mir die Hitze in die Wangen stieg, während er mich mit hochgezogenen Brauen musterte.

„Benimm dich gefälligst."

„Ich weiß, ich habe es schon mehrmals gesagt, aber danke dafür, dass du mir dein Vertrauen schenkst und mich dein Partner sein lässt."

„Ich könnte mir keinen besseren vorstellen, um mit ihm ein Geschäft zu eröffnen."

Er küsste mich lang und innig, zwinkerte mir dann zu und wandte sich zum Gehen. Über die Schulter fügte er noch hinzu: „Dafür natürlich auch."

Mein zwitschernder Vogelwecker klingelte um halb sechs … viel zu früh. Ich stöhnte leise, Meeka stimmte mit ein, und beide drehten wir uns noch einmal um. Zum Glück hatte ich schon am Vorabend so etwas geahnt und einen zweiten Alarm fünf Minuten später programmiert. Als der losging, schwang ich mich widerstrebend aus dem Bett. Meine Kleine hingegen rollte sich zur Wand und schien nicht die geringste Lust zu verspüren, jetzt schon aufzustehen.

Als ich aus der Dusche kam, saß sie dann aber doch erwartungsvoll vor den Doppeltüren, bereit für den ersten Ausflug des Tages.

Ich hatte Reed Bescheid gegeben, dass ich heute später aufs Revier kommen würde. Tripp war nervös wegen seines ersten Frühstücks. Dabei hatte er wochenlang geübt –

eigentlich konnte gar nichts schiefgehen, aber ein bisschen moralische Unterstützung würde trotzdem nicht schaden. Als wir endlich alle Renovierungen für abgeschlossen erklärten, lud er die Crew zu einem Brunch ein, der selbst das Buffet im Restaurant des *The Inn* in den Schatten stellte. Einstimmig kürte die Truppe seinen Bananen-Pekannuss- French-Toast zum Favoriten. Den zweiten Platz belegte sein Omelett mit Granny-Smith-Äpfeln, Speck, Spinat, Pilzen und geriebenem Cheddar.

Nachdem Meeka ihr Futter vertilgt hatte, schnappte ich mir das Geschenk, das ich für ihn besorgt hatte, und gemeinsam gingen wir über den Rasen zum Haupthaus. Wir fanden ihn in der Küche, wo es aussah, als hätte eine Bombe eingeschlagen. Ungläubig starrte ich auf das Chaos, das sich mir darbot.

„Was ist denn hier los?"

„Was, wenn es ihnen nicht schmeckt?", murmelte er, eindeutig im Panikmodus. „Ich kann mich einfach nicht entscheiden, was ich ihnen machen soll. Mein erster Gedanke war French Toast, aber du weißt ja, wie viele gerade auf Kohlenhydrate verzichten. Also überlegte ich, das Omelett zu nehmen, aber was, wenn ihnen das zu viel Fett und Cholesterin ist?"

Während er vor sich hin lamentierte, goss ich mir erst einmal einen Kaffee ein. „Seit wann bist du vom Meisterkoch zum Ernährungsberater mutiert?"

„Ich meine es ernst, Jayne. Was soll ich servieren? Der gute Ruf eines Bed & Breakfast hängt schließlich zum Großteil vom Frühstück ab."

Es gab nur eine Sache, von der ich wusste, dass sie Tripp wieder runterholen würde. Ich stellte meine dampfende Kaffeetasse auf die Anrichte, trat vor ihn, schlang die Arme um seinen Nacken und küsste ihn. Lange genug, damit er alles um sich herum vergaß, aber wiederum nicht so lange, dass wir Gefahr liefen, in eine prekäre Lage zu geraten. Als ich mich wieder von ihm löste, wirkte er leicht benommen, und Meeka hatte uns demonstrativ den Rücken zugedreht. Selbst nach fünf Wochen wusste sie noch nicht so recht, wie sie mit unserem Geturtel umgehen sollte.

„Ich habe was für dich", sagte ich und reichte ihm das Geschenk.

„Für mich?" Mit einem halb misstrauischen, halb neugierigen Blick begann er, das Papier aufzureißen, das mit winzigen Schneebesen bedruckt war. Als er die weiße Kochjacke mit den schwarzen Knöpfen herauszog, wurden seine Augen groß. „Du hast unser Logo aufsticken lassen", bemerkte er.

Dieses Logo, entworfen von der vielseitig talentierten Violet, zeigte eine kleine Kieferngruppe über dem in rustikalen Lettern gehaltenen Schriftzug *Pine Time*. Darunter verliefen sanfte, babyblaue Linien, die den See symbolisierten.

Tripp schlüpfte direkt hinein, und sie passte wie angegossen. „Sie ist perfekt. Danke, Babe."

Kurz aus dem Konzept gebracht von diesem Kosenamen, räusperte ich mich. „Was hattest du denn für heute auf die Speisekarte gesetzt?"

„Den French Toast. Aber dann dachte ich mir, vielleicht brauche ich ein besseres Testpublikum als die Bau-Crew. Jungs stehen nun mal auf Kohlenhydrate."

„Erstens: Du wirst es nie allen recht machen können, und das weißt du auch." Er nickte, während er die Knöpfe seiner Jacke schloss. „Und zweitens – genau deshalb bin ich heute hier, um dich bei deiner Entscheidung zu unterstützen. Warum machst du nicht einfach beides, den Toast und das Omelett? Genug von beidem, damit jeder ein bisschen probieren kann, und dann fragst du nach, was besser ankam. Ich decke jetzt mal den Tisch im Speisesaal. Sag Bescheid, wenn ich noch irgendwie helfen kann."

Er hielt kurz inne, ließ sich den Vorschlag durch den Kopf gehen, und nickte. „Guter Plan. Könntest du, bevor du mit dem Eindecken anfängst, noch schnell die Bananen schneiden und die Pekannüsse hacken?"

„Klar, aber du weißt ja, dass ich in der Küche nichts anderes beherrsche, als die Mikrowelle zu bedienen."

Er zeigte mir, wie dick die Bananenscheiben sein sollten und wie fein die Pekannüsse werden mussten. Dann arbeiteten wir eine Weile in fast meditativer Stille, bis ich meine Aufgabe erledigt hatte. Nachdem er mein Werk für perfekt erklärte – wobei er das wahrscheinlich nur aus purer Höflichkeit tat –, begab ich mich ins Esszimmer.

Für die neun Gedecke benutzte ich das absichtlich bunt zusammengewürfelte und in verschiedenen Blautönen gehaltene Porzellan meiner Großmutter. Dabei musste ich an all die Mahlzeiten denken, die ich im Laufe der Jahre mit meiner Familie in diesem Raum eingenommen hatte. Zwar waren wir meist im Sommer hier gewesen, aber zumindest einmal hatten wir auch Thanksgiving mit unseren Großeltern gefeiert, dessen war ich mir ziemlich sicher. Das allerdings war vor dem Zerwürfnis zwischen meinen Eltern und meiner Großmutter gewesen. Grandpa war, soweit ich wusste, nicht daran beteiligt gewesen, aber Grandma hatte sich angemaßt, ein Geheimnis zu enthüllen, das beinahe die Ehe meiner Eltern zerstört hätte. Es ging um nichts Geringeres als die Tatsache, dass mein Vater ein drittes Kind gezeugt hatte – mit Priscilla, dem *toten Mädchen*, wie sie hier jeder nannte. Das lag natürlich Ewigkeiten zurück, noch bevor Mom und er sich überhaupt begegnet waren, aber weil Dad ihr nie davon erzählt hatte, wog diese Lüge für meine Mutter schwerer als die eigentliche Wahrheit. Ich konnte keinem von beiden verdenken, dass sie wütend auf Großmutter waren. Sie hätte sich aus dieser Sache raushalten müssen.

Vor etwa einem Monat war es mir endlich gelungen, die Geschichte Stück für Stück zusammenzusetzen. Anfangs war ich einfach nur fassungslos gewesen ob der Tatsache, überhaupt einen Halbbruder zu haben. Doch was mir wirklich den Boden unter den Füßen wegzog, war, dass es sich bei diesem Bruder um niemand Geringeren als Donovan handelte, der unter Mordverdacht stand und wegen Großmutters Tod auf der Flucht war.

„Weißt du", sagte ich, als ich mit dem Tischdecken fertig war, „wir nutzen den Speisesaal ja sowieso nur fürs Frühstück. Eigentlich könnten sich zukünftig Arden und Holly darum kümmern, wenn sie mit den Gästezimmern fertig sind. Das wäre für dich morgens eine Sorge weniger."

Tripp sah mich an und blinzelte. „Brillant. Warum sind wir nicht schon früher auf diese Idee gekommen? Ich spreche später gleich mit ihnen. Sie wollten heute ohnehin vorbeikommen, um die Spuren der gestrigen Party zu beseitigen."

Offenbar hatte er sich wieder beruhigt und widmete sich nun routiniert und konzentriert der Vorbereitung des Frühstücks. Zehn Minuten, bevor die ersten Gäste auftauchen würden, um sich die Bäuche vollzuschlagen, war der French Toast bereits fertig und wartete in einem der Einbauöfen darauf, serviert zu werden. Alle Zutaten für die Omeletts waren geschnippelt und standen parat, aber Tripp wollte sie erst in letzter Minute in die Pfanne werfen. Frische ging ihm über alles. Er deutete auf eine Platte voller Brotscheiben und unterschiedlichster Muffins und bat mich, sie im Speisezimmer auf dem Sideboard neben dem Toaster zu platzieren. Das Frühstück im *Pine Time* sollte als Buffet serviert werden, so konnten unsere Gäste sich nach Belieben selbst bedienen.

Ein letztes Mal wanderte er durch den Raum, überprüfte sämtliche Details und kehrte dann in seine Küche zurück. „Ich glaube, wir sind bereit."

Kapitel Sechs

ANGEZOGEN VON DEM AROMA FRISCH GEBRÜHTEN KAFFEES und brutzelnden Specks, tauchte Kristina als Erste auf.

„Ich kann kaum glauben, dass ich nach dem Festmahl von gestern Abend schon wieder Hunger habe", sagte sie. „Die anderen sind auch wach und fast fertig angezogen. Sie kommen gleich runter. Darf ich bereits etwas essen?"

Tripp versprach, direkt mit den Omeletts anzufangen. „Nimm dir doch schon einmal einen Kaffee und setz dich in den Speisesaal. Sobald alles fertig ist, bringe ich es raus."

Während sie wartete, setzte ich mich zu ihr, und wir plauderten ein wenig über alles, was in den letzten Jahren so passiert war. Sie behauptete, mit ihrem Leben rundum zufrieden zu sein, aber zwischen den Zeilen hörte ich da etwas heraus, das mich zweifeln ließ, ob sie mir wirklich die ganze Wahrheit sagte. Bevor ich Sheriff in Whispering Pines wurde, war ich vier Jahre lang als Streifenpolizistin und ein weiteres Jahr als Detective tätig gewesen. Ich hatte gelernt, Menschen zu durchschauen. Und auch wenn ich es nicht immer beim Namen nennen konnte, spürte ich doch instinktiv, wenn etwas nicht stimmte.

„Okay, ich muss es dir verraten", platzte sie plötzlich

heraus, als hätte sie meine Gedanken gelesen. „Warum ich ständig so hungrig bin." Sie stand auf, lugte vorsichtig um die Ecke und setzte sich dann wieder. „Ich bin schwanger! Jetzt warte ich nur noch auf den richtigen Moment, um es Kyle zu sagen."

„Er weiß es noch gar nicht?"

„Nein. Ich wollte es ihm eigentlich schon längst beichten, aber dann dachte ich mir, hier oben, wo alles so idyllisch ist, wäre es einfach romantischer. Letzte Nacht, nach der Fahrt und der Party, war er völlig erledigt, doch heute werde ich ihm die große Neuigkeit mitteilen."

„Das ist ja großartig. Herzlichen Glückwunsch."

„Du hast ja keine Ahnung." Sie war so aufgeregt, dass ich kaum zu Wort kam. „Wir versuchen es seit zwei Jahren. Ich wünsche mir nichts sehnlicher, als endlich Mutter zu werden, aber so allmählich hatte ich die Hoffnung aufgegeben. Kyle wird verrückt vor Freude, wenn er das erfährt."

Ich hätte solch eine aufregende Nachricht nicht für mich behalten können. Vielleicht vor anderen, doch nie und nimmer vor meinem Mann. Aber Kristina war eben schon immer jemand gewesen, die viel Wert auf die richtigen Umstände legte – den perfekten Moment, das passende Ambiente.

Eine Stimme aus dem Flur drang zu uns herüber: „Sieben Uhr dreißig ist eine absurde Zeit fürs Frühstück." Ein finster dreinblickender Nick Halpern betrat das Esszimmer, Constance im Schlepptau.

„Dies hier ist ein Bed and Breakfast, Nick, und kein Hotel mit dazugehörigem Diner." Ich zwinkerte Kristina nochmals kurz zu, drückte ihr die Hand und stand auf, damit jemand anderes sich setzen konnte. „Wir lassen Kaffee, Obst, Brot und Muffins bis zehn Uhr auf dem Sideboard stehen. Wer allerdings ein warmes Frühstück möchte, muss um halb acht unten sein."

Ich gab mir redlich Mühe, nicht wie eine Kindergärtnerin

zu klingen, die einen ungezogenen Dreikäsehoch ermahnte, hatte aber das Gefühl, dass mir das gründlich misslang. Tatsächlich hatte ich mir vorgenommen, geduldiger mit meinen Gästen zu sein, verständnisvoller gegenüber denjenigen, die nicht ans frühe Aufstehen gewöhnt waren. Aber auf jemanden wie Nick Halpern war ich nicht vorbereitet gewesen. Als Polizistin waren mir solche Typen natürlich ständig untergekommen. Allerdings hatte ich nicht damit gerechnet, dass sich so jemand in mein B&B verirren würde.

Während der Rest der Gruppe nach und nach eintrudelte, sich Kaffee oder Tee holte und einen Platz suchte, brachte Tripp ein riesiges Tablett mit dampfendem Frühstück herein. Alle waren begeistert, bis auf Nick natürlich, der sofort wieder etwas zu meckern hatte.

„Was ist das denn für ein Schickimicki-Essen?", murrte er. „Ein ordentliches Rührei mit Würstchen wär mir lieber."

„Vielleicht solltest du einfach mal für das dankbar sein, was da ist", mischte Kyle sich ein.

„Ausgerechnet du sagst so etwas." Nick grinste spöttisch und ließ den Blick lüstern über Kristinas Körper wandern. „Hast dir solch eine attraktive Frau geangelt und bist so gut wie nie zu Hause."

Die ignorierte den Kommentar und konzentrierte sich stattdessen auf die Auswahl ihres Frühstücks. Als Kyle etwas erwidern wollte, legte sie ihm eine Hand auf den Arm und schüttelte leicht den Kopf.

Nick schnaubte verächtlich. „Zum Glück hat sie einen Nachbarn, der sie nur zu gern im Auge behält, wenn sie ganz allein zu Hause ist."

„Jetzt reicht's aber", fuhr Constance in an.

Ihr Mann warf ihr einen gehässigen Blick zu, den sie einen Moment lang unbeirrt erwiderte, bevor sie sich abwandte. Nachdem auch sie sich am Buffet ihren Teller gefüllt hatte, gab ich ihr ein kaum merkliches Zeichen, mir kurz nach draußen zu folgen, bevor sie an den Tisch zurückkehrte.

Im Flur zwischen Esszimmer und Küche fragte ich leise: „Ist alles in Ordnung?"

„Es könnte besser sein", antwortete sie vage. „Nick fühlt sich in dieser Runde minderwertig. Er hat vor sechs Monaten seinen Job verloren, und ich glaube, er hat dabei auch einen Teil seiner Männlichkeit eingebüßt."

„Ich muss dir leider eine Frage stellen. Immerhin bin ich auch der Sheriff dieses Ortes, und die öffentliche Sicherheit zu wahren, ist Teil meiner Arbeit. Ganz offensichtlich ist dein Mann vulgär, aber ist er auch gewalttätig? Bist du in unmittelbarer Gefahr?"

Sie lachte so laut, dass sie sich die Hand vor den Mund schlug und über die Schulter blickte, ob jemand aus der Gruppe das mitbekommen hatte. Nick jedoch saß nur schweigend auf seinem Stuhl, ignorierte alle und wurde seinerseits von allen ignoriert.

„Constance!", rief er allerdings, als er bemerkte, dass sie zu ihm herüberschaute. „Komm her und iss. Dein Essen wird kalt."

Sie schloss die Augen, ihr Gesichtsausdruck schrie förmlich: *Gib mir Kraft.* „Keine Sorge, ich bin nicht in Gefahr. Hunde, die bellen, beißen für gewöhnlich nicht. Aber irgendwann schnappt mal einer zurück."

Constance − *etwa einen Meter fünfundsechzig groß, Ende dreißig, schwarzes, glattes Haar bis zu den Schulterblättern, erste zarte Fältchen um die dunklen, mandelförmigen Augen* − wirkte auf mich recht kühl und reserviert. Vielleicht lag das aber auch daran, dass sie so ganz anders war als ihre kleine Schwester. Kristina war quirlig und voller Leben, sie hingegen sehr beherrscht und ernst.

Sie legte mir eine Hand auf den Oberarm − eine Geste, die ich sonst nur von Krankenschwestern und Ärzten kannte, um Patienten Trost zu spenden. „Trotzdem danke, dass du dir Sorgen machst."

Mit diesen Worten kehrte sie in den Speisesaal zurück, und ich begab mich in die Küche. Tripp saß auf einem Barhocker am Tresen, ein Glas Orangensaft in der Hand haltend.

„Du hast da nicht heimlich Alkohol reingekippt, oder?", neckte ich ihn, fügte dann jedoch ernster hinzu: „Oder etwa doch?"

„Ehrlich gesagt habe ich kurzzeitig darüber nachgedacht, aber den Gedanken dann wieder verworfen. Sobald die Gäste fertig sind und das Geschirr weggeräumt ist, bereite ich schon mal möglichst viel für morgen vor. Je mehr ich im Vorfeld erledigen kann, selbst wenn es nur das Abmessen der Zutaten ist, desto entspannter läuft es am folgenden Tag ab."

„Die Premiere ist ja schon mal überstanden. Ab jetzt kann es nur noch leichter werden."

„Hoffen wir mal."

„Du darfst nur nie krank werden. Wenn das Frühstück an mir hängen bliebe, gäbe es Müsli mit kalter Milch, Bananen und Saft aus dem Tetrapack. Ich bin mir nicht einmal sicher, ob ich einen vernünftigen Kaffee zustande brächte."

Er stellte sein Glas ab, nahm eine meiner Hände und zog mich an sich. „Vielleicht sollte ich dir Nachhilfeunterricht geben."

Bei dieser Anspielung wurde mir erneut heiß.

Dann jedoch kam mir ein genialer Gedanke, und ich lehnte mich ein Stück zurück, um ihm ins Gesicht sehen zu können. „Wenn ich jeden Morgen mit dir aufstehe, hätten wir ein wenig Zeit nur für uns, bevor ich zur Arbeit muss."

Seine Augen leuchteten auf. „Ich werde heute Nachmittag gleich mal bei *Sundry* vorbeischauen und sämtliche Wecker kaufen, die sie vorrätig haben. Du verschläfst manchmal ja sogar das nervtötende Gezwitscher deiner Vögel."

„Das ist bisher nur einmal passiert", protestierte ich. „Apropos Arbeit, ich muss los. Und falls du dich fragen solltest: Dein Frühstück ist ein voller Erfolg."

„Bis auf unseren einen mies gelaunten Gast."

Ich zuckte mit den Schultern. „Wie ich schon sagte, man kann es nicht allen recht machen."

Gerade als ich mich zum Gehen wandte, kam River Carr die Treppe herunter.

„Guten Morgen, Jayne. Tripp."

„Guten Morgen, Mr Carr", erwiderte ich.

„River, bitte. Kein Grund für Förmlichkeiten, zumal ich das Gefühl habe, dass wir uns noch besser kennenlernen werden."

„Wenn Sie mich gestern Abend nicht nach Ms Barlow gefragt hätten, würde ich glatt glauben, Sie baggern meine Freundin an." Tripp stand auf und schüttelte ihm die Hand.

„Ich würde niemals in das Revier eines anderen Mannes eindringen", versicherte River ihm.

„Revier?" Ich warf beiden einen unbeeindruckten Blick zu. „Das ist vermutlich der richtige Moment, um zu verschwinden."

Er legte sich mit gespielter Reue die Hand aufs Herz und senkte den Kopf. „Ich wollte Ihnen keinesfalls zu nahe treten, Jayne. Wo finde ich denn bitte das Essen, das hier so verführerisch duftet?"

Trotz seines Charmes – oder gerade deshalb – blieb ich bei ihm wachsam. Ich geleitete ihn zum Speisesaal. Natürlich musste Nick sofort wieder einen unangebrachten Kommentar abgeben.

„Falls man es Ihnen noch nicht gesagt hat: Frühstück wird um halb acht serviert. Wer etwas Warmes will, muss pünktlich sein." Dann warf er Kristina einen anzüglichen Seitenblick zu. „Wobei mir da auch noch andere heiße Sachen einfallen würden."

„Halpern", knurrte Kyle, sichtlich bemüht, sich zu beherrschen. „Halt endlich deine verdammte Klappe!"

River ignorierte die Szene geflissentlich und belud seelenruhig seinen Teller mit fast allem, was auf dem Buffet noch übrig war, ließ jedoch von jedem Gericht genau eine Portion zurück.

„Ich versuche doch nur, freundlich zu sein", entgegnete Nick, den Blick weiter stur auf seine Schwägerin gerichtet. Falls da tatsächlich irgendetwas zwischen den beiden lief – und er schien beharrlich allen weismachen zu wollen, dass dem so war –, dann ließ Kristina sich zumindest nichts anmerken. Weder schaute sie weg, noch zeigte sie Anzeichen von Verlegenheit oder Schuld. Ein kleines Lächeln und ein kaum sichtbares Kopfschütteln in Kyles Richtung genügten, um klarzustellen: Ihr Schwager war nichts weiter als ein Großmaul.

„Was soll eigentlich dieses Vampir-Outfit?" Der Kerl ließ nicht locker und hatte nun River ins Visier genommen, der gerade auf dem freien Stuhl am Kopfende des Tisches Platz nahm. „Wenn ich Sie jetzt raus in die Sonne schubse, gehen Sie dann in Flammen auf?"

Dann lachte er auf und sah sich erwartungsvoll in der Runde um, wie ein Pausenhof-Rüpel, der auf Beifall seiner Clique hoffte. Die Einzige jedoch, die eine Reaktion zeigte, war Constance.

„Ich wusste, wir hätten nicht kommen sollen." Eine Hand anmutig auf ihr Herz gepresst, warf sie mir und den anderen am Tisch entschuldigende Blicke zu. An ihren Mann gewandt, sagte sie ruhig: „Kyle hat dich doch gebeten, dich zurückzuhalten."

Durch diese Worte fühlte sich Nick allerdings nur noch mehr angestachelt. „Denkst wohl, du bist was ganz Besonderes, oder, *Connie?* Aber ohne mich wärst du ein Nichts, ein Niemand."

Bei diesem Kosenamen zuckte sie zusammen. Er jedoch setzte seine Schimpftirade fort und beklagte sich, dass sie doch an seiner Seite stehen und ihn unterstützen sollte, statt ihn sogar noch zu treten, wenn er eh schon am Boden lag. Sheriff Jayne stand bereits in den Startlöchern, um ihn des

Speisesaals zu verweisen, damit die anderen Gäste in Ruhe ihr Frühstück beenden konnten, als River sich dezent einmischte.

Es war eine sehr subtile Geste. Er sagte nichts, sondern starrte Nick lediglich aus seinen seltsamen grauen Augen durchdringend an. Gerade als der sich eine Hälfte seines Blaubeermuffins in den Mund schob, fuhr River langsam und gezielt mit einem langen Finger von der Spitze seines Kinns über seinen Adamsapfel hinab bis zur Drosselgrube. Dieses prickelnde Gefühl, das ich schon gestern Abend verspürt hatte, erfüllte den Raum, und nur eine Sekunde später riss Nick die Augen auf und begann zu würgen sowie nach Luft zu schnappen. Wir saßen alle einfach nur da und sahen zu, wie der Mann sich krümmte, ohne auch nur einen Finger zu rühren, um ihm zu helfen. Zwar besagte die Erste-Hilfe-Regel, man sollte einen Erstickenden nicht berühren, solange er nicht signalisierte, dass er nicht mehr atmen konnte, aber in diesem Moment hätten wir es selbst dann nicht vermocht, wenn wir es gewollt hätten. Wir waren wie gelähmt.

„Siehst du, was passiert, wenn du dich so ereiferst?", schimpfte Constanze, als er sich endlich erholt hatte. „Jetzt halt besser die Klappe und iss zu Ende. Du blamierst dich nicht nur selbst, sondern auch mich."

Ich spürte eine Berührung an meiner Schulter und drehte mich um. Hinter mir stand Tripp. „Ich dachte, du wärst schon unterwegs zum Revier."

„Die morbide Neugier hat gesiegt." Ein letztes Mal wandte ich mich der Gruppe zu, dann verließ ich den Speisesaal. „Bitte sag mir, dass wir nicht öfters Gäste wie ihn haben werden. Dieser Typ ist einfach nur schrecklich."

„Ich wünschte, ich könnte es, aber ich habe dir ja versprochen, dich nie anzulügen." Er führte mich nach hinten auf die Terrasse und gab mir einen spielerischen Klaps auf den Po. „Ab mit dir, Sheriff."

Kapitel Sieben

Nachdem ich mich umgezogen, die Taschen meiner Cargohose mit Handschellen und dem üblichen Polizeikleinkram bestückt und Meeka ihr K-9-Geschirr angelegt hatte, waren wir einsatzbereit. Beim Cherokee angekommen, entdeckten wir, dass sich mittlerweile Lupes alter Land Rover zu den Fahrzeugen in meiner Einfahrt gesellt hatte. Von ihr selbst aber war nichts zu sehen.

„Wo steckt sie denn?", fragte ich Meeka, die scharf bellte und die Schnauze in Richtung Veranda reckte. Tatsächlich, dort saß sie, ins Gespräch mit Kristina und Kyle vertieft.

Als ich hinüberging, um sie kurz zu begrüßen, hörte ich sie gerade fragen: „Was hat Sie an diesem Wochenende hierhergeführt? Warum ausgerechnet ins *Pine Time*?"

Kristina erklärte, wir seien seit Jahren befreundet, und sie wolle mein neues Projekt unterstützen. Dann fügte sie hinzu: „Und ich dachte, das hier wäre der perfekte Ort, um Kyle eine aufregende Neuigkeit mitzuteilen."

Der runzelte die Stirn und schaute seine Frau verwirrt an. „Aufregende Neuigkeit?"

Die Frage klang locker, und auch sein Tonfall war unbeschwert, doch ein Schatten in seinen Augen und die verschränkten Arme verrieten, dass er sich innerlich bereits auf schlechte Nachrichten einstellte.

„Ich wollte es dir eigentlich schon erzählen, bevor wir aus Madison weggefahren sind", versicherte Kristina ihm, „aber sieh dich doch mal um. Es ist so friedlich und schön hier, und es fühlt sich einfach richtig an, es dir hier zu sagen: Ich bin schwanger!"

Sie zappelte aufgeregt auf ihrem Stuhl herum, während Kyle im selben Moment sämtliche Farbe aus dem Gesicht wich. Den Schock eines werdenden Vaters, der von der Nachricht komplett überrumpelt wurde, kannte ich zur Genüge, aber das, was seine Miene ausdrückte, hatte rein gar nichts mit freudiger Überraschung zu tun.

„Bist du dir sicher?", fragte er. „Ich meine … hast du einen Test gemacht?"

Ich zog sanft an Meekas Leine. „Komm, lass uns gehen. Ein weiteres *Pine-Time*-Drama verkrafte ich heute nicht mehr."

Wir parkten hinter dem Revier und meldeten uns kurz bei Reed, dann machten wir uns auf zum Dorfplatz, um unsere übliche Runde zu drehen. Dorthin gelangte man nur über den sogenannten *Feenpfad*, einen Bohlenweg, der sich durch den Wald schlängelte. In den drei Monaten, die ich nun in Whispering Pines lebte, war ich diesen Weg gefühlt schon hundertmal gegangen, aber Feen waren mir bisher noch nicht begegnet. Die schienen mich zu meiden. Violet, die Besitzerin des *Ye Olde Bean Grinder*, hatte mir erklärt, der Name stamme von den Pilzen, die in Kreisform an den Wurzeln der Kiefern wuchsen und Feenkreise genannt wurden. Was auch immer das bedeuten mochte.

Es war offensichtlich, dass der Sommer sich dem Ende zuneigte. Die Pflanzen wirkten müde, als sehnten sie sich nach ihrem langen Winterschlaf. Besonders deutlich zeigte sich das in dem riesigen Pentagramm-Garten im Zentrum des Ortes. In den warmen Monaten präsentierten sich die Beete innerhalb der Sternspitzen des Pentagramms – mit dutzenden

Blumenarten, einigen Gemüsesorten und genug Kräutern, um sowohl das Restaurant des *The Inn* als auch den Pub *Grapes, Grains, and Grub* zu versorgen – üppig und in voller Pracht. Jetzt erinnerten sie mich eher an alternde Filmstars, die verzweifelt an ihrer verblassenden Schönheit festhielten. Morgan, die oberste der grünen Hexen, hatte bereits damit begonnen die Sommerpflanzen gegen kälteresistentere Sorten auszutauschen.

„Sheriff O'Shea", rief ein älterer Mann aus dem Garten zu mir herüber und kam auf einem der kieselgesäumten Pfade, die die Linien des Pentagramms bildeten, herangeschlurft. „Meine Frau und ich waren gestern Abend auf Ihrer Party. Ihr Bed & Breakfast sieht sehr einladend und gemütlich aus."

„Vielen Dank. Ich hoffe, Sie hatten eine gute Zeit." Eine schneeweiße Katze flitzte von einem Beetabschnitt zum nächsten, und mein ebenso weißer Terrier schickte sich an, ihr hinterherzujagen. „Nicht angreifen", ermahnte ich und gab ihrer Leine etwas mehr Spielraum.

„Die hatten wir", versicherte mir der Mann. „Ich rufe Sie bald einmal an, um ein Zimmer zu reservieren."

„Bitte tun Sie das. Wir würden uns sehr freuen."

Während ich meinen Weg fortsetzte und Meeka weiterhin versuchte, die Katze zu erwischen, näherten sich mir immer mehr Touristen und versprachen, ihren nächsten Aufenthalt bei uns zu buchen. Dann jedoch zog der unvermeidliche Schatten auf, der die Helligkeit trübte.

„Sheriff O'Shea."

Diese scharfe, klare und unverkennbar verärgerte Stimme gehörte zu einer der Frauen, die sich gestern Abend bei mir über Nick Halpern beschwert hatte.

„Ich dachte, ich hätte mich mittlerweile ein wenig beruhigt, aber das ist nicht der Fall. Nach wie vor fühle ich mich von diesem Mann respektlos behandelt."

„Seien Sie versichert, ich kann das nur zu gut

nachvollziehen. Mich hat sein Verhalten ebenfalls zutiefst verärgert."

„Ich nehme an, Sie werden etwas gegen ihn unternehmen, nicht wahr? So jemand wie er ist in unserem Dorf nicht erwünscht. Ein faules Ei verdirbt bekanntlich den ganzen Brei."

Auch das verstand ich nur allzu gut. Sie meinte natürlich Halpern, doch das Gesicht, das dabei vor meinem inneren Auge aufblitzte, war das von Flavia Reed. Flavia, die selbsternannte Bürgermeisterin von Whispering Pines und eine der *Ursprünglichen*, also Nachfahrin einer der ersten Familien, die sich hier angesiedelt hatten, hasste mich aufgrund diverser Dinge, die meine Großmutter ihr vor vierzig Jahren angetan hatte. Wenn das keine Verbitterung war!

„Ich habe ihn mir heute Morgen bereits vorgeknöpft", versicherte ich der Frau, „und ich kann Ihnen nur voll und ganz zustimmen. Wir werden auf keinen Fall zulassen, dass eine einzelne Person alles von Wert in unserer Gemeinschaft ruiniert. Sollte er noch einmal auffällig werden, wird er des Dorfes verwiesen."

Sichtlich zufrieden mit meiner Antwort setzte sie ihren Spaziergang durch die Grünanlage fort.

Das klassische Herzstück des Dorfes wirkte wie ein mittelalterlicher Markt oder als wäre es direkt einer altertümlichen englischen Landschaft entsprungen. Ein Weg aus roten Ziegeln umrundete den Garten, und entlang dieses Weges reihten sich kleine Cottages, die einst den Dorfbewohnern als Wohnhäuser gedient hatten und jetzt Läden und Restaurants beherbergten. In diesem Viertel, wie eigentlich im ganzen Örtchen, waren die leicht schiefen Häuser allesamt weiß verputzt und von dunkelbraun bis schwarz gebeizten Holzbalken eingerahmt. Würden Strohdächer nicht eine solche Brandgefahr darstellen, hätten sie sicher alle eines. So allerdings bestanden die Dächer aus zementgeformtem Kunstreet, was täuschend echt aussah.

Auf der Veranda des *Shoppe Mystique* stand Morgan Barlow in einem kurzen, schwarzen Trägerkleid und fächelte sich Luft zu.

„Sei gesegnet", grüßte sie mich, wobei sie einen elenden Eindruck machte.

„Im Ernst jetzt?", fragte ich. „Dir ist immer noch heiß? Ich hab gerade noch gedacht, ich hätte mir besser eine Jacke mitgenommen. Wenigstens hab ich eine lange Hose an und keine Shorts. Und ich überlege ernsthaft, mir Meeka als wärmenden Schal über die Schultern zu legen."

Der kleine Terrier verpasste meinem Bein einen genervten Kopfstoß.

„Schon gut", beruhigte ich sie. „Das war doch nur ein Scherz." Teilweise zumindest.

Morgan drehte ihr Haar zu einem Knoten auf, um zumindest das klebrige Gefühl im Nacken loszuwerden. „Ich schwöre, es wird immer schlimmer."

„Wie ist das möglich, wenn doch die Temperatur stündlich fällt?" Ich musterte sie aus zusammengekniffenen Augen? „Moment mal … bist du dafür verantwortlich?"

Das klang zwar vollkommen absurd, und ich konnte kaum glauben, dass ich die Frage überhaupt gestellt hatte. Aber immerhin war Morgan als grüne Hexe eng mit der Natur verbunden. Vor ein paar Wochen waren wir gemeinsam durch den Wald gewandert, um Blind Willie zu besuchen, einen der Dorfbewohner, der völlig zurückgezogen lebte. Während ich über so gut wie jede Wurzel stolperte und mich an jedem zweiten, tief hängenden Ast aufschürfte, glitt sie scheinbar schwerelos dahin, als würde sie über eine offene Wiese schlendern.

„Natürlich nicht", erwiderte sie spitz. „Diese Art von Magie – also die Fähigkeit, die Elemente zu kontrollieren – gibt es nicht. Es handelt sich lediglich um eine gerade durchziehende Kaltfront. Warum meine Körpertemperatur verrücktspielt, kann ich mir auch nicht erklären."

„Apropos Magie", setzte ich an und erzählte ihr von Nick Halpern, der heute Morgen beinahe an einem Muffin erstickt wäre, und wie es ganz so aussah, als hätte River Carr das irgendwie beeinflusst.

„Auch diese Art existiert nicht", erwiderte sie. „Allerdings gibt es bestimmte Menschen, die die Denkweise anderer beeinflussen können. Ich kann dir nicht erklären, wie sie das machen, aber denk doch mal an die großen Illusionisten. David Copperfield beispielsweise ist nicht wirklich durch die Chinesische Mauer hindurch oder hat die Freiheitsstatue verschwinden lassen, und doch glauben wir es … weil er unsere Wahrnehmung so manipuliert hat, dass es für uns real wirkte. Vielleicht verfügt Mr Carr über ähnliche Fähigkeiten?"

„Willst du damit andeuten, er hat Nick *glauben lassen*, er würde an einem Muffin ersticken? Das ist … beunruhigend."

„Hast du eine andere Erklärung?" Sie breitete die Arme aus und schlug damit wie ein Vogel mit den Flügeln − allerdings nicht wie einer, der sich in die Lüfte aufschwingen, sondern lediglich abkühlen wollte. „Das Geschäft ist jetzt schon brechend voll. All die Leute da drinnen treiben die Temperatur nur noch weiter in die Höhe. Ich muss dringend die Fenster öffnen."

„Dir ist aber schon klar, dass du die Einzige bist, die aktuell schwitzt, oder?"

„Und dir, dass das hier mein Laden ist, oder?"

„Hast du nicht irgendein Kraut in deinem Sortiment, das dir helfen könnte?"

Sie wandte sich ab und winkte mir im Davongehen über die Schulter zu.

Wie bei jedem unserer Rundgänge durch das Dorf war unser letzter Halt *Ye Olde Bean Grinder*, um Violet zu begrüßen und uns etwas zu trinken sowie Hundekekse zu holen. Heute würde ich mich wohl für einen richtig großen, heißen Mokka mit einem Extra-Espresso-Shot entscheiden. Ich umfasste den Metallgriff der Ladentür, der wie ein Bogen aus Kaffeebohnen geformt war, und zog daran … genau in dem Moment, als jemand von der anderen Seite schob. Um ein Haar wäre ich mit Reeva Long zusammengeprallt.

„Guten Morgen, Sheriff O'Shea. Ich hatte gehofft, Sie anzutreffen, allerdings nicht ganz so wortwörtlich."

Irgendwie klang sie heute Morgen besonders fröhlich, und es fiel mir wie immer schwer zu glauben, dass Flavia und sie Schwestern waren. Zwar besaßen beide die gleichen strahlend blauen Augen, aber damit hörte die Ähnlichkeit auch schon auf. Die schlanke Reeva strahlte mit ihrem kurzen, honigblonden Haar und ihrem klassischen Auftreten Selbstbewusstsein aus. Flavia hatte das eher strohblonde Haar stets zu einem strengen Dutt zusammengefasst und verbarg ihre Figur unter weiten, zeltartigen Kleidern. Auch ihre Wesenszüge spiegelten ihr Äußeres wider: Reeva war die zugänglichere der beiden Schwestern, Flavia hingegen die, mit der man nur sprach, wenn es unbedingt nötig war.

Erstere war vor etwa zwei Monaten nach zwanzig Jahren Abwesenheit ins Dorf zurückgekehrt, um den Nachlass ihres verstorbenen Mannes zu regeln. Verständlicherweise war sie anfangs eher zurückhaltend und für sich geblieben, doch allmählich schien sie zu ihrem alten, unbeschwerten Ich zurückzufinden, wenn man dem Klatsch der Bewohner glauben durfte.

„Sie sind aber gut gelaunt heute", merkte ich an. „Womit kann ich Ihnen helfen?"

„Ich habe wirklich nur eine einfache Frage, die ich vermutlich auch Violet hätte stellen können." Um zu verdeutlichen, dass sie sie gerade gesehen hatte, hob sie demonstrativ ihren Kaffeebecher in die Höhe. „Ich wollte mich nur rückversichern, dass diese Woche eine Sitzung des Gemeinderats stattfindet."

„Ja, morgen früh um sechs."

„Meine Güte, das ist aber zeitig, nicht wahr?“

„Wir planen eigentlich immer mit etwa einer Stunde, aber das Treffen kann sich auch hinziehen. Wer ein Geschäft hat, das gleich früh am Morgen Kunden bedient – wie beispielsweise Violet –, kann nicht zu lange warten, um zu öffnen. Während der Touristensaison macht sie meist schon um sechs auf, sodass ihr Bruder bis zu ihrer Rückkehr allein hier ist. Das sind jetzt wahrscheinlich mehr Informationen, als Sie wollten, oder?“

Reeva lachte, ein warmer Klang an einem unerwartet kühlen Tag. „Ganz und gar nicht. Ich freue mich immer, so viel wie möglich über meine Mitbürger zu erfahren. Finden die Treffen normalerweise sonntags statt?“

„Nein, in der Regel montags oder dienstags, aber wegen des Feiertags und einiger Terminkonflikte ... Gibt es einen besonderen Grund, warum Sie fragen?“

„Es gibt da etwas, das ich gern mit dem Rat besprechen würde. Könnten Sie dafür sorgen, dass ich auf die Tagesordnung komme?“

Ich wollte gerade nachhaken, warum sie sich nicht einfach an Flavia gewandt hatte. Schließlich war sie die Vorsitzende unseres Zirkels oder hielt sich zumindest dafür. Aber die beiden Schwestern hatten nicht das beste Verhältnis. Anfangs hatte ich gedacht, ihre Abneigung sei neueren Datums, bis ich herausfand, dass dieser Konflikt schon seit Kindertagen schwelte.

„Das werde ich tun“, versprach ich. „Dann bis morgen früh.“

Im *Bean Grinder* war jeder Cafétisch besetzt, und auch die vier weich gepolsterten Ledersessel rund um den Kamin in der Ecke waren belegt – eigentlich wie an jedem Tag, seit ich ins Dorf gekommen war. Der einzige Unterschied heute war, dass im Kamin ein richtiges Feuer prasselte, um den Raum zu wärmen. Ansonsten standen nur Vanillekerzen darin, die für die passende Atmosphäre sorgten. Jetzt schon träumte ich von dem Tag in etwa einem Monat nach dem Mabon-Erntefest, an dem ich einfach hereinkommen, mich in einen dieser einladenden Ledersessel fallen lassen und mit einem guten Buch in aller Ruhe meinen Kaffee genießen konnte. Die niedrige Decke und die dunklen Holzvertäfelungen machten diesen Ort zu einem der behaglichsten im ganzen Dorf. Und der allgegenwärtige Duft von Kaffee trug zweifellos seinen Teil dazu bei.

„Morgen, Sheriff", begrüßte mich die gerade mal einen Meter fünfzig große Barista mit ihrer üblichen, übersprudelnden Fröhlichkeit. Im Ernst, Violet war wirklich einer der freundlichsten und nettesten Menschen, die ich kannte. Kein Wunder, dass wir inzwischen auch privat Freundinnen geworden waren.

„Morgen, Violet." Ich schob ihr meinen Thermobecher über den Tresen. „Heute nehme ich meinen Standard-Mokka, aber mit einem extra Espresso-Shot, bitte."

„Hatte ich mir schon gedacht, dass du nach der Party etwas Starkes gebrauchen kannst." Sie hatte schon angefangen, mein Getränk zuzubereiten, bevor ich überhaupt mit dem Bestellen fertig war. „Ich hab gestern Abend noch kurz mit Tripp gesprochen. Er klang ziemlich nervös wegen seines ersten Frühstücks."

Ich lächelte. Die liebe Violet und ihre charmante Neugier. „Sicher kannst du nachvollziehen, wie er sich fühlte. Sein erster Tag, an dem er entscheiden musste, was er den Leuten vorsetzt. Er hatte Angst, dass es ihnen nicht schmecken oder dass das, was er zuzubereiten gedachte, nicht ihren Ernährungsgewohnheiten entsprechen könnte."

„Das verstehe ich nur zu gut. In den ersten Wochen, nachdem ich das Geschäft von meinem Vater übernommen hatte, habe ich mich auch kaum getraut, irgendetwas zu verändern. Das bedeutete, dass wir nur normalen Kaffee und Tee anboten, und nichts anderes."

„Nicht einmal Scones?", fragte ich, während ich mir einen aus dem Behälter auf der Theke nahm.

Sie lächelte, spritzte Sahne auf meinen Mokka, setzte den Deckel auf den Becher und schob ihn mir wieder hin. „O doch, die gab es immer. Meine Eltern hatten schon vor Jahren angefangen, Scones bei Honey und Sugar gegen Kaffee zu tauschen. Nur eben noch keine Eiskaffee-Varianten. Aber an dem Tag, an dem ich den Sprung wagte und sie einführte, haben sich die Verkäufe verdoppelt und am nächsten sogar verdreifacht. Da verstand ich, worauf meine Kunden Wert legen. Was haben deine Gäste denn heute Morgen zu Tripps Essen gesagt?"

„Alle schienen sehr zufrieden … na ja, bis auf einen."

„Ich denke, ich kann erraten, wer das war."

Ich musste nicht nachfragen, um zu wissen, dass sie Nick Halpern meinte. „Hat er dir ebenfalls das Leben schwer gemacht?"

Sie schürzte wütend die Lippen – ein Ausdruck, der so gar nicht zu ihrem hübschen Gesicht passen wollte. „Unter anderem hat er mich gefragt, wie es so ist, die einzige schöne schwarze Frau in Whispering Pines zu sein."

Mir klappte die Kinnlade herunter. „Er hat es sich wirklich zur Aufgabe gemacht, so viele Leute wie möglich zu beleidigen, was?"

„Zweifellos. Was stimmt nicht mit dem Kerl?"

„Keine Ahnung, aber es gab inzwischen eine Menge Beschwerden über ihn. Das werde ich mir nicht länger anschauen." Ich nahm einen Schluck von meinem Mokka und stieß einen wohligen Kaffeeseufzer aus. „Danke für die aufmunternden Worte für Tripp. Ich werde sie ihm ausrichten."

Anschließend kehrten Meeka und ich zum Revier zurück – einem schlichten, rechteckigen Gebäude, das besser in einen städtischen Industriepark gepasst hätte als in unser charmantes Dorf –, und fanden Reed an seinem Schreibtisch im Hauptraum sitzend vor. Seine Miene machte mich stutzig. Sogleich wanderte mein Blick zu den zwei Zellen links neben der Eingangstür, aber beide waren leer.

Ich nahm meiner Kleinen das Geschirr ab, und sie schoss sofort zur Gefängniszelle in der hintersten Ecke. Ihr Lieblingsplatz war unter der in die Wand geschraubten Pritsche.

„Was ist los?", fragte ich irritiert.

„Jemand wartet in deinem Büro auf dich."

„Wer denn?" In dem Moment fiel mir die Schachtel mit Scones auf. Ich hatte mit Sugar gerechnet, doch als ich mein Büro betrat, saß Honey, die jüngere der Schwestern, die das *Treat Me Sweetly* leiteten, auf einem Stuhl vor meinem Schreibtisch. Das Stirnrunzeln auf ihrem sonst so sonnigen Gesicht ließ bei mir sofort die Alarmglocken schrillen.

„Hey, Honey, was gibt's?"

Ihr Stirnrunzeln verstärkte sich. „Wir machen uns Sorgen um Whispering Pines."

Kapitel Acht

MIT *WIR* MEINTE HONEY NATÜRLICH SICH UND SUGAR. SCHON erstaunlich, wie sehr sie selbst dann füreinander sprachen, wenn sie nicht zusammen waren. Nicht einmal Zwillinge könnten sich näherstehen.

„Inwiefern?" Ich machte es mir in meinem Schreibtischstuhl bequem und bereitete mich auf ein langes Gespräch vor.

„Muss ich Ihnen das wirklich erklären?"

Ich wartete darauf, dass sie es trotzdem tat, aber sie schwieg. „Zumindest wäre das hilfreich."

Sie rutschte vor bis an die Stuhlkante, stellte die Füße eng nebeneinander und legte die Hände auf die Knie. „Sie spüren die Anspannung im Dorf doch sicher auch, oder? Ein bisschen war sie schon vorher da, aber seit die Wahrheit über Priscilla ans Licht kam, ist es schlimmer geworden."

Während sie sprach, nickte sie ununterbrochen, als wolle sie mich unterschwellig davon überzeugen, dass sie recht hatte.

„Ja, das tue ich", gab ich zu. Und zwar schon vor dem ganzen Kopfgewackle. „Alle, die von dem Vorfall mit Priscilla wussten, haben versucht, ihn zu vertuschen. Aber als Donovan verhaftet wurde, kam eben alles ans Licht."

„Sie wissen doch, wie rasend schnell sich hier alles herumspricht." Honey zupfte an einem losen Faden am Saum ihres Shirts herum. „Wir hatten uns entschlossen, bis nach der Eröffnung Ihres B&B zu warten – das übrigens wunderschön geworden ist, Sie haben wirklich tolle Arbeit geleistet. Aber jetzt ist es an der Zeit. Sie wissen, dass Flavia die treibende Kraft hinter dem war, was dem Mädchen widerfuhr. Sie müssen etwas gegen sie unternehmen."

Nichts würde mir mehr Freude bereiten … na ja, außer Donovan hinter Gittern verrotten zu sehen.

„Ich kann nicht viel ausrichten wegen eines Verbrechens, das vor vierzig Jahren passiert ist, schon gar nicht ohne handfeste Beweise. Es existiert ja nicht mal ein Polizeibericht oder ein Gutachten vom Gerichtsmediziner. Alles, was ich habe, sind Großmutters Tagebücher und die Erinnerungen derer, die damals dabei waren."

Je weiter ich die Lage ausführte, desto fassungsloser starrte sie mich an. „Sie wollen einfach ignorieren, was sie getan hat?"

„Ich sagte Ihnen doch gerade …" Dann hielt ich inne und fragte stattdessen: „Was sollte ich denn Ihrer Meinung nach unternehmen?"

Sie faltete die Hände und lehnte sich in ihrem Stuhl zurück. „Zwingen Sie sie, das Dorf zu verlassen."

Ich bedachte sie mit einem mitfühlenden Lächeln. „Schauen Sie, nur eine Handvoll Leute weiß wirklich, was sie in jener Nacht getan hat. Flavia möchte, dass wir darüber Stillschweigen bewahren. Deshalb glaube ich, dass sie sich ruhig verhalten und keinen Ärger machen wird. Aber seien Sie versichert: Ich werde sie genauestens im Auge behalten."

Ich war überzeugt, dass die alte Hexe nicht nur für Priscillas Ableben verantwortlich war, sondern dass auch noch andere Todesfälle in Whispering Pines auf ihr Konto gingen.

Mit Sicherheit hatte sie ihre eigene Tochter auf dem Gewissen, jene junge Frau, deren Leiche ich an meinem ersten Tag im Dorf in meinem Garten entdeckt hatte. Und selbst wenn der Tod meiner Großmutter tatsächlich eine Verkettung unglücklicher Umstände gewesen war, ausgelöst durch meinen niederträchtigen Halbbruder Donovan, hatte sie bei der Vertuschung mit Sicherheit ihre Finger im Spiel gehabt.

Honeys Mundwinkel zuckten, als sie versuchte, ihren Einwand hinunterzuschlucken. Vergeblich. Schon im nächsten Augenblick platzte sie heraus: „Was, wenn sie wieder etwas Schlimmes anstellt? Wenn noch jemand zu Schaden kommt?"

„Glauben Sie allen Ernstes, sie würde etwas tun, das andere in Gefahr bringt und ihren eigenen Ruf im Dorf aufs Spiel setzen könnte?"

„Das hätte man ihr doch schon damals nicht zugetraut, und doch hat sie es getan." Honey sah mich vielsagend an. „Ihr ist alles zuzutrauen."

Es wurde Zeit, dieses Gespräch zu beenden. „Ich nehme Ihre Sorgen durchaus ernst und werde darüber nachdenken, das müssen Sie mir glauben. Im Moment allerdings habe ich ein anderes, akutes Problem, das es anzugehen gilt."

„Sie meinen diesen schrecklichen Mann, der das Dorf terrorisiert?"

„Terrorisiert?" Wie ich wusste, tendierte Honey gern zur Übertreibung. „Hat er Sie belästigt?"

„Eigentlich ist er der Grund für meinen Besuch. Die Sache mit Flavia habe ich nur angesprochen, weil sich endlich einmal ein Gespräch mit Ihnen unter vier Augen ergeben hat." Sie zuckte mit den Schultern, als wollte sie sagen: *Können Sie mir das verdenken?* „Wie dem auch sei, Sugar ist völlig aufgelöst wegen dieses Kerls. Er kam gestern mit einer Gruppe Leute in den Laden und hat sich über alles beschwert. Die Schlange sei zu lang, die Deko an der Wand zu kitschig und die Kekse angeblich verbrannt."

„Ich bin sicher, Ihre Schwester hat ihm ordentlich Kontra gegeben."

„Allerdings, das hat sie." Sie presste kurz die Lippen aufeinander, bevor sie herausplatzte: „Er hat gesagt, die Eissorten seien mehr als einfallslos. Was für eine Frechheit!"

Honey war unheimlich stolz auf ihre Kreationen, und wie Tripp schon sagte: Wir hatten noch nie besseres Eis gegessen. Für sie war eine Kritik an ihrem Angebot so, als hätte jemand ihr Baby als hässlich bezeichnet.

Die Liste der Leute, die sich über Nick Halperns Belästigungen und Sticheleien beschwerten, wurde immer länger. Offensichtlich war es an der Zeit, ihn des Dorfes zu verweisen.

„Ich will nicht kleinreden, was Sie mir gerade erzählt haben", sagte ich, „aber hat er tatsächlich etwas getan oder nur herumgepöbelt?"

Sie atmete hörbar aus und sammelte sich. „Direkt mitbekommen habe ich das Ganze nicht, aber zumindest das, was hinterher passiert ist. Wie es scheint, hat dieser Typ die Frau vor ihm … hmm … *unsittlich berührt*. Wo genau weiß ich nicht, aber sie war außer sich. Und ihr Freund, ein Riese von einem Mann, der aussah wie Arnold Schwarzenegger in seinen jungen Jahren, ist ebenfalls komplett ausgerastet."

„Kam es zu Handgreiflichkeiten?"

„Nein, eigentlich nicht. Na ja, die Freundin hat Halpern eine geknallt, falls das zählt. Die beiden Männer haben sich lediglich angebrüllt. Es ist jedoch dermaßen eskaliert, dass Sugar die drei rausgeworfen und allen anderen, die in der Schlange warteten, als Wiedergutmachung einen Rabatt angeboten hat." Sie begann, die Summe an ihren Fingern abzuzählen. „Wegen diesem Idioten haben wir zehn potenzielle Kunden und um die zwanzig Dollar verloren. Aber noch mehr leid tut uns die arme Frau."

„Ich bedaure aufrichtig, dass sich so etwas in Ihrem

Laden abgespielt hat. Vielen Dank, dass Sie mir davon erzählt haben."

„Und was ist jetzt mit Flavia?"

„Ich verspreche Ihnen, mich darum zu kümmern." Erneut dankte ich ihr fürs Vorbeischauen und begleitete sie zur Tür. Kaum war sie weg, ging ich direkt zu Reed. „Wusstest du, dass sie mit mir über deine Mutter sprechen wollte?"

„Ja, das war mir bekannt." Er vermied es, mir in die Augen zu schauen. „Honey und Sugar haben mir gesagt … nein, mich eher gewarnt, dass sie vorbeikommen würden, sobald dein B&B eröffnet ist."

„Tut mir leid, dass du in diese Sache mit reingezogen wirst." Wut machte sich in mir breit. „Weißt du was? Wir haken dieses Thema jetzt endgültig ab. Es gibt etwa ein Dutzend Leute, die die ganze Wahrheit darüber kennen, was vor vierzig Jahren passiert ist, und keiner von ihnen redet. Honey und Sugar sind nur deshalb sauer, weil sie an jenem Abend nicht dabeibleiben durften."

Endlich sah er mich an. „Da hast du wahrscheinlich recht. Sie können es einfach nicht ertragen, wenn sie irgendwo außen vor bleiben."

„Dieser Vorfall ist keine Frage der öffentlichen Sicherheit. Wenn sie oder jemand anderes ihn noch einmal zur Sprache bringen, sag ihnen, dass die Sache abgeschlossen ist und wir nichts weiter unternehmen werden, denn ehrlich gesagt gibt es auch nichts, was wir tun könnten."

Martin wirkte erleichtert über diese Entscheidung. Seine Schultern sanken herab, und er lehnte sich sichtlich entspannt zurück. Ich verstand ihn nur zu gut. Er schämte sich für das Verhalten und die Taten seiner Mutter, so wie ich für das, was ich über meine Großmutter herausfinden musste.

Den Rest des Nachmittags verbrachten wir damit, uns mit unzufriedenen Touristen herumzuschlagen. Beschwerden über laute, unangenehme Mitmenschen oder einen angeblichen Taschendieb, der im Dorf sein Unwesen treiben sollte, konnte ich ja noch nachvollziehen. Aber Klagen über das Wetter? Was bitteschön erwarteten sie denn, was wir gegen die Kälte ausrichten konnten?

Mein Stellvertreter nahm den Großteil der Beschwerden entgegen und hörte jedem enttäuschten Besucher geduldig zu. Nicht ein einziges Mal verlor er die Fassung, zumindest nicht, solange dieser sich noch im Gebäude befand. Dann jedoch stampfte er wütend auf und ab und ließ all die Gedanken raus, die ich zwar ebenfalls hatte, jedoch besser für mich behielt. Meeka, die solche Gefühlsausbrüche von ihm nicht gewohnt war, zog sich schutzsuchend unter meinen Schreibtisch zurück.

Um zwanzig vor fünf schickte ich ihn nach Hause. „Du hast heute wahrlich genug geleistet."

„Das lasse ich mir nicht zweimal sagen." In nicht einmal fünf Sekunden hatte er seinen Schreibtisch aufgeräumt und die Lampe ausgeschaltet.

„Ach, eines habe ich ganz vergessen, dir zu erzählen: Deine Freundin war heute Morgen bei uns im B&B."

„Ja, ich weiß. Sie wollte einige der Gäste interviewen." Reed spielte mit dem Schlüssel, den er in der Hand hielt, während er im Türrahmen meines Büros stand. „Sie ist verzweifelt auf der Suche nach irgendeiner Geschichte, die ihr erlaubt, hierzubleiben, und ich schwöre, sie würde sogar deinen Hund befragen, wenn sie daraus eine gute Story machen könnte."

Als sie merkte, dass wir über sie sprachen, kam Meeka halb aus ihrem Schreibtischversteck hervorgekrochen und setzte sich in Pose, als wäre sie bereit für ein Verhör.

„Du musst doch zugeben, dass das spannend sein könnte", neckte ich Martin, bevor er sich endgültig zum Gehen wandte.

Wir blieben noch etwa eine Stunde, dann beschloss ich, dass es auch für uns genug war. Ich hängte das Infoplakat mit den Notfallnummern – unsere Art von „Geschlossen"-Schild –

gut sichtbar an die Eingangstür und vergewisserte mich, dass ich mein Funkgerät dabei hatte, um im Ernstfall erreichbar zu sein. Passend zu diesem eh schon frustrierenden Tag schlichen wir mit kaum mehr als fünfzehn Stundenkilometern nach Hause. Obwohl es eine Fußgängerbrücke gab, hatte sich heute offensichtlich jeder entschieden, über die zweispurige Hauptstraße zu rennen, die den Dorfplatz vom Wohngebiet trennte. Schon seltsam, wie allein die Aussicht, dass in ein paar Wochen nur noch eine Handvoll Touristen übrig bleiben würde, es mir noch schwerer machte, die Menschenmenge zu ertragen.

Und der Anblick, der sich mir bei meiner Rückkehr bot, nämlich noch mehr Autos in der Auffahrt neben Tripps Truck, machte die Sache nicht besser. Nach diesem Tag sehnte ich mich nur nach etwas Ruhe und Frieden. Während ich so vor mich hin brummte, warf Meeka mir einen Blick zu, der zu sagen schien: *Du hast es doch so gewollt, Schätzchen.*

„Das weiß ich ja", rief ich ihr hinterher, als sie zu ihrer abendlichen Runde durch den Garten davonflitzte. Was würde sie wohl tun, wenn der Schnee ihr bis über den Kopf reichte? Wahrscheinlich müssten wir einen Graben rund ums Haus freischaufeln, in dem sie sich austoben könnte. „Gib mir einfach Zeit, mich daran zu gewöhnen."

„Woran gewöhnen?"

Ich fuhr erschrocken herum und sah Tripp an der Ecke der Garage stehen.

„Dass überall Menschen sind." Stirnrunzelnd schaute ich ihn an. „Sorry, ich bin gerade ein wenig gestresst."

„Du willst keine Leute um dich haben?" Er kam näher.

Ich schüttelte den Kopf und schob die Unterlippe vor.

„Nicht mal mich?" Er trat ganz nah an mich heran und ließ den Blick auf mir ruhen.

„Das ist was anderes." Ich richtete mich auf, küsste ihn auf den Mund und spürte, wie direkt ein Teil der Anspannung von mir abfiel.

„Gut, denn ich habe das Abendessen fertig."

„Wunderbar. Ich bin richtig hungrig. Sollen wir auf dem Sonnendeck essen?"

„Apropos Leute. Mr Halpern treibt mich so langsam in den Wahnsinn. Mir war nicht bewusst, dass sich so viele Dinge finden lassen, über die man sich beschweren und mit denen man andere vor den Kopf stoßen kann."

Hand in Hand spazierten wir hinüber zum Bootshaus. Am Fuß der Treppe hielt er inne und sagte: „Geh ruhig schon mal hoch und zieh dich um. Ich bringe alles rüber."

Das Abendessen bestand aus den Resten der gestrigen Party, die ich auf meinem Couchtisch ausbreitete. Wir würden wahrscheinlich noch wochenlang von den Überbleibseln zehren, aber das war in Ordnung. Im Moment zählte für mich lediglich die Person, die mir Gesellschaft leistete. Wir ließen Dampf ab, indem wir uns abwechselnd die Frustmomente unseres Tages von der Seele redeten, trafen aber eine klare Abmachung: Sobald der letzte Bissen gegessen war, war das Thema Arbeit abgehakt. Danach verzogen wir uns auf die Couch auf dem Sonnendeck, kuschelten uns unter eine Decke und ließen den Abend dort ausklingen. Aufgrund der ungewöhnlich kühlen Nacht sorgte das Feuer in der Tischfeuerschale diesmal nicht nur für eine romantische Stimmung, sondern spendete tatsächlich auch Wärme.

„Ja, ich sollte jetzt echt ins Bett gehen", sagte Tripp, als ich unserer Knutscherei ein Ende setzte und ihm klarmachte, dass es Zeit für ihn wurde, in sein Zimmer zu verschwinden.

„Allerdings, denn morgen werden unsere Gäste wieder deine volle Aufmerksamkeit fordern."

„Du solltest es mir gleichtun. Möchtest du mitkommen?"
Er bedachte mich mit einem verführerischen, gefährlich charmanten Grinsen, aber ich geleitete ihn kommentarlos zur Treppe und schickte ihn weg. Diese ganze „Wir nehmen uns Zeit"-Nummer ging auf meine Kappe, und obwohl er offensichtlich mehr wollte, spielte er brav mit und drängte

mich nie wirklich. Wie lange jedoch würde er sich noch gedulden?

Vom Deck aus sah ich ihm nach, wie er den Garten durchquerte, in den großen Wohnraum trat und die Terrassentüren von innen verriegelte. Bevor er das Licht dimmte und im Schlafzimmer neben der Küche verschwand, winkte er mir noch einmal übermütig zu. Ich seufzte und vermisste ihn jetzt schon. Egal, wie oft ich auch die Bremse zog und ihn abwies … Ich mochte ebenfalls kein leeres Bett.

Meeka war noch nicht ganz mit ihrer nächtlichen Runde ums Haus fertig, also zog ich die Decke enger um mich und starrte hinaus auf den See. Dessen Oberfläche war heute Nacht spiegelglatt, und auch die hohen Kiefern bewegten sich nicht. Seltsam. Selbst an ruhigen Abenden kräuselte sich die Wasseroberfläche normalerweise zumindest ein wenig. Heute jedoch wirkte die Natur, als wäre sie irgendwie aus dem Gleichgewicht geraten, und ich konnte den Frust der Touristen nur zu gut nachvollziehen. Und sosehr ich mir auch wünschte, dass die Zahl der Menschen im Dorf endlich zurückging – was die Temperatur anbelangte, musste das noch nicht sein.

Endlich fertig mit ihrer Patrouille und bereit für ihr mit Hundeknochen besticktes Kissen, kam Meeka die Stufen heraufgetrabt. Im Vorbeigehen gab sie ein leises *Wuff* von sich … offensichtlich war alles in Ordnung. Ich drehte das Gas der Feuerschale ab, blinzelte ein paar Mal, damit sich meine Augen an die Dunkelheit gewöhnten, und warf einen letzten Blick zum Haus hinüber. Lichter in den Fenstern im oberen Stockwerk zu sehen, fühlte sich seltsam an. In meinem Heim schliefen Menschen, und keiner von ihnen gehörte zur Familie.

„Ich hoffe, das ist okay für dich, Grandma", flüsterte ich, so leise, dass nur ich es hören konnte.

Wie aus dem Nichts fuhr ein einzelner Windstoß durch die

Nacht und wirbelte für ein paar Sekunden die Äste der Kiefern durcheinander.

Emotionen schnürten mir die Kehle zu, und ich lächelte. „Das werte ich mal als ein Ja."

Gerade als ich mich abwenden wollte, nahm ich aus dem Augenwinkel eine Bewegung im Wohnraum wahr. Da das einzige Licht unten das über dem Herd in der Küche war, konnte ich lediglich die schemenhafte Gestalt eines Mannes ausmachen, bei sechs männlichen Gästen jedoch unmöglich sagen, um wen es sich handelte. Meine erste Vermutung war Tripp, also blieb ich stehen, um die Szene weiter zu beobachten.

Die Person verließ das Haus durch die Hintertür und begab sich in Richtung Auffahrt. Anscheinend war einer unserer Gäste ein Fan von nächtlichen Spaziergängen.

Fünf Minuten später lag ich in meinem leeren Bett und driftete schneller als gedacht ins Reich der Träume ab.

)•••(

„Sheriff O'Shea?"

Ich öffnete blinzelnd ein Auge und sah nur Dunkelheit.

„Sheriff?"

Halb benommen richtete ich mich im Bett auf. War das mein Funkgerät? Ich griff danach.

„Hallo? Hier spricht Sheriff O'Shea."

„Jayne, ich bin es – Laurel."

Abrupt war ich hellwach und vermutete direkt, dass es im *The Inn* Ärger gab. „Was ist los? Probleme im Hotel?"

„Nicht hier, aber da wir der einzige Ort sind, an dem so spät noch Licht brennt, sind sie zu uns gekommen. Emery hat mich geweckt."

Ich schwang die Beine über die Bettkante, bereit loszustürmen, sobald ich wusste, um was es eigentlich ging. „Wer ist zu Ihnen gekommen, Laurel? Und weshalb?"

„Auf dem westlichen Parkplatz liegt eine Leiche."

Kapitel Neun

Iᴄʜ ꜰᴜɴᴋᴛᴇ Rᴇᴇᴅ ᴀɴ ᴜɴᴅ ʙᴇᴋᴀᴍ ᴇʀꜱᴛ ᴍᴀʟ ᴇɪɴᴇ ᴏʀᴅᴇɴᴛʟɪᴄʜᴇ Standpauke von Flavia zu hören, weil ich sie um halb drei nachts aus dem Schlaf gerissen hatte. Dann reichte sie mich an meinen Deputy weiter. Nachdem ich ihn kurz zusammengestaucht hatte, weil er sein Walkie-Talkie in der Küche zu deponieren schien, anstatt es wie angewiesen bei sich zu behalten, bat ich ihn, mich an besagtem Parkplatz zu treffen.

„Los, Meeka, lass uns gehen." Dreimal versuchte ich, den verschlafenen Westie zu wecken, doch sie hatte offenbar keine Lust auf nächtliche Spielchen. „Jeder andere Beamte würde dafür eine Disziplinarmaßnahme kassieren, das ist dir schon klar, oder?"

Den Kopf nach wie vor auf ihr Kissen gebettet, öffnete sie ein Auge, rührte sich jedoch noch immer nicht vom Fleck.

„Meeka, arbeiten!"

Nur ein einziges Mal, so wünschte ich mir, sollte mein Diensthund meinen Anweisungen folgen, ohne dass ich den Befehl dazu geben musste. Aber wie immer funktionierte es dann doch. Sie erhob sich gemächlich von ihrem Kissen und trottete zur Tür, hielt aber auf halbem Weg an, um sich ausgiebig zu strecken. Dafür hatte ich volles Verständnis – immerhin ging es mir genauso.

Zwei Sekunden lang rang ich mit mir, ob ich Tripp Bescheid sagen sollte, wohin ich fuhr, aber er musste ohnehin bald aufstehen und mit dem Frühstück anfangen. Kein Grund, ihn jetzt schon zu wecken. Wenn alles glatt lief, wäre ich längst zurück, bevor er überhaupt merkte, dass ich weg gewesen war.

Obwohl der Parkplatz nur einen knappen Kilometer entfernt lag, sicherte ich Meeka in ihrer Transportbox im Kofferraum des SUV. Sie hatte sich wieder zu einer Kugel zusammengerollt und schnarchte leise, noch bevor ich überhaupt hinter dem Steuer saß.

Am Parkplatz angekommen, entdeckte ich einen Mann mit einer blau-weißen Milwaukee-Brewers-Kappe, der zwischen den beiden riesigen Kiefernstämmen stand, die die Einfahrt markierten. Er versuchte, mich aufzuhalten, bis er erkannte, wer ich war.

„Was ist hier los?", fragte ich durch das heruntergekurbelte Fenster.

„Wir waren auf dem Weg nach Rhinelander und beschlossen, kurz ein Nickerchen zu machen."

Das war nicht die erwartete Antwort. Ich hatte eher damit gerechnet, dass er sagen würde, er sei auf eine Leiche gestoßen. Also beobachtete ich seine Augenbewegungen sowie die Körpersprache und hakte weiter nach: „Und von wo kamen Sie?"

„Duluth. Wir haben Familie in Rhinelander. Zwar sind wir ziemlich spät los, dachten aber, wir schaffen es heute noch. Die Straßen hier draußen sind nachts echt unheimlich."

„Das sind sie sogar bei strahlendem Sonnenschein. Gut, wie ich hörte, sind Sie auf eine Person gestoßen. Ich nehme an, diese ist tot?"

„Zumindest hat sich der Mann seit unserer Ankunft nicht bewegt, also gehen wir stark davon aus." Er deutete auf den

Straßenrand. „Dort drüben haben wir ihn gefunden. Mein Cousin hat ein Auge auf ihn … obwohl der Kerl kaum noch weglaufen dürfte."

Ich folgte seinem Fingerzeig und sah einen weiteren Mann, der beinahe mitten auf der Straße stand. „Dort liegt die Leiche? Mir wurde etwas vom Parkplatz gesagt."

„Nee, zur Hälfte auf dem Seitenstreifen und zur Hälfte im Straßengraben. Wir wären fast über ihn drübergefahren."

Moment mal … Das passte aber nicht zu dem, was er mir gerade erzählt hatte. „Sie sagten, Sie kamen aus Duluth?"

„Ja."

„Das hieße ja, Sie waren Richtung Osten unterwegs. Das dort drüben ist aber die Nordseite. Um ihn beinahe zu überfahren, hätten Sie aus östlicher Richtung kommen müssen."

Welche Straßenseite es war, spielte eigentlich keine Rolle. Mir ging es eher darum, ob die Geschichte des Typen stimmig war.

Er kniff kurz die Augen zusammen, dachte über meine Worte nach und nickte dann. „Richtig. Wir waren schon fast am Parkplatz vorbei, als wir diesen entdeckten. Es war spät, und wir waren müde. So beschlossen wir, ein wenig zu schlafen, und ich habe gewendet. Dabei sahen wir den Mann dort liegen."

Okay, das ergab Sinn.

„Weiß nicht, ob das wichtig ist", fuhr mein Gegenüber fort, „aber beim ersten Mal, als wir vorbeifuhren, hat irgend so ein Licht meine Aufmerksamkeit erregt. Da ich mich auf die Straße konzentriert habe, kann ich nicht genau sagen, wo es herkam …"

„Danke", unterbrach ich ihn. „Man weiß nie, was am Ende wichtig ist. Ich muss mir jetzt vorrangig das Opfer ansehen. Wir sprechen gleich noch mal." Als ich auf die gegenüberliegende Seite des Parkplatzes fuhr, sah ich durch die Bäume Scheinwerfer eines weiteren Wagens, der sich von Osten her näherte. Das musste Reed sein. Kurz überlegte ich, ob ich Meeka rauslassen sollte, aber es war stockfinster und ich wusste ja bereits in etwa, wo die Leiche lag. Somit würde ich ihre Hilfe nicht benötigen. Also ließ ich sie bei geöffneter Heckklappe im Auto zurück.

Der Mann, der den Leichenwachdienst übernommen hatte, fuchtelte wie wild mit den Armen und hüpfte auf und ab, um Martins Aufmerksamkeit zu erregen. Der verlangsamte seine Geschwindigkeit, machte einen weiten Bogen um ihn und hielt schließlich neben mir auf dem Parkplatz.

„Schnell", sagte ich, „bevor du irgendwas anderes machst, leg bitte ein paar Leuchtfackeln aus."

Reed zögerte keine Sekunde. Er schnappte sich einen Arm voll Fackeln aus dem Kofferraum und eilte los, um sie am Straßenrand zu platzieren. Als er fertig war, stand ich schon, mit Taschenlampen und dem Spurensicherungskoffer bewaffnet, neben ihm.

„Das gibt's doch nicht", entfuhr es mir, als mein Blick auf die Leiche fiel.

„Kennen Sie den Kerl etwa?", fragte der Mann.

„Danke, dass Sie bei ihm geblieben sind", erwiderte ich lediglich. „Wenn Sie so nett wären, kurz am Van zu warten? Ich hätte noch ein paar Fragen an Sie beide."

„Klar, kein Problem."

Eiligen Schrittes verließ er seinen Posten, und ich konnte es ihm nicht verdenken. Ich hielt mich nicht für zimperlich, aber das war einer dieser Momente, in denen ich eher um den Körper herumblickte als direkt auf ihn hinab. Die Menge an Blut war beträchtlich. Das war einer der Vorteile digitaler Kameras – man konnte sich emotional ein Stück distanzieren und einfach später in die entscheidenden Bereiche hineinzoomen. Wichtig war nur, dass wir jede Menge Fotos aus allen möglichen Blickwinkeln machten.

„Um wen handelt es sich denn?" Reed war neben mich getreten. „Oh."

Seine Reaktion bestätigte meinen anfänglichen Verdacht. Es war Nick Halpern.

„Lass uns die mobilen Scheinwerfer aufbauen."

„Wird erledigt, Boss." Er war schon ein paar Schritte in Richtung Wagen gegangen, als er sich noch einmal umdrehte. „Übrigens, ich hab Dr. Bundy bereits verständigt. Dachte mir, du wirst den Anruf nicht schon wieder selbst tätigen wollen."

„Richtig gedacht", seufzte ich. „Danke."

Auch wenn Dr. Bundy, der Gerichtsmediziner, sich nie wirklich ernsthaft über die einstündige Fahrt von seiner Praxis nach Whispering Pines beklagte … Angesichts der Tatsache, dass hier mittlerweile mehr als eine Leiche pro Monat auftauchte, konnte man ihm seinen Unmut kaum verdenken. Er verbrachte inzwischen mehr Zeit in diesem Teil von Wisconsin als irgendwo sonst.

Ich wandte meine Aufmerksamkeit Halpern zu. Bevor ich mit der Untersuchung begann, nahm ich mir wie immer dreißig Sekunden, um das Persönliche zu reflektieren und dann beiseitezuschieben. Ich dachte an all die schrecklichen Dinge, die dieser Mann in den letzten vierundzwanzig Stunden, in denen ich ihn nun kannte, getan hatte. Er hatte nicht nur die anderen Gäste in meinem Haus und auf meiner Feier beleidigt, sondern auch eine ganze Reihe von Touristen im Dorf gegen sich aufgebracht. Und ich fragte mich unwillkürlich, ob Constance mir gegenüber wirklich ehrlich gewesen war, was ihre Beziehung anbelangte. Wenn er sie schon in der Öffentlichkeit derart respektlos behandelte, wie sah es dann erst hinter verschlossenen Türen aus?

Nach Ablauf dieser dreißig Sekunden ließ ich alle persönlichen Gefühle hinter mir und schaltete in den Ermittlungsmodus. Schon wieder war ein Mensch in meinem Dorf gestorben, und ganz gleich, wer er war oder was er getan hatte, ich musste herausfinden, warum und wie.

Das *Wie* erschien in diesem Fall eindeutig. Auch wenn es theoretisch möglich wäre, dass er an einem anderen Ort getötet und hier abgelegt worden war, tippte ich eher darauf, dass ihn ein Auto erfasst hatte.

Vermutlich war es Halpern gewesen, den ich vorhin durch die Terrassentüren nach draußen hatte gehen sehen. Eine dichte Wolkendecke verschleierte heute Nacht sämtliche Sterne und das Mondlicht. Wenn man bedachte, dass es in Whispering Pines hochgerechnet vielleicht sechs Straßenlaternen gab, herrschte somit fast völlige Dunkelheit. Halpern trug Jeans und ein dunkelblaues Hemd. Sein mittelblondes Haar mochte im Scheinwerferlicht vielleicht kurz aufgeleuchtet haben, aber bis der Fahrer begriff, dass da jemand am Straßenrand entlanglief, könnte es längst zu spät gewesen sein.

Für mich sah das nach einem klaren Fall aus, allerdings gab es ein paar erschwerende Faktoren, die gegen diese Theorie sprachen. Der wichtigste war: Seit seiner Ankunft hatte dieser Mann es geschafft, sich eine beachtliche Zahl an Feinden zu machen. Kyle, sein Schwager, schien stinksauer über die Aufmerksamkeit, die Halpern seiner Frau Kristina zuteilwerden ließ. Seine eigene Ehefrau, Constance, war durch sein Verhalten öffentlich gedemütigt worden. Noch wusste ich nicht, wie die anderen Gäste in meinem B&B über ihn dachten, aber vermutlich hatte er dort, wie auch im Dorf, mindestens ein Dutzend weiterer Leute beleidigt oder belästigt.

War am Ende die zierliche Kristina nach all den zweideutigen Bemerkungen beim Frühstück doch noch ausgerastet? Oder Kyle? Oder Constance? Und was war mit dem Freund der Frau im *Treat Me Sweetly*, von dem Honey mir erzählt hatte? Wie immer musste ich abwarten, was Dr. Bundys Autopsie ergab, war mir aber ziemlich sicher, dass er stumpfe Gewalteinwirkung als Todesursache feststellen würde. Wobei dieses Mal ein Auto die Tatwaffe war. Dann jedoch stellte sich gleich die nächste Frage: War dem Fahrer bewusst gewesen, dass er Halpern erfasst hatte oder hatte er seine Fahrt ahnungslos fortgesetzt? Handelte es sich um fahrlässige Tötung oder womöglich doch um Totschlag? Oder noch schlimmer – war sein Tod absichtlich herbeigeführt worden, und wir hatten es mit einem weiteren Mord zu tun?

Reed arbeitete still und effizient und stellte die Scheinwerfer auf, damit wir mit der Spurensicherung beginnen konnten. Just in dem Moment fiel mir wieder ein, dass wir uns darauf geeinigt hatten, er würde den nächsten Tatort übernehmen dürfen. Er hatte sich bereits für den kommenden Herbst und Winter für ein Studium der Kriminalwissenschaften eingeschrieben, war aber fest entschlossen, sich vorher noch so viel Praxiswissen wie möglich anzueignen.

„Diesen Part hier überlasse ich dir." Als ich das Ermittlungskit aus dem Kofferraum des Vans holte, hatte ich auch gleich die Kamera mitgebracht. Die reichte ich ihm nun. „Das hier ist aber ein bisschen …"

„Ich schaffe das schon." Er nahm mir die Kamera aus der Hand, schluckte und atmete tief durch. „So viele Bilder wie möglich, richtig?"

„Richtig." Ich verriet ihm meinen Trick, nicht direkt auf die Leiche zu schauen, und versicherte ihm, dass ich in der Nähe bleiben würde und direkt übernehmen könnte, sollte es ihm zu viel werden. Anstatt also zu dem Mann zu gehen, der beim Van auf mich wartete, winkte ich ihn herüber, um mein Versprechen einzuhalten. Sein Begleiter kam ebenfalls mit, doch ich bat ihn, ein paar Schritte abseits zu bleiben. Seine Version der Ereignisse kannte ich ja bereits.

„Sie können sich mit dem Rücken zum Tatort stellen, wenn Ihnen das leichter fällt", schlug ich vor. Dankbar griff er meinen Vorschlag auf und wandte sich von Halpern ab. „Nennen Sie mir doch erst einmal Ihren Namen, und dann erzählen Sie mir, was heute Nacht passiert ist."

Der Mann, der am Straßenrand gestanden hatte, hieß Howard. Er bestätigte, dass sein Cousin Lee gefahren war, und schilderte mir seine Einschätzung des Ablaufs. Sie stimmte fast genau mit Lees Schilderung überein. Das Einzige, was er ergänzte, war, dass dieser ins Dorf gerannt war, um Hilfe zu holen.

„Zum Glück hatte ich mein Handy in der hinteren Hosentasche", sagte Lee mit einem angespannten, nervös klingenden Lachen, als ich ihn darauf ansprach. „Ich musste die Taschenlampen-App benutzen, um überhaupt etwas sehen zu können. Habt ihr hier noch nie was von Straßenlaternen gehört?"

Ich bedachte ihn mit einem verständnisvollen Lächeln. „Die Dorfbewohner legen viel Wert darauf, den Nachthimmel sehen zu können. Aber an Abenden wie diesem, wenn es so wolkenverhangen ist … Tja, da merkt man erst, wie dunkel es wirklich werden kann."

Lee erklärte, dass er dem Weg vom Parkplatz durch eine kleine Baumgruppe bis zum Pentagramm-Garten gefolgt sei. Unruhig von einem Fuß auf den anderen tretend, fügte er hinzu: „Das einzige Gebäude, in dem noch Licht brannte, war dieses Hotel. Der arme Junge an der Rezeption muss mich für komplett verrückt gehalten haben."

Das musste Emery gewesen sein. Der Neunzehnjährige mit dem pockennarbigen Gesicht sparte für den Bau einer eigenen Hütte und nahm jede Schicht an, die Laurel ihm zu geben bereit war.

„Haben Sie sonst noch jemanden in der Nähe bemerkt?", fragte ich die beiden nacheinander.

Sie schüttelten nur den Kopf und konnten nichts weiter Brauchbares beisteuern. Und man konnte ihnen ansehen, wie erpicht sie darauf waren, das Gespräch mit mir so schnell wie möglich zu beenden. Ich nahm ihre Kontaktdaten auf, für den Fall, dass ich später nochmals auf sie zurückkommen müsste, aber aktuell gab es tatsächlich nichts weiter zu klären.

Sie hätten die Leiche auch einfach liegenlassen und ihren Weg fortsetzen können, insofern musste ich ihnen zugutehalten, dass sie überhaupt angehalten und die Polizei informiert hatten. Und so wenig ich Nick Halpern auch mochte, das Letzte, was ich wollte, war, dass sein Körper durch ein Auto oder ein wildes Tier noch weiteren Schaden genommen hätte.

„Sie beide dürfen jetzt gehen", entließ ich sie schließlich. „Tut mir wirklich leid, dass Ihr Abend so enden musste. Die Sonne geht erst in ein paar Stunden auf. Wenn Sie der Straße weiter nach Osten folgen, stoßen Sie direkt hinter dem „Danke für Ihren Besuch"-Schild auf ein paar Hotels. Stellen Sie sich auf einen der Parkplätze und versuchen Sie, ein wenig zu schlafen. Sollte jemand Ärger machen deswegen, verweisen Sie ihn an mich, Sheriff O'Shea."

Eine halbe Stunde später trafen Dr. Bundy und ein Krankenwagen ein.

„So langsam wird's wirklich schräg", stellte Dr. B fest, während er sich ein paar Latexhandschuhe überzog. Seine Stimme klang ungewöhnlich ernst, und von seiner sonst so üblichen Leichtigkeit und seinem Optimismus war gerade nicht viel zu spüren.

Ich verstand genau, was er meinte. Die Mystik der Wicca-Magie war nicht das Einzige, was über diesem Dorf hing. Alle, sowohl Einheimische als auch Touristen, bemühten sich, die Todesrate zu ignorieren, aber hin und wieder, wenn ich meine Runde über den Dorfplatz drehte, stellte jemand Fragen.

Laufen in diesen Wäldern Mörder frei herum?

Oder:

Bin ich hier überhaupt noch sicher? Sollte ich vielleicht besser meine Sachen packen und verschwinden, bevor ich mich hier zu sehr heimisch fühle?

Oder auch:

So allmählich braucht Whispering Pines wohl seine eigene Miliz, was?

Ja klar … Der beste Weg, die Todesrate in den Griff zu bekommen, war natürlich, alle zu bewaffnen.

„Das hier scheint ein ziemlich eindeutiger Fall zu sein." Ich passte meine Stimme seinem düsteren Tonfall an. „Ich tippe auf Fahrerflucht."

Ich führte ihn persönlich zu Halpern, obwohl die grellen, tragbaren Scheinwerfer in der Dunkelheit ohnehin unmissverständlich den Weg zeigten.

„Deputy Reed?", rief ich. „Soweit alles fertig?"

„Ich denke schon, denn ich habe aus jedem Winkel mindestens zwei Fotos geschossen." Er hielt inne und starrte, trotz meines Tipps, einen langen Moment mit leicht geneigtem Kopf auf den Leichnam, als ob ihm etwas nicht ganz schlüssig erschien. Dann jedoch schüttelte er den Gedanken ab. „Ich habe auch die Umgebung abgesucht, soweit das Licht es zuließ." Dann deutete er auf einige Gegenstände, die über den Bereich verstreut lagen und die er mit gelben Plastikmarkierungen versehen hatte. „Könntest du mir kurz bei den Abmessungen helfen?"

„Wir bräuchten noch ein paar Minuten, wäre das okay?", wandte ich mich an Dr. Bundy.

„Warum nicht? Ich habe ja mitten in der Nacht sonst nichts anderes vor."

Es war schwer zu sagen, ob ihm dieser weitere Todesfall zu schaffen machte, obwohl er nach all den Jahren eigentlich daran gewöhnt sein sollte, oder ob es einfach an der unchristlichen Uhrzeit lag.

Ich hielt das eine Ende eines siebeneinhalb Meter langen Maßbands, während Reed die Entfernungen vom Körper auf seiner Skizze notierte. Fünf Minuten später waren wir fertig, und er begann, die Fundstücke in durchsichtige Beweismitteltüten zu packen: einen Schuh, der Halpern beim Aufprall vom Fuß gerissen worden war, seine Brieftasche, eine leere Whiskeyflasche und ein Handy.

„Gute Arbeit", lobte ich ihn. „Die restliche Umgebung

durchkämmen wir, sobald der Doktor fertig ist und wir mehr Licht haben."

Martin sammelte die Beweismittel ein und brachte sie zum Van. Nachdem Dr. Bundy seine Untersuchung beendet, Halperns Körper in einen Leichensack verfrachtet und ins Ambulanzfahrzeug verladen hatte, ging er wortlos zurück zu seinem Wagen. Ich folgte ihm.

„Dr. Bundy? Ist alles in Ordnung? Ich weiß selbst, hier ist viel passiert in letzter Zeit …"

Er hob die Hand, um mich zum Schweigen zu bringen. „Es liegt nicht an Whispering Pines, Jayne. Klar, es hat hier zwar eine ungewöhnlich hohe Zahl an Todesfällen gegeben, aber darum geht's nicht." Er starrte geradeaus, das Lenkrad fest umklammernd. „Ich mache diesen Job jetzt seit über zwanzig Jahren und es hört nie auf, oder? Mit dem natürlichen Tod habe ich kein Problem, besonders bei jemandem, der ein langes, erfülltes Leben hatte. Bei Jüngeren ist es schwerer zu verkraften – aber es gibt wohl Menschen, die nie eine echte Chance hatten. Verstehen Sie, was ich meine?"

Ich nickte zustimmend, obwohl er mich nicht ansah, und ließ ihn einfach reden.

„Am schlimmsten sind die Unfälle, vor allem die richtig dummen. Die Leute haben ja keine Ahnung, wie zerbrechlich diese Hüllen, in denen wir stecken, eigentlich sind." Er schlug sich mit der flachen Hand gegen seine breite Brust und verstummte für einen Moment, während er wieder in die Dunkelheit starrte. „Im einen Augenblick bist du noch da und im nächsten einfach weg. Und sobald man erst einmal weg ist …"

In den letzten drei Monaten hatte ich ein paar Dinge über Dr. Wolfgang „Wolf" Bundy gelernt: Er mochte sein Steak eher blutig. Er hörte gern Jazz, der fast immer im Hintergrund lief, wenn wir telefonierten. Und er war Fan der Minnesota Vikings statt der Packers, was ich ihm nur schwer nachsehen konnte. So wie heute hatte ich ihn allerdings noch nie erlebt. Womöglich war in seinem Privatleben etwas aus dem Gleichgewicht geraten, oder es lag einfach an dem nächtlichen Einsatz. Vielleicht war auch jemand, der ihm nahestand, bei einem ähnlichen Unfall gestorben. Wir alle hatten unsere Dämonen.

„Es war so ein schöner Abend gewesen", sagte er plötzlich und riss mich aus meinen Gedanken. „Ich bin früh aus dem Büro gegangen, habe meine Frau zum Essen und ins Kino ausgeführt. Mir endlich mal wieder Zeit für sie genommen." Seine Stimme brach. Er drehte das Gesicht zu mir, wobei sich das Licht des Armaturenbretts auf seinem fast kahlen Kopf spiegelte, und schenkte mir ein gequältes Lächeln. „Ab und zu geht mir so etwas wie das hier an die Nieren, verstehen Sie?"

Schau nicht direkt auf die Leiche, sondern um sie herum. „Nur zu gut, und es tut mir wahnsinnig leid, dass Ihre Nacht so enden musste. Fahren Sie nach Hause."

Er nickte nur, zuckte mit den Schultern und fuhr ohne ein weiteres Wort davon.

Reed näherte sich mir, seine Schritte knirschten auf dem Kiesbelag des Parkplatzes. „Er wirkte irgendwie niedergeschlagen."

„Selbst die Besten von uns können nicht immer alles wegstecken. Brauchst du noch meine Hilfe oder kommst du hier allein klar? Dann würde ich mich nämlich aufmachen und Nick Halperns Frau aus dem Bett holen."

Kapitel Zehn

KURZ DARAUF STAND ICH IM *PINE TIME* VOR DEM ZIMMER, DAS wir *Treehouse* getauft hatten. Es lag in der vorderen Ecke des Hauses, am weitesten entfernt von der Garage, und wer hier untergebracht war, sah nur eines: Bäume, so weit das Auge reichte. Ich persönlich bevorzugte ja den Blick auf den See, aber dieser Raum war Tripps Favorit – abgesehen von der Küche, versteht sich. Nachdem ich zum dritten Mal leise angeklopft hatte, öffnete Constance endlich die Tür.

Sie brauchte etliche Sekunden, bis sie mich erkannte, was entweder an der frühen Stunde oder an meiner Sheriff-Uniform lag.

„Jayne? Was ist denn los?"

„Du müsstest bitte mit mir kommen", flüsterte ich.

Sie blinzelte ein paar Mal verwirrt, dann sanken ihre Schultern herab und ihr Gesichtsausdruck wechselte von verschlafen zu enttäuscht. „Was hat er denn nun wieder angestellt?"

Ich legte einen Finger an die Lippen. „Ich will die anderen nicht wecken. Würdest du dich bitte anziehen und raus zu mir auf die Veranda kommen? Bring deine Autoschlüssel mit."

Zehn Minuten später tauchte sie neben mir auf. Sie trug

Sportkleidung – schwarze Capri-Leggings, rotes T-Shirt und eine eng anliegende, schwarze Jacke –, als wollte sie gleich eine frühmorgendliche Runde durch den Wald drehen. „Was hat er sich jetzt wieder zuschulden kommen lassen?" Sie klang deutlich verärgert.

„Die Wache ist keine zehn Minuten von hier entfernt. Fahr mir einfach hinterher und ich erkläre dir alles, wenn wir dort sind."

Gemeinsam betraten wir das Revier, das in völliger Dunkelheit lag, und Meeka schlüpfte direkt durch die Gitterstäbe in ihre bevorzugte Zelle. Da es an diesem Morgen ziemlich frisch war, kroch sie nicht wie sonst unter das Feldbett, sondern sprang hinauf und rollte sich zu einem kleinen weißen Fellknäuel zusammen. Höchste Zeit, endlich ein Hundekissen fürs Revier zu besorgen, was seit Wochen auf meiner To-do-Liste stand.

„Er ist nicht hier", stellte Constance mit einem Blick auf die andere, leere Zelle fest. „Sheriff O'Shea, was ist mit meinem Mann los?"

Ich steckte eine frische Kapsel in die Kaffeemaschine, die auf einem Sideboard in der Nähe von Reeds Schreibtisch stand, startete den Brühvorgang und führte sie in den kleinen Befragungsraum hinten rechts im Gebäude.

Wenn ich jemanden verhören musste, verzichtete ich möglichst auf jegliche Art von Barriere zwischen uns. Ein Tisch konnte schnell als Schutzschild dienen – und wenn er fehlte, fühlten sich die meisten Menschen ein wenig aus dem Gleichgewicht gebracht. Zwar stand auch in diesem Raum ein schlichter Holztisch, doch ich hatte ihn beiseitegeschoben und die beiden Stühle so platziert, dass wir uns direkt gegenübersaßen. Ich deutete ihr an, auf dem Stuhl Platz zu nehmen, der mit der Lehne zur Wand stand. Mir war es lieber, den Raum und die Tür im Blick zu haben, sodass sich niemand unbemerkt hereinschleichen konnte.

„Ich erzähle dir gleich alles, versprochen, aber zuerst brauche ich Kaffee. Möchtest du auch einen?"

Einen Moment lang musterte sie mich prüfend, nickte dann jedoch zustimmend. Ich reichte ihr die erste Tasse und bereitete mir selbst eine zweite zu.

Schließlich setzte ich mich ihr gegenüber. „Es gab einen Unfall, Ma'am."

Sofort versteifte sie sich. „Was soll diese plötzliche Förmlichkeit? Du weckst mich um fünf Uhr morgens, bittest mich, mit dir zur Wache zu kommen, und sagst lediglich, es ginge um meinen Mann. Jetzt kommst du mit diesem *Unfall* daher und redest mich auch noch mit *Ma'am* an. Wenn es tatsächlich ein Unfall gewesen wäre, hättest du mich doch wohl ins Krankenhaus gebracht. Ist mein Mann tot, Jayne?"

So mitfühlend wie möglich erwiderte ich: „Es tut mir so leid, Constance. Er wurde von einem Auto erfasst. Zwei Männer, die durchs Dorf fuhren, haben ihn gegen zwei Uhr morgens am Straßenrand entdeckt."

Constance saß da, die Hände um die heiße Tasse geschlungen, und starrte wortlos hinein. Nach einer langen Weile blinzelte sie, als würde sie gerade erst merken, dass sich darin Kaffee befand, nahm einen großen Schluck und räusperte sich. „Du hast meine Frage nicht beantwortet. Ist er tot oder fahren wir jetzt in die Klinik?

„Er ist tot. Es tut mir so leid." Fast hätte ich noch *wegen deines Verlustes* hinzugefügt, ließ es aber bleiben, denn das war eine der kühlsten und abgedroschensten Floskeln, die man jemandem sagen konnte. Eine schlichte, aufrichtige Beileidsbekundung war da tausendmal besser.

Ich gab ihr einen Moment, um die Nachricht sacken zu lassen. Sie nahm noch einen Schluck von ihrem Kaffee, hielt die Tasse kurz in der Luft, trank erneut. Dann sah sie mich direkt an, und der Schock in ihrem Gesicht wich einer nüchternen, beinahe geschäftsmäßigen Sachlichkeit. „Was genau brauchst du von mir?"

Jeder reagierte anders auf schlimme Nachrichten, und ich hasste es, wenn Leute sagten: „Ich für meinen Teil würde ja …" und dann ausführlich erklärten, was sie in einer solchen Situation tun würden. Das konnte nämlich niemand wissen, solange er diesen einen schrecklichen Moment nicht selbst durchlebt hatte. Manche Menschen wurden hysterisch, begannen zu weinen, warfen mit Gegenständen um sich oder schlugen auf das nächstbeste Ziel ein, egal ob Person oder Mobiliar. Andere steuerten direkt die Hausbar an. Wieder andere weigerten sich, die Nachricht zu akzeptieren, und warfen mir vor, ich würde sie anlügen. Es gab auch Fälle, in denen jemand in eine Art Schockstarre verfiel, unfähig, die Information in diesem Moment zu verarbeiten. Hin und wieder gab es auch Betroffene, die eine solche Nachricht scheinbar ganz gefasst aufnahmen, doch selbst bei diesen konnte ich in der Regel etwas erkennen: einen Anflug von Trauer oder irgendeine Gefühlsregung – ein hastiges Blinzeln, ein permanentes Schlucken, ein fahriges Nesteln mit den Händen, einen tiefen Seufzer. Constance Halpern hingegen war einfach nur eiskalt. Nicht, dass das irgendetwas bedeuten musste. Es könnte einfach ihre Art sein, mit der Neuigkeit fertigzuwerden.

Ich rutschte bis auf die Kante meines Stuhls vor, ein paar Zentimeter näher an sie heran, sodass unsere Knie sich beinahe berührten. „Spät gestern Abend, gegen elf, stand ich auf dem Sonnendeck meines Bootshauses und wartete darauf, dass mein Hund von seiner Runde durch den Garten zurückkam. Da sah ich jemanden durch die Hintertür das Haupthaus verlassen und die Auffahrt entlanglaufen. Ein nächtlicher Spaziergang, nahm ich an, aber weil es so dunkel war, konnte ich die Person nicht erkennen."

Constance nickte, ohne dass ich die Frage stellen musste. „Das war höchstwahrscheinlich Nick. Wenn ihn etwas belastete, ging er gern am späten Abend nochmals nach draußen, um den Kopf freizubekommen." Ein kleines, gequältes Lächeln umspielte ihre Lippen. „In letzter Zeit sind diese nächtlichen Streifzüge bei ihm zur Gewohnheit geworden." Dann wurde ihre Miene wieder ausdruckslos, ihr Tonfall kühl. „Wir hatten gestern Abend einen heftigen Streit. Sicher kannst du dir denken, warum."

„Du hast mir erzählt, dass dein Mann vor sechs Monaten seinen Job verloren hat. Glaubst du, das war der Grund für sein Verhalten?"

„Du meinst sein grobes, taktloses Benehmen?" Sie nickte. „Ich denke ja, denn früher war er nicht so. Ich habe seit Ewigkeiten versucht, ihn zu einer Therapie zu bewegen."

„Therapie wofür genau? Um sein Aggressionsproblem in den Griff zu bekommen? Oder um eine neue Anstellung zu finden?"

Sie schüttelte den Kopf. „Weder noch. Eine seiner Kolleginnen hat ihn vor acht Monaten der sexuellen Belästigung beschuldigt. Er versicherte mir, dass er ihr nur ein Kompliment für ihr Kleid gemacht hatte." Sie trank einen weiteren Schluck von ihrem Kaffee. „Unser Hochzeitstag stand kurz bevor, und er wollte mich schön ausführen. Ich meinte, ich hätte nichts Passendes zum Anziehen, da ich eigentlich nur Jeans und Pullover, Sportoutfits, Berufskleidung und Hosenanzüge im Schrank habe. So etwas wie Abendgarderobe besitze ich nicht. Er war überzeugt, dieses Kleid wäre auch mein Stil, und er wollte lediglich wissen, wo sie es herhatte, um mir ein ähnliches zu kaufen."

Jede Geschichte hatte zwei Seiten. Natürlich war es durchaus möglich, dass Nick ihr die Wahrheit gesagt hatte. Ebenso gut konnte es aber auch sein, dass er die Frau auf eine Weise komplimentiert hatte, die eindeutig zweideutig rüberkam. Oder vielleicht war sie von einem Mann verletzt worden und suchte einfach jemanden, an dem sie ihren Ärger auslassen konnte. Es war aber auch nicht auszuschließen, dass er Constance schlichtweg belogen hatte und es genau das gewesen war, wonach es klang: sexuelle Belästigung. Das würde ja zu ihm passen.

„Deshalb hat er seinen Job verloren? Wegen der Belästigungsvorwürfe?"

Sie zögerte einen Moment, ehe sie antwortete. „Ich habe eine Menge durchmachen müssen, um dahinzugelangen, wo ich heute bin − Männer, die bei jedem meiner Vorschläge die Augen verdrehten, übergangene Beförderungen zugunsten jüngerer, unerfahrener Kollegen, anzügliche Angebote, die mir angeblich die nächste Karrierestufe sichern würden." Sie stieß einen tiefen Seufzer aus. „Nach all dem fiel es mir schwer, der Firma meines Mannes wirklich böse zu sein, weil sie die Anschuldigungen dieser Frau ernst genommen hat, selbst wenn sie gegen ihn gerichtet waren. Und so wie du ihn hier erlebt hast, hältst du mich bestimmt für verrückt, aber ich habe ihm geglaubt. Er stand unter enormem Druck wegen eines Projekts, das er einfach nicht zum Abschluss bringen konnte. Wir hatten ein verlängertes Wochenende geplant, vielleicht sogar Las Vegas, aber er konnte sich nicht mal zwei Tage freinehmen. Am Ende wurde es nur ein Abendessen mit anschließendem Kinobesuch."

Ich konnte ihre Lage gut nachvollziehen, aber das durfte ich mir natürlich nicht anmerken lassen. „Diese Belästigungsvorwürfe waren also nur ein weiterer Frustfaktor für ihn?"

„Frustfaktor?" Ihr Lachen klang bitter. „Sie haben ihn komplett aus der Bahn geworfen. Er stand eh schon monatelang am Abgrund, und das hat ihm endgültig das Rückgrat gebrochen. Ich bin überzeugt, da ist bei ihm eine Sicherung durchgebrannt. Am Ende hat er sich genau in das Bild eingefügt, das andere von ihm hatten."

„Du meinst, da ohnehin schon alle dieser Meinung waren, hat er tatsächlich damit angefangen, Frauen zu belästigen?"

„Ganz genau. Nick war von jeher ein Hitzkopf, ist aber nie

wirklich ausgerastet und hat auch nie die Kontrolle über sich verloren. Seine Wut war eher wie eine schwelende Glut. Das jedoch war zu viel für ihn." Sie schwieg kurz und schien nachzudenken. „Vor etwa neun Monaten bekam ich endlich meine wohlverdiente Beförderung. Natürlich hat alles seinen Preis, und in meinem Fall bedeutete das, noch mehr Stunden arbeiten zu müssen. Er hatte sich für sein Projekt total aufgeopfert, was aber nicht anerkannt wurde. Ich denke, das hat letztendlich das Fass zum Überlaufen gebracht."

„Also war das der letzte Schubs – weil dein Einsatz gewürdigt wurde, er hingegen mit leeren Händen dastand?"

Sie hörte mir kaum zu, sondern ließ ihrem Ärger weiterhin freien Lauf. „Er hat nie gesehen, wie hart ich gearbeitet habe. Zum einen, weil er so mit sich selbst beschäftigt war, zum anderen, weil ich Berufliches und Privates zu trennen versuchte und meine Überstunden, wann immer möglich, lieber im Büro ableistete. Aus seiner Sicht hatte ich also eine Beförderung und mehr Gehalt bekommen, ohne etwas dafür geleistet zu haben, während er übergangen wurde. Und da ich sah, wie verbittert er deshalb war, habe ich meinen Frust lieber für mich behalten."

Ich bedachte sie mit einem Lächeln. „Auch wenn wir keine Mütter im klassischen Sinn sind – Frauen finden immer jemanden, den sie bemuttern können."

Erneut gefror ihr Blick zu Eis. „Diese Denkweise finde ich beleidigend, Sheriff O'Shea. Nur weil wir biologisch in der Lage sind, ein Kind zur Welt zu bringen, heißt das nicht, dass wir genetisch darauf programmiert sind, andere zu bemuttern."

Ich nickte entschuldigend und lenkte das Gespräch in eine andere Richtung. „Du sagtest, ihr beide hättet euch gestern Abend gestritten. Worum genau ging es dabei?"

„Darum, dass er sich so widerwärtig benommen hat. Ursprünglich wollte er gar nicht mitkommen, sondern in Madison bleiben und wie jedes Wochenende in den letzten sechs Monaten in seiner Stammkneipe an der Ecke versacken, bis sie ihn rauswerfen.“

„Was hat ihn dazu gebracht, seine Meinung zu ändern?“

Constance richtete sich auf, atmete tief ein und ließ die Luft langsam wieder entweichen. Seit Beginn unseres Gesprächs hatte sie das immer wieder getan. Dieses tiefe Durchatmen war eine unbewusste Form der Selbstberuhigung, wie sie viele Menschen unter Stress zeigten.

„Kyle hat ihn ziemlich unter Druck gesetzt, weil er sich mehr und mehr zurückzog“, erklärte sie. „Dabei wollte er ihm eigentlich nur helfen, weil er selbst vor ein oder zwei Jahren etwas Ähnliches durchgemacht hat. Keine sexuelle Belästigung, aber einen Konflikt mit einem Kollegen. Kristina hat mir erzählt, dass er sich bei einer privaten Veranstaltung mit jemandem aus seiner Abteilung geprügelt hatte. Der Typ wollte daraus ein berufliches Drama machen, dabei war das nichts, was die Firma etwas anging. Wenn man privat mit einem Mitarbeiter aneinandergerät, ist das nicht deren Sache.“

„Beim gestrigen Frühstück war die Spannung zwischen den beiden deutlich spürbar.“

„Wie ich schon sagte, Kyle wollte nur helfen. Ich denke, was du da mitbekommen hast, war auf Nicks Seite schlichtweg Scham. So wie man manchmal jemanden angreift, der einem nahesteht, einfach, weil man sich bei dieser Person sicher genug fühlt, um seinen Frust abzuladen.“

„Er hat aber ein paar ziemlich üble Anspielungen gemacht, was deine Schwester betraf.“

„Ja, das hat er allerdings.“

Erneut fiel mir auf, wie wenig Gefühl sie zeigte – zuerst beim Tod ihres Mannes, jetzt bei der Demütigung ihrer Schwester. Sie wirkte eher wie eine Personalmanagerin, die sich mit Mitarbeiterproblemen herumschlagen musste, als wie eine Ehefrau, deren Leben durch den Stress und das unangemessene Verhalten ihres Mannes völlig aus den Fugen geraten war.

„Der Streit gestern Abend …", begann sie, als würde sie zu einem Punkt auf einer gedanklichen Checkliste zurückkehren. „Ich habe ihn rausgeworfen. Wir hatten uns vorgenommen, ein entspanntes Wochenende zu verbringen, alles loszulassen, einfach mal wieder Spaß zu haben und irgendwo dazwischen den Grundstein für einen Neuanfang zu legen."

Wieder hatte ich das Bild einer Urlaubsliste vor Augen. Punkt 1: Alles loslassen. Check. Punkt 2: Spaß haben. Check.

„Als ihr hier ankamt, schien er in Flirtlaune zu sein, aber nicht übergriffig", merkte ich an. „Was hat ihn dermaßen aus der Fassung gebracht?"

„Es war Derek, der Alicia dieses Outfit kaufen wollte. Darüber hat er sich, kaum, dass wir auf unserem Zimmer waren, gut zwanzig Minuten lang ausgelassen. Wir kennen die beiden nicht sonderlich gut, haben sie lediglich auf ein paar von Kristinas und Kyles Feiern getroffen. Allerdings wissen wir, dass sie fünf Kinder haben und jeden Cent von Dereks Gehalt zweimal umdrehen müssen. Sobald es jedoch um dieses Wochenende ging, haben sie keine Sekunde gezögert." Sie hob die Hände, Handflächen zu mir gewandt, um jeden Einwand meinerseits im Keim zu ersticken. „Es geht mich natürlich nichts an – ob sie lügen und irgendwo einen Goldschatz im Keller versteckt haben, ob sie von ein paar Münzen aus einer Kaffeetasse leben oder so hoch verschuldet sind, dass selbst ihre Kinder das irgendwann noch abbezahlen werden müssen. Und Nick ebenso wenig. Aber bei diesem großspurigen Gehabe, er würde ihr selbstverständlich ein passendes Kleid kaufen, ist ihm der Kragen geplatzt."

Für mich klingt es so, als hätte Nick gewollt, dass alle anderen genauso leiden wie er."

„Das trifft es ganz gut", erwiderte sie. „Zwar ist sein Gehalt weggefallen, aber wir kamen mit meinem ganz gut zurecht. Das hätte ihn eigentlich beruhigen sollen, hat aber nur noch mehr an seinem Ego gekratzt."

Plötzlich vernahm ich eine Stimme aus dem Walkie-Talkie, das ich in meinem Büro abgestellt hatte.

„Bitte entschuldige mich eine Minute, Constance. Ich bin gleich wieder da." Ich verließ den Verhörraum, ging die etwa drei Meter zum vorderen Teil des Gebäudes und betrat mein Büro. Den Sprechtastenknopf drückend, meldete ich mich: „Hier Sheriff O'Shea."

„Jayne, hier spricht Laurel vom *The Inn*. Schaffen Sie es zum heutigen Ratstreffen?"

Ich ließ den Kopf in den Nacken fallen und seufzte. „Entschuldigung, Laurel. Ich bin noch immer mit dem Vorfall beschäftigt, wegen dem Sie mich vorhin verständigt haben. Aber ich beeile mich. Gebt mir noch fünfzehn Minuten."

„Wohin haben sie Nick gebracht?", fragte Constance, als ich zu ihr zurückkehrte.

„Der Gerichtsmediziner hat ihn mitgenommen", erklärte ich. „In der Regel wird bei jeder Leiche eine Autopsie gemacht, es sei denn, religiöse Gründe sprechen dagegen."

„Nein, damit habe ich kein Problem, aber weißt du, wie lange es dauern wird, bis ein Ergebnis vorliegt?"

Das hatte ich doch tatsächlich vergessen, Dr. Bundy zu fragen, weil er so mies gelaunt gewesen war, dass ich ihn direkt wegschickte.

„Ich muss jetzt gleich zur Gemeinderatssitzung, aber sobald ich dort fertig bin, rufe ich bei ihm im Büro an und erkundige mich. Erfahrungsgemäß braucht er immer ein paar Tage." Mein Instinkt sagte mir, dass ich sie nicht gehen lassen sollte. „Ihr wolltet doch das ganze Wochenende bleiben, oder?"

Sie erhob sich ebenfalls und wirkte dabei wie jemand, der gerade ein wichtiges geschäftliches Meeting hinter sich gebracht hatte. Kurz blickte sie sich suchend um, wo sie ihren

Kaffeebecher abstellen sollte, bevor sie ihn mir einfach in die Hand drückte.

„Ja. Wir wollten erst am Montagmorgen abreisen. Und da das Zimmer bereits bezahlt ist, bleibe ich auf jeden Fall so lange hier, bis die medizinischen Befunde vorliegen. Die Vorkehrungen für die Beerdigung kann ich auch von hier aus treffen."

So schnell hatte sie die nächste Checkliste erstellt. Und zumindest musste ich sie nicht lange bitten, im Dorf zu bleiben, wovor ich mich schon fast gefürchtet hatte.

„Constance, geht es dir gut? Ich muss ehrlich zugeben, deine Reaktion auf den Tod deines Mannes wirkt auf mich etwas … befremdlich."

Sie seufzte noch einmal tief auf. „Falls du dich das fragen solltest: Natürlich bin ich traurig über das, was ihm widerfahren ist, aber darf ich ganz offen sein?"

„Bitte."

„Ich lebe seit Monaten mit Nicks Wut und unangemessenem Verhalten. Ich weiß, der Schock über seinen Tod wird noch kommen, aber im Moment fühle ich mich einfach wie von einer Last befreit, das nicht länger ertragen zu müssen."

Für gewöhnlich erleichterte mir schonungslose Ehrlichkeit die Arbeit. Dieses Mal jedoch hinterließ sie bei mir ein mulmiges Gefühl.

Kapitel Elf

Nachdem Constance gegangen war, schloss ich das Revier wieder ab. Reed war noch nicht aufgetaucht. Er war inzwischen so pedantisch geworden, dass es mich nicht überrascht hätte, wenn er immer noch am Tatort herumgestreift wäre, auf der Suche nach dem kleinsten Hinweis, der irgendwie von Bedeutung sein könnte. Aber eigentlich hoffte ich, er wäre nach Hause gefahren, um zu frühstücken, bevor er seinen regulären Dienst antrat. Der Verkehr auf dem Highway würde bald extrem zunehmen, und das Letzte, was ich wollte, war, dass mein Stellvertreter bei der Untersuchung eines Todesfalls verletzt wurde.

Dann machten Meeka und ich uns im Halbdunkel auf den Weg, nahmen die Abkürzung über den Feenpfad und durchquerten den Pentagramm-Garten. Im Gasthaus angekommen, fanden wir Reeva Long in der Lobby vor dem Kaminfeuer sitzend vor. Sie wirkte lässig und elegant zugleich, in schmal geschnittenen Jeans, einer strahlend weißen Bluse und einem karierten Wollschal, den sie sich locker über die Schultern gelegt hatte. An ihrem Hals glänzte ein einzelner großer Diamant. Meine Vermutung, der auch Morgan zustimmte, war, dass die Halskette, die Reeva nie ablegte, aus dem Ehering gefertigt worden war, den sie vor zwanzig Jahren aufgehört hatte zu tragen, als sie aus dem Dorf wegzog.

Irgendwie war sie mir ein Rätsel. Jede Frau, die ihren Ehemann und ihr lebenslanges Zuhause hinter sich ließ und dann auch noch den Sprössling großziehen musste, der aus der Affäre ihres Mannes mit ihrer Schwester stammte, hatte doch zweifellos mit diversen ungelösten Konflikten zu kämpfen, Zwar wirkte sie durchaus sympathisch, und ich glaubte ihr auch, dass sie Yasmine wie ihr eigenes Kind geliebt hatte. Trotzdem wurde ich das Gefühl nicht los, dass sie irgendetwas im Schilde führte.

„Sie sind spät dran", tadelte sie mich mit ernster Miene, um mir im nächsten Augenblick verschmitzt zuzuzwinkern. „Flavia ist bereits dreimal nach draußen gekommen, um nachzusehen, ob Sie endlich da sind."

„In dem Fall wäre ich doch wohl direkt hineingegangen, oder?"

„Anzunehmen, ja." Sie zog schelmisch die Augenbrauen hoch. „Es sei denn, Sie und ich hätten etwas Verschwörerisches zu besprechen gehabt."

„Sie wollen also immer noch vom Rat angehört werden, nicht wahr? Deshalb warten Sie hier?" Die Neugier, was sie wohl zu sagen hatte, brachte mich fast um.

„Unbedingt. Und meine Schwester hat mir versichert, dass sie mich ruft, sobald sie bereit ist, sich mit mir auseinanderzusetzen. Bis dahin genieße ich das gemütliche Feuer und das Ambiente."

Ich deutete auf die Tür hinter dem Empfangstresen. „Dann gehe ich jetzt besser mal rein. Immerhin bin ich schon zwanzig Minuten zu spät dran. Ich werde Flavia daran erinnern, Sie reinzuholen."

Die Ratsmitglieder saßen noch plaudernd beisammen, tranken den Kaffee, den Violet aus dem *Ye Olde Bean Grinder* mitgebracht hatte, und knabberten an den Scones aus dem Süßwarenladen. Die Einzige, die sich nicht unterhielt, war

Flavia. Seit Donovans Verschwinden hatte sie niemanden mehr, mit dem sie sich austauschen konnte. Meeka machte sich natürlich sofort auf die Suche nach heruntergefallenen Krümeln.

„Na endlich", sagte Flavia und klatschte in die Hände wie eine Lehrerin, die ihre ungezogenen Schüler zur Ordnung rief. „Da ist sie ja. Lasst uns bitte anfangen."

Ich blieb im Türrahmen stehen, der sich genau in der Mitte des Raumes befand, und fixierte sie mit meinem Blick. Egal, was ich sagte oder tat, sie behandelte mich stets so, als hätte ich meine Zeit mit Computerspielen oder Maniküre verbracht, statt meinen Job zu machen. Meistens ließ ich es auf sich beruhen. Heute jedoch konnte ich das nicht.

„Möchten Sie nicht wissen, warum ich zu spät bin?"

Sie schnaubte auf. „Ehrlich gesagt interessiert mich das nicht die Bohne. Keine Rücksicht auf die Zeitpläne der anderen zu nehmen, ist so typisch für Sie."

Ich wandte mich an Laurel, die wie immer am anderen Ende des Tisches saß, mit dem Rücken zur Tür, weit entfernt von Flavia. „Laurel? Haben Sie es ihnen nicht erzählt?"

Sie zuckte zusammen und drehte sich halb zu mir um. Mein Tonfall musste schärfer gewesen sein als beabsichtigt.

„Erstens", erwiderte sie ruhig, „fand ich, dass es nicht meine Aufgabe wäre, und zweitens wusste ich auch gar nicht, was ich hätte sagen sollen. Ich war ja nicht vor Ort."

Ich legte die Hände aneinander und neigte den Kopf – eine Geste, die ich mir unbewusst von Morgan abgeschaut hatte. „Bitte entschuldigen Sie. Ich wollte Sie nicht anfahren."

„Was ist denn passiert?" Das kam von Morgan, die auf ihrem üblichen Stuhl Platz genommen hatte. Sie trug ein Trägerkleid, das ihr großartig stand, und ihr Haar war halb hochgesteckt, halb fiel es ihr in sanften Wellen über die Schultern. Mit einem schwarzen Papierfächer, über und über mit Sternen bedruckt, fächelte sie sich Luft zu. „Hoffentlich keine Probleme im *Pine Time*?"

Flavia seufzte, als hätte sie für so etwas keinerlei Geduld.

„Letzte Nacht ist jemand ums Leben gekommen", erklärte ich, und sogleich ging ein Raunen durch die Menge. Selbst Flavia blickte leicht fassungslos drein. „Laurel rief mich heute Morgen gegen halb drei an, um zu berichten, dass ein Mann im Gasthaus aufgetaucht war, der im Straßengraben eine Leiche entdeckt hatte."

„Wie schrecklich!", rief eine der Wahrsagerinnen, Effie, entsetzt aus. „Das muss in dieser uneinsichtigen Kurve gewesen sein."

Jetzt, wo ich darüber nachdachte, fiel mir auf, dass der Unfall sich auf einem ziemlich geraden Streckenabschnitt ereignet hatte. Manchmal fuhren die Leute dort zu schnell, eben weil es keine Kurven gab und die Sicht frei war.

„Oha. Wer denn? Jemand, den wir kennen?", fragte Cybil, eine andere Wahrsagerin, in dem für sie typisch neugierigen, sensationslüsternen Ton. Die Frau war stets auf der Jagd nach irgendwelchen Skandalen.

Ich funkelte sie ungehalten an. Dann rieb ich mir müde die Augen. Womöglich hatte sie es dieses Mal gar nicht böse gemeint. Vielleicht war ich einfach nur erschöpft und interpretierte in eine harmlose Frage Dinge hinein, die gar nicht da waren. Trotzdem mochte ich ihre Art nicht.

„Cybil, ein Mensch hat sein Leben verloren. Ich hoffe, Sie fragen aus aufrichtigem Mitgefühl und nicht nur deshalb, weil Sie auf eine pikante Geschichte aus sind, die Sie herumposaunen können."

Sie zog die Schultern hoch und rutschte unruhig auf ihrem Stuhl hin und her, antwortete aber nicht auf meinen Vorwurf.

„Nicht etwa *er*?", riet Violet und schaute entsetzt drein. „Doch, oder?" Sie stöhnte auf, als ich bestätigte, dass es sich bei dem Toten tatsächlich um Nick Halpern handelte. „Heiliger Strohsack! Er war zwar ein Mistkerl, aber das hat er nicht verdient. Was genau ist denn passiert?"

„Alles, was ich aktuell sagen kann, ist, dass er von einem Auto erfasst wurde."

„An der Schnellstraße?", fragte Mr Powell, der Inhaber von *The Busted Knuckle*, dem örtlichen Allzweck-Servicebetrieb.

„Genau dort." Mir war klar, dass sie weiterbohren würden, aber ich hatte nur knappe Antworten im Gepäck, die nichts verrieten.

„Es wurde ja schon öfters darüber gesprochen, ob man nicht entlang der Autobahn Zäune errichten sollte, speziell an der Stelle, wo die Leute die Fahrbahn überqueren, um zum Meditationskreis zu gelangen", fuhr Mr Powell fort.

Dieses Thema griff ich dankbar auf. Da ich jedoch kurz vorm Verhungern war, holte ich mir zuerst zwei Scones aus der Schachtel in der Mitte des Tisches und goss mir eine Tasse Kaffee ein. Dann nahm ich meinen Platz am Kopfende des Tisches gegenüber von Flavia ein.

„Das ist wirklich eine gefährliche Stelle", bestätigte ich, während ich einen Scone auseinanderbrach. „Und eigentlich kaum zu fassen, dass dort noch nie etwas passiert ist."

Maeve schob einen Stapel Servietten in meine Richtung. „Es gab schon viele Beinahe-Unfälle, von daher ist es höchste Zeit, endlich etwas dagegen zu unternehmen."

Ich schob mir einen Bissen in den Mund, kaute, schluckte – und nahm gleich noch einen weiteren, bevor mir der Geschmack auffiel. Brombeere ... und?

Ich hielt den Rest des süßen Teilchens in die Höhe und wandte mich an Sugar. „Was ist das?"

„Brombeere-Basilikum. Wie finden Sie es?"

„Richtig gut. Ich wäre nie auf die Idee gekommen, diese beiden Zutaten zu kombinieren." Was aber nichts hieß, denn ich konnte überhaupt nicht backen. Ich biss noch einmal herzhaft in den Scone, spülte mit einem Schluck Kaffee nach und lenkte das Gespräch zurück auf die Zäune. „Mr Powell und ich haben einmal darüber gesprochen, was nötig wäre, um einen festen Zaun zu errichten."

„Ich mache mir lediglich Sorgen, dass er den Winter nicht überstehen würde. Wenn die Schneepflüge durchfahren, könnte er durch das Gewicht des Schnees womöglich niedergedrückt werden."

„Man könnte auch stabile, mobile Zäune aufstellen", schlug Creed vor. „Bei uns im Zirkus funktioniert das gut. Klar, es gibt immer ein paar Idioten, die versuchen werden, drüberzuklettern, aber wenn wir ihn hoch genug machen, dürfte das Problem gelöst sein."

„Ich finde diesen Vorschlag gut", meldete Jola, unser neuestes Vorstandsmitglied, sich zu Wort. „Wie ihr alle wisst, sind wir im Heilzentrum nur für kleinere Verletzungen gerüstet. Wenn es zu einem Autounfall käme, könnten wir zwar Knochen richten und Abschürfungen versorgen, aber das war's auch schon. Ich stimme dafür, dass wir diese Zäune schnellstmöglich aufstellen."

Ich hob die Hand, um die weitere Abstimmung zu stoppen. „Mr Powell, wäre das etwas, das Sie zeitnah umsetzen könnten?"

„Das Material dafür … " Der wohl tollpatschigste Mann im ganzen Universum starrte an die Decke, als fände er dort oben die Details seines Lagerbestands, lehnte sich ein Stück zu weit zurück und kippte prompt mitsamt dem Stuhl nach hinten. Keine halbe Sekunde später stand er wieder auf den Beinen. „Keine Sorge, mir ist nichts passiert. Okay, hübsch wird's nicht werden, aber wir kriegen heute noch was hin. Für eine dauerhafte Lösung arbeite ich an etwas, das auch besser aussieht, vielleicht eine Art Stecksystem aus Kiefernstämmen, kombiniert mit einem feinen Drahtgitter. Das wäre durchsichtig, stabil und hoch genug, um kletterwütige Touristen abzuhalten, und außerdem im Winter leicht abzubauen."

„Wir brauchen schon etwas optisch Ansprechendes", schniefte Flavia. „Niemand will hier industrielles Metallgeflecht rund um unser Dorf sehen."

„Es war nur mein erster Gedanke", entschuldigte er sich.

„Und es ist ein guter Anfang." Violet hob zustimmend den Daumen.

„Hört mal", wandte ich mich an die Runde, „ich weiß noch nicht genau, ob Mr Halpern angefahren wurde, aber bis ich das Gegenteil beweisen kann, behandle ich den Fall wie Fahrerflucht. Unsere Feriengäste legen bestimmt weniger Wert auf Optik als auf Sicherheit. Ich denke, es ist wichtig, dass sie uns sofort handeln sehen."

Einstimmig – unglaublich – beschloss der Vorstand, dass Mr Powell sofort ein Team losschicken sollte, um provisorische Zäune zu errichten, und bis zum Frühjahr ein Stecksystem entwickeln würde.

Flavia räusperte sich und übernahm wieder die Leitung der Versammlung. „Der einzig wirkliche Punkt auf der Tagesordnung heute war eigentlich Jaynes Update über Vorkommnisse im Ort. Gab es sonst noch etwas, worüber Sie uns ins Bild setzen möchten?"

Ich fasste die Ereignisse kurz für sie zusammen: Urlauber, die zu viel Alkohol konsumiert hatten und aufgrund dessen Schlägereien anzettelten, häusliche Streitigkeiten und ein angeblicher Taschendieb, über den sich aber nur ein einzelner Mann beschwert hatte. Da dessen Sohn meinem Blick bewusst auswich, während der Vater sein Anliegen vortrug, war ich mir ziemlich sicher, dass der Junge die fünfzig Dollar aus dessen Brieftasche gestohlen hatte.

„Außerdem war da noch ein vierjähriger Junge, der als vermisst gemeldet wurde", ergänzte ich. „Deputy Reed hat ihn in weniger als einer Stunde am öffentlichen Badesee aufgestöbert und sicher zu seiner Familie zurückgebracht."

„Ein Vierjähriger?", fragte Morgan und schien den Tränen nahe. So emotional hatte ich sie noch nie erlebt. „Ein kleiner Junge, ganz allein im Dorf unterwegs? Das arme Baby. Wo waren denn seine Eltern?"

„Kinder laufen nun mal weg, Morgan", warf Effie ein.

„Ich will die Eltern nicht in Schutz nehmen, aber so etwas ist schnell passiert. Du drehst ihnen nur eine Sekunde den Rücken zu, und zack, sitzen sie auf einem Baum, und das auch noch mit deinen neuesten Tarotkarten." Sie warf Jola einen vielsagenden Blick zu.

Die schüttelte den Kopf. „Das wirst du mir nie verzeihen, was, Grammy?"

„Es gibt da noch einen weiteren Punkt für die Versammlung", erinnerte ich Flavia und die anderen und deutete in Richtung Lobby. „Reeva wartet draußen."

Flavia tat, als hätte sie nichts gehört, und erklärte die Sitzung für beendet.

„Hey!" Sugar sprang auf, eilte hinaus und kam kurz darauf mit Reeva im Schlepptau zurück.

„Wir sind hier eigentlich fertig", wandte sich Flavia in kühlem Ton an ihre Schwester. „Was wolltest du mit uns besprechen?"

Reeva deutete mit dem Kinn auf den Stuhl neben ihr. „Seit Donovan weg ist, gibt es einen freien Platz im Ratszirkel."

„So wie Sie das sagen, klingt es, als wäre er einfach nur umgezogen", schnaubte ich und unterdrückte nur mit Mühe ein Knurren. Aber meine Abneigung gegen dieses armselige Exemplar von Mensch war ohnehin nicht zu überhören.

Als hätte sie meine Gedanken gelesen, fragte Laurel: „Gibt es was Neues von ihm?"

„Absolut nichts. Ich rufe jeden Tag beim Sheriffbüro des Countys an, aber bisher haben sie ihn noch nicht erwischt. Er wurde auch nirgendwo gesehen. Es ist, als wäre er vom Erdboden verschluckt."

Bei diesen Worten richtete ich meinen Blick fest auf Flavia. Wenn irgendjemand wusste, wo er steckte, dann wohl sie. Doch sollte das der Fall sein, ließ sie sich nichts anmerken.

Sie ignorierte mich geflissentlich, konzentrierte sich nur

auf ihre Schwester und legte eine Hand auf den leeren Stuhl. „Was ist damit?"

„Ihr seid nur zu zwölft, obwohl dreizehn Mitglieder vorgeschrieben sind." Reeva umrundete den Tisch und ließ sich darauf nieder, wobei sie Flavia ein Stück zur Seite drängte. „Ich habe beschlossen, in Whispering Pines zu bleiben, anstatt Karls Haus zu verkaufen. Deshalb fordere ich diesen Sitz ein."

„Den dreizehnten Sitz im Rat?" Flavia erstickte beinahe an ihren Worten und starrte sie entsetzt an. „Darüber haben wir noch nicht abgestimmt. Du kannst ihn dir nicht einfach so nehmen."

„O doch, das kann ich." Reevas Augen blitzten, während sie sich zurücklehnte. „Erinnerst du dich an die Satzung, Schwesterherz? Eine Ursprüngliche kann jederzeit den Platz einer oder eines Nicht-Ursprünglichen einnehmen. Nur wenn sie versucht, ihn einer anderen Ursprünglichen streitig zu machen, braucht es eine Abstimmung. Dieser Stuhl ist frei, und ich hätte ihn gerne."

Ebenso amüsiert wie entsetzt beobachtete ich die Reaktionen der anderen Vorstandsmitglieder während dieses Schlagabtauschs. Einige starrten mit vor Schock weit aufgerissenen Augen auf die Schwestern, andere lachten laut oder kicherten hinter vorgehaltener Hand. Morgan sah aus, als wäre ihr einziger Wunsch, sich in die nächste Kühlkammer zu flüchten. Und Flavia … war außer sich vor Wut.

„Sie hat recht", mischte ich mich ein. „So steht es in der Satzung. Reeva, hiermit möchte ich Sie als Erste als neues, dreizehntes Mitglied im Hexenzirkel willkommen heißen."

Die Spannungen zwischen den ungleichen Frauen hatten sich seit Reevas Rückkehr vor zwei Monaten stetig verschärft. Soweit ich das beurteilen konnte, hatten die beiden bislang alles getan, um einander aus dem Weg zu gehen, aber Morgan hatte mich gewarnt, noch an dem Tag, als Reeva zurück ins Dorf kam: „Du kennst doch den Spruch, oder? *Die Hölle selbst kann nicht wüten wie eine verschmähte Frau.* Glaub mir, du möchtest nicht in der Nähe sein, wenn sich deren Zorn entfesselt. Vor allem, weil er sich seit zwanzig Jahren angestaut hat."

Das Versprechen, das ich Honey gegeben hatte, nämlich ein Auge auf Flavia zu haben, rückte damit gerade ein paar Plätze weiter nach oben auf meiner Prioritätenliste. Und es konnte bestimmt nicht schaden, Reeva gleich mit im Blick zu behalten.

Kapitel Zwölf

Als Meeka und ich das Revier betraten, fanden wir Reed an seinem Schreibtisch sitzend vor, wo er gerade Bilder von der Kamera auf seinen Computer übertrug. Er blickte kurz von seiner Arbeit auf, sah meinen Gesichtsausdruck und wusste sofort, dass etwas im Argen lag.

„Eigentlich wollte ich fragen, wie die Ratssitzung gelaufen ist, aber jetzt bin ich mir nicht mehr sicher, ob ich's wirklich wissen will."

„Dessen bin ich mir auch nicht sicher." Ich ging in die Hocke, um meine Kleine aus ihrem Geschirr zu befreien. „Ich überlasse es deiner Mutter, dir das heute Abend zu erzählen. Aber mach dich auf etwas gefasst … Sie wird keine gute Laune haben."

„Danke für die Warnung."

„Woran arbeitest du?"

„Ich grüble nach." Er deutete auf seinen Bildschirm. „Und dazu hätte ich gerne deine Meinung gehört. Ich lade gerade die Bilder auf den PC, die ich heute Morgen am Tatort gemacht habe. Jetzt verstehe ich auch, was du damit meintest, als du sagtest, man solle um den Leichnam herum schauen statt auf ihn. Ansonsten hätte ich wohl gar nicht so viele Fotos geschossen. Jedenfalls – irgendetwas kam mir seltsam vor, also habe ich ein paar Aufnahmen näher unter die Lupe genommen."

Er begann mit denjenigen, die die gesamte Szenerie aus einiger Entfernung zeigten. Ein Detail sprang mir sofort ins Auge, und ich zeigte auf das Bild auf dem Display. Ein schwaches Leuchten drang unter Halperns Handy hervor. „War die Taschenlampe vom Handy an?"

Reed zoomte näher heran. „Ja, war sie. Ich konnte die App auch nicht ausschalten. Der Bildschirm war gesperrt. Ist das wichtig?"

„Es könnte wichtig sein." Ich betrachtete das Bild noch ein paar Sekunden länger. „Einer der Zeugen hat nämlich gesagt, er habe beim Vorbeifahren ein Licht bemerkt. Das muss die Quelle gewesen sein."

Erneut starrte ich auf den Bildschirm.

„Was ist?", fragte Martin.

„Es war stockdunkel, und Halpern hat die Taschenlampe auf seinem Handy eingeschaltet."

„Richtig."

„Also hätte ein Wagen selbst in solch einer finsteren Nacht das Licht sehen und um ihn herumfahren müssen."

„Es sei denn, der Fahrer war betrunken oder anderweitig beeinträchtigt. Womöglich ist er auch am Steuer eingenickt. Du weißt doch selbst, wie hypnotisierend es sein kann, wenn man ewig an diesen Bäumen vorbeifährt."

„Das stimmt auch wieder. Okay, was aber wolltest du mir zeigen?"

„Ich habe mir den Leichnam noch einmal ganz genau angeschaut, weil mir, wie gesagt, irgendwas nicht stimmig vorkam."

„Wie meinst du das?"

„Die Menge an Blut."

„Das war ja zu erwarten, immerhin wurde er von einem Wagen erfasst."

„Auf den ersten Blick kommt man zu diesem Ergebnis", stimmte Reed zu, „aber können wir uns dessen wirklich sicher sein? Wenn er angefahren worden wäre, hätte es ihn durch die Luft geschleudert und er wäre doch in einer merkwürdig verdrehten Position dagelegen, oder? Dafür jedoch wirkte sein Körper viel zu … nahezu entspannt, fast so, als hätte er sich einfach hingelegt, um ein Nickerchen zu machen. Und es gibt auch keine Schürfwunden oder sichtbaren Schnittverletzungen. Zudem keine Kratzer, keine einzige Prellung. Klar, er ist blutüberströmt, aber schau dir doch mal das Muster an."

Obwohl noch nicht einmal Mittag, war es jetzt schon ein verdammt langer Tag gewesen. Ich rieb mir die Augen und schlug mir mit der flachen Hand leicht ins Gesicht, um wieder wach zu werden. Reed sagte nichts, wartete einfach ab, während ich mir das Foto, das ihn so in den Bann gezogen hatte, genauer ansah. Es dauerte einen Moment, doch plötzlich verstand ich, was er meinte.

„Und der Schüler wird zum Lehrer", murmelte ich. „Halperns gesamtes Gesicht ist blutverschmiert, aber nicht nur das: Auch auf seinem Hemd findet sich jede Menge davon. Auf den ersten Blick könnte man denken, das Blut stamme ausschließlich von dem Zusammenstoß mit einem Fahrzeug. Aber damit es so weit nach unten sickern konnte, muss er eine ganze Weile aufrecht gestanden sein. Wäre er durch einen Aufprall auf dem Asphalt gelandet, wäre es seitlich an seinem Kopf heruntergelaufen und hätte sich in einer Lache auf dem Boden gesammelt, und nicht auf der Vorderseite seines Hemds."

„Genau das habe ich auch gedacht." Mit einem spitzbübischen Grinsen fügte er hinzu: „Sei nicht zu streng mit dir selbst, Sheriff. Hättest du die Fotos gemacht, wäre dir das bestimmt auch direkt aufgefallen."

Ein dünnhäutigerer Beamter hatte sich bei diesen Worten vielleicht auf den Schlips getreten gefühlt. Für mich war es eher die Bestätigung, dass ich den richtigen Mann eingestellt hatte.

„Deshalb machen wir ja so viele Bilder", sagte ich zu meinem Deputy. „Damit wir später weiter ermitteln können, und um die Einschätzung des Gerichtsmediziners zur Todesursache zu untermauern." Ich beugte mich noch näher an den Bildschirm und kniff die Augen zusammen. „Kannst du bitte mal auf seine Stirn zoomen?"

Dort am oberen Rand hatte ich eine Art Platzwunde entdeckt.

„Wie sieht das für dich aus?", fragte ich ihn.

„Nach einem beträchtlichen Schnitt. Das würde das ganze Blut erklären und zudem darauf hindeuten, dass er schon verletzt war, bevor er angefahren wurde. Wenn er denn überhaupt angefahren wurde …"

„Gute Arbeit, Deputy. Wir können also mit ziemlicher Sicherheit davon ausgehen, dass seine Kopfverletzung schon bestand, bevor er im Straßengraben gelandet ist. Was lässt sich daraus schließen?"

Er dachte kurz nach. „Meiner Meinung nach gibt es zwei denkbare Szenarien. Erstens: Er ist gestürzt oder hat sich irgendwie selbst verletzt, ist dann blutend die Straße entlanggetorkelt und wurde angefahren. Das allerdings passt irgendwie nicht zu seiner entspannten Körperhaltung. Also bleibt nur zweitens: Jemand anderes hat ihn angegriffen und dann dort abgelegt."

Ein ungutes Gefühl machte sich in mir breit. „Also könnten wir es hier tatsächlich mit einem weiteren Mord zu tun haben. Ich sollte Dr. Bundy anrufen und sehen, ob er zumindest bestätigen kann, dass Halpern überhaupt angefahren wurde."

Zwei Minuten später hatte ich Joan, Bundys Assistentin, an der Strippe. Ihr nasaler Nord-Wisconsin-Akzent klang genervt und fassungslos zugleich: „Sagen Sie jetzt bloß nicht, dass er noch mal kommen muss. Er ist gerade erst mit Ihrer

Leiche hier eingetroffen. Ich meine … Also, natürlich nicht mit *Ihrer* Leiche."

Der Doc und sein Team waren schon ein schräger Haufen. „Nein, das ist nicht notwendig, aber ich hätte eine Frage an ihn."

„Okay, gut. Das bei euch da oben, mit all den Toten, ist ja langsam nicht mehr normal." Dann stellte sie mich durch.

„Entschuldigen Sie meine Laune heute Morgen", sagte Dr. Bundy statt einer üblichen Begrüßung. „Kommt nicht oft vor, das kann ich Ihnen versichern. Normalerweise nur, wenn man mich bei einem schönen Abend mit meiner Frau stört." Er hielt kurz inne. „Hmm. Vielleicht sollte ich besser gar nicht mehr mit ihr ausgehen … Aber sagen Sie ihr das bloß nicht. Wie auch immer, was möchten Sie wissen?"

Erleichtert registrierte ich, dass er wieder normal klang.

„Es geht um meinen angeblichen Unfall mit Fahrerflucht heute früh. Ich nehme an, Sie haben noch nicht mit der Autopsie angefangen, oder?"

„Nein, noch nicht einmal den Reißverschluss des Leichensacks aufgemacht. Was meinen Sie mit *angeblich*? Was ist los, Sheriff?"

„Ich brauche keine Details, nur eine grobe Richtung. Deputy Reed und ich befürchten ein Problem."

„In Whispering Pines ist *Problem* eh nur ein anderes Wort für *Mord*. Also, was haben Sie für mich?"

Ich schilderte ihm, was wir auf den Bildern gesehen hatten, und da Dr. Bundy sich mit Blutverläufen auskannte, hatte er sofort eine Vermutung, worauf ich hinauswollte.

„Na wunderbar." Er stöhnte, und es knarrte und quietschte, als würde er sich aus einem Stuhl erheben, der seit Jahren vergeblich auf ein bisschen Öl wartete. „Dann schauen wir uns den Kerl einmal genauer an. Ich stecke mir nur eben die Ohrstöpsel rein, damit ich die Hände freihabe. Dabei passiert es immer mal wieder, dass ich aus Versehen auflege. In dem Fall rufe ich gleich zurück."

Trotz einer Menge Gefummel und Geraschel hielt die Verbindung. Und anstatt Todesstille oder Smalltalk hörte ich ihn eine mir unbekannte, schwungvolle Jazzmelodie vor sich hin pfeifen, während er sich in Richtung Leichenhalle aufmachte … wo auch immer die sich in diesem Gebäude befinden mochte. Kurz darauf wurde eine Tür geöffnet, gefolgt von dem typischen Geräusch von Latexhandschuhen, die mit einem satten *Schnapp* übergestreift wurden. Dann ein metallisches Rutschen – vermutlich die Bahre im Kühlfach –, und schließlich das raue *Ratsch*, als er den Leichensack öffnete.

„Was haben wir denn hier?", murmelte er vor sich hin. Weiteres Genuschel, gefolgt von einem deutlichen *Hmm*.

„Was sehen Sie, Doc?"

„Ich äußere mich ungern, bevor ich den Toten nicht komplett vor Augen habe, sonst vermischen sich die einzelnen Fälle in meinem Kopf." Er lachte leise auf. „Ziemlich schräge Vorstellung, nicht wahr?"

„Sie sind ein schräger Typ, Doc. Aber Sie können hervorragend pfeifen. Sollten Sie jemals einen Karrierewechsel anstreben, könnten Sie direkt Profi werden."

„Würde es Sie überraschen, wenn ich Ihnen sagte, dass ich tatsächlich schon mal darüber nachgedacht habe?"

„Nicht im Geringsten."

Er lachte erneut leise auf und wandte sich wieder Halpern zu. „Okay, ich sehe mir jetzt den Leichnam genauer an, was heißt, dass ich mir auch den Tatort wieder besser vorstellen kann. Als ich heute Morgen dort ankam, dachte ich sofort, dass das nicht nach einem klassischen Zusammenstoß zwischen Auto und Fußgänger aussah."

„Wie kamen Sie zu dieser Schlussfolgerung?"

„Weil bei Mr Halpern einfach alles viel zu ordentlich wirkte. Seine Haltung war nicht unnatürlich, Arme und Beine wirkten unversehrt, also keine offensichtlichen Brüche. Wäre es ein klassischer Unfall mit Fahrerflucht gewesen, hätte ich eher erwartet, ihn schief und krumm vorzufinden und nicht so schön säuberlich drapiert. Auf mich machte es den Eindruck, als wäre er dort abgelegt worden."

„Genau das hat Deputy Reed auch gesagt. Also scheint nichts gebrochen zu sein?"

„Diese Frage kann ich erst beantworten, wenn ich ihn genauer untersucht habe."

„Hat er eine Schnittwunde an der Stirn?"

Erneutes Summen, begleitet von raschelnden Geräuschen. „Sein Gesicht ist ganz schön zugerichtet … Ja, da sehe ich tatsächlich so etwas wie eine Platzwunde."

„Köpfe bluten ja immer wie verrückt."

„Und ob! Der hier ist komplett von oben bis unten eingesaut. Einmal ist mein Sohn, als er noch klein war, mit der Stirn gegen die Tischkante geknallt. Meine Frau war überzeugt, er müsste nicht nur genäht werden, sondern bräuchte gleich auch noch eine Bluttransfusion. Bis sie ihre Schuhe gefunden und wir ihn in seinen Kindersitz geschnallt hatte, war das Schlimmste längst vorüber. Ich hatte ihr ja gleich gesagt, dass die Verletzung harmlos ist, aber natürlich wollte sie nicht auf mich hören. Zweihundert Dollar später, nur für ein Pflaster, räumte sie ein, dass wir uns den Ausflug zur Notaufnahme wohl hätten sparen können."

Ich lächelte, erleichtert darüber, dass seine düstere Stimmung so schnell wieder verflogen war.

„Konkretere Angaben folgen, sobald wir ihn gesäubert haben und ich die offizielle Autopsie mache", fuhr er fort. „Bis dahin ist das hier nur so ein Bauchgefühl, verstanden?"

„Schon klar."

„Der Schnitt einer Klinge würde eine glatte, gleichmäßigere Linie hinterlassen. Bei stumpfer Gewalteinwirkung ist die Wunde eher ausgefranst, weil die Haut durch den Aufprall aufreißt. Stellen Sie sich einfach vor, wie Sie eine überreife Tomate zusammendrücken und das Innere herausspritzt."

Ich verzog das Gesicht. „Muss ich das wirklich?"

„Bitte entschuldigen Sie, aber ich finde, das ist ein ziemlich anschauliches Bild. Wie auch immer, es sieht eher nach einem Schnitt als nach einer Lazeration aus, aber Genaueres kann ich wirklich erst sagen, wenn ich all das Blut abgewaschen habe."

„Also", resümierte ich, „keine sichtbar gebrochenen Knochen, ein Schnitt auf der Stirn, keine Platzwunde. Gibt es sonst irgendetwas, das auf Fremdeinwirkung hindeuten könnte?"

„Das kann ich jetzt noch nicht beurteilen, weil ich den Leichensack bisher nur bis zur Taille geöffnet habe."

Wieder vernahm ich das Geräusch eines Reißverschlusses, gefolgt von einem metallischen Klacken. Vermutlich schob er Halpern gerade zurück in die Kühlung.

„Sie denken also, Sie haben es mit einem weiteren Mord zu tun? Bislang gibt es dafür aber keine handfesten Beweise."

„Im Zweifel für die öffentliche Sicherheit. Ich werde den Fall vorerst als einen solchen handhaben." Ich würde direkt damit beginnen, die Gäste in meinem B&B zu verhören, und Reed sollte sich die Touristen vornehmen, die sich beschwert hatten. „Ich weiß, Sie haben alle Hände voll zu tun, und ich frage wirklich nur ungern, aber: Wann könnten Sie Halperns Obduktion durchführen?"

„Klingt, als würden wir hier gegen die Zeit arbeiten", sagte Dr. Bundy. „Ich muss schauen, was ich sonst noch auf dem Tisch habe und wie ich die Fälle umschichten kann. Aber natürlich hat ihre Leiche oberste Priorität."

„Danke, Doc." Nachdem ich aufgelegt hatte, ließ ich mich in meinem Stuhl zurücksinken. Unmittelbar darauf tauchte Reed im Türrahmen auf.

„Was hat er gesagt?"

„Dass er auf jeden Fall eine Kopfverletzung hat. Und ein kurzer Blick reichte, um zu erkennen, dass die Wunde glatt war wie ein Messerschnitt und nicht zerklüftet wie bei einem Aufprall. Offensichtliche Knochenbrüche konnte er keine entdecken, von daher ist er der Meinung, ein Auto hätte viel mehr Schaden am Körper angerichtet. Er stimmte deiner Vermutung zu, dass die Art und Weise, wie die Leiche dort lag, irgendwie arrangiert wirkte. Gut erkannt."

Reed richtete sich ein wenig auf, doch sein Gesichtsausdruck blieb unverändert. „Dann haben wir es wohl mit einem weiteren Mord zu tun, oder?"

Ich rieb mir die schmerzenden Augen. „Nach Fahrerflucht sieht es jedenfalls nicht aus. Wie hoch ist die Wahrscheinlichkeit, dass ein Mann so kurz, nachdem er so viele Menschen beleidigt hat, selbst einen tödlichen Unfall erleidet?"

„Immerhin war er mitten in der Nacht draußen unterwegs. Er könnte gestolpert oder gegen etwas gelaufen sein."

„Da war zwar viel Blut, aber nicht genug, dass er hätte verbluten können. Nein, solange wir von Dr. B nichts Gegenteiliges erfahren, gehen wir von einem Mord aus."

Ich konnte immer direkt erkennen, wenn Reed darüber nachdachte, mir zu widersprechen. Er schob dann die Hände tief in die Taschen seiner Hose, starrte nach unten und tippte abwechselnd mit der Spitze und der Ferse seines Stiefels auf den Boden. Genau das tat er auch jetzt, vielleicht fünfzehn oder zwanzig Sekunden lang. Dann hob er den Blick. „Wie willst du vorgehen?"

„Wir müssen uns aufteilen. Wenn es Mord war, wovon ich eben ausgehe, ist der Täter bestimmt noch im Dorf. Ich werde mir die Gäste im Bed and Breakfast vornehmen, und du solltest die Leute aufsuchen, die formelle Beschwerde gegen Halpern eingelegt haben, und ihnen auf den Zahn fühlen."

Er schluckte schwer, sichtlich nervös ob dieses Auftrags. „Du weißt, dass ich nicht viel Erfahrung im Verhören habe."

„Das mag ja sein, aber gute Instinkte. Sag ihnen einfach, du verfolgst ihre Beschwerde weiter und wolltest dich einfach nochmals überzeugen, dass jetzt alles in Ordnung ist. Frag sie, wie der Kerl sie verärgert hat, und achte auf ihre Körpersprache und Mimik. Schauen sie dir in die Augen oder vermeiden sie den Blickkontakt? Zappeln sie nervös herum? Hör genau auf ihre Worte und auf den Tonfall ihrer Stimmen. Klingen sie natürlich oder so, als hätten sie etwas zu verbergen? Vertrau deinem Bauchgefühl. Wenn du der Meinung bist, sie würden etwas verheimlichen, behalte sie auf der Liste, und ich knöpfe sie mir später selbst noch einmal vor."

„Okay, so mache ich es", murmelte er in dem Versuch, nicht nur mich, sondern auch sich selbst zu überzeugen, dass er der Sache gewachsen war.

Dann nahmen wir uns ein paar Minuten Zeit, um die Personen durchzugehen, auf die er sich konzentrieren sollte. Aufgrund dessen, was sie ihm bereits erzählt hatten, konnten wir etliche ausschließen, sodass nur noch ein halbes Dutzend übrig blieb. Falls erforderlich, konnten wir immer noch auf die zurückgreifen, die wir aussortiert hatten.

„Noch ein letzter Tipp", sagte ich, während ich die Eingangstür abschloss und das Schild von *Geöffnet* auf *Notfallkontakte* drehte. „Denk immer daran: Ein Unschuldiger entspannt sich, je länger du mit ihm sprichst. Der Schuldige wird zunehmend nervöser."

Reed dachte einen Moment über diese Aussage nach und nickte dann zustimmend.

„Bereit?", fragte ich. „Wir schaffen das, Kollege."

Er lachte. „Ja, wir schaffen das."

Kapitel Dreizehn

MEEKA WAR GANZ OFFENSICHTLICH VERWIRRT, WEIL WIR
mitten am Tag nach Hause zurückkehrten. Als ich die Tür
ihrer Box öffnete, um sie herauszulassen, stand sie für einen
Moment regungslos da, als könne es sich nur um einen
schlechten Scherz handeln. Wahrscheinlich dachte sie, wir
hätten wieder einmal unsere Jobs verloren.

„Wir bleiben nicht lange", versicherte ich ihr. „Ich muss
nur kurz ein paar Verdächtige befragen.

Für sie hieß das in die Hundesprache übersetzt: „Deine
Dienste werden aktuell nicht benötigt." Also trabte sie davon
in Richtung Wald, wahrscheinlich, um ein Eichhörnchen oder
ein Kaninchen zum Spielen zu finden.

Tripp saß in einem der Adirondack-Stühle auf der
Veranda und gönnte sich eine kleine Pause.

„Was machst du denn hier?", begrüßte er mich mit einem
Kuss. „Nicht, dass ich etwas dagegen hätte, dass du mal früher
nach Hause kommst."

„Leider bin ich aus offiziellen Gründen hier, mein Lieber."

„O je. Als du nicht zum Frühstück erschienen bist, hatte
ich schon fast so etwas vermutet."

„Ich hätte anrufen sollen, sorry. Unsere Gäste sind hoffentlich noch alle da?"

„River Carr ist irgendwann zwischen acht und halb neun aufgebrochen und bis jetzt noch nicht wiedergekommen. Lupe war hier und hat alle befragt, und Kristina und Kyle sind kurz nach dem Interview mit ihr ebenfalls weggefahren. Die anderen vier habe ich vor etwa zehn Minuten noch gesehen, sie saßen im Aufenthaltsraum und haben gelesen oder Schach gespielt."

„Constance ist also noch da, oder? Sie hat mir nämlich versprochen, hierzubleiben."

„Ja. Was ist denn überhaupt los? Sie kam zwar zum Frühstück runter, fragte aber, ob sie ein Tablett mit aufs Zimmer nehmen könne. Ich sagte ihr, das sei in Ordnung, sie solle das leere Geschirr einfach später im Flur abstellen. Und dann erkundigte ich mich noch, ob mit Nick etwas nicht stimmte, denn ihn hatte ich bis dato überhaupt noch nicht gesehen.

„Das könnte man definitiv so sagen." In knappen Worten erzählte ich ihm, dass Nick in den frühen Morgenstunden tot aufgefunden wurde und nicht auszuschließen war, dass es sich um Mord handelte. Es war mir so sehr in Fleisch und Blut übergegangen, die Reaktionen der Menschen auf solche Nachrichten zu beobachten, dass ich automatisch auch Tripp genauestens musterte. Verheimlichte er mir etwas? Das jedoch bemerkte er sofort.

„Da können wir wohl wieder ein Häkchen bei *Wir vertrauen einander* ausradieren", scherzte er, doch sein Lächeln wirkte angespannt. „Bei all den Morden, die in letzter Zeit hier passieren, scheint jeder ein Alibi zu brauchen."

Ich nahm seine Hand, zog sie an meine Lippen und küsste seine Fingerknöchel. „Du etwa auch?"

„Darauf erwartest du doch nicht allen Ernstes eine Antwort, oder?" Für einen kurzen Moment wirkte er beleidigt, doch dann begriff er, dass ich nur scherzte.

„Wenn du dir etwas in der Art zuschulden hättest kommen lassen, wäre ich der schlechteste Detective der Welt. Und ich bilde mir eigentlich ein, ein verdammt guter zu sein. Übrigens, nur fürs Protokoll: Ich wäre jederzeit dein Alibi."

Er nahm mich in den Arm. „Du bist also hier, um unsere Gäste zu Nick zu befragen?"

„Ja. Hoffentlich dauert das nicht allzu lange."

Er ließ mich wieder los und sagte: „Ich wollte mir gerade etwas zu Mittag machen. Möchtest du auch was?"

„Sehr gern. Ich sterbe vor Hunger." Wann hatte ich eigentlich zuletzt etwas gegessen? Ach ja … bei der Ratssitzung. „Sosehr ich Sugars Scones auch liebe, sie halten einfach nicht so lange nach wie dein Frühstück."

Gemeinsam begaben wir uns ins Haus, und während Tripp direkt in der Küche verschwand, betrat ich den Aufenthaltsraum, wo ich, wie angekündigt, auf Alicia, Derek, Trevor und Jeremy traf. Alicia und Derek hielten Bücher in der Hand, Trevor und Jeremy spielten tatsächlich Schach. Alle blickten auf, kaum, dass sie mich entdeckt hatten, und Alicia sprang auf die Füße.

„Was ist hier los, Jayne? Constance weigert sich, ihre Tür zu öffnen, und von Nick, der sonst ununterbrochen redet, haben wir bisher noch keinen Ton gehört."

„Ich habe leider schlechte Nachrichten. Heute früh wurde seine Leiche gefunden."

Entsetzte Ausrufe von allen Seiten, und diesmal war es Trevor, der aufsprang. „Seine Leiche? Du meinst … er ist tot?"

„Ja, das ist er. Mehr kann ich im Moment noch nicht dazu sagen, aber ich würde gern mit jedem von euch einzeln sprechen. Vielleicht könnt ihr mir helfen, herauszufinden, was passiert ist."

„Glaubst du, er wurde ermordet?", fragte Trevor.

„Das lässt sich erst sagen, wenn die Ergebnisse der Autopsie vorliegen", erklärte ich. „Aber jedes noch so kleine

Detail über ihn und darüber, was in letzter Zeit mit ihm los war, könnte hilfreich sein. Wer möchte anfangen?"

Da die anderen wie erstarrt wirkten, meldete sich schließlich Jeremy freiwillig.

Eins siebenundsechzig groß, dunkelbraunes, kurz geschnittenes Haar, das stachelig in die Höhe stand, dunkelblaue Augen, eine eckige schwarze Kunststoffbrille, etwa zwanzig Kilo Übergewicht, große Zahnlücke zwischen den Schneidezähnen.

Wir gingen hinaus auf die Terrasse, um ungestört reden zu können. Ich bedeutete ihm, sich auf das Zweiersofa mit dem Rücken zu den Wohnzimmerfenstern zu setzen, während ich den Sessel neben ihm wählte, von dem aus ich sowohl das Haus als auch den See im Blick hatte.

„Bitte nenne mir deinen vollständigen Namen", begann ich und stellte mein Aufnahmegerät auf den Tisch zwischen uns, „und sag mir, seit wann du den Verstorbenen kanntest."

„Ich heiße Jeremy Levine, und kennen ist zu viel gesagt. Trevor und ich sind uns auf einer Silvesterparty über den Weg gelaufen und kurz darauf zusammengekommen. Lass mich überlegen, wie lange das her ist … ungefähr acht Monate? Nick habe ich das erste Mal ein paar Monate später getroffen, im März oder April, glaube ich, auf einer Geburtstagsfeier." Er runzelte die Stirn, während er versuchte, sich die Details ins Gedächtnis zu rufen. „Nein, schon vor dieser Party. Es muss also im März gewesen sein. Ich weiß nicht mehr, wessen Geburtstag es war, aber irgendjemand aus dieser Gruppe hat eine Party veranstaltet. Vielleicht Alicia?"

Jeremy schien ein ausgesprochen nervöser Typ zu sein. Bei jedem Satz zuckte etwas anderes an seinem Körper: sein Blick huschte umher, die Beine wippten, die Hände nestelten oder zerrten am Kragen seines zerknitterten, blauen Button-down-Hemdes … Schon bei seiner Ankunft war mir seine ausgeprägte innere Unruhe aufgefallen, deshalb war es schwer zu sagen, ob dieses Verhalten einfach Teil seiner Persönlichkeit war oder aber ein Warnsignal, das mich hellhörig machen sollte. Ich vermerkte es in meinem Notizbuch und beschloss, Trevor später darauf anzusprechen.

„Gut möglich", griff ich seine letzte Bemerkung auf. *Alicia und April ist eine leicht zu merkende Alliteration.* Als wir vier das erste Mal aufeinandertrafen, hatte Trevor sich Reime einfallen lassen, damit wir uns die Geburtstage der anderen leichter merken konnten. *Jaynes neues Jahr beginnt auch im Januar.* „Dann kanntest du den Verstorbenen also seit etwa sechs Monaten, die anderen seit acht?"

„Das kommt hin." Jeremy blickte auf den See hinaus und runzelte erneut die Stirn. „Nein, warte. Es war Februar. Am Valentinstag."

„Was war im Februar?"

„Als ich Nick und Constance das erste Mal begegnet bin. Eigentlich sollten es nur wir vier sein – Kristina, Trevor, Kyle und ich. Dann jedoch hat Nick irgendein Meeting abgesagt, und so sind die beiden noch dazugestoßen. Kristina hat für uns alle gekocht und für jedes Paar einen romantischen Tisch in einem separaten Raum ihres Hauses hergerichtet. Ich weiß noch, dass sie meinte, sie hätte improvisieren müssen, um in letzter Minute zwei zusätzliche Portionen und einen weiteren Tisch bereitzustellen."

Das klang ganz nach der Kristina, die ich aus dem College kannte – stets bemüht, anderen etwas Besonderes zu bieten.

„Du bist also das neueste Mitglied der Truppe", begann ich, und Jeremy riss sich vom See los und sah mich an. Sein Gesichtsausdruck ließ darauf schließen, dass ihm meine Feststellung nicht gefiel, obwohl sie nichts weiter war als eine neutrale Beobachtung und keinesfalls eine Anschuldigung. Auch diese Reaktion notierte ich mir in meinem kleinen Notizbuch, denn der Stimmenrekorder konnte nun mal keine Gesten oder Mimik festhalten. „Was kannst du mir über die Gruppendynamik erzählen? Da scheint einiges an Spannung in der Luft zu liegen."

Die zuvor sorgenvoll gefurchte Stirn glättete sich. „Ob

womöglich schon vorher was nicht stimmte, kann ich leider nicht sagen."

„Vorher?"

„Bevor ich Nick kennenlernte. Er ist doch derjenige, um den es dir geht, oder?"

„Ihr kennt euch seit sechs Monaten, und du kannst nicht sagen, ob es Reibereien zwischen ihm und den anderen gab?"

„Na ja, kurz nachdem ich dazugestoßen war, hat er seinen Job verloren. Das hat Kristina mir erzählt. Sie meinte, ab da sei er zu einem absoluten Kotzbrocken mutiert." Er schob die Spitze seiner Zunge durch die Lücke zwischen den Vorderzähnen, während er angestrengt nachdachte. „Alicia und Derek habe ich, glaube ich, nur ein einziges Mal gesehen. Du weißt schon, all diese Kinder." Er hielt kurz inne. „Stimmt, es war Alicias Geburtstag. Da habe ich sie und ihren Mann kennengelernt."

„Also im April, vor fünf Monaten."

„Ja. Normalerweise waren es nur Kristina, Kyle, Trevor und ich, die etwas unternahmen. Constance und Nick kamen nicht sehr oft dazu. Da fiel es mir zum ersten Mal auf … auf der Party im April."

Gut, dass der Rekorder mitlief, denn Jeremys Ausführungen zu folgen, war gar nicht so einfach. Er begann stets mit ausschweifenden Aussagen, die man sich jedoch erst zurechtstutzen musste, um an die wesentlichen Fakten zu kommen.

Ich massierte mir den Nacken, um die immer stärker werdende Verspannung zu lösen. „Also hast du im Grunde schon bei eurem ersten Treffen gemerkt, dass es in der Gruppe nicht so gut lief."

Nach erneutem kurzem Überlegen nickte er zustimmend. „Ja, so könnte man es sagen."

„Okay, jetzt, wo wir geklärt haben, wie und wann du alle kennengelernt hast, erzähl mir mehr über diese unterschwelligen Konflikte. Gab es die zwischen allen oder nur zwischen bestimmten Personen?"

„Eigentlich zwischen allen. Ich weiß nicht genau, wie ich das beschreiben soll. Es war so eine Art Flirten, als unschuldiger Spaß getarnt, aber niemand hat es wirklich als Spaß aufgefasst."

„Wer hat denn mit wem geflirtet? Jeder mit jedem?"

„Nein, nur Nick." Er sah mich an, als wäre ich diejenige, die dieses Gespräch unnötig verkomplizierte.

Nach diesem Verhör würde ich definitiv ein Bier brauchen. Oder einen Windbeutel. Ich beschloss, anschließend bei *Treat Me Sweetly* vorbeizuschauen. Mit etwas Glück hatte Sugar heute ja welche gemacht.

„Wenn ich dich recht verstehe, willst du damit andeuten, Nick hat mit den Frauen der anderen Männer geflirtet und dabei so getan, als wäre das bloß harmloser Spaß?"

„Richtig. Mit allen, außer mit seiner eigenen Frau. Na ja, bei Alicia hatte er wenig Erfolg, denn die war so erschöpft wegen ihrer fünf Kinder, dass sie das vermutlich gar nicht mitbekam. Sie war einfach nur dankbar, dass ausnahmsweise mal kein Balg schrie."

„Dann bleibt nur noch Kristina." Und wieder musste ich die Sache auf den Punkt bringen. „Auf sie hatte Nick es also abgesehen."

Jeremy sackte in seinem Stuhl zurück, offenbar genauso frustriert von seinen Aussagen wie ich. Oder war er etwa wütend? Schwer auszumachen bei ihm. Auch diesen Gedanken notierte ich mir in meinem kleinen Buch.

„Schätzungsweise", murmelte er und beobachtete mich beim Schreiben. „Jedenfalls schenkte er ihr ziemlich viel Aufmerksamkeit, und irgendwann war Kyle so genervt, dass er ihn nicht mehr dabeihaben wollte. Was mir ehrlich gesagt nur recht war."

„In Ordnung, machen wir weiter. Das Thema Nick und

Frauen haben wir abgehakt, aber wie war sein Verhältnis zu den Männern in der Gruppe?"

„Eigentlich haben wir alle uns nur hin und wieder auf einer Party getroffen, und Constance und Nick waren meist eh nicht dabei. Was vermutlich auch besser war, denn Trevor konnte den Kerl, soweit ich weiß, noch nie wirklich leiden. Ich übrigens auch nicht. Ein Mann, der seine Ehefrau so behandelt …"

Er brach mitten im Satz ab und schüttelte den Kopf. Eine aussagekräftige Reaktion, aber worauf? Hatte Jeremys Vater seine Mutter misshandelt? Oder gab es vielleicht einen widerlichen Nachbarn, der einer Freundin unangemessene Bemerkungen an den Kopf warf? Leider war die Liste der Möglichkeiten endlos. Immerhin hatte er schon das zweite Mal seine Abneigung gegenüber Nick zum Ausdruck gebracht.

„Entschuldigung." Er schien sich wieder gefangen zu haben. „Das eine Mal, als ich Derek traf, spielte er mit seinen Kindern im Garten. Ich habe ihn also nie zusammen mit Nick erlebt. Was hingegen Kyle anbelangt, da war ganz klar etwas im Argen wegen dieser Geschichte mit seiner Frau."

„Du meinst, weil Nick so offensichtlich mit ihr geflirtet hat."

„Richtig. So wie gestern habe ich die beiden allerdings noch nie erlebt."

„Wie waren sie denn vorher?"

„Sie gingen eher kühl miteinander um. Haben kaum miteinander gesprochen, nur wenn's unbedingt nötig war."

Noch mehr, was es herauszufiltern galt. „Für mich klingt das so, als hätte es innerhalb der Gruppe eigentlich nur zwischen Nick, Kyle und Kristina Unstimmigkeiten gegeben."

„Schätzungsweise." Erneut zupfte er an seinem Hemdkragen herum. „Und natürlich Constance."

So allmählich brauchte ich dringend diesen Windbeutel,

oder besser gleich zwei. „Sonst noch etwas, das mir helfen könnte zu verstehen, was letzte Nacht mit Nick passiert ist?"

Er dachte eine Minute lang nach, rutschte auf dem Stuhl ganz nach vorn an die Kante und setzte sich kerzengerade hin, die Hände flach auf den Oberschenkeln abgelegt. „Ich weiß nicht, ob das von Bedeutung ist und will auch nicht, dass es wie eine Anschuldigung klingt oder so … Aber ich glaube wirklich, dass Kyle alles tun würde, um seine Frau zu beschützen."

Je nach Betonung konnte das nun bedeuten, dass Kyle ein Romantiker war, einer, der seine Frau heldenhaft vor jedem Angreifer retten würde. Jeremy ließ es jedoch negativ klingen, so, als wäre er eher kontrollierend als fürsorglich.

„Sollte sich herausstellen, dass bei Nick Halperns Tod etwas nicht mit rechten Dingen zuging … würdest du Kyle Mandel als Verdächtigen in Betracht ziehen?"

Er zuckte mit den Schultern. „Ich hab zwar keinen Beweis, aber ja – ich schätze, das ist es, was ich sagen will."

Schon wieder so eine vage Antwort. Er machte eine klare Ansage, und im selben Atemzug ruderte er wieder zurück. So langsam wusste ich nicht mehr, was ich von diesem Gespräch halten sollte. Wahrscheinlich steckte in jedem seiner Worte ein Körnchen Wahrheit, aber für mich fühlte es sich so an, als würde Jeremy mehr verschleiern als bloß ein paar Unstimmigkeiten.

„Eine letzte Frage. Wie ist deine Beziehung zu Kristina?"

„Kristina? Ich habe sie kennengelernt, kurz nachdem Trevor und ich zusammenkamen. Die beiden haben ein sehr enges Verhältnis. Ich schwöre, die halten es keine Woche ohne einander aus."

„Schon klar, aber ich frage nach *deinem* Verhältnis zu Kristina. Du hast sie mehrfach erwähnt, also würde mich interessieren, wie du zu ihr stehst."

Die Frage brachte ihn kurz ins Stocken. „Wir sind Freunde, schätze ich. Wie ich schon sagte, stehen Trevor und sie sich sehr nahe. Er redet oft über sie, also weiß ich wohl so einiges über sie." Dieses Mal zerrte er wie verrückt an seinem Kragen herum. „Keine Ahnung, was ich sonst noch dazu sagen könnte."

Wusste er es wirklich nicht oder gab es da etwas, das er nicht preisgeben wollte? Hatte Kristina Nick etwas angetan, um ihrer unglücklichen Schwester zu helfen? Oder als Vergeltung für die Dinge, die er über sie gesagt hatte? Oder um ein Geheimnis zwischen ihnen zu vertuschen?

Ich dankte Jeremy für seine Zeit und wies ihn an, das Dorf nicht zu verlassen, bis ich ihm grünes Licht gab.

„Warum nicht? Ich habe Nick doch nichts getan."

Ich musterte ihn prüfend. „Du wolltest ursprünglich doch eh das ganze Wochenende bleiben, nicht wahr? Gibt es einen Grund, warum du jetzt plötzlich das Bedürfnis verspürst, früher abzureisen?"

Er öffnete den Mund, schloss ihn dann jedoch wieder und schüttelte schließlich den Kopf.

„Würdest du mir bitte den Nächsten rausschicken?"

Eine Minute später saß Trevor Dale vor mir, und seine finstere Miene ließ keinen Zweifel aufkommen: Er schien bereit zu sein, sich mit mir anzulegen.

Kapitel Vierzehn

Es dauerte ein paar Sekunden, bis mir wieder einfiel, dass Trevor, wenn er gestresst war oder sich konzentrierte, automatisch einen Gesichtsausdruck aufsetzte, der alle glauben ließ, er sei wütend. Während der Prüfungsphase hatte er deshalb in der Bibliothek immer einen Tisch für sich allein gehabt, weil die anderen Studierenden an der UW Madison befürchteten, er könnte jeden Moment ausrasten.

„Was zum Teufel ist hier los, Jayne?" Sein schwerer Seufzer verriet mir, dass er gerade extrem gestresst war. Vielleicht lag es an der Sache mit Nick. Trevor war schon immer ein sehr einfühlsamer Mensch gewesen. Oder aber es war etwas Persönliches, denn in seinem Leben gab es ständig irgendein Drama.

„Ich weiß es nicht, hatte aber gehofft, du könntest mir mehr darüber erzählen, was da in eurer Gruppe gerade abläuft."

„Ehrlich gesagt überrascht mich Nicks Tod nicht sonderlich. Wenn mir vor einem Jahr jemand prophezeit hätte, dass so etwas passieren würde, hätte ich ihn für verrückt erklärt. Nick war immer irgendwie … überdreht. Ja, dieses Wort beschreibt ihn wohl am besten. Er liebte es, Witze zu reißen und im Mittelpunkt zu stehen, aber unbeliebt war er deswegen nicht."

Ich blätterte ein oder zwei Seiten in meinem Notizbuch zurück. „Jeremy scheint zu glauben, dass du den Kerl nicht ausstehen konntest, ihn noch nie mochtest."

Trevor schüttelte genervt den Kopf. „Das stimmt nicht. Jeremy ist erst seit acht Monaten Teil meines Lebens und kann das doch nicht beurteilen. Okay, ich gebe ja zu, nachdem Nick zu so einem Mistkerl geworden ist, hatte ich große Probleme mit ihm. Doch bevor er seinen Job verlor, war er ein ganz normaler Typ. Gestresst, manchmal etwas gereizt, aber im Grunde ein ganz passabler Kerl. Wenn überhaupt, wären meine Gefühle ihm gegenüber neutral zu nennen. Ich meine, ich kannte ihn ja kaum."

„Aber immerhin schon eine Weile, oder?"

„Ein paar Jahre. Er und Constance waren lange zusammen und haben ein paar Monate nach unserem Abschluss geheiratet."

„Der Ärger mit ihm begann also, nachdem er seinen Job verloren hatte?"

Trevor nickte und schob seine Brille hoch. Ich musste lachen. Er trug immer noch dasselbe, schlecht sitzende Gestell, das ihm damals im Studium schon ständig von der Nase gerutscht war.

„Das schien ihm ziemlich zugesetzt zu haben", bestätigte er. „Du weißt ja selbst, dass Männer sich über ihre Arbeit definieren. Na ja, nicht alle." Er schnaubte auf. „Jeremy beispielsweise wäre überglücklich, wenn sie ihn rausschmeißen würden. Ganz ehrlich, ich habe noch nie jemanden so viel jammern hören wie ihn. Ich würde ihm ja raten, einfach selbst zu kündigen, aber dann müsste ich ihn zukünftig durchfüttern."

Das war also das aktuelle Drama. Würde für Trevor jemals der Moment kommen, an dem er einfach nur glücklich sein konnte?

„Apropos Jobs, was machen eigentlich alle beruflich?"

„Kristina und Constance arbeiten in derselben Klinik. Constance ist promovierte Pflegekraft – ich weiß nicht genau, wie ihr offizieller Titel lautet –, und Kristina ist Krankenschwester. Kyle hat, wenn ich richtig informiert bin, ein eigenes Geschäft, einen Sportclub oder so etwas in der Art. Derek ist Mathelehrer an der Highschool und trainiert die Football-Mannschaft. Und von Alica weißt du ja, dass sie Hausfrau ist, aber da sie ein oder zwei ihrer Kinder zu Hause unterrichtet, sehe ich sie ebenfalls als Lehrerin. Ich selbst bin Junior-Anwalt in einer Kanzlei in Milwaukee, und Jeremy erledigt für uns die allgemeinen Büroarbeiten."

„Was ist mit Nick?"

„Er war CTO bei einer Sicherheitsfirma, bevor er rausgeworfen wurde."

„Also der technische Leiter. So einen wichtigen Job zu verlieren, ist hart."

„Allerdings", stimmte Trevor zu. „Vor allem, weil er sich ja nicht wirklich etwas zuschulden hat kommen lassen."

„Nicht wirklich? Aber deiner Meinung nach doch irgendetwas?"

Er überlegte kurz, bevor er antwortete. „Ich weiß es nicht. Wie gesagt, ich habe ihn nicht allzu oft gesehen. Er hatte ein riesengroßes Ego und war sehr von sich eingenommen. Vielleicht nicht ganz zu Unrecht. Wegen seiner manchmal etwas überheblichen Art hat es mich allerdings nicht weiter überrascht, dass ihm Belästigung vorgeworfen wurde. Aber ob er wirklich was getan hat, kann ich nicht beurteilen."

Wir unterhielten uns noch ein wenig über die anderen. Über Alicia und Derek hatte er nichts Schlechtes zu berichten. Seiner Meinung nach war ihr Leben perfekt.

„Tja, aber man kann ja nicht hinter die Kulissen schauen." War das jetzt zu zynisch von mir oder entsprach es der Wahrheit?

„Was Kyle und Kristina anbelangt, hatten sie im letzten Jahr einige Probleme."

„Was meinst du mit Problemen?"", hakte ich nach.

„Du weißt schon, das Übliche bei Ehepaaren. Sie versuchen schon lange, schwanger zu werden, aber es will einfach nicht klappen."

Also hatte Kristina es der Gruppe noch nicht erzählt. Ich biss mir auf die Zunge, damit mir die Neuigkeit nicht versehentlich herausrutschte.

„Noch etwas anderes außer dieser Sache?"

„Ansonsten hat sie sich nie über etwas beschwert. Alles, was sie sich wünscht, ist ein Kind." Er lächelte, und auf seinen Wangen erschienen Grübchen. „Sie würde eine gute Mutter abgeben."

„Definitiv." Ich wartete ein paar Sekunden, bevor ich fortfuhr: „Und was war das gestern beim Frühstück? Nick hat ziemlich taktlose Dinge über sie gesagt."

Trevor sah mich erwartungsvoll an, ob ich mich noch weiter darüber auslassen würde. Als von meiner Seite nichts kam, sagte er: „Du willst wissen, ob da was Wahres dran ist? Absolut nicht! Sie würde Constance nie auf diese Art und Weise verletzen."

„Was ist mit Kyle?"

„Du meinst, ob sie ihn hintergangen haben könnte?"

Er hatte es noch nie verbergen können, wenn er von jemandem enttäuscht war. Seine Miene sprach dann Bände. Das Lächeln verschwand, seine blauen Augen funkelten zornig, und plötzlich wirkte er fünfundzwanzig Jahre älter – wie ein strenger Vater, der einen mit Blicken in die Schranken wies. Genau das war jetzt der Fall.

„Jayne. Wie kannst du nur so eine Frage stellen?"

Ich zuckte mit den Schultern. „Das bringt der Job eben mit sich."

Er verdrehte die Augen und war im nächsten Moment

wieder mein sechsundzwanzigjähriger guter Freund. „Du kennst Kristina doch."

„Natürlich tue ich das, weiß aber auch, dass Menschen einen manchmal überraschen können. Gibt es sonst noch etwas, das ich über Nick erfahren sollte?"

„Nicht, dass ich wüsste. Zumindest nichts, was zu so etwas geführt haben könnte."

Wie schon zuvor Jeremy warnte ich auch Trevor, das Dorf nicht ohne meine ausdrückliche Zustimmung zu verlassen, und er versicherte mir, dass er das ohnehin nicht vorgehabt hatte.

„Ich hoffe, das klingt jetzt nicht taktlos", sagte er leise, „aber abgesehen von dieser ganzen Geschichte mit Nick ist es hier einfach so schön und friedlich. Ich bin noch nicht bereit, nach Milwaukee zurückzufahren."

„Überhaupt nicht", versicherte ich ihm, „aber ich dachte, du liebst deinen Job?"

„Das tue ich auch. Wenn das alles wäre, was mich nach meiner Rückkehr erwartet …" Er schüttelte den Kopf, als wollte er etwas Unausgesprochenes besser für sich behalten. „Ich bleibe in der Nähe."

Ich bat ihn, mir Alicia oder Derek zu schicken, und gleich darauf trat Erstere auf die Veranda. Wie Trevor war auch sie schon immer sehr sensibel gewesen, aber zugleich auch pragmatisch – eine gute Mischung für jemanden, der einmal Grundschullehrerin hatte werden wollen. Ich konnte mir lebhaft vorstellen, was für eine wunderbare Mutter sie sein musste.

„Ich kann dir nichts sagen", erklärte sie, kaum dass sie Platz genommen und ich den Rekorder wieder eingeschaltet hatte. „Außer vielleicht ein paar Dinge, die Kristina im Laufe der Jahre mal erwähnte, aber über Nick weiß ich so gut wie nichts. Constance kenne ich etwas besser."

„Ach, komm schon, irgendetwas musst du doch wissen.

Oft reicht schon eine Kleinigkeit, die zum Durchbruch führen kann."

Sie wiederholte, was Trevor über Nicks Job gesagt hatte, nämlich dass er CTO gewesen sei. „Ansonsten habe ich ihn einmal getroffen, vor vier Jahren. Wir hatten damals nur Olivia." Sie lächelte dieses stolze Mutterlächeln. „Livvy war ein so braves Baby. Wir konnten sie überall mit hinnehmen. Sie war vollauf zufrieden, wenn sie kuschelnd auf meiner oder Dereks Brust lag oder von ihrem Kinderwagen aus alles beobachten konnte. Ernsthaft, sie hat nie Schwierigkeiten gemacht. Das war also das eine Mal, dass ich Nick begegnet bin – bei einer Feier, die Kristina und Kyle veranstalteten. Ich war damals mit den Jungs schwanger, Drillinge: Rudy, George und Corbin. Herrje, was für eine Herausforderung." Sie starrte gedankenverloren auf den See, wohl in eine Erinnerung an die Drillinge versunken, und wandte dann blinzelnd ihre Aufmerksamkeit wieder mir zu. „Sie konnten kaum laufen, als ich feststellen musste, dass ich wieder schwanger war, diesmal mit Michelle. Du kannst dir nicht vorstellen, was wir alles durchmachen mussten, um dieses Wochenende endlich mal wegzukommen."

„Deine Älteste ist vier, und du unterrichtest sie bereits selbst zu Hause?"

Wieder breitete sich dieses stolze Mutterlächeln auf ihrem Gesicht aus. „Sie ist so klug. Sie zählt bereits bis dreißig, kennt das komplette Alphabet und kann ihren Namen und die Namen ihrer Brüder und ihrer Schwester schreiben. Manchmal sitzen die Jungs bei den Unterrichtsstunden mit dabei, vor allem Corbin, aber nicht oft."

So gern ich ihr noch weiter zugehört hätte, wie sie von ihren genialen Kindern schwärmte – und ich zweifelte keine Sekunde daran, dass sie genial waren –, war jetzt nicht der richtige Zeitpunkt dafür.

„Du hast Nick also vor vier Jahren zum ersten Mal

getroffen. Was war mit deiner Geburtstagsparty? Waren sie da nicht auch dabei?"

Sie sah mich an, als läge dieser Tag vor nur fünf Monaten schon so weit zurück, dass sie sich kaum noch daran erinnern konnte. „Hmm, waren sie da? Ach, stimmt ja, jetzt fällt es mir wieder ein."

„Ist an diesem Tag irgendetwas vorgefallen? Ich weiß, es ist schon wieder eine Weile her, aber eventuell ist dir etwas im Gedächtnis geblieben."

Sie schürzte die Lippen und bedachte mich mit einem Blick, der früher immer bedeutet hatte: *Lass gut sein.* Dann schloss sie für einen Moment die Augen und schien angestrengt nachzudenken.

„Tatsächlich", murmelte sie, mehr zu sich selbst, und setzte zu einer Erklärung an. „Er hat sich benommen wie ein Idiot, und keiner von uns war auch nur annähernd so beeindruckt von ihm wie er von sich selbst."

„Kannst du dich erinnern, ob er jemanden von euch belästigt hat? Entweder an jenem Tag oder sonst irgendwann?"

„Du meinst in sexueller Hinsicht?" Erneut schloss sie die Augen, und ein paar Sekunden später nickte sie. „Es gab tatsächlich einen Vorfall. An meinem Geburtstag, um genau zu sein. Er machte eine Anspielung, wie hübsch ich doch sei, und küsste mir die Hand. Darauf entgegnete ich, dass mich seine Schmeicheleien nicht die Bohne interessieren würden, es sei denn, er könnte mir für ein Jahr kostenlose Kinderbetreuung organisieren."

Ich lachte laut auf. Nur zu gut konnte ich mir vorstellen, dass sie genau so etwas gesagt hatte. „Und was ist mit Kristina? Hat sie dir jemals etwas erzählt, das mir weiterhelfen könnte?"

„Ehrlich gesagt, nein. Wir sehen uns zwar ziemlich häufig, aber wir reden fast nur über Kinder. Kaum hat sie ihre Tasche abgestellt, reißt sie mir auch schon Michelle aus den Armen. Sie wünscht sich so sehr ein eigenes Baby."

Ich setzte meine Befragung noch einige Minuten fort, doch es wurde schnell klar, dass sie zu meinen Ermittlungen nicht viel beitragen konnte. Und auch Derek war keine große Hilfe.

„Vier Jahre? Ist das tatsächlich schon so lange her?" Er dachte kurz nach. „Ja, das kommt wohl hin. Ich erinnere mich an ihn, weil er Kristinas Schwager ist, aber sonst hat er keinen bleibenden Eindruck bei mir hinterlassen." Er zuckte mit den breiten Schultern – eindeutig die eines ehemaligen Footballspielers. „Damals hatten wir gerade Olivia bekommen." Er lächelte ebenso stolz wie zuvor seine Frau. „Ich war komplett auf sie fixiert, und bei der Party war es meine Aufgabe, auf die Kleine und die anderen Kids aufzupassen. Nach drei Stunden war ich völlig erledigt. Keine Ahnung, wie Alicia das mit mittlerweile fünf Rackern den ganzen Tag allein hinkriegt."

Nach ein paar weiteren Fragen beendete ich unser Gespräch. „Danke für deine Zeit. Allerdings muss ich dich und auch deine Frau bitten, das Dorf vorerst nicht zu verlassen, bis …"

Er hob die Hand, um mich zu unterbrechen. „Dir ist schon klar, dass wir fünf Kinder haben, oder? Zwei Großelternpaare wechseln sich ab, um sie vier Tage lang zu hüten. Was mit Nick passiert ist, tut mir leid, aber nach diesem Wochenende müssen wir definitiv zurück."

Im Moment gab es keine weiteren Verdächtigen mehr, die ich hätte verhören können. „Weißt du zufällig, wo Kristina und Kyle abgeblieben sind? Oder wo sich River Carr aufhält?"

„Kristina hat eine Wanderung erwähnt. Und dieser River – echt ein interessanter Typ." Derek hatte denselben Ausdruck im Gesicht wie Tripp, als River mit seinem Wagen vorgefahren war: eine Mischung aus Ehrfurcht, Neid und Bewunderung. „Gibt es im Ort jemanden namens Megan?"

Schnell ging ich im Kopf die Liste der Dorfbewohner durch. „Eine Megan nicht, aber eine Morgan."

Er hob zustimmend einen Finger. „Morgan, genau. So hieß sie. Er wollte ihr einen Besuch abstatten."

Kapitel Fünfzehn

WIE VERSPROCHEN HATTE TRIPP DAS MITTAGESSEN vorbereitet, und wir nahmen es mit nach oben auf die Sonnenterrasse des Bootshauses.

„Was ist das denn?" Neugierig beäugte ich den Inhalt der Pita-Tasche, die er mir zusammen mit ein paar Orangenspalten reichte. „Zehn Punkte für die praktische Verpackung, übrigens."

Er verbeugte sich leicht, sichtlich geschmeichelt aufgrund des Lobs. „Das ist das von der Party übrig gebliebene Schaschlik. Ich habe es einfach aufgewärmt, ein wenig Sauce darüber gegossen und in das Brot hineingestopft."

„Dann ist es wohl eher ein Schasch ohne Lik, weil ja der Spieß fehlt, was?" Ich biss herzhaft hinein und merkte erst jetzt, wie hungrig ich war.

„Und? Ist bei deinen Befragungen was Brauchbares rausgekommen?"

Der arme Tripp, stets bemüht, mir bei den Ermittlungen helfen. Bevor ich Sheriff wurde, hatte er mir schon zur Seite gestanden, als ich versuchte, die Wahrheit über den Tod meiner Großmutter herauszufinden. Der Polizeibericht, den meine Familie damals erhielt, war fingiert. Sie war nicht in der

Badewanne ausgerutscht und gestorben. Vielmehr hatten mehrere Personen – Donovan, Flavia, Sheriff Brighton und wer weiß noch alles – gemeinsam dafür gesorgt, dass ihr Tod wie ein Unfall aussah. Ich hoffte inständig, dass es keine weiteren dunklen Geheimnisse mehr über sie gab, vor allem nicht über ihr Ableben.

„Ein paar Dinge konnte ich tatsächlich in Erfahrung bringen", erwiderte ich, „aber nichts, was mich dem Täter näherbringt. Falls es überhaupt einen gibt."

„Falls?"

Ich berichtete ihm, was ich wusste, was, offen gestanden, nicht gerade viel war.

„Wie schnell wird Dr. Bundy dir die Ergebnisse liefern können?", fragte er.

„Hoffentlich schnell. Zumindest hat er mir in diesem Fall oberste Priorität zugesichert. Ich habe alle gebeten, vorerst im Dorf zu bleiben, aber natürlich kann ich sie nicht festbinden."

Wir beendeten unser Mittagessen, und ich schlug für unsere Gäste ein Wein- und Käse-Event in gemütlicher Runde vor.

„Das könnte doch eine willkommene Ablenkung sein, oder was meinst du?"

„Ich werde mich mal näher mit Wein-und-Käse-Kombinationen befassen." Er erhob sich und nahm meinen Teller und das Glas mit dem Eistee an sich. „Wenn schon, dann machen wir es richtig."

„Aber bitte auch budgetfreundlich."

„Schon klar. Gewinn und Verlust, und wir wollen natürlich Gewinn machen. Wirst du heute zum Abendessen da sein?"

Ich blickte zu Meeka hinüber, die sich am Fußende des Sofas zusammengerollt hatte, und überlegte, ob ich sie für den Rest des Nachmittags nicht einfach zu Hause lassen sollte. „Nur zu gerne würde ich das bejahen, aber es könnte ein langer Tag werden. Wenn du was vorzubereiten gedenkst, bitte nichts Aufwendiges, okay?"

Tripp war gerade auf der obersten Stufe der Bootshaustreppe angekommen, als er innehielt und sich noch einmal umdrehte. „Ach, fast hätte ich es vergessen: Deine Mutter hat heute im B&B angerufen. Sie bat um deinen Rückruf, sobald du einen Moment Zeit findest." Ein belustigtes Lächeln umspielte seine Mundwinkel. „Du hattest recht, sie ist wirklich ne Marke. Nichtsdestotrotz haben wir nett geplaudert."

„Wie bitte? Du hast mit meiner Mutter *geplaudert?*"

Inzwischen jedoch war er schon unten angekommen und antwortete nicht mehr.

Ich durchquerte mein kleines Wohnzimmer, ging an der Kochnische und dem Bad vorbei und begab mich in mein Schlafzimmer. Auf dem Nachttisch neben dem Bett standen das Festnetztelefon und der Anrufbeantworter. Offenbar hatte sie es auch hier probiert, denn das blinkende Licht forderte mich ziemlich ungeduldig auf, ihre Nachricht abzuhören.

„Jayne, hier spricht deine Mutter." Sie hielt kurz inne, vermutlich hoffend, ich würde doch noch rangehen. „Ich habe gerade mit deinem Freund, Tripper Bennett, telefoniert. Ein ausgesprochen angenehmer junger Mann, muss ich schon sagen."

Das klang vage nach einer Art Zustimmung.

„Ich habe auf eine Nachricht von dir gewartet", fuhr Moms Stimme fort. „Natürlich ist mir klar, dass du dort oben aktuell viel um die Ohren hast, aber du hattest versprochen, mir vom Eröffnungswochenende zu erzählen. Melde dich doch bitte zeitnah."

Damit meinte sie natürlich, dass ich sie zu Hause anrufen sollte. Sie im *Melt Your Cares*, ihrem Kosmetik- und Wellnesstempel zu stören, wurde nur in absoluten Notfällen toleriert. Eigentlich musste ich zurück an die Arbeit, genauer gesagt River Carr finden. Oder Morgan einen Besuch abstatten. Schließlich hatte Derek behauptet, Carr wollte sie aufsuchen. Aber da ich eh schon direkt neben dem Telefon stand und nicht wusste, ob ich ansonsten heute noch dazu käme, nahm ich den Hörer ab und wählte unsere Festnetznummer, mit der festen Absicht, nur eine schnelle Nachricht zu hinterlassen.

„Jayne? Vor heute Abend hätte ich keinesfalls mit deinem Rückruf gerechnet."

„Welche Nummer habe ich denn jetzt gewählt?"

„Hat etwa Tiffany abgenommen?", entgegnete sie spöttisch.

Tiffany war Moms Rezeptionistin. „Was machst du mitten am Tag zu Hause?"

Normalerweise verbrachte sie mindestens zwölf Stunden täglich im Spa, und wenn viel los war, wurden daraus auch leicht mal achtzehn.

„Heute bin ich bereits mittags gegangen. Wir haben morgen und Montag wegen der Feiertage geschlossen."

„Mittags? Du bist doch nicht etwa krank, oder?"

„Wie kommst du denn auf so etwas? Hast du mich schon jemals krank erlebt? Nein, ich habe mir einfach den Nachmittag freigenommen, um mit Rosalyn einkaufen zu gehen. Sie braucht noch ein paar Sachen für die Schule. Ihr Abschlussjahr beginnt am kommenden Dienstag, wusstest du das? Danach gehen wir essen und ins Theater."

Wenn ich so etwas wie eine Liste mit *spaßigen Unternehmungen* hätte, wäre *mit Mom und Rosalyn einkaufen gehen* vermutlich der allerletzte Punkt – noch hinter Zahnarzt. Und trotzdem traf mich ein scharfer Stich der Eifersucht. Sie hatten einander schon immer nähergestanden als mir. Allerdings war es nicht von Anfang an so gewesen. Begonnen hatte es in Rosalyns erstem Highschool-Jahr. Damals war sie entführt worden, und als das FBI sie ein paar Tage später wiederfand, wurden sie und Mom quasi unzertrennlich … und ich noch mehr zur Außenseiterin in meiner eigenen Familie. Zugegeben, ich war damals schon auf dem College, also ohnehin kaum noch zu Hause, aber ab da wurden meine

Besuche immer seltener und unregelmäßiger. Und wenn ich dann mal da war, fühlte ich mich in meinen eigenen vier Wänden wie ein Geist.

Trotzdem klang meine Stimme belegt, als ich erwiderte: „Das klingt nach einem unterhaltsamen Tag. Jetzt möchtest du also ein Update über das B&B?"

„Ja. Wie lief die große Eröffnung bisher?"

Ich erzählte ihr von der Party am Freitagabend – dem fantastischen Essen, den Jongleuren und Lily Graces Wahrsage-Sessions. Das ganze Drama um Nick Halpern ließ ich natürlich bewusst weg.

„Das hört sich richtig nett an", kommentierte sie, „ist aber nicht das, was mich interessiert. Wie sieht es mit den Buchungszahlen aus? Seid ihr voll belegt?"

„Sechs der sieben Zimmer waren reserviert, eines wurde kurzfristig storniert. Die Anzahlung von fünfzig Prozent wurde allerdings einbehalten, wie wir es im Falle einer Absage angekündigt hatten. Aktuell haben wir vier Paare und einen alleinreisenden Mann als Gäste. Erinnerst du dich noch an meine Freundin Kristina aus dem College?"

Ein monotones Brummen ertönte aus dem Hörer. Es hatte so gar nichts mit dem fröhlichen Summen gemein, das ich von Dr. B kannte, sondern klang eher wie ein vibrierendes Surren. „Nein, eine Kristina sagt mir nichts."

„Wir standen uns sehr nahe. Sie macht gerade Urlaub hier, zusammen mit ihrem Mann und zwei weiteren Freundinnen, deren besseren Hälften und ihrer Schwester."

„Aber ihr seid nicht komplett ausgebucht."

„Es ist das Eröffnungswochenende, Mom. Wir haben die Website erst vor sechs Wochen freigeschaltet. Fünf Zimmer bedeuten eine Auslastung von siebzig Prozent, und damit bin ich mehr als zufrieden."

„Man sollte sich nie mit weniger als hundert Prozent zufriedengeben. Wenn du dich mit weniger begnügst, bekommst du auch nicht mehr."

Sie klang wie ein Glückskeks, nur eben die pessimistische Variante.

„Du wirst erfreut sein zu hören, dass wir für die letzten beiden Septemberwochen voll belegt sind. Und ebenso für die Woche vor Halloween, Halloween selbst und die Tage danach. Angesichts der Tatsache, dass die offizielle Touristensaison Ende September zu Ende geht, finde ich das ziemlich gut."

All diese Leute kamen natürlich wegen der Wicca-Feste zu Mabon und Samhain. Aber diesen Teil ließ ich lieber weg, denn sie hatte eine Abneigung gegen alles, was mit Wicca zu tun hatte.

„Und was ist mit November? Und Dezember? Was hast du für den Winter geplant?"

Waren ihre Erwartungen zu hoch oder meine zu niedrig? Ich hatte selbst mitbekommen, wie hart sie ihre Angestellten in ihrem ersten Jahr als Unternehmerin rannahm. Eine Handvoll waren geblieben, aber viele hatten innerhalb der ersten Monate das Handtuch geworfen. Zugegeben, sie war sehr erfolgreich, aber zu welchem Preis?

Am liebsten hätte ich ihre Frage einfach abgetan, ihr an den Kopf geworfen, dass das hier mein Leben war. Aber aktuell zahlten meine Eltern noch sämtliche Rechnungen. Sie hatten uns ein Jahr gegeben, um zu beweisen, dass sich das B&B tragen konnte – andernfalls würde alles verkauft, das Haus und die zweitausend Hektar Land. Also blieb mir im Moment nichts anderes übrig, als gute Miene zum bösen Spiel zu machen.

„Wir denken bereits über Wintersportangebote für unsere Gäste nach. Du weißt ja, wie sehr die Leute in Wisconsin Schneemobilfahren und Eisfischen lieben."

Sie machte eine kurze Pause, bevor sie erwiderte: „Das hört sich vielversprechend an. Vergiss aber nicht, dass es auch andere gibt, wie mich beispielsweise, die keinerlei Interesse an Outdoor-Aktivitäten haben."

„Schon klar, wir haben auch Programmpunkte für drinnen eingeplant." Ich kramte in der Schublade meines Nachttischs, schob die Glücksbeutel und Amulette beiseite, die Morgan mir geschenkt hatte, und suchte nach einem Notizblock und einem Stift. Als ich endlich fündig wurde, kritzelte ich hastig *Indoor-Aktivitäten für den Winter* aufs Papier und unterstrich es gefühlt sechs Mal. „Und sonst bei dir? Hast du Pläne für morgen und Montag?"

„Da ist noch ein wenig Papierkram, um den ich mich kümmern muss. Wenn man ein eigenes Business führt, hat man eigentlich nie wirklich frei."

„Das kenne ich mittlerweile nur zu gut, und als Sheriff eines kleinen Ortes hat man auch keinen Feierabend."

Am anderen Ende der Leitung entstand eine weitere Pause, die sich diesmal irgendwie unangenehm anfühlte.

„Hat man inzwischen etwas von diesem Donovan gehört?", fragte Mom schließlich. „Wie lautet eigentlich sein Nachname?"

Das war mir auch lange Zeit nicht bekannt gewesen, denn alle im Dorf nannten ihn nur Donovan. Schließlich hatte ich Briar gefragt, Morgans Mutter, die alles über die Vergangenheit des Dorfes wusste, einschließlich der Familiennamen.

„Page. Donovan Page. Und nein, leider nicht. Mach dir aber keine Sorgen, ich bleibe dran. Ich überprüfe jeden Tag seinen Fahndungsstatus. Irgendwo da draußen ist er, und wir werden ihn finden."

Wieder brummte sie leise vor sich hin, doch dieses Mal klang es anders. Es war nicht ihr typisches Nachdenk-Summen, sondern klang eher so, als würde sie versuchen, den Stress abzuschütteln. „Daran hege ich keinen Zweifel."

„Ich stehe außerdem in regelmäßigem Kontakt mit Captain Grier von der Polizei in Madison. Er weiß Bescheid, dass Donovan nach wie vor flüchtig ist. Du und Rosalyn seid vollkommen sicher."

„Na ja − so sicher, wie man eben sein kann", sagte sie in einem Ton, der deutlich machte, dass das Thema für sie damit abgeschlossen war. „Gibt es sonst noch etwas, das ich wissen sollte?"

„Das ist aber eine ziemlich offene Frage, die alles heißen könnte."

„Sehr witzig." Und tatsächlich schwang ein Hauch von Leichtigkeit in ihrer Stimme mit. „Ich meine natürlich in Bezug auf das B&B. Oder auf dich."

„In Bezug auf das Geschäft fällt mir gerade nichts weiter ein." Ich schloss die Augen und hoffte inständig, dass ich meinen nächsten Satz nicht bereuen würde, aber besser, sie erfuhr es von mir, als dass sie es hintenrum herausfand. „Tripp und ich sind zusammen."

„Diesen Eindruck hatte ich schon, als ich vorhin mit ihm gesprochen habe." Es folgte eine Pause, aber ich wartete vergeblich auf weiteres Summen. „Bist du dir sicher, dass das eine gute Idee ist? Schließlich seid ihr Geschäftspartner."

„Bis jetzt kriegen wir es gut hin, Berufliches und Privates zu trennen. Wir sind beide fest entschlossen, das hier zum Laufen zu bringen. Tripp ist überzeugt, dass es seine Berufung ist, ein B&B zu führen, und ich für meinen Teil liebe es hier und möchte diese Chance nicht verspielen. Ich denke, wir sind ein ziemlich gutes Team."

„Es ist natürlich deine Entscheidung, aber ich empfehle dir, die Kontrolle über dein Geschäft nicht aus der Hand zu geben. Denk daran, letztendlich bist du es, die dafür geradestehen muss."

„Sei unbesorgt, ich kümmere mich um alles Finanzielle."

„Gut." Sie hielt inne. „Ich hoffe, du gehst es langsam an."

Natürlich wusste ich genau, worauf sie anspielte. Als ich mich nach sieben teils guten, teils schmerzhaften Jahren von meinem Ex-Verlobten Jonah Price trennte, war meine Mutter fast genauso enttäuscht wie ich. Schon seit Rosalyn und ich klein waren, hatte sie davon gesprochen, dass ihre Töchter einmal im politischen Geschehen von Madison mitmischen würden. Sie war regelrecht fasziniert von dem Prestige und der Macht, die diese Welt ausstrahlte. Um ihr einen Gefallen zu tun, schlug ich diesen Weg zunächst auch ein, musste aber schon bald feststellen, dass mich die Strafverfolgung weit mehr fesselte als die Politik. Jonah hingegen wollte Senator werden, und so fand Mom Trost in der Vorstellung, dass ich zumindest als Frau eines Politikers Teil dieser Kreise sein würde. Doch auch daran hatte ich leider kein Interesse.

„So leid es mir tut, aber ich muss jetzt Schluss machen", sagte ich. Tatsächlich war es eines der längsten Gespräche gewesen, die wir seit Langem geführt hatten. „Auf dem Revier wartet noch Arbeit auf mich."

„Kein Problem. Danke für dein Update, und ich hoffe, dass auch dort alles in Ordnung ist."

Für den Bruchteil einer Sekunde überlegte ich, ihr ein bisschen aus meinem Leben als Sheriff zu erzählen und von Nick Halpern zu berichten, aber schnell wurde mir klar, dass das keine gute Idee wäre.

„Das ist es, Mom. Viel Spaß heute Nachmittag mit Rosalyn, und richte ihr liebe Grüße von mir aus."

„Das werde ich." Ich dachte, sie hätte, wie sonst üblich, aufgelegt, ohne sich zu verabschieden. Doch gerade, als ich das Telefon vom Ohr nahm, hörte ich sie noch sagen: „Danke, dass du zurückgerufen hast, Jayne."

Dann erst war sie weg.

Kapitel Sechzehn

ZWISCHEN MEINER MUTTER UND MIR HATTE SICH ETWAS verändert. Ganz allmählich, kaum spürbar, und doch war es da. Ich glaube, es begann in dem Moment, als ich ihr meinen Plan vorstellte, aus dem Haus das *Pine Time* zu machen. Vielleicht hatte ich dabei unbewusst denselben geschäftlichen Ehrgeiz gezeigt wie sie – ein Charakterzug, der sie immer besonders aufmerksam werden ließ, egal ob es sich um einen Fremden auf der Straße, einen Lieferanten in ihrem Day Spa oder ihre eigene Tochter handelte.

Noch enger wurde das Band zwischen uns, als ich ihr gestand, was ich über Donovan herausgefunden hatte – dass er Dads Sohn war. Somit kannte ich jetzt ihr größtes Geheimnis und machte ihr trotzdem keine Vorwürfe. Dabei hätte ich allen Grund dazu gehabt, schließlich hatte diese Tatsache auch mein Leben massiv beeinflusst. Aber was für ein Mensch wäre ich, so etwas zu tun?

Ob diese beiden Ereignisse unser Verhältnis wirklich verbessert hatten, ließ sich schwer sagen, aber sie hatten unsere Beziehung zumindest auf eine neue, erwachsenere Ebene gebracht.

Ich parkte den Cherokee hinter der Polizeistation und ließ

Meeka aus ihrer Box. Ganz oben auf meiner Prioritätenliste stand, River Carr zu finden. Da Derek vermutete, er könnte sich auf die Suche nach Morgan gemacht haben, beschloss ich, als Erstes beim *Shoppe Mystique* vorbeizuschauen.

Wir hatten gerade den Pentagramm-Garten erreicht, als Meeka die schneeweiße Katze entdeckte, die von einem dreieckigen Beet zum nächsten sprang. Sie zerrte bettelnd an der Leine, winselte und warf mir ihren traurigsten Hundeblick zu.

„Okay, fünf Minuten", seufzte ich und ließ ihr Leine nach.

„Ist sie nicht großartig?"

Ich drehte mich um und entdeckte Emery neben mir. „Ich glaube, ich habe dich noch nie irgendwo anders gesehen als hinter dem Empfangstresen im *The Inn*."

Er hielt eine Eistüte mit drei Kugeln in die Höhe. „Hab gerade Pause."

„Ein bisschen kühl für ein Eis heute, findest du nicht?"

Er verzog das Gesicht zu einer seltsamen Mischung aus Stirnrunzeln und spitzbübischem Grinsen. „Das Wetter spielt bei Eiscreme keine Rolle."

Dem konnte ich nichts entgegensetzen. Ich deutete auf die Katze, die Meeka gerade quer durch ein Beet mit Chrysanthemen jagte. „Kennst du die?"

„Klar. Die kennt hier jeder."

„Ich nicht."

„Du bist Blue noch nie begegnet?" Er klang ehrlich überrascht. „Sie ist die Dorfkatze. Ich wüsste nicht mal, wem oder ob sie jemandem gehört. Womöglich war sie schon immer eine Streunerin."

„Dorfkatze?" Wenn man bedachte, wo wir hier waren, sollte mich das wohl nicht weiter wundern.

„Ja. Sie wandert von Haus zu Haus und bleibt, bis es ihr langweilig wird. Manchmal taucht sie sogar drüben bei den Ferienhäuschen auf."

„Und keiner hat je versucht, sie zu katnappen?" Ich

kicherte über meinen eigenen lahmen Witz, und Emery schenkte mir ein höfliches Lächeln.

„Versucht haben sie es natürlich, aber Blue spürt, wenn jemand was im Schilde führt und macht sich rechtzeitig aus dem Staub."

„Warum heißt sie eigentlich Blue?" Genau in dem Moment, als hätte sie gewusst, dass wir über sie sprachen, hob sie den Kopf und sah mich an. Ihre elektrisierend blauen Augen leuchteten regelrecht. „Okay, vergiss die Frage. Jetzt ist es mir klar."

„Bis bald mal wieder, Sheriff." Mit diesen Worten wandte Emery sich ab und lief, weiter sein Eis schleckend, zurück Richtung Gasthof, während ich mich dem Kätzchen zuwandte.

„Freut mich, dich kennenzulernen, Blue." Sie allerdings hob den Schwanz und drehte mir demonstrativ das Hinterteil zu, und da ich kein Katzisch sprach, hatte ich natürlich auch keine Ahnung, was das zu bedeuten hatte.

Also drehte ich mich zu meiner Kleinen um. „Komm schon, Meeka, wir müssen weiter zu Morgan."

Hin und wieder saß ein Ehepartner oder ein Kind in einem der Schaukelstühle auf der Veranda von *Shoppe Mystique* und wartete geduldig auf die Rückkehr des Einkaufenden. Heute jedoch hatten sich um die zehn Leute dort versammelt und drängten ins Innere des Ladens.

„Was ist denn hier los?", fragte ich erstaunt.

„Da drin ist es brechend voll", erwiderte eine Frau Mitte fünfzig.

„Bevor nicht wieder ein paar rauskommen, haben wir keine Chance, hineinzugelangen", pflichtete ihr ihre Sitznachbarin, ungefähr im gleichen Alter, bei.

Als ich die Hand auf den Türgriff legte, warnte mich Erstere noch, dass ich es bereuen würde, und sobald ich die Tür geöffnet hatte, wusste ich auch, was sie damit meinte. Der Laden platzte förmlich aus allen Nähten. Meeka, der riesige

Menschenansammlungen nie ganz geheuer waren, schmiegte sich vor Angst zitternd an meine Beine. Also entschied ich mich, sie auf den Arm zu nehmen, denn egal, wie dicht sie auch bei mir bliebe ... irgendein Erwachsener trat ihr garantiert auf die Pfoten oder ein freches Kind zog sie am Schwanz.

Willow, Morgans groß gewachsene, schlaksige Assistentin mit den roten Haaren, stand hinter dem massiven Holztisch zu meiner Rechten, der als Kassentheke diente. Sie war umlagert von Kunden, die entweder etwas kaufen wollten oder einfach nur Fragen hatten. Also reihten Meeka und ich uns – teils getrieben und irgendwie leicht orientierungslos – in den Strom der Leute ein und begaben uns auf die Suche nach Morgan.

Links neben dem Eingang befanden sich zwei riesige Regale, die mit Apothekergläsern voller getrockneter Kräuter und Pflanzen bestückt waren. Normalerweise waren diese Gläser bis zum Rand gefüllt, jetzt jedoch so gut wie leer.

Auch der kleine Tisch in der Mitte des Raums, meist überladen mit Lotionen, Zaubertränken, Morgans handgemachten Seifenstücken und Cremetöpfchen, war auf die Hälfte seines üblichen Bestands geschrumpft. In der Vitrine mit Kristallen und Heilsteinen herrschte ein heilloses Durcheinander, und das Regal mit Ölen und Räucherwerk hätte ebenfalls dringend eine Sortierung nötig gehabt. Sogar die Thermoskanne in der Tee-Ecke hinten rechts, wo man sich kostenlos bedienen durfte, war leer – genau wie die Dosen mit Morgans hauseigenen Teemischungen auf dem Wandregal darüber.

Den sonst so ansprechenden Laden in diesem Zustand zu sehen, war leicht verstörend, aber immerhin ließen das Chaos und die Unordnung auf einen umsatzstarken Tag schließen.

Ein letzter prüfender Blick bestätigte, dass Morgan nicht hier war, und in dem ebenso überfüllten Leseraum konnte ich sie auch nirgends entdecken. Vielleicht wusste Willow, wo sie hingegangen war. Wir waren fast schon wieder an der Eingangstür, als sie uns von ihrem Platz hinter der Kasse entdeckte.

„Oh, der Göttin sei Dank." Mit einer schnellen Handbewegung winkte sie mich zu sich heran. „Könntest du fünf Minuten für mich einspringen?"

„Wie … für dich einspringen? Wo ist denn Morgan?"

„Mittagessen. Sie meinte, es könnte heute etwas länger dauern. Zu dem Zeitpunkt waren vielleicht sechs Leute im Geschäft, also sagte ich ihr, sie könne sich ruhig Zeit lassen."

„Wie lange ist sie denn schon weg?"

Trotz Willows Erklärung machte ich mir Sorgen. Vielleicht war Morgan allein unterwegs und machte lediglich Besorgungen. Allerdings könnte sie auch bei Carr sein. Er und Halpern hatten beim Frühstück ja diese kleine Auseinandersetzung gehabt. Und ich konnte die Möglichkeit nicht ganz ausschließen, dass Carr der …

Fast so, als hätte sie meine Gedanken gelesen, unterbrach sie meine Grübelei. „Keine Sorge, ihr geht es gut, im Gegensatz zu mir. Wenn ich nicht schnellstmöglich auf die Toilette komme, pinkle ich mir noch in die Hose."

„Ich weiß doch gar nicht, wie man euer Kartenlesegerät bedient oder …"

„Die Kunden stehen nun schon so lange hier an, die warten auch noch weitere fünf Minuten, bis sie bezahlen können. Stell dich einfach hierher und pass auf, dass niemand etwas klaut."

Das sollte ich schaffen. Tatsächlich schien es jedes Mal so zu sein, dass, wenn ich in Uniform einen der Läden betrat, sich einige „Kunden" plötzlich schnell davonmachten. Hoffentlich mit leeren Taschen.

Willows Miene und ihr nervöses Hüpfen verrieten mir, dass Morgans Sicherheit gerade nicht ihre größte Sorge war.

„Okay, geh ruhig." Kaum hatte ich den Satz ausgesprochen, war sie auch schon verschwunden.

Ich setzte Meeka hinter dem Kassentisch ab, und sofort versteckte sie sich hinter einem großen Pappkarton. Menschenmassen waren wirklich nicht ihr Ding.

„Haben Sie das auch in Tigerauge?", erkundigte sich eine Frau und hielt etwas in die Höhe, das für mich wie eine violette Marmorscheibe mit einem Loch in der Mitte aussah.

„Tut mir leid", sagte ich. „Ich arbeite nicht hier, sondern passe nur kurz auf."

„Also wissen Sie nicht, ob es das in Tigerauge gibt?"

„Ma'am, ich weiß nicht einmal, was Tigerauge ist. Willow sollte gleich zurück sein, sie kann Ihnen sicher alle Ihre Fragen beantworten."

Aber aus fünf Minuten wurden zehn, und einige Kunden verließen unverrichteter Dinge das Geschäft. Verständlich. Ich wäre auch nicht bereit, zehn Minuten zu warten, um mein Souvenir bezahlen zu dürfen. Ein ziemlich privilegiert wirkendes, beharrliches Mädchen im Teenageralter wollte unbedingt ein Pentagramm an einem Lederband kaufen.

Ich gab auch ihr zu verstehen, dass ich hier nicht arbeitete, doch das interessierte sie wenig.

„Auf dem Schild über dem Tisch steht, dass es zwölf Dollar kostet", teilte sie mir gelangweilt mit. „Und es kommen ja noch Steuern drauf, oder?"

„Ja, aber ich weiß nicht, wie viel." Natürlich hätte ich ein bisschen rechnen können, um es herauszufinden.

„Hier sind zwanzig." Sie schob mir einen Geldschein über den Tisch. „Das sollte reichen, ohne dass man mir unterstellt, ich hätte das Teil gestohlen."

„Moment." Ich zog mein Handy aus der Tasche meiner Cargohose. Da es im Dorf null Empfang gab, waren die Dinger eigentlich nur für eins gut. „Ich mache nur schnell ein Foto davon, damit ich Willow zeigen kann, für was du bezahlt hast."

Nachdem das Mädchen mit ihrem Pentagramm-Anhänger gegangen war, ließ ich meinen Blick über die

Kundschaft wandern. Dabei fiel mir eine Frau Mitte dreißig auf, die sich gerade eine Talisman-Halskette umgelegt hatte und nun vom Tisch zurücktrat. Als unsere Blicke sich trafen, wurde sie blass, legte die Kette hastig zurück und stürmte schnurstracks zur Tür hinaus. Hatte Morgan nicht irgendeinen Diebstahlschutzzauber für den Laden gewirkt? Bei diesem Gedanken musste ich schmunzeln. Nein, sie vertraute bestimmt darauf, dass das Karma Diebe bestrafte.

„Wusste ich es doch, dass es eine Herausforderung wird, heute hierherzukommen", hörte ich plötzlich eine bekannte Stimme, und Reeva Long tauchte aus der Menschenmenge auf.

„So ist das, wenn die Leute aufgrund des Wetters nicht an den See können", sagte ich. „Dann gehen sie eben shoppen."

„Könnten Sie die bitte für mich abkassieren?" Sie hielt mir zwei Fläschchen aus dem Kräuterschrank hin. Auf den altmodischen, mit Tee gebeizten Etiketten stand *Schafgarbe* und *Weihrauch*. Sie musterte die Flasche mit dem Weihrauch. „Da ist nicht mehr viel drin. Ich sollte wohl noch Rosmarin besorgen, falls das nicht reicht."

Hexen und ihre seltsamen Kräuter. „Wozu brauchen Sie die denn?"

„Da ich beschlossen habe, hierzubleiben, muss ich meine Vorräte auffüllen. Die Schränke sind praktisch leer. Karl war nie ein großer Koch."

Das war ich ja auch nicht, aber für mich klangen Schafgarbe und Weihrauch eher nach Zutaten für einen von Morgans Zauberbeuteln als nach etwas Kulinarischem. Was hatte Reeva vor?

„Das hat mir Ihr Mann einmal erzählt." Bei der Erinnerung an den innerlich zerrissenen Ex-Sheriff krampfte sich mir der Magen zusammen. „Ich erinnere mich, dass er häufig im *The Inn* gegessen hat."

„Die Uniformen der Bedienungen haben sich seit meiner Zeit hier kein bisschen verändert. Er hat den Mädels in ihren kurzen Röcken gern hinterhergeschaut." Reeva zwinkerte, als fände sie diese Erinnerung ausgesprochen erheiternd. Ich hingegen verkrampfte mich, behielt jedoch meine Gedanken über Männer, die Frauen hinterherstarrten, lieber für mich. „Wie auch immer, ich freue mich riesig, endlich wieder in der Küche werkeln zu können. Mir ist aufgefallen, dass man bei den hiesigen Restaurants überall Schlange stehen muss, um einen Tisch zu ergattern. Womöglich mache ich ja mein eigenes auf. Vielleicht ein Diner. Ich liebe Diner."

„Oder etwas mit mehr Anspruch", schlug ich vor, angesteckt von ihrer kulinarischen Begeisterung. „So gut das Essen im *The Inn* auch ist, Gourmetküche bietet es nicht." Ich deutete auf die Kräutergläser in ihren Händen. „Ich halte hier nur kurz die Stellung, bis Willow zurückkommt … falls sie überhaupt jemals zurückkommt. Jedenfalls kann ich Sie nicht abkassieren."

„Das dachte ich mir schon." Sie ließ den Blick durch den Laden schweifen. „Da ich schon seit Ewigkeiten nicht mehr im *Shoppe Mystique* war, schaue ich mich in der Zwischenzeit einfach noch ein wenig um. Mir ist gerade eingefallen, dass ich auch noch eine silberne Kerze brauche. Und einen Behälter mit fest schließendem Deckel."

Ich schaute ihr hinterher und fragte mich erneut, was sie eigentlich vorhatte. In den nächsten drei Minuten kamen noch sechs weitere Leute auf mich zu, und alle wollten sie entweder ein bestimmtes Kraut, ein Öl, Weihrauch oder eine spezielle Art von Talisman. Jedes Mal sagte ich dasselbe: „Es tut mir leid, ich arbeite eigentlich gar nicht hier, aber Willow sollte gleich zurück sein."

Schließlich tauchte sie tatsächlich wieder auf und wirkte erleichtert und erfrischt.

„Tausend Dank, Jayne."

„Das waren dreißig Minuten. Du hast fünf gesagt."

„Ja, nun – laut Arbeitsrecht steht mir eine Pause zu, und wir wollen doch nicht gegen Gesetze verstoßen, oder, Sheriff?"

„Arbeitsrecht gehört nicht in meinen Zuständigkeitsbereich. Kommst du jetzt klar hier?"

„Da ich auf der Toilette war und auch etwas gegessen habe, sollte ich wieder einsatzbereit sein. Nochmals vielen Dank."

Ich lächelte über ihre ehrlichen Worte, reichte ihr den Zwanziger von dem Teenager und zeigte ihr das Bild von dem Anhänger, den sie gekauft hatte. „Wenn Morgan zurückkommt, würdest du ihr bitte ausrichten, dass ich nach ihr gefragt habe?"

Da die Kunden, die schon sehnlichst auf ihre Rückkehr gewartet hatten, sich auf sie stürzten wie Krähen auf Aas, deutete Willow nur ein kurzes Nicken an, um mir zu zeigen, dass sie mich gehört hatte.

Ich holte Meeka hinter dem Pappkarton hervor und trug sie nach draußen.

„Ein bisschen verrückt da drin, nicht wahr?"

Noch immer zitternd schmiegte sie ihr Köpfchen an meinen Hals, und ich drückte sie fest an mich und kraulte ihr die Ohren. „Ich weiß, was wir jetzt machen, damit du dich gleich wieder besser fühlst. Lass uns zu Morgans Cottage hochgehen und schauen, ob sie dort ist."

Kapitel Siebzehn

Normalerweise genoss ich den Spaziergang zum Grundstück der Barlows. Das Haus, das Morgan zusammen mit ihrer Mutter bewohnte, lag fast genau nördlich vom *Shoppe Mystique* und war in etwa zwanzig Minuten bequem zu Fuß zu erreichen. Heute allerdings hatte ich diese Zeit nicht, also fuhr ich mit dem Auto dorthin. Dummerweise war auf dem Highway extrem viel los – ständig liefen Leute kreuz und quer darüber –, und auch der Schotterweg, der an den Häusern der Anwohner vorbei nach Norden führte, war belebt, sodass ich am Ende genauso lange brauchte, wie wenn ich gelaufen wäre.

Als wir schließlich am Cottage ankamen und Meeka wieder aus ihrer Transportbox durfte, schoss sie wie von der Tarantel gestochen los in Richtung Hecke, die den rückwärtigen Garten säumte. Wahrscheinlich suchte sie Pitch, Morgans rabenschwarzen Hahn.

Ich blieb vor den Büschen stehen und rief: „Briar? Sind Sie da drin?"

„Da Meeka gerade meine Astern niedertrampelt, nehme ich mal an, dass du das bist, Jayne."

Diese Worte entlockten mir ein Lächeln. „Ja, ich bin's. Tut mir leid wegen der Astern. Ist Morgan da?"

„Die Vordertür steht offen. Komm doch rum, damit ich dein hübsches Gesicht sehen kann."

Ich ging durch das schwingende Gartentor, folgte dem schmalen, gepflasterten Pfad bis zur Haustür, und trat ein. Jedes Mal, wenn ich die beiden besuchte, fühlte es sich an, als käme ich nach Hause. Morgan und Briar waren wie Schwester und Mutter für mich geworden. Sie hörten mir zu, wenn es mir schlecht ging. Sie stillten meinen Hunger – den körperlichen genauso wie den seelischen. Und wenn ich einen Schuldigen überführt hatte, feierten sie, als hätten wir gemeinsam einen kleinen Sieg errungen. Ich durchquerte die Küche mit den salbeigrünen Schränken, deren Farbe im Morgenlicht fast silbrig schimmerte, bis zur Tür, die in den Garten führte. Draußen kniete Briar zwischen ihren Beeten, einen dicken, gestrickten Schal um die schmalen Schultern geschlungen, die Finger tief in der Erde vergraben.

„Womit habe ich diesen ehrenvollen Besuch heute verdient?" Ihr gebeugter Rücken war mir zugewandt, während sie Tannennadeln rund um die Astern häufte, die Meeka gerade niedergetrampelt hatte.

„Sie sind Grund genug, dass ich so gerne vorbeikomme."

Sie ließ den Kopf sinken und lachte leise.

„Nein, eigentlich suche ich Morgan. Ist sie hier?"

Briar richtete sich auf und drehte sich zu mir um. „Warum sollte sie das, mitten am Tag? Ich nehme an, du hast bereits im Geschäft nachgesehen?"

„Das habe ich, und die arme Willow war völlig überfordert. Sie ist ganz allein dort, und der Laden ist brechend voll."

„Wo steckt meine Tochter?", murmelte sie, machte jedoch eher einen verwunderten als besorgten Eindruck. Dann schloss sie die Augen, hob das Gesicht gen Himmel und spreizte die Hände leicht, als erwartete sie ernsthaft, dass das Universum ihr eine Antwort lieferte.

„Willow hat mir gesagt, dass Morgan zum Mittagessen gegangen und schon ziemlich lange weg sei. Einer meiner Gäste meinte, ein Mann namens River Carr habe nach ihr gesucht. Möglicherweise sind Sie ihm neulich auf meiner Party begegnet?"

Ein Lächeln stahl sich auf ihre Lippen. „Ist das der Mann mit dem Hexenmeister-Appeal und dem intensiven Blick?"

„Genau der. Er schien sehr interessiert an Morgan zu sein."

Briar durchquerte den Garten, ging zu einem Beet mit Margeriten hinüber und kniete sich davor. „Das scheint auf Gegenseitigkeit zu beruhen. Jedenfalls hat sie gestern Abend ununterbrochen von ihm geredet."

Solange ich Morgan kannte, hatte ich sie noch nie von einem Typen sprechen hören. Sie hatte zwar nichts gegen Dates im Allgemeinen, aber richtig interessiert war sie an keinem der Dorfbewohner – und ständig einen Mann um sich zu haben, war anscheinend eh nicht ihr Ding.

„Mein Leben ist perfekt so, wie es ist", hatte sie mir einmal gesagt. „Und ich brauche nicht noch etwas, das meiner Aufmerksamkeit bedarf."

Hin und wieder stach ihr natürlich ein Tourist ins Auge, doch sie unternahm nie etwas, um ihn kennenzulernen. Was also hatte es mit Carr auf sich? Klar, er war anders, doch gab es für ihn tatsächlich einen Platz in ihrem Leben?

„Haben Sie eine Ahnung, wo sie sein könnte? Nicht, dass es dringend wäre."

Briar blickte mich scharf an. „Da du es so betonst, würde ich vermuten, dass es das doch ist. Also erzähl schon, was ist los?"

Ich atmete tief ein, rief Sheriff Jayne auf den Plan, da die normale Jayne abzuschweifen drohte, und ließ die Luft wieder aus meiner Lunge entweichen. „Ich möchte Sie nicht beunruhigen, aber es gab einen weiteren Todesfall."

Sie setzte sich auf die Fersen zurück und faltete die Hände im Schoß. „Morgan hat es mir bereits erzählt. Der arme Mann. Aber warum sollte mich das beunruhigen?"

„Vielleicht steckt ja gar nichts dahinter, aber ich versuche, alle ausfindig zu machen, die mit dem Verstorbenen gestern in Streit geraten sind. Und auch Mr Carr gehört dazu. Von daher muss ich ihn sprechen."

„Du befürchtest, River könnte ein Mörder sein?" Sie stand wieder auf und deutete auf die Terrassenstühle.

„Ich bin mir noch gar nicht sicher, ob es Mord war", erklärte ich und setzte mich. „Über die genaue Todesursache kann ich erst dann etwas sagen, wenn die Obduktionsergebnisse vorliegen." Sie hob fragend eine Augenbraue. „Aber es kann ja nichts schaden, trotzdem Vorsicht walten zu lassen."

„Und du versuchst daher, meine Tochter vor einem möglichen Täter zu schützen?"

Ich schenkte ihr ein entschuldigendes Lächeln. „Sehen Sie, jetzt machen Sie sich auch Sorgen."

Sie tätschelte mir beruhigend das Knie. „Lass mich dir zumindest in Bezug auf Morgan ein paar deiner Sorgen nehmen. Wenn ihr etwas zugestoßen wäre, würde ich es spüren. Du weißt doch um diese besondere Verbindung zwischen uns."

Ja, das tat ich. Fast immer, wenn ich mit den beiden zusammen war, beendeten sie entweder den Satz der anderen oder wussten nach einem einzigen Blick, was die andere dachte. Viele Paare konnten das ebenfalls, und vor allem frisch Verliebte fanden das oft total süß und sahen darin ein Zeichen dafür, dass sie füreinander bestimmt waren. Jonah hatte mir früher auch ständig die Worte aus dem Mund genommen. Das ging mir total auf die Nerven, weil es zwar meistens genau dem entsprach, was auch ich sagen wollte, aber eher seiner Kontrollsucht geschuldet war als einem süßen „Er kennt mich so gut, wir müssen Seelenverwandte sein"-Gefühl. Und diese Art von Verbundenheit war für mich nie von Bedeutung. Was hingegen Morgan und Briar verband, hatte eine Tiefe, die über bloße Vertrautheit hinausging. Man hatte fast den Eindruck, sie könnten die Gedanken der anderen lesen. Trotzdem wollte ich mich nicht allein auf übersinnliche Bande verlassen, wenn es um die Sicherheit meiner Freundin ging.

„Vermutlich ist sie okay", sagte ich zu Briar. „Zumindest hoffe ich das. Aber ich kann Carrs Unschuld erst beurteilen, wenn ich mit ihm gesprochen habe."

„Es ist dein Job, Schuldige zu finden. Ich würde nichts anderes von dir erwarten."

„Aber?"

„Aber du scheinst ständig wie ein kopfloses Huhn durch das Dorf zu rennen."

Aus den Tiefen des Gartens schallte ein empörter, gellender Krächzer von Pitch, dem schwarzen Hahn, zu uns herüber.

„Schon gut, reg dich ab!", rief Briar. „Wir reden nicht von dir."

Oh, Himmel, die Leute in diesem Dorf … Ich konnte nicht anders, ich musste lachen. Und es tat gut.

„Bleib noch einen Moment." Sie stand auf und wandte sich dem Haus zu. Ich versuchte, ihr zu verstehen zu geben, dass ich es eilig hatte und weitersuchen musste, aber ein einziger, vielsagender Blick brachte mich zum Schweigen. „Ich bin in einer Minute wieder da."

Was stimmte bloß nicht mit dem Zeitgefühl der Menschen hier? Willows zehn Minuten waren am Ende dreißig, aus Briars einer Minute wurden zehn. Als sie schließlich wiederkam, trug sie ein Tablett mit Tee und winzigen Zuckerkeksen.

„Ich habe wirklich keine Zeit …"

„Doch, die hast du."

Während ich versuchte, ein nervöses Wippen meiner Beine zu unterdrücken, schenkte sie Tee ein und reichte mir eine Tasse, auf deren Unterteller ein kleiner Keks lag.

Dann setzte sie sich neben mich, nahm einen Schluck und seufzte. „Morgans Relax-Mischung. Ist sie nicht wunderbar?"

Das war sie, aber heute hätte ich einen ganzen Liter davon gebraucht, um runterzukommen.

„Jayne, du läufst auf Hochtouren, wie man so schön sagt. Das ist grundsätzlich nichts Schlechtes, wenn die Uhr tickt und man auf ein Ziel zusteuert. Ein Mann ist gestorben, und es wäre durchaus möglich, dass jemand nachgeholfen hat. Doch genauso gut könnte er einfach das bedauernswerte Opfer eines Unfalls mit Fahrerflucht gewesen sein."

„Möglich, ja, aber eher unwahrscheinlich."

„Korrigiere mich, wenn ich falschliege", warf sie ein, bevor ich noch etwas erwidern konnte, „aber du versuchst hier gerade, einen Fall zu lösen, der vielleicht gar keiner ist."

Ich suchte fieberhaft nach einem Einwand, fand aber keinen. „Da kann ich Ihnen leider nicht widersprechen."

„Habe ich dir nicht schon einmal gesagt, dass du erst alle Teile brauchst, bevor du ein Puzzle zusammensetzen kannst?"

Das hatte sie in der Tat … als ich versuchte, die Wahrheit über Grandmas Tod herauszufinden. Briar wusste ganz genau, was vor vierzig Jahren passiert war, doch sie schwieg beharrlich, bis ich mir selbst alles zusammengesucht hatte, was die anderen, die damals schon hier lebten, mir erzählen konnten.

„Genau das tue ich doch", protestierte ich. „Ich untersuche Halperns Tod."

„Du weißt ja noch nicht einmal, wie dein Puzzle am Ende aussehen soll", konterte sie, unbeirrt an ihrer abgedroschenen Lieblingsmetapher festhaltend. „Was, wenn du Teile einzusetzen versuchst, die zu einem ganz anderen Bild gehören?" Sie sah mich so lange an, bis ich klein beigab.

„Warum wartest du nicht einfach ab, bis dein Gerichtsmediziner genauere Informationen für dich hat?"

Ich nickte, stand auf und wandte mich zum Gehen, doch sie hielt mich erneut zurück.

„Ich gebe dir jetzt noch einen Rat mit auf den Weg, als wärst du meine eigene Tochter. Bereit?"

Dieser eine, schlichte Satz traf mich völlig unvorbereitet. War ich das? Bereit dafür, mich von ihr wie ihre Tochter behandeln zu lassen? Ich sank wieder auf meinen Stuhl zurück und versuchte verzweifelt, den Kloß, der sich in meiner Kehle zu bilden drohte, hinunterzuschlucken.

„Du hast gerade erst ein Bed and Breakfast eröffnet. Tripp und du habt die Renovierungsarbeiten in einem Affentempo durchgezogen, nur um noch rechtzeitig vor dem Ende der Touristensaison eröffnen zu können. Ihr habt euer Ziel erreicht, was großartig ist. Aber worauf konzentrierst du dich jetzt?"

Ich schüttelte den Kopf, wusste nicht, worauf sie hinauswollte.

„Ihr schaut jetzt schon ein Jahr in die Zukunft, stimmt's?"

„So ist es."

„Wenn du so weit vorausdenkst, verpasst du das erste Jahr." Sie nahm eine meiner Hände zwischen die ihren. „Stell dir doch euer B&B einfach mal wie ein Baby vor. Die wachsen so schnell. Zweimal blinzeln, und schon stehen sie auf eigenen Füßen."

„Es ist aber nicht Ihr Baby", neckte ich sie. „Das ist nach wie vor bei Ihnen."

„Aber nur deshalb, weil ich sie mittlerweile mehr brauche als sie mich."

Ich legte meine freie Hand auf ihre und drückte sie sanft. „Dessen wäre ich mir nicht so sicher."

Sie lächelte, offensichtlich gefiel ihr diese Feststellung. „Was ich sagen will, ist: Du hast so hart dafür gearbeitet. Verpasse jetzt nicht diese ersten schönen Momente."

Genau das hatte ich neulich auch zu Tripp gesagt, was unsere Beziehung anbelangte. Ja, ich wollte mit ihm zusammen sein, aber nichts überstürzen, sondern die Dinge langsam angehen, damit wir uns wirklich kennenlernen konnten, bevor wir … den nächsten Schritt wagten.

„Das ist wirklich ein guter Ratschlag, Briar."

„Und", fuhr sie fort, „hör auf, Tripp mit Jonah zu vergleichen. Du lebst immer entweder in der Vergangenheit oder in der Zukunft, doch nie in der Gegenwart. Aber genau da spielt sich das Leben ab, verstehst du? Im Hier und Jetzt. Und noch eine allerletzte Sache: Hör endlich auf, mich zu siezen."

Ihre Worte taten ein bisschen weh, aber natürlich hatte sie recht. Ich musste wirklich lernen, mehr im Moment zu leben. Und das würde ich auch, sobald ich die Gewissheit hatte, dass es Morgan gut ging und kein Mörder durch unser Dorf streifte.

Ich stand auf und gab ihr einen Kuss auf die Wange. „Danke, dass du mich wie deine Tochter behandeln. Wahrscheinlich werde ich das, was ich jetzt gleich sage, später irgendwann bereuen, aber: Das darfst du jederzeit wieder tun."

Sie deutete mit einem leicht knorrigen Finger auf mich. „Sei vorsichtig mit dem, was du dir wünschst."

„Meeka, komm!"

Meine kleine Terrierhündin, mittlerweile eher erdfarben als weiß, tauchte am Ende eines der Kieswege auf, gefolgt von Pitch, der ihr neckisch in den Schwanz pickte, wie ein frecher Schuljunge, der an den Zöpfen eines Mädchens zog.

„Würdest du mich in der Nähe vom *Shoppe Mystique* absetzen?", fragte Briar plötzlich.

„Klar, aber wieso?", fragte ich irritiert.

„Du meintest doch, Willow bräuchte Hilfe. Es ist zwar schon eine Weile her, aber ich denke, ich weiß noch, wie der Laden läuft."

Kapitel Achtzehn

NICHT, DASS BRIAR MEINE HILFE GEBRAUCHT HÄTTE — SIE schien fitter zu sein als ich —, aber Meeka und ich begleiteten sie trotzdem vom Revier bis zum *Shoppe Mystique*. Außerdem: Je mehr Zeit ich mit ihr verbringen konnte, desto besser. Sie hatte diese besondere Art, mir das Gefühl zu geben, die Dinge wieder im Griff zu haben.

„Bevor du fragst", sagte sie, als wir uns dem Laden näherten, „ja, ich bin mir sicher, dass ich das machen möchte. Ich bin gerne unter Leuten."

Früher hatte sie das Geschäft selbst geführt, doch der Schlaganfall Ende letzten Jahres setzte dem ein abruptes Ende. Was zunächst wie ein Schicksalsschlag aussah, entpuppte sich im Nachhinein als Segen. Nun konnte sie sich in aller Ruhe und liebevoll um die Pflanzen und Kräuter kümmern, die später die Regale des Ladens füllen würden. Außerdem flocht sie mit beeindruckender Fingerfertigkeit die Weidenkränze, die Morgan dort verkaufte.

„Soll ich später noch mal vorbeikommen und dich wieder nach Hause bringen?"

„Das wäre wunderbar", sagte sie und nickte. „Zwar könnte ich theoretisch auch laufen, aber nach all der Aufregung bin ich bestimmt so erschöpft, dass ich nicht vor morgen früh dort ankäme."

Sie stieg die Verandastufen hinauf, öffnete die Tür und hatte kaum einen Fuß über die Schwelle gesetzt, als ich Willow denselben panischen Kriegsschrei wie zuvor ausstoßen hörte, als ich aufgetaucht war. „Oh, der Göttin sei Dank!"

„Noch eine gute Tat vollbracht, Deputy Meeka."

Sie wedelte mit dem Schwanz und trippelte erwartungsvoll hin und her.

„Du hast recht. Wir haben uns wirklich eine Belohnung verdient."

Das Gute an dem kühleren Wetter war, dass die Schlange vor dem *Treat Me Sweetly* nur halb so lang war wie gewöhnlich – wobei Honey und Sugar das sicher nicht als Vorteil sehen würden. Ein paar Leute saßen an den rosa Metalltischen vor dem Geschäft, aber bei Weitem nicht die Menge, die man sonst hier antraf. Mein erster Eindruck von dem einzigen Süßwarenladen in Whispering Pines vor etlichen Monaten war: eine zauberhafte Mischung aus einer altmodischen Bäckerei, einer nostalgischen Eisdiele und einem bunten Willy-Wonka-Süßigkeitenparadies. Und das dachte ich nach wie vor, wann immer ich ihn betrat.

„Hallo, Sheriff", begrüßte mich Honey von ihrem Platz hinter der Eistheke. Sie bereitete gerade frische Waffelhörnchen zu und steckte große, handgemachte Schokostückchen in die Spitze, um zu verhindern, dass etwas heraustropfte. Es roch einfach köstlich hier drinnen.

„Sieht so aus, als würde das Wetter die Kunden fernhalten", merkte ich an.

„Ach, das ist keine große Sache." Sie machte eine wegwerfende Handbewegung. „So findet Sugar endlich Gelegenheit, mal wieder mehr Kekse zu backen, und ich kann mehr Eis zaubern. Ohne diese ruhigeren Phasen wären wir für die stressigen Zeiten nicht gewappnet. Was darf es heute für Sie sein?"

Ich starrte zuerst in die Eistruhe mit den anderthalb Dutzend verschiedenen Sorten. Dann jedoch wanderte mein Blick zu der handgeschriebenen Tafel mit den aktuellen Angeboten. Zwei Sachen stachen mir direkt ins Auge.

„Ich denke, an einem kalten Tag wie heute sind ein warmer Fudge-Sundae mit Nüssen und eine Tasse heiße Schokolade genau das Richtige."

Meeka gab ein kleines, aufforderndes *Wuff* von sich.

„Natürlich würde ich nie deine Kekse vergessen, Miss Meeka", versicherte Honey ihr. „Setzen Sie sich ruhig schon mal. Ich bringe gleich alles zu Ihnen rüber."

Wir wählten einen Tisch in der Ecke, und keine dreißig Sekunden später ließ sich Sugar auf den Stuhl mir gegenüber fallen.

„Gibt es schon Neuigkeiten, was den toten Kerl betrifft?", fragte sie.

„Noch nichts. Ich warte auf den Rückruf des Gerichtsmediziners."

„Ihr Deputy war vorhin hier." Sie warf einen Blick unter den Tisch zu Meeka und korrigierte sich schnell: „Der menschliche, meine ich natürlich. Er hat sich nach einem unserer Kunden erkundigt, der sich vor ein paar Tagen über Mr Halpern beschwert hatte. Er war ziemlich aufgebracht."

„Der Kunde oder mein Deputy?"

Sie verzog das Gesicht. „Der Kunde natürlich."

„Konnten Sie Reed weiterhelfen? Gibt es eine Spur zu dem Mann?"

„Ich habe ihm eine Beschreibung gegeben", sagte Sugar, „aber ich weiß natürlich nicht, ob der Typ noch im Dorf ist oder wo er überhaupt abgestiegen ist. Martin wollte sich umhören und versuchen, ihn ausfindig zu machen. Glücklicherweise gibt es in Whispering Pines ja nur eine Handvoll Übernachtungsmöglichkeiten."

Richtig – und zwar mein B&B, das *The Inn*, die Ferienhütten, den Campingplatz oder eine Privatunterkunft bei einem der Dorfbewohner. Letzteres würde die Suche natürlich erschweren.

„Dieser Kerl muss sich ja ziemlich aufgeführt und einen bleibenden Eindruck hinterlassen haben, wenn Sie ihn so gut beschreiben können. Bei all den Leuten, die hier tagtäglich ein- und ausgehen, können Sie sich doch unmöglich alle Gesichter merken."

Honey trat an unseren Tisch und stellte mein Eis mit heißer Schokosoße und Nüssen samt einer dampfenden Tasse Kakao vor mir ab. Für Meeka gab es, wie versprochen, ein kleines Papiertütchen mit Hundekeksen.

„Lassen Sie es sich schmecken", zwitscherte sie wie ein Singvogel, „und sagen Sie ruhig Bescheid, wenn Sie einen Nachschlag möchten."

„Einen Nachschlag?", fragte ich verblüfft. „Und so was bei Kakao, Eis und Kuchen?"

Die Schwestern wechselten einen Blick, der Bände sprach. Anscheinend waren sie der Ansicht, ich hätte nicht mehr alle Tassen im Schrank.

„Natürlich. Das gehört zu unserer Geschäftsphilosophie", erklärte Honey kopfschüttelnd, bevor sie sich wieder ihren Waffelhörnchen widmete.

Sugar kehrte zu unserem vorherigen Thema zurück. „Klar erinnere ich mich nicht an jeden einzelnen, damit haben Sie völlig recht. Aber dieser Typ ist mir im Gedächtnis geblieben. Erstens war er riesengroß, und zweitens hat er mehr Aufsehen erregt als Halpern selbst."

Menschen wie Sugar machten mir den Job leicht. Sie redeten und redeten, und ich konnte mich entspannt zurücklehnen und musste einfach nur mitschreiben. Oder, wie in diesem Fall, Eis essen.

„Das eigentliche Geschehen habe ich gar nicht richtig mitbekommen, nur das, was danach passierte. Da war eine Frau, die auf die Barrikaden ging, weil Halpern sie angefasst hatte. Zu Recht, wohlgemerkt. Und dann ist der Hüne –

vermutlich ihr Freund – völlig ausgerastet und hat rumgebrüllt. Er war so laut, dass er mir die übrigen Kunden verschreckt hat. Am Ende musste ich die drei vor die Tür setzen." Sie verschränkte die Arme vor der Brust und presste die Lippen aufeinander. Ihr war deutlich anzumerken, dass sie sich erneut über den Vorfall aufregte. „Ich will Ihnen ja nicht vorschreiben, wie Sie Ihren Job zu machen haben, Sheriff, aber ich habe Ihrem Deputy nahegelegt, sich diesen Typen mal genauer anzusehen."

Sugar hatte gern das Sagen. Ich hätte sie natürlich darauf hinweisen können, dass Reed genau das tat, als er hereinkam und nach dem Mann fragte, erwiderte aber nur: „Da kann ich Ihnen nur zustimmen. Vielen Dank für die Informationen."

Sie starrte abwesend vor sich hin. „Es zehrt an einem, wissen Sie? All diese Todesfälle, meine ich."

„Ich weiß. Vier Morde und ein Selbstmord in nur drei Monaten, und das in einem so beschaulichen kleinen Dorf. Dazu noch der fragwürdige Tod meiner Großmutter im Februar. Zwar habe ich keine Ahnung, wie die Statistik aussieht, aber das liegt definitiv weit außerhalb des Normbereichs." Ich trank einen Schluck Kakao. „Wenn ich es nicht besser wüsste, könnte ich schwören, dass es irgendwie mit mir zu tun hat."

Das war natürlich scherzhaft gemeint, aber Sugar musterte mich mit einem Blick, der Bände sprach.

„Sie meinen, weil die Morde angefangen haben, als Sie hierhergezogen sind? Ich muss es Ihnen leider sagen … Manche Leute hier haben sich das ebenfalls gefragt." Sie tätschelte mir den Arm, eine eher herablassende als tröstende Geste. „Die meisten von uns wissen aber, dass Sie nichts dafür können."

„Das wissen wir alle." Honey setzte sich zu uns an den kleinen Tisch.

„Natürlich kann ich nichts dafür", wiederholte ich, nachdem ich den Löffel Eiscreme im Mund hinuntergeschluckt hatte. „Der erste Tod, Yasmine Longs, war schon in Planung, bevor ich überhaupt wusste, dass ich hierherkommen würde."

Beinahe hörte ich Morgan flüstern: „Aber das Universum wusste es."

„Wer bitte sagt denn so schreckliche Dinge?", wandte sich Honey an ihre Schwester.

„Regt euch nicht so auf", antwortete diese. „Uns ist auch klar, dass Sie nicht für die Todesfälle verantwortlich sind, Jayne, aber womöglich haben Sie mit Ihrem Auftauchen irgendetwas ins Rollen gebracht. Und wenn dem so sein sollte, werden Sie die dunkle Wolke, die über unserem Dorf schwebt, auch wieder verscheuchen."

Ein kleines Mädchen mit großen, haselnussbraunen Augen starrte von dem einzigen ebenfalls besetzten Tisch zu uns herüber.

„Solche Dinge sollten wir nicht in der Öffentlichkeit besprechen", flüsterte Honey.

Ich senkte ebenfalls die Stimme. „Das klingt verdächtig nach Whispering-Pines-Hokuspokus. Sie wollen mir doch nicht ernsthaft weismachen, dass irgendeine übernatürliche Kraft, ein schlechter Juju, hinter all den Morden steckt, oder?"

„Ich will gar nichts." Sugar verschränkte erneut die Arme vor der Brust.

„Das wäre schlechtes Karma", warf Honey ein. „Juju ist meist eine Art Glücksenergie, während Karma bedeutet, dass vergangenes Handeln irgendwann Konsequenzen hat. Was das Dorf anbelangt, holen uns die schlimmen Dinge von vor vierzig Jahren gerade wieder ein."

War das ihr Ernst? Ich starrte sie an und blinzelte. Anscheinend, denn sie nickte nur knapp, erhob sich und ging, um ein paar neu hereingekommene Kunden zu bedienen.

„Ist es nicht Ihr Job, sämtliche Möglichkeiten zu prüfen, bevor Sie sich ein Urteil bilden?", bohrte Sugar weiter nach.

„Sie erwarten von mir, dass ich Karma als

Mordverdächtigen in Betracht ziehe? Und wen genau soll ich dann ins Gefängnis werfen?"

Jetzt saß sie kerzengerade auf ihrem Stuhl. „Sie haben doch die Tagebücher Ihrer Großmutter gelesen und wissen, dass bereits seit seiner Gründung eine Art Negativität auf diesem Dorf lastet. Und Sie wissen ebenfalls, von wem die zum Großteil ausgeht."

„Sie meinen Flavia." Sie war die negativste Ursprüngliche, die ich kannte, und so gerne ich ihr auch die Schuld an allem Übel in die Schuhe schieben würde – Beweise hatte ich keine. „Glauben Sie allen Ernstes, allein ihre lebenslange negative Einstellung sei der Grund für die Mordserie?"

„Vielleicht nicht nur allein ihre. Die Göttin weiß, dass auch Donovan beträchtlichen Schaden angerichtet hat, und Sheriff Brighton war ebenfalls kein unbeschriebenes Blatt. Keiner von uns ist perfekt, und wir alle haben wahrscheinlich unseren Teil dazu beigetragen. Aber der Punkt ist, dass ein Topf nur begrenzt Fassungsvermögen hat, bevor er überläuft."

Ich musterte sie ein paar Sekunden lang prüfend. Sie schien wirklich überzeugt zu sein von dem, was sie sagte. „Und wie genau soll ich dieses Problem Ihrer Meinung nach lösen?"

„Was weiß denn ich? Dafür werde ich nicht bezahlt."

Ihr Tonfall versetzte mich in Wut. „Wollen Sie damit etwa andeuten, ich würde meinen Job nicht richtig machen?"

Sie erhob sich, wich meinem Blick jedoch aus und zeigte lediglich auf meinen Eisbecher. „Genießen Sie Ihre Leckerei."

Ich wusste nie so recht, wie ich Sugar einschätzen sollte. Anfangs war sie extrem freundlich zu mir gewesen. Das jedoch hatte sich ab dem Tag geändert, als der Rat mich zum Sheriff wählte. Sie hatte gegen mich gestimmt, und ab da war sie anstatt herzlich und zugewandt nur noch frostig und abweisend zu mir. Langsam reichte es mir.

Ich warf einen Blick unter den Tisch zu Meeka, die gerade die letzten Krümel ihrer Hundekekse aufleckte.

„Bist du fertig?"

Sie wedelte mit dem Schwanz, die Ohren aufmerksam aufgerichtet.

„Wunderbar. Dann lass uns zurück zum Revier gehen und Dr. Bundy anrufen. Ich muss wissen, ob wir weiter ermitteln sollen oder für heute besser Schluss machen."

Kapitel Neunzehn

„Seit wann bist du zurück?", fragte ich Reed, kaum, dass wir das Büro betreten hatten.

„Ungefähr seit einer Stunde. Hattest du Erfolg bei deinen B&B-Leuten?"

„Na ja, ich habe weitere Einblicke gewonnen, was unser Opfer anbelangt, aber nichts Verdächtiges gefunden." Ich beobachtete, wie Meeka auf das Feldbett in ihrer Zelle sprang, sich dreimal im Kreis drehte und sich dann zu einem pelzigen Knäuel zusammenrollte. „Komm in mein Büro und lass uns besprechen, was wir bisher in Erfahrung bringen konnten."

Obwohl ich Briars Ansicht teilte, dass ich sicherstellen musste, die richtigen Puzzlestücke zu sammeln, wollte ich nicht einfach herumsitzen und auf die Obduktionsergebnisse warten. Ich würde weiterhin so ermitteln, als hätten wir es mit einem Mord zu tun.

Reed ließ sich auf dem Stuhl gegenüber meinem Schreibtisch nieder, während ich unser tragbares Whiteboard heranrollte.

„Okay, hier ist unser Opfer." Ich schrieb *Nick Halpern* ganz oben auf die Tafel. „Wir vermuten, dass er auf eine von zwei Arten gestorben ist." Neben seinem Namen notierte ich *Mord*

/ *Unfall mit Fahrerflucht* und direkt darunter *Verdächtige*. „Keine Ahnung, wie es dir geht, aber ich habe aktuell keinen klaren Favoriten."

Mehr um das Whiteboard zu füllen, führte ich die Namen der B&B-Gäste auf, mit denen ich gesprochen hatte – Jeremy, Trevor, Alicia, Derek und Constance – und fasste für Reed knapp zusammen, was jeder von ihnen geäußert hatte.

„Bist du denn bei keinem von denen misstrauisch geworden?"

Ich trat zurück und ließ die Liste auf mich wirken. „Tatsächlich gäbe es doch jemanden, den ich ganz oben an die Spitze setzen würde." Mit diesen Worten zog ich einen roten Kreis um den Namen Constance Halpern.

„Die Ehefrau", sagte er nachdenklich. „Der Klassiker, oder nicht?"

„Zumindest trifft das in vielen Fällen zu. Ich habe mir notiert, dass Constances Reaktion sich irgendwie nicht richtig anfühlte, schob es aber darauf, dass sie unter Schock stand. Dennoch muss ich zugeben, sie wirkte eher erleichtert über Nicks Tod als wirklich betroffen. Genau genommen hat sie das sogar so gesagt."

„Ihr Mann war ein Idiot", sagte Martin ohne jegliches Mitgefühl. „Ich weiß nicht, wie viele Leute das laut zugeben würden, bin mir aber sicher, dass es einigen an ihrer Stelle genauso gehen würde. Doch vermutlich wird die Erleichterung nicht lange anhalten."

„Das meinte sie auch, dass sich ihre Gefühle noch ändern würden. Wir müssen uns jedoch auf jemanden konzentrieren, und das ist aktuell sie."

„Du hast gesagt, Alicia und Derek kommen nicht infrage", merkte er an.

„Das tun sie auch nicht." Ich strich ihre Namen mit dem Rotstift durch. „Sie kannten unser Opfer zwar, aber nicht sonderlich gut. Ich glaube wirklich nicht, dass sie irgendetwas mit dem Mord an ihm zu tun haben könnten. Wenn es denn überhaupt Mord war. Noch besteht ja die Möglichkeit, dass es sich um einen Unfall handelt."

Briars Stimme hallte in meinem Kopf nach. *Warum machst du dir dann überhaupt die Mühe?*

„Was ist mit den anderen beiden?" Reed deutete auf das Whiteboard. „Jeremy und Trevor?"

„Jeremy war irgendwie seltsam. Er wirkte … keine Ahnung, wütend vielleicht?"

„Auf wen?"

„Die gesamte Gruppe."

Er schob die Hände in die Hosentaschen. „Und das macht ihn zum Mordverdächtigen?"

An einem normalen Tag hätte ich es verkraftet, wenn mein Deputy mir widersprach, aber nach der Auseinandersetzung mit Sugar war ich mit meiner Geduld am Ende.

„Natürlich nicht", fuhr ich ihn an wie ein trotziger Teenager. Er hob beschwichtigend die Hände, und ich winkte ab. Wir waren beide schon den ganzen Tag an der Sache dran, kein Wunder, dass die Stimmung kippte. „Das Verhör war einfach merkwürdig. Ich musste ständig nachhaken, um selbst auf einfache Fragen eine klare Antwort zu bekommen. Entweder er hat ein Problem mit seinem Gedächtnis, oder er wollte absichtlich etwas vertuschen." Ich schüttelte verwirrt den Kopf. Der Mann gab mir immer noch Rätsel auf. „Er ist erst seit acht Monaten Teil der Truppe, konnte sich aber nicht mehr erinnern, wann er wen kennengelernt hat. Und obwohl ich kein Motiv finden konnte, warum er Nick hätte umbringen sollen, sollte man im Hinterkopf behalten, dass er emotional ziemlich labil zu sein scheint."

„Unbedingt. Und was ist mit Trevor?"

„Auch er hat meiner Meinung nach nichts mit der Tat zu tun. Allerdings bin ich, was ihn betrifft, womöglich zu befangen. Im College war er einer meiner besten Freunde."

Reed beugte sich in seinem Stuhl vor. „Tatsächlich? Hattest du das mir gegenüber schon mal erwähnt?"

Ich ließ die letzten vierundzwanzig bis sechsunddreißig Stunden Revue passieren und überlegte, ob ich mit meinem Deputy über die Gäste des B&B gesprochen hatte. Dann ging ich in Gedanken noch weiter zurück, bis zu dem Moment, als die Reservierung meiner Freunde einging. Hatte ich damals etwas erwähnt?

„Wahrscheinlich nicht", sagte ich schließlich.

„Sheriff, ich weiß, dass ich mit dieser Art von Polizeiarbeit noch nicht viel Erfahrung habe. Aber wenn du mir auch diesen Part überlassen möchtest, werde ich jeden Trick anwenden, den du mir beigebracht hast, damit uns auch wirklich nichts durch die Lappen geht."

Wieder einmal – wie so oft in den letzten zwei Monaten – wurde mir klar, dass es eine sehr gute Entscheidung gewesen war, diesen Mann einzustellen.

„Das weiß ich wirklich zu schätzen, Martin, und ich muss sagen, es beruhigt mich ungemein, dass du für solche potenziellen Probleme ein so feines Gespür hast. Sollten wir Trevor doch wieder als Verdächtigen in Betracht ziehen, kannst du ihn dir gerne vorknöpfen und sehen, was du aus ihm herausbekommst."

Ein flüchtiges Lächeln huschte über seine Lippen, dann war er wieder ganz der ernste Reed. „Sind da noch andere Gäste, bei denen es zu Konflikten kommen könnte?"

„Ich habe noch nicht mit Kristina Mandel gesprochen. Auch sie war während der College-Zeit eine gute Freundin von mir. Dieses Gespräch könnte etwas heikel werden."

Auf dem Board neben ihrem Namen notierte ich: *Schwägerin des Opfers.* Dann starrte ich ewig auf diese Worte und erinnerte mich an Trevors Reaktion, als ich ihn gefragt hatte, ob er glaubte, dass sie ihrem Mann jemals untreu gewesen sein könnte. Er hatte recht, ich kannte Kristina doch so gut. Eigentlich stand für mich fest, dass sie nichts mit Nicks

Tod zu tun haben konnte. Ich wandte mich wieder an meinen Deputy.

„Weißt du was? Das Gespräch mit ihr sollte ich allein führen." Dann jedoch, um auf Nummer sicher zu gehen und verantwortungsbewusst zu handeln, fügte ich noch hinzu: „Aber halte dich vorsichtshalber bereit."

„Wird das eure Freundschaft nicht auf die Probe stellen?"

Ich lächelte. „Sehr schön, wie du auch für die Gegenseite Partei ergreifst. Natürlich wäre das möglich, aber Kristina ist eine kluge Frau und wird verstehen, dass ich einfach nur meinen Job mache und sie nicht anzugreifen gedenke."

„Wann hast du vor, mit ihr zu sprechen?"

„Sobald ich sie sehe. Als ich heute Vormittag kurz ins *Pine Time* zurückfuhr, waren sie und Kyle gerade los zum Wandern. Ich hoffe, sie sind mittlerweile wieder da." Mein müder Verstand brauchte einen Moment, um zu überlegen, was ich als Nächstes tun sollte. „Lass uns erst einmal hier abschließen, und dann rufe ich Dr. Bundy an und versuche, ein Update zu bekommen. Ich weiß nicht, wie es dir geht, aber ich bin total am Ende. Wir sind inzwischen schon über zwölf Stunden an der Sache dran. Sollten Kyle und Kristina noch unterwegs sein, spreche ich heute Abend mit ihnen. Ansonsten würde ich echt gerne Schluss für heute machen."

Noch während ich sprach, nickte er zustimmend. „Gute Idee. Das bedeutet also, dass die beiden vorläufig auf der Liste stehen bleiben?"

„Richtig. Das war's eigentlich … Halt, einen habe ich noch." Ich fügte *River Carr* ganz am Fußende hinzu.

„Das ist doch der Typ mit dem Aston Martin, oder?"

„Genau der."

„Warum nehmen wir den mit auf?"

„Weil er gestern eine kleine Auseinandersetzung mit Halpern hatte. Mit ihm habe ich auch noch nicht gesprochen, weil ihn seit heute Morgen niemand mehr gesehen hat. Ein paar Nachfragen haben ergeben, dass er wohl zu Morgan

Barlow wollte. Ob er sie angetroffen hat, weiß ich allerdings nicht. Sie ist kurz weg zum Mittagessen und seither ebenfalls unauffindbar."

Ich wollte mir nicht ausmalen, dass ihr etwas passiert sein könnte. Und solange ich keinen gegenteiligen Beweis hatte, nahm ich einfach an, dass es ihr gut ging.

„Welcher Art war diese Auseinandersetzung?", fragte Martin.

Ich erzählte ihm, wie Nick sofort auf Carr losgegangen war, als der zum Frühstück herunterkam. Allein die Vorstellung, Carr hätte Halpern vorgaukeln können, er würde ersticken, war absurd – trotz Morgans Bemerkung über David Copperfield und die Freiheitsstatue. Dennoch schilderte ich Reed die Aktion, wie er mit dem Finger seinen Hals hinabfuhr und Nick daraufhin zu würgen anfing.

„Klingt für mich nach Gedankenkontrolle", meinte der mit einem Achselzucken.

„Du glaubst wirklich an so was?"

„Klar. Hat aber nichts mit Magie zu tun." Er rieb sich das Kinn. „Im Grunde machen Illusionisten Folgendes: Sie reden über irgendwas …" Er verzog das Gesicht und rubbelte energisch an seinem Kinn herum. „Ich könnte zum Beispiel sagen, dass es mich juckt, und ehe du dich versiehst, kratzt du dich selbst dort."

Ich erstarrte in meiner Bewegung. Tatsächlich hatte ich bereits die Hand gehoben. „Netter Trick."

„Das ist kein Trick. Es geht nur darum, jemanden dazu zu bringen, das zu tun, was wir von ihm wollen. So etwas nennt man bewusste Manipulation. Du möchtest, dass dein Freund dir zum Valentinstag Süßigkeiten schenkt? Dann fang zwei Wochen vorher an, ihm von dieser neuen Schokolade vorzuschwärmen, die du unbedingt probieren willst. Umgekehrte Psychologie funktioniert genauso. Du willst, dass dein Kind gesünder isst? Erzähl ihm einfach, wie sehr du Apfelmus hasst."

Sein Blick verriet, dass seine Mutter diese Methode wohl bei ihm angewendet hatte.

„Äpfel müssen knacken, wenn man reinbeißt", fügte er trocken hinzu.

„Also glaubst du, dass genau das passiert ist, als Carr sich mit dem Finger den Hals entlangfuhr und Halpern plötzlich keine Luft mehr bekam?", fragte ich ungläubig.

„Du hast es selbst hundertmal gesagt, Sheriff: Es gibt keine Magie."

„Demnach ist der Typ wahrscheinlich unschuldig, aber er bleibt auf der Liste, bis ich mit ihm gesprochen habe." Ich trat einen Schritt zurück, betrachtete das Board mit den Verdächtigen erneut und ging im Kopf noch einmal durch, mit wem ich heute alles gesprochen hatte. „Okay, das war's dann wohl von meiner Seite. Wen möchtest du noch ergänzen?"

„Zwei Personen. Ich hab zwar mit deutlich mehr Leuten gesprochen, aber wenn ich mich an deinen Rat halte – Körpersprache beobachten und so –, gibt es nur die beiden, bei denen ich noch mal genauer hinschauen würde."

„Gut." Damit man auf einen Blick erkannte, wer von ihm stammte, griff ich zu einem grünen Marker. „Um wen handelt es sich?"

„Erstens eine Frau: Elaine Snow. Sie war eine derjenigen, die auf deiner Party von Halpern körperlich angegangen wurde."

Ich warf ihm einen Blick über die Schulter zu. „Sag mir bitte, mit ‚körperlich angegangen' meinst du lediglich, dass er ihr an den Hintern gefasst hat."

Das war schon schlimm genug. Der Gedanke, dass jemandem, den ich in mein Heim eingeladen hatte, etwas Schlimmeres passiert sein könnte, brachte mein Blut in Wallung.

„Es war schon ein bisschen mehr als das. Er hat ihr zwar an den Po gegriffen, aber auch mit dem Handrücken über die

Brust gestriffen, als er sich angeblich mit einem Händedruck bei ihr entschuldigen wollte.“

Ich verbarg kurz mein Gesicht in den Händen, schüttelte den Kopf und zählte innerlich bis zehn, bevor ich weitersprach. „Ich werde nie verstehen, was jemanden – egal welchen Geschlechts – dazu bringt, zu glauben, es sei auch nur im Entferntesten okay, so etwas mit einem anderen Menschen zu machen. Selbstbestimmung über unseren eigenen Körper ist das unantastbare Recht eines jeden von uns.“

Als ich die Hände wieder vom Gesicht nahm, bemerkte ich, wie Reed mich anstarrte.

Er wand sich ein wenig auf seinem Stuhl. „Zunächst einmal: Ich stimme dir hundertprozentig zu. Aber bevor wir dieses Thema weiter vertiefen, sollten wir uns besser wieder auf unseren Fall konzentrieren.“

Ich lief ein paar Mal die Länge meines Büros ab, um mich zu beruhigen. Er hatte natürlich recht. Jetzt großartig darüber zu diskutieren, war wenig zielführend.

„Gut, zurück zum eigentlichen Geschäft. Diese Elaine Snow, auf die wir deiner Meinung nach ein Auge haben sollten … was kannst du mir über sie erzählen?“

„Wie schon gesagt, hat Halpern sie körperlich belästigt. Ms Snow wirkte auf mich wie eine Frau, die bis zum letzten Atemzug für Gerechtigkeit kämpft.“

„Glaubst du, sie hätte unserem Opfer etwas antun können? Oder war ihre übermäßige Wut, wenn auch berechtigt, einfach nur dem Augenblick geschuldet?“

Er überlegte kurz. „Ich tendiere zur zweiten Variante. Ich denke, sie äußert ihren Protest eher verbal als durch Taten.“

„Lass mich raten, sie hat dich quasi ins Koma gequatscht.“

„Das trifft es haargenau. Sie hat wahrscheinlich zehn Minuten lang ohne Pause geredet und mich kein einziges Mal zu Wort kommen lassen. Dazu ist sie ein winziges Persönchen. Deshalb denke ich, solange ich mich nicht total in ihr täusche und Dr. Bundy keine Einschusslöcher oder Stichwunden findet, sollten wir uns im Moment nicht zu sehr auf Ms Snow fokussieren."

„Mit anderen Worten, wir lassen sie auf der Liste stehen, siedeln sie aber weiter unten an, bis wir sie endgültig streichen können." Ich würde nie jemanden ohne Beweise beschuldigen, aber die Methode *Schuldig, bis die Unschuld bewiesen ist* gefiel mir. Und oft schon hatte der wahre Täter mich überrascht. „Okay, sie war deine erste Verdächtige. Wer ist der oder die andere?"

„Doug Croft. Das ist der Typ, der bei *Treat Me Sweetly* für Ärger gesorgt hat."

„Ich war gerade dort. Anscheinend hat er den Laden ganz schön aufgemischt. Honey ist immer noch sauer darüber. Weißt du, was genau passiert ist?"

„Zunächst einmal: Croft ist ein wahrer Riese. Knapp zwei Meter groß, bestimmt über einhundert Kilo schwer, alles pure Muskelmasse. Ein Bodybuilder, der seine Freundin obsessiv beschützt."

„Und Halpern hat diese Freundin belästigt?"

„Ganz genau. Anscheinend war Halpern ein notorischer Grapscher. Die Schilderung der Freundin war fast identisch mit der von Elaine Snow. Sie sagte, er stand hinter ihr in der Schlange und strich ihr mit der Hand über den Po. Als sie sich umdrehte, um ihn zur Rede zu stellen, ließ er seinen Arm wie zufällig an ihrer Brust entlangstreifen, während er ihr zur Entschuldigung die Hand reichen wollte. Sie hat ihm eine gewischt, und ihr Freund, Croft, ist völlig ausgeflippt."

„Na immerhin hat sie ihm eine verpasst. Honey sagte, andere Kunden hätten solche Angst vor Croft bekommen, dass sie fluchtartig den Laden verließen. Gibt es sonst noch etwas, das ich über ihn wissen sollte?"

„Beweise habe ich keine, aber ich vermute, er nimmt Steroide." Reed tippte sich mit den Fingern auf die Brust. „Er trug ein T-Shirt mit tiefem V-Ausschnitt, und ich habe so etwas wie Akne-Narben gesehen. In seinem Gesicht ebenfalls."

„Das würde auch sein explosives Temperament erklären."

„Genau."

„Vielleicht hat es nichts zu bedeuten, aber ich stimme dir zu, dass wir da genauer hinschauen sollten. Weißt du, wo er wohnt?"

„Im *The Inn*. Er erzählte mir, dass sie geplant hatten, das ganze Wochenende hierzubleiben, jedoch früher abreisen würden, sollte sich das Wetter nicht langsam bessern. Als ich ihn zu Halpern befragte, gab seine Freundin ihm ein Alibi und bestätigte mir, er sei die ganze Nacht bei ihr gewesen."

Ich überlegte kurz. „In Ordnung, lassen wir ihn erst einmal in Ruhe, bis wir von Dr. Bundy hören. Wir haben zwar ein mögliches Motiv, aber Nick Halpern ist mitten in der Nacht gestorben. Wenn Doug Croft im *Inn* wohnt, was sollte er dann um zwei Uhr morgens am westlichen Parkplatz gesucht haben?" Reed blinzelte, hatte dafür aber auch keine Erklärung parat. Wir wurden beide langsam müde. „Wir behalten ihn ziemlich weit oben auf der Liste, aber sein Motiv ist schwach. Ich brauche einen klareren Zusammenhang, bevor wir erneut mit ihm reden. Sind wir uns einig, dass wir Elaine Snow weiter nach unten setzen?"

Er nickte. „Sie war wütend, aber *verbal aggressiv* heißt nicht gleich *gewalttätig*."

Ich schmunzelte. „Das ist eine gute Aussage. Gefällt mir."

„Brauchst du Unterstützung, wenn du dir Croft erneut vornimmst?"

„Möglicherweise. Ich sage dir diesbezüglich noch Bescheid. Fürs Erste rufe ich Dr. Bundy an. Hoffentlich hat er Neuigkeiten."

Während ich darauf wartete, dass jemand ranging, nahm ich erneut die Liste auf unserem Whiteboard in Augenschein. Viel hatten wir leider nicht. Constance vielleicht, Jeremy möglicherweise, aber eher unwahrscheinlich, und dann noch diesen Muskelprotz.

„Büro des Gerichtsmediziners, Joan am Apparat."

„Hey, Joan, hier ist Sheriff O'Shea aus Whispering Pines. Und bevor Sie fragen: Nein, wir haben keine weitere Leiche. Ich rufe an, um mich zu erkundigen, ob Dr. Bundy ein Update für uns hat."

„Hmm." Ein Klacken ertönte, als würde Joan auf einer Tastatur tippen. „Es sieht nicht so aus, als hätte er ihn schon untersucht, aber ich verbinde Sie. Einen Moment bitte."

Nach etwa drei Minuten, die sich wie eine Ewigkeit anfühlten, meldete sich Dr. Bundy endlich und legte direkt los. „Ich habe noch nichts für Sie, Sheriff. Mir ist schon klar, dass Sie ungeduldig sind, aber ich habe Ihnen doch versprochen, mich gleich zu melden, sobald ich Näheres herausfinden konnte."

„Ja, natürlich, und ich weiß ja auch, wie beschäftigt Sie sind. Ich hatte nur eben gehofft, es gäbe bereits etwas, selbst wenn es nur eine Kleinigkeit ist. Ich versuche, Verdächtige zu verhören, habe aber keine Ahnung, welche Fragen genau ich eigentlich stellen soll. Das macht die Sache irgendwie sinnlos, verstehen Sie?"

„Schon klar, Ihnen läuft die Zeit davon, aber ich habe noch …" − wieder tippte jemand auf einer Tastatur − „zwei weitere steife Jungs … äh, Entschuldigung, ich meinte, ich habe noch zwei weitere Leichen rumliegen, bevor ich mich Ihrem Typen widmen kann. Und ich kann nicht versprechen, dass ich es heute noch schaffe. Immerhin haben Sie mich zu nachtschlafender Zeit aus dem Bett geholt. Was wohl auch erklärt, warum ich heute rede wie ein Teenager."

„Und sich auch wie einer benehmen", rief jemand im Hintergrund.

„Er ist Nummer drei in der Warteschlange, kommt also gleich morgen früh dran. Ist das okay für Sie?"

„Was soll ich da schon sagen, außer ja?" Ich rieb mir die

müden Augen. „Ich kann mich nur wiederholen, Doc: Ich weiß Ihren Einsatz wirklich zu schätzen und verstehe auch, dass ich nicht Ihre einzige Klientin bin."

Er schnaubte hörbar. „Könnte man manchmal glatt vergessen. Ich lege jetzt besser auf und kümmere mich weiter um meine Toten. Sie sind doch auch schon seit halb drei heute früh auf den Beinen. Natürlich versuchen Sie, alles zu geben, um diesen Fall zu lösen. Aber ehrlich gesagt, wir wissen doch noch nicht mal, womit wir es überhaupt zu tun haben. Daher mein Rat: Gehen Sie nach Hause, verbringen Sie ein wenig Zeit mit Ihrem Freund und schlafen Sie sich aus, damit Sie wieder einsatzfähig sind, wenn ich etwas für Sie habe."

Wenn ich es nicht besser wüsste, würde ich schwören, dass Briar und er unter einer Decke steckten. „Ich muss noch ein, zwei Dinge erledigen, aber dann mache ich tatsächlich Schluss für heute. Bis morgen, Doc."

Während ich am Telefon war, hatte auch die andere Leitung des Reviers geklingelt. Ich hörte, wie Reed mit jemandem sprach, es klang jedoch nicht dringlich.

„Okay … Okay, ja, ich verstehe. Ich bin gleich da."

„Was ist los?", fragte ich, im Türrahmen stehend, nachdem er aufgelegt hatte. „Irgendwas, das ich wissen muss?"

„Nein, das war nur meine Mutter. Tante Reeva hat uns für heute zum Abendessen eingeladen." Er bedachte mich mit einem Blick, der förmlich darum zu betteln schien, ihm eine dringende Aufgabe zuzuweisen.

Ich lachte laut auf. „Tut mir leid, Martin. Da musst du jetzt wohl durch."

„Ganz sicher, dass nicht vielleicht die Sockelleisten geschrubbt werden müssen? Oder irgendwelche Akten alphabetisch sortiert werden sollten?"

„Vielleicht wird es ja gar nicht so schlimm", tröstete ich ihn. „Versuche einfach, der Sache etwas Positives abzugewinnen."

„Etwas Positives?" Er starrte mich an, als hätte ich den Verstand verloren. „Ich bin so erschöpft, dass ich wahrscheinlich mitten unterm Essen einschlafe. Das wäre vielleicht tatsächlich positiv, oder? Dann müsste ich mir wenigstens nicht die Streitereien der beiden anhören."

„Eher die letzte Notlösung. Dafür gibt's von mir gerade mal fünf von zehn Punkten."

Er verdrehte die Augen über meinen lahmen Witz.

„Okay, lass uns Schluss machen, wir sind beide platt. Von Dr. Bundy kommt heute nichts mehr. Er sagte, Ergebnisse gibt's erst morgen früh. Ab mit dir zu deinem Dinner. Darfst du wenigstens Lupe mitbringen?"

„Erstens würde ich Lupe nie im Leben diese Flavia-und-Reeva-Show zumuten. Und zweitens ist sie so beschäftigt mit ihrer Kolumne, dass ich sie seit der Party nicht mehr zu Gesicht bekommen habe."

„Das erklärt, warum sie hier noch nicht aufgetaucht ist, um sich in die Mordermittlungen einzumischen." Niemand in diesem Ort war schneller über alles im Bilde als Lupe Gomez – na ja, vielleicht mit Ausnahme von Violet.

„Sie hat sich in ihrer Hütte verschanzt, meinte, sie lässt sich sogar das Essen liefern. Ich hab versucht, ihr klarzumachen, wie gut ihr eine Pause täte, aber sie ist völlig besessen davon, diese letzten Artikel so perfekt wie möglich hinzubekommen. Davon verspricht sie sich weitere Jobs."

Ich unterdrückte ein Gähnen. „Sorry, nimm das bitte nicht persönlich. Okay, das war's. Schnapp dir dein Walkie-Talkie, dreh das Schild um, und dann nichts wie raus hier."

Ich musste nicht mal nach Meeka rufen, sie wartete schon an der Hintertür auf mich. Mein Deputy und ich waren nicht die Einzigen, die diesen Tag schnellstmöglich hinter sich bringen wollten.

Kapitel Zwanzig

Es erstaunte mich jedes Mal aufs Neue, dass Meeka ausgerechnet dann die meiste Energie zu haben schien, wenn sie eigentlich völlig erschöpft sein müsste. Vielleicht verfügte sie ja über Akkus, die sich beim Herumrennen selbst wieder aufluden. Jedenfalls hatte ich kaum die Tür zu ihrem Käfig geöffnet, da schoss sie schon, einem weißen Wirbelwind gleich, aus dem SUV und drehte bereits die zweite Runde um den Garten, noch bevor ich überhaupt die rückwärtige Terrasse erreicht hatte.

„Du bist früh dran", stellte Tripp fest, als ich ins Haus kam. „Was aber gut ist, schließlich arbeitest du bereits seit gestern."

„Nein, halb drei in der Nacht zählt offiziell schon als heute."

Die gesamte Kücheninsel war bedeckt mit Zutaten, und etwas Knoblauchhaltiges blubberte in einem Topf auf dem Herd vor sich hin. Oder kam der Duft aus dem Ofen? Wie auch immer, es war ordentlich Knofi im Spiel.

„Was kochst du da gerade? Es riecht himmlisch."

„Da es so kühl ist, dachte ich mir, etwas Warmes und

Herzhaftes wäre genau das Richtige. Wie klingt Spaghetti mit Fleischbällchen und Knoblauchbrot?"

„Das klingt, als würde ich dich lieben."

Wir erstarrten beide und sahen uns an. Seine Augenbrauen schnellten in die Höhe, und ein schiefes Grinsen umspielte seine Lippen. Keiner von uns hatte bislang das L-Wort in den Mund genommen. Bisher hatten wir uns nur gestanden, dass wir einander wirklich mochten. Zwar wusste ich, dass da mehr war – aber Liebe? Dafür war es doch noch zu früh, oder? Immerhin kannten wir uns erst seit gut drei Monaten.

„Entspann dich", sagte er, und sein Grinsen wurde noch breiter. „Du bist ja total erschöpft, das sehe ich dir an. Eigentlich ist es ein Wunder, dass du dich überhaupt noch auf den Beinen halten kannst. Deshalb sehe ich dir die Äußerung für dieses Mal nach."

Gott sei Dank! Nur noch einen Augenblick länger, und die Sache wäre richtig unangenehm geworden. Dankbar für seine Nachsicht beschloss ich, die letzten dreißig Sekunden einfach ungeschehen zu machen. „Spaghetti klingt großartig. Wann ist das Essen denn fertig?"

„Da ich die Nudeln noch nicht aufgesetzt habe, frühestens in fünfzehn Minuten. Oder wie viel Zeit brauchst du?"

„Sag mir zuerst, ob Kyle und Kristina von ihrer Wanderung zurück sind."

„Ja, sind sie, und soviel ich weiß, auch noch hier. Sie wollten aber heute Abend ausgehen, um die frohe Botschaft gebührend zu feiern. Du weißt, was ich meine."

Na endlich wussten alle Bescheid, denn ich hasste es, solche Geheimnisse mit mir herumschleppen zu müssen.

„Wenn ich die beiden noch vor dem Abendessen erwische, kann ich anschließend für heute hoffentlich Feierabend machen. Ich begebe mich mal auf die Suche nach ihnen und lass es dich wissen, sobald ich fertig bin. Dann kannst du die Pasta in den Topf werfen, während ich schnell unter die

Dusche springe. Dazu bin ich nämlich heute früh nicht gekommen."

Er salutierte knapp und drückte mir einen flüchtigen Kuss auf die Lippen, der meine Lebensgeister auf wundersame Weise wiedererweckte. „Dann mal los, Sheriff, widme dich deinen letzten Pflichten."

Gab es einen verständnisvolleren Freund auf diesem Planeten? Wohl kaum. Was war ich doch für ein Glückspilz.

„Komm mit, Meeka."

Sie jedoch warf mir einen Blick zu, der unmissverständlich ausdrückte: *Vergiss es! Tripp kocht. Da könnte etwas für mich abfallen.* Also ließ ich sie bei ihm zurück.

Allein stieg ich die Treppe in den ersten Stock hinauf, bog links ab und ging den Flur entlang bis zu dem mittleren Zimmer an der Rückseite des Gebäudes. Es hatte meinem Vater gehört, als er ein kleiner Junge war, das zweitgrößte im Haus, und bot einen fantastischen Blick auf den See. Am meisten liebte ich die kleine Nische am Fenster. Ich konnte mir richtig gut vorstellen, wie Dad früher stundenlang dort saß, besonders im Winter – mit angezogenen Beinen, vertieft in Bücher über Ägypten, die Pyramiden und alte Mumienflüche.

Selbst hier draußen konnte ich Kyle und Kristina lachen hören. Eigentlich nicht weiter verwunderlich, hatte sich doch ihr größter Wunsch erfüllt und sie wurden Eltern … aber auch nicht ganz so verständlich, wenn man bedachte, dass es gerade einen Todesfall in ihrer Familie gegeben hatte. Ich klopfte an, trat einen Schritt zurück und wartete. Zwei Sekunden später öffnete Kyle die Tür.

„Tut mir leid, dass ich störe", sagte ich. „Klingt so, als hättet ihr da drin eine ziemlich gute Zeit."

Für einen Moment wurde seine Miene ausdruckslos, dann jedoch lächelte er. „Ich nehme an, du hast die guten Neuigkeiten gehört."

„Aber natürlich. Herzlichen Glückwunsch." Auch ich lächelte, doch meine Stimme blieb neutral. „Sorry nochmals wegen der Störung, aber ich warte bereits den ganzen Tag darauf, mit euch beiden sprechen zu können. Es dauert auch nicht lange, denn Tripp hat mir erzählt, dass ihr zur Feier des Tages ausgehen wollt. Soll ich reinkommen oder lieber mit euch nach hinten auf die Terrasse gehen?"

Kyle warf einen Blick über die Schulter ins Zimmer und wandte sich dann wieder mir zu. „Kristina zieht sich gerade um. Sie braucht noch ein paar Minuten. Ich begleite dich schon mal nach unten. Sie kann ja dann nachkommen, wenn sie so weit ist."

Ich schaute an ihm vorbei zu meiner Freundin. „Kristina? Könntest du dazustoßen, sobald du hier fertig bist?"

Sie trat hinter ihren Mann, nur mit einem leichten Morgenmantel bekleidet, und schlang die Arme um seine Taille. Als sie jedoch meinen Gesichtsausdruck sah, erlosch ihr Lächeln.

„Du willst über Nick sprechen, stimmt's? Muss das wirklich heute Abend sein? Das würde uns ein bisschen die Stimmung verderben."

Nie, in all den Jahren, in denen ich sie kannte, war Kristina egoistisch gewesen. Stets hatte sie die Bedürfnisse anderer über ihre eigenen gestellt. Deshalb wussten wir auch von Anfang an, dass sie eine großartige Krankenschwester abgeben würde. So redete ich mir ein, dass ihre Reaktion nur der Freude über das Baby geschuldet war, ansonsten hätte sich die Person, die ich aus dem Studium kannte, in nur fünf relativ kurzen Jahren extrem verändert.

„Es wird nicht lange dauern", wiederholte ich. „Nur ein paar Fragen, und dann könnt ihr gehen."

„Okay." Sie runzelte die Stirn. „Aber es ist ja nicht so, als würden wir noch heute Abend abreisen. Theoretisch könnten wir das auch morgen machen."

Kyle folgte mir die Treppe hinunter und durch den großen Wohnbereich. In der Küche hielt ich kurz inne, um mir ein Glas Wasser zu holen, und bot ihm ebenfalls eines an, das er jedoch ablehnte. Stattdessen redete er in einer Tour über relativ belanglose Dinge, wie erschöpft ich nach so einem langen Tag sein müsse, lobte Tripp für die wunderbaren Düfte, als wir an ihm vorbeigingen, und prahlte mit der fantastischen Wanderung, die er und Kristina unternommen hatten.

Auf der Terrasse angekommen, deutete ich auf den Platz, an dem auch schon die anderen gesessen hatten, nämlich mit dem Rücken zum Haus. Dann schaltete ich die Elektroheizung ein, setzte mich und machte eine große Show daraus, mein Diktiergerät einzuschalten und in den Notizen der früheren Befragungen zu blättern.

„Ihr wart heute ganz schön lange weg", begann ich. „Wo seid ihr gewesen?"

„Wir sind zu den Apostle Islands gefahren. Ein Besuch dort stand schon lange auf unserer To-do-Liste, und da wir hier relativ nah dran sind … "

„Zu den Apostle Islands? Dort am Lake Superior muss es doch eiskalt gewesen sein."

„Eigenartig, aber kaum hatten wir diesen Ort hinter uns gelassen, wurde es deutlich wärmer, und am See selbst hatten wir wunderschönes Wetter. Wir sind am Ufer entlanggewandert und haben in einem charmanten kleinen Burger-Restaurant zu Mittag gegessen."

Die schwarze Wolke, von der Sugar behauptete, sie schwebe über dem Dorf, kam mir wieder in den Sinn. Nach Kyles Bemerkung kribbelte es mir beinahe in den Fingern, den Wetterkanal einzuschalten, um herauszufinden, ob sich dieses Wetterphänomen tatsächlich auf Whispering Pines beschränkte.

„Vielleicht wird es hier ja auch bald wieder wärmer." Genug mit dem oberflächlichen Geplänkel. „Ihr beide seid also allein losgezogen. War das nicht als Paar-Wochenende für euch alle geplant gewesen?"

„Na ja, die Situation ist irgendwie … merkwürdig."

Seine Stimme klang aufgeregt, sein Blick hingegen war ausdruckslos. Kein augenzwinkernder Kommentar darüber, wie viel Spaß es gemacht hatte, schwanger zu werden. Dieses Strahlen, das werdende Väter sonst auszeichnete, fehlte komplett, ebenso wie die Panik, die diejenigen übermannte, die völlig unvorbereitet in die Sache hineinstolperten. Klar, jeder reagierte anders, aber Kyles Haltung war durch und durch nüchtern und sachlich.

„Was meinst du mit merkwürdig?"

„Kristina ist natürlich überglücklich. Wir haben ewig versucht, ein Baby zu bekommen." Er kniff sich in die Nase, als wollte er ein Niesen unterdrücken. „Wie sich herausstellte, hatte sie das ganze Wochenende als einzige große Feier geplant und sich lebhafte, freudige Reaktionen auf ihre frohe Nachricht ausgemalt. Aber aufgrund von Nicks Tod ist es etwas schwierig für uns oder auch die anderen, Begeisterung zu zeigen. Dann hat sie sich heute Morgen auch noch mit Constance gestritten, also dachten wir, ein wenig Abstand könnte nicht schaden."

„Sie haben sich gestritten? Worüber denn?"

„Na ja, Streit ist vielleicht etwas übertrieben. Es war eher eine Art von Frustablassen. Die beiden neigen dazu, sich in Dinge hineinzusteigern, und in letzter Zeit waren sie in ihren eigenen Welten gefangen. Constance war verständlicherweise besorgt wegen Nick und seinen Dramen, und Kristinas Gedanken kreisten nur noch um das Thema Baby." Plötzlich veränderte sich seine Miene und trotz des leeren Blicks umspielte ein kaum merkliches Lächeln seine Lippen. „Sie hat mich deswegen ganz schön rangenommen, wenn du verstehst, was ich meine."

Da war sie also endlich, die anzügliche Bemerkung, auf die ich gewartet hatte, und doch klang sie eher halbherzig und wie aus Pflichtgefühl.

Ich sah ihm fest in die Augen. „Ich glaube, ich weiß, was

du meinst. Apropos Nick – was kannst du mir über ihn erzählen?"

Er antwortete nicht sofort, als wartete er darauf, dass ich das Thema genauer vorgab. Als von mir nichts weiter kam, meinte er: „Ich kann dir so einiges erzählen. Immerhin kannte ich ihn seit … wie lange genau? Fast sieben Jahre."

Er wusste natürlich, worauf ich hinauswollte, aber gut, wenn er wollte, dass ich die Führung übernahm … „Mir ist aufgefallen, dass zwischen euch von Anfang an, kaum dass ihr hier ankamt, spürbare Spannung herrschte. War eure Beziehung schon immer so schwierig?"

„Schon immer? Nein. Ich würde uns zwar nicht als Kumpel bezeichnen, denn wir haben nie zusammen abgehangen oder uns gemeinsam Spiele angeschaut oder so. Aber es war auch nicht so, dass es jedes Mal, wenn wir aufeinandertrafen, Krieg gab." Er hielt inne, als würde er darauf warten, dass ich mir den Rest selbst zusammenreimte. Als ich schwieg, fügte er hinzu: „Nur weil er mit meiner Schwägerin verheiratet war, hieß das nicht, dass wir Freunde sein mussten. Ich weiß nicht, was ich da noch groß dazu sagen soll."

Ich blätterte zurück zu den Notizen aus Jeremys Befragung. „Alle sind der Meinung, dass Nick erst angefangen hat, Frauen zu belästigen, nachdem er vor einem halben Jahr seinen Job verlor. Was hältst du von dieser Aussage?"

„Das würde ich auch so sehen."

„Warum glaubst du, hat er auf diese Weise auf den Verlust seines Arbeitsplatzes reagiert?"

Kyle lehnte sich zurück, legte die Arme lässig über die Rückenlehne des Sofas und schlug entspannt das rechte Bein über das linke. „Nick war geradezu lächerlich stolz auf seine Position in der Firma. Constance und er haben keine Kinder, nicht mal ein Haustier, also war der Job sein Ein und Alles. Und er muss gut darin gewesen sein, denn er verdiente ein kleines

Vermögen und genoss hohes Ansehen. Ich weiß natürlich nicht, was in seinem Kopf vorging, aber ich kann nachvollziehen, wie hart ihn das getroffen haben muss. Ab dem Moment, als die Frau ihn der Belästigung beschuldigte, ging's mit ihm rapide bergab."

„Lass uns über das gestrige Frühstück sprechen. Da hat er einige ziemlich unverschämte Dinge gesagt, sowohl über deine Frau als auch direkt zu ihr."

Kyle nahm die Arme wieder von der Rückenlehne und legte die Hände in den Schoß. „Er wusste wirklich, wie man Leute provoziert, oder? Keine Ahnung, was das eigentlich sollte. Kristina war wohl das leichteste Opfer. Constance ließ sich seinen Mist schon seit Monaten nicht mehr gefallen. Alicia anzumachen, hätte ihm keine Genugtuung verschafft, denn die Frau ist eine Heilige. Außerdem hätte Derek ihm in diesem Fall ordentlich eine verpasst."

„Du hast Kristina aber auch vehement verteidigt."

Erneut erreichte das Lächeln nicht seine Augen. „Danke."

Ich hatte diese Bemerkung eher als Beobachtung denn als Kompliment gemeint. So oder so, es war nicht die Reaktion, die ich erwartet hatte, und Kyle schien das zu spüren.

„Das würde doch jeder anständige Mann tun, oder? Schließlich ist sie meine Frau – da steh ich natürlich für sie ein." Seine Nasenflügel bebten leicht und er rieb sich erneut die Nase, doch seine Miene blieb dabei völlig ausdruckslos.

„Gerade eben hast du gesagt, Constance ließ sich seinen Mist schon seit Monaten nicht mehr gefallen. Was genau meintest du damit? War er ihr gegenüber gewalttätig? Hat er sie missbraucht? Wie war ihre Beziehung, seit er seinen Job verlor?"

„Wenn du wissen willst, ob er sie geschlagen hat – das kann ich nicht sagen. Das müsstest du Kristina fragen. Mir gegenüber hat sie jedenfalls nie etwas in der Richtung erwähnt." Er schien kurz zu überlegen. „Missbrauch muss ja nicht unbedingt körperlich sein, oder? Er war eindeutig verbal übergriffig und hat sie ziemlich respektlos behandelt. Und wie es um ihre Beziehung stand, da bin ich ebenfalls überfragt. Ich hab die beiden in den letzten Monaten kaum gesehen, nehme aber stark an, dass es zu Hause nicht gerade harmonisch ablief. Man hat es ihm ja angemerkt – und nicht nur ich, die anderen Jungs wahrscheinlich ebenfalls –, wie schwer er damit klarkam, dass Constance das Geld verdiente. Und nicht gerade wenig."

„Die *Jungs*? Ich frage nur aus reiner Neugier: Meintest du das jetzt wörtlich und hast bewusst die Frauen ausgeklammert?"

Sein Blick verengte sich. „Ja, ich meinte es wörtlich. Für uns Männer – für *die meisten* jedenfalls – bedeuten Beruf und Karriere eben alles. Wir sind darauf programmiert, der Versorger der Familie zu sein."

Erneut rief ich mir ins Gedächtnis, dass ich nicht hier war, um Charakterurteile zu fällen. Meine Aufgabe war es, Informationen zu sammeln, und jetzt war nicht der richtige Zeitpunkt, um über Genetik versus Sexismus zu diskutieren.

Ich tippte mit dem Stift auf mein Notizbuch, als hätte ich mich gerade wieder an etwas erinnert, das ich noch ansprechen wollte. „Kommen wir noch einmal auf das Thema Nick und deine Frau zurück."

Kyle wechselte sofort die Position und schlug das linke Bein über das rechte.

„Mir ist da etwas aufgefallen", fuhr ich fort. „Kristina hat sich gestern früh von Nicks bösartigen Kommentaren nicht aus der Ruhe bringen lassen. Sie erschien überhaupt nicht gekränkt, hat kaum etwas darauf erwidert und sich stattdessen ganz auf ihr Essen konzentriert."

Statt zu antworten, mahlte Kyle nur mit dem Kiefer. Andererseits hatte ich ihm auch keine direkte Frage gestellt.

„Du kennst deine Frau besser als ich. Was glaubst du, was sie in dem Moment gefühlt hat?"

Er stellte nun auch den zweiten Fuß ab, beugte sich vor und stützte die Ellbogen auf die Knie. In meinen Augen glich das fast einer angriffslustigen Haltung, und ich machte mir eine entsprechende Notiz.

„Kristina wird leicht verlegen und hasst es, im Mittelpunkt zu stehen. Wenn ich raten müsste, würde ich sagen, sie versuchte, sich unscheinbar zu machen. Das ist typisch für sie."

„Ach, tatsächlich?", entgegnete ich. „Diesen Wesenszug kenne ich nicht an ihr. Aber glaubst du, dass sie vielleicht wütend war wegen Nicks abfälliger Bemerkungen?"

„Darauf würde ich wetten. Wärst du das nicht ebenfalls, wenn man dich als Schlampe bezeichnet?"

„Aber nicht wütend genug, um zurückzuschlagen?"

Dieses Mal lachte er überrascht. „Kristina und zurückschlagen? Sie hat ein Gelübde abgelegt, Menschen zu heilen. Natürlich nicht so, wie es für Ärzte gilt, aber trotzdem: Meine Frau ist eine überzeugte Pazifistin. Jemanden zu verletzen, geschweige denn zu töten, käme ihr nie in den Sinn."

„Weißt du, wo sie sich letzte Nacht aufhielt, als Nick Halpern starb?"

Er faltete die Hände über seinem Bauch. „Worauf genau spielst du an?"

„Ich stelle lediglich eine einfache Frage. Muss ich sie wiederholen?"

Erneut kniff er die Augen zusammen, bevor er antwortete. „Sie lag neben mir im Bett."

„Die ganze Nacht?"

„Woher soll ich wissen, was sie treibt, wenn ich tief und fest schlafe? Aber soweit ich weiß, ja."

„Und du? Wo …?"

Bevor ich meine Frage beenden konnte, flog die Terrassentür auf.

Kapitel Einundzwanzig

KRISTINA HATTE SICH MÄCHTIG IN SCHALE GEWORFEN. SIE trug ein beerenfarbenes, mit Pailletten besticktes Neckholder-Kleid, das ihr bis zum Knie reichte, und dazu passende silberne Stilettos.

„Bitte entschuldigt, es hat ein bisschen länger gedauert als geplant." Sie stellte ein Glas Wasser auf den Tisch vor uns, ließ sich neben ihrem Mann auf das Zweisitzer-Sofa sinken und bedachte ihn mit einem liebevollen Lächeln. „Ich wollte heute Abend einfach besonders hübsch aussehen."

„Ich nehme an, dass ich damit entlassen bin, oder?" Kyle deutete nach oben in Richtung ihres Zimmers und rieb sich erneut die Nase. „Wäre es in Ordnung, wenn ich mich jetzt ebenfalls für das Date mit meiner Frau fertig mache?"

„Hast du irgendeine Allergie, Kyle?" Ich tippte mir an die Nase, und er wiederholte die Geste, was mich an Reeds Kinn-Trick erinnerte. Irgendwie amüsant. „Entschuldige die Frage, aber mir ist aufgefallen, dass du dir ziemlich oft die Nase reibst."

Sichtlich irritiert ob meiner Bemerkung runzelte er die Stirn. „Ja, manchmal im Frühling. Möglicherweise bin ich auf unserer Wanderung mit etwas in Berührung gekommen, das meine Schleimhäute gereizt hat."

Oder er log wie gedruckt. Es hatte schon seinen Grund, warum bei Pinocchio ausgerechnet die Nase wuchs, wenn er schwindelte, und nicht irgendein anderes Körperteil.

„Du solltest mal beim Heilzentrum oder im *Shoppe Mystique* vorbeischauen. Bei einem von beiden bekommst du bestimmt etwas, das deine Beschwerden lindert."

Er deutete erneut nach oben. „Sind wir hier fertig?"

„Das sind wir", entgegnete ich. „Und ich weiß ja, wo ich dich finde, falls ich doch noch Fragen haben sollte."

Bevor ich noch etwas sagen konnte, war er schon im Haus verschwunden.

Ich stoppte das Aufnahmegerät, speicherte Kyles Datei und schaltete es dann wieder ein, um auch Kristinas Schilderungen aufzuzeichnen. „Klingt, als hättet ihr einen schönen Tag gehabt."

Sie erzählte mir im Grunde dasselbe wie ihr Mann, nur deutlich detaillierter: die Wärme der Sonne auf ihrem Gesicht, die Schönheit der Apostle Islands, der salzige Geruch des Lake Superior, die Saftigkeit ihres Burgers.

„Ich glaube, die Schwangerschaftshormone schärfen meine Sinne." Sie rieb sich den Unterleib, obwohl noch nicht einmal der Ansatz eines Babybauchs zu sehen war.

„Dieser Tag auf den Inseln, war das deiner Meinung nach die richtige Wahl, nachdem du vom Tod deines Schwagers erfahren hast?"

Das Lächeln auf ihrem hübschen Gesicht gefror. „Constance wollte mich nicht um sich haben. Wir hatten einen Streit, und so beschloss ich, sie erst einmal in Ruhe zu lassen."

„Darf ich ehrlich sein, Kristina? Du scheinst von seinem Ableben nicht so betroffen zu sein, wie ich es erwartet hätte."

Ihre Schultern sackten herab, und die Leichtigkeit, die sie bis eben noch ausgestrahlt hatte, fiel von ihr ab … Als hätte sie die Fröhlichkeit wie ein zu grelles Kleid abgestreift und stattdessen Trauer übergezogen. Plötzlich wirkte sie kleiner, fast so, als wolle sie, wie Kyle es beschrieben hatte, einfach unsichtbar werden.

„Natürlich ist Nicks Tod eine schreckliche Sache, aber du verstehst das nicht. In den letzten sechs Monaten ist Constance mit ihm durch die Hölle gegangen." Sie starrte auf ihre zarten, im Schoß gefalteten Hände. „Ich habe versucht, ihr zu helfen, indem ich für ihn da war."

„Was meinst du mit *für ihn da war*?"

„Ich schätze, weil wir beide Krankenschwestern sind, haben wir ihn fast wie einen Patienten behandelt, der häusliche Pflege benötigt. Wir haben uns abgewechselt, einer von uns war immer bei ihm. Wenn sie eine Pause brauchte, sprang eben ich ein. Ich weiß nicht, wie ich das besser beschreiben soll."

„Das klingt sehr klinisch. Was genau hast du denn für ihn getan?"

„Körperliche oder medizinische Hilfe brauchte er ja nicht, also habe ich ihm in erster Linie zugehört. Viel gesprochen hat er eigentlich auch nicht, Männer tun das ja selten. Aber wenn er reden wollte, war ich da. Manchmal hat er einfach nur geschimpft und sich in Rage geredet."

„Worüber war er denn wütend, abgesehen von der offensichtlichen Anschuldigung gegen ihn?"

„Na ja, es ging um mehr als nur die eine."

„Willst du damit andeuten, es gab noch weitere Vorwürfe wegen Belästigung?"

„Genau. Allerdings hat er geschworen, er hätte sich nichts zuschulden kommen lassen, und ich habe ihm geglaubt. Er meinte, das sei so ein Mitläufer-Phänomen – Karrierefrauen, die sich zu profilieren versuchten, indem sie einen anständigen Mann zu Fall brachten."

Möglicherweise. Oder vielleicht war Kristina selbst, ohne

es zu wollen, auf Nicks Zug aufgesprungen? Es gab immer mindestens zwei Seiten einer Geschichte.

„Was hat ihn sonst noch wütend gemacht?"

„Beispielsweise die Tatsache, dass er nicht einmal mehr zu einem Vorstellungsgespräch eingeladen wurde, geschweige denn einen neuen Job bekam. Und dass Constance ständig arbeitete, das war auch ein großes Thema." Sie presste die Lippen aufeinander und starrte hinaus auf den See. „Er wünschte sich einfach nur Aufmerksamkeit. Nicht wie ein kleines Kind, das nach seiner Mama ruft, sondern eher wie jemand, der sich ein bisschen Zeit von seinem Partner erhofft."

Sie wurde still und schien für einen Moment tatsächlich fast zu verschwinden.

„Glaubst du, er war neidisch auf ihre Beförderung?"

Sie nickte, als hätte sie genau mit dieser Frage gerechnet. „Seine Karriere bedeutete ihm alles. Du musst verstehen, wie sehr ein Mann wie Nick unter dem Verlust seines Jobs gelitten haben muss. Er hat den Laden quasi allein geschmissen. Ich könnte mir vorstellen, für ihn war das wie eine Art Machtkick." Sie lächelte. „Für Kyle bedeutet sein Job in etwa dasselbe, nur eben im kleineren Rahmen."

„Kyle betreibt einen Sportclub, oder?"

„Nicht ganz. Er verwaltet die Finanzen für eine Kette von Kampfsportstudios. Er liebt diese Arbeit … Manchmal vielleicht ein bisschen zu sehr."

Wir kamen vom Thema ab, und ich wurde von Minute zu Minute müder. „Kristina, wurde Nick jemals gewalttätig? Constance oder auch dir gegenüber? Ich habe sie das vorhin ebenfalls gefragt, und sie hat es mit Nachdruck verneint."

Sie sah mich an, als hätte ich gerade behauptet, die Erde sei eine Scheibe. Zum ersten Mal seit Beginn unseres Gesprächs wurde sie emotional, und diesmal ging es nicht um ihre Schwangerschaft. „Du glaubst, dass Nick ermordet wurde? Und dass Constance ihn umgebracht hat?"

Ich gab mir alle Mühe, ruhig zu bleiben, während sich ihre Gefühle immer weiter hochschaukelten. „Das habe ich nicht gesagt."

„Aber angedeutet. Nein, Jayne … oder sollte ich besser sagen, Sheriff O'Shea?" Sie funkelte mich böse an. „Ich kann dir mit absoluter Gewissheit versichern, dass meine Schwester ihren Mann nicht getötet hat."

Vielleicht hätte ich dieses Verhör doch besser Reed überlassen. Diese Fragen von ihm zu hören, wäre schwierig für sie gewesen, von mir hingegen glichen sie einer Beleidigung.

„Ob du es glaubst oder nicht, Kristina, auch mir fällt es nicht leicht, derartige Dinge anzusprechen."

Sie starrte mich weiterhin an, dann atmete sie tief durch und schob damit einen Teil ihrer Wut beiseite. „Ehrlich gesagt, ich habe mir schon ein wenig Sorgen um ihre Sicherheit gemacht, aber ich hatte nie den Eindruck, dass sie mit dem Gedanken spielte, ihm das Leben zu nehmen."

Mit einem Mal verstummte sie und wurde blass.

„Dir ist gerade etwas eingefallen, oder? Was?"

„Constance ist einem Schützenverein beigetreten."

Plötzlich war ich wieder hellwach. „Wie bitte? Wann?"

„Letztes Jahr, lange bevor Nicks Probleme anfingen. Sie hatte sich einer Gruppe von sechs oder acht Krankenschwestern angeschlossen. Mir erklärte sie, sie mache das nur, um unter Leute zu kommen, aber den meisten anderen ging es offensichtlich um Sicherheit. Viele fühlten sich abends einfach nicht wohl, wenn sie allein zu ihren Autos oder zur Bushaltestelle in der Stadt laufen mussten."

„Besitzt sie eine Waffe?"

„Ich erinnere mich, dass sie einmal erwähnte, sich einen Waffenschein für das verdeckte Tragen besorgen zu wollen. Sie meinte, offenes Tragen fände sie falsch, weil das gegen ihre Ethik als Krankenschwester verstoße. Ob sie den Schein am Ende wirklich gemacht hat, weiß ich nicht."

Ich ließ ihr einen Moment Zeit, das Gesagte zu verarbeiten. „Jetzt, wo dir das wieder eingefallen ist – bist du dir nach wie vor sicher, dass deine Schwester nicht für den Tod ihres Mannes verantwortlich ist?"

Sie straffte die Schultern. „Ja, bin ich. Bis die Autopsie ergibt, dass Nick erschossen wurde und Constances Waffe mit dem ballistischen Gutachten übereinstimmt, glaube ich nicht, dass sie etwas damit zu tun hat."

„Das ist eine sehr klare Aussage." Ich lächelte, um die Spannung zwischen uns ein wenig zu lösen. „Kristina, ich muss dich etwas fragen, das vielleicht etwas unangenehm ist."

„Unangenehmer, als dass du andeutest, meine Schwester wäre eine Mörderin und mir wäre der Tod eines Mannes egal?" Sie zog die Augenbrauen hoch und warf mir einen durchdringenden Blick zu, entspannte sich dann aber. „Okay. Was willst du wissen?"

„Gestern Morgen hat Nick ein paar Anspielungen über dich und ihn gemacht. Ich hätte es einfach als vulgär abgetan, zumal alle sagen, er sei schon seit Monaten so unverschämt gewesen, aber Kyle schien sich darüber besonders aufzuregen." Ich hielt inne und sammelte all meinen Mut zusammen, um fortzufahren. „Ist an dem, was Nick gesagt hat, irgendetwas dran?"

Sie starrte mich an, bis ihr schlagartig klar wurde, worauf meine zugegebenermaßen vage Frage abzielte. Dann sprang sie auf. „Du glaubst, ich hätte eine Aff…"

„Bitte setz dich wieder. Ich habe es dir doch gerade zu erklären versucht. Es geht um eine mögliche Mordermittlung, und gewisse Fragen lassen sich leider nicht vermeiden. Es soll jedoch nicht bedeuten, dass ich dir etwas unterstelle."

Vor Wut bebend ließ sie sich zurück auf das Sofa sinken. „Diese war absolut überflüssig. Du kennst mich doch." Sie nahm einen langen Schluck aus ihrem Wasserglas. Ob sie den brauchte, um sich zu beruhigen, oder ob sie einfach nur Zeit schinden wollte, konnte ich nicht wirklich sagen. „Sei versichert, dass zwischen Nick Halpern und mir nie etwas gelaufen ist. Immerhin war er der Ehemann meiner Schwester. Schon allein der Gedanke daran – o Gott." Sie presste die Hand auf den Mund, als müsse sie sich übergeben.

„Alles in Ordnung? Du bist ein wenig blass um die Nase."

Sie lehnte sich mit geschlossenen Augen zurück und atmete ein paar Mal tief durch. „Das muss so eine abendliche Variante von Morgenübelkeit sein." Dann öffnete sie ein Auge und sah mich an. „Glaubst du, ein plötzlicher Wutanfall kann Übelkeit auslösen?"

„Keine Ahnung, du bist die Krankenschwester." Ich gab ihr noch eine Minute, damit sich ihr Magen beruhigen konnte. „Nur noch ein paar abschließende Fragen, dann sind wir hier fertig. Schaffst du das, oder kotzt du mir gleich in einen meiner Blumenkübel?"

Sie holte noch einmal tief Luft und schüttelte den Kopf. „Es geht schon wieder. Frag, was du fragen musst, damit ich mit meinem Mann zu Abend essen kann."

„Weißt du, wo Kyle in der Nacht war, in der Nick starb?"

Ihr Kopf fiel zurück. „O Himmel. War ja klar, dass das auch noch kommen musste. Bei mir natürlich. Er war genauso geschockt und überrascht über meine Schwangerschaft wie ich. Immerhin hatten wir es so lange versucht. Wir haben die ganze Nacht über fast nichts anderes gesprochen." Ein amüsiertes Lächeln huschte über ihr Gesicht. „Er stellte mir gefühlt eine Million Fragen, es war so süß … Wie weit ich bin? Wann der Geburtstermin ist? Wann ich schwanger geworden bin? Wie es mir geht? Eben das ganze Standardprogramm, wenn man ein Kind erwartet. Jedenfalls haben wir es dann heute Morgen, kurz bevor wir losgefahren sind, allen anderen erzählt, und sie freuen sich riesig für uns. Wir hatten sogar für heute den Plan gefasst, in euren Zirkus zu gehen. Es ist doch ein Zirkus, den ihr hier habt, oder?"

„Richtig."

„Ich schätze, du kannst nachvollziehen, warum heute

keiner mehr Lust darauf hatte. Wie nennt man einen Zirkus noch gleich? Den glücklichsten Ort auf Erden? Oder bezieht sich das auf Disney World?"

„Also war Kyle die ganze Nacht bei dir, und du bist dir auch sicher, dass Constance nichts damit zu tun hat. Glaubst du, dass jemand anderes aus eurer Gruppe Nick etwas angetan haben könnte?"

„Nein, denn keiner von ihnen hatte viel mit ihm zu tun. Man bringt doch keinen um, nur weil der sich mies benimmt und blöd daherredet – vor allem nicht, wenn man ihn kaum kennt. Dafür müsste man schon ein extrem aufbrausendes Temperament haben, und so etwas habe ich bei keinem in unserer Runde je erlebt."

Ich blätterte noch einmal durch meine Notizen, um sicherzugehen, dass ich nichts vergessen hatte. „Ich denke, das war alles. Danke für deine Zeit und entschuldige nochmals, falls dich einige meiner Fragen verletzt haben sollten."

Kristina stand auf und breitete die Arme aus, um mich an sich zu ziehen. „Ich weiß doch, dass du nur deinen Job machst. Und du bist ein verdammt guter Sheriff."

„Danke. Und falls ich es noch nicht gesagt haben sollte – herzlichen Glückwunsch zum Nachwuchs."

Sie hüpfte mit mir im Arm auf und ab und quietschte vor Freude. „Ist das nicht unglaublich? Ehrlich, ich hatte die Hoffnung schon aufgegeben, dass es jemals klappen würde. Es ist wie ein Wunder."

Kapitel Zweiundzwanzig

KRISTINA SCHWEBTE FÖRMLICH DURCHS HAUS UND DIE TREPPE hinauf, um Kyle wissen zu lassen, dass sie bereit zum Aufbruch war. Kurz fragte ich mich, was der Rest der Truppe an diesem Abend wohl vorhatte. Hatten die werdenden Eltern überhaupt daran gedacht, die anderen einzuladen, sich ihnen anzuschließen? Oder waren sie so in ihr eigenes Glück vertieft, dass für sie sonst nichts mehr zählte?

Ich trat durch die Flügeltüren ins Wohnzimmer und sah, wie Tripp gerade Salate für unser Spaghetti-Abendessen vorbereitete.

„Jetzt habe ich offiziell Feierabend", verkündete ich. „Außer natürlich, es passiert noch ein Notfall."

„Verschrei es nicht", tadelte er mich. „Und selbst wenn, solltest du dich besser nicht darum kümmern, so erledigt wie du bist."

„Du kannst schon mal die Nudeln aufsetzen." Ich deutete in Richtung Bootshaus. „Ich gehe nur schnell duschen und ziehe mir etwas Weites und Bequemes an."

Tripp gab ein anzügliches Brummen von sich. „Sexy. Wenn du Glück hast, lass ich dich sogar essen."

Hitze breitete sich in meinem Bauch aus, und schon

öffnete ich den Mund, um eine ebenso freche Antwort zu geben, entschied mich dann aber dagegen und machte mich auf in Richtung meiner Wohnung.

Meeka trottete mir hinterher. Auch sie wirkte inzwischen ganz schön geschafft, denn als sie die Stufen zum Bootshaus hinaufstieg, sah es fast so aus, als würde sie den Mount Everest erklimmen. Ich füllte ihren Futternapf und gab ihr frisches Wasser, dann stellte ich mich unter den warmen Strahl meiner Massagedüse.

Aber so sehr ich es auch versuchte – und ich versuchte es wirklich –, ich konnte nicht aufhören, an diesen Fall zu denken. Kyle und Kristina hatten sich für die fragliche Nacht gegenseitig ein Alibi gegeben. Kristina war absolut sicher, dass Constance ihren tyrannischen Ehemann nicht umgebracht hatte. Und was die anderen aus der Gruppe anbelangte, die Nick eh kaum kannten, gab es keinen Grund zur Annahme, dass einer von ihnen etwas getan hatte.

Mit den Händen an der Duschwand abgestützt, schloss ich die Augen und ließ den harten Strahl auf meinen verspannten und schmerzenden Nacken prasseln. Außerdem: Warum hätte ein beliebiger Dorfbewohner oder ein Tourist Nick töten sollen? Ja, er war schroff, beleidigend, für manche geradezu unerträglich gewesen, aber Menschen wie ihn gab es überall, und die wurden schließlich auch nicht einfach von Fremden auf der Straße umgelegt.

Eine nicht ganz auszuschließende Möglichkeit wäre noch, dass Nick für jemanden das sprichwörtliche Fass zum Überlaufen gebracht hatte. Vielleicht war diese Person zuvor gemobbt oder in den sozialen Medien beschimpft worden – dort, wo Menschen sich hinter dem vermeintlichen Schutzmantel der Anonymität und Distanz des Cyberspace zu den übelsten Dingen hinreißen ließen. Vielleicht war sie auch im echten Leben schikaniert worden. Vielleicht war es schlichtweg Pech oder schlechtes Karma, wie die Wicca sagen würden, und Nick hatte sich ausgerechnet die falsche Person als Ziel seiner Belästigungen ausgesucht. Möglicherweise war sie nach Whispering Pines gekommen, diesem sicheren, toleranten Örtchen, in der Hoffnung, der Misere ihres bisherigen Lebens zu entkommen. Und dann war da dieser Fremde, ein auf den ersten Blick ganz gewöhnlicher Mann, der sich Frauen gegenüber alles herausnahm. Falsch, nicht nur Frauen, schließlich hatte er sich auch mit Männern angelegt.

Es war jedenfalls wahrscheinlicher, dass der Täter ihn gekannt hatte, als dass es ein zufälliger Fremder gewesen war. So oder so … „Geschieht ihm recht."

Erschrocken schlug ich mir die Hand vor den Mund. So wie Kristina betont hatte, dass Töten mit den Prinzipien ihres Berufs unvereinbar sei, war es genauso verstörend, wenn ich als Polizistin mir heimlich Selbstjustiz wünschte. Ich brauchte dringend Schlaf.

Als das Wasser kühl zu werden begann, drehte ich es ab und stieg aus der Dusche. In dem Wissen, dass Tripp draußen auf mich wartete, nahm ich mir ein paar Minuten mehr Zeit, um meine Haare zu föhnen, statt sie einfach an der Luft trocknen zu lassen. Gerade als mir auffiel, wie dringend ich mal wieder einen richtigen Schnitt nötig hatte, meldete sich die Jayne im Spiegel zu Wort – der zweitnervigste Mensch in meinem Leben, gleich nach Flavia.

Weißt du, es ist durchaus möglich, dass Nick tatsächlich von einem Auto erfasst wurde. Warum hast du dieses Bedürfnis, in einem Fall die Heldin zu spielen, den du noch nicht einmal wirklich durchschaust? Hör auf Briar und Dr. B und schalte zumindest für heute Nacht einfach mal ab.

„Ich nenne das präventives Ermitteln. Was, wenn es doch Mord war und der Täter sich noch im Dorf aufhält? Wenn ich nicht anfange, Fragen zu stellen, wie soll ich ihn dann finden?"

Kaum hatte ich die Worte ausgesprochen, wurde mir noch klarer, wie unwahrscheinlich es war, dass ein Fremder involviert war. Wenn es Mord war, musste es jemand gewesen sein, den er kannte.

„Was habe ich übersehen?"

Deinen gesunden Menschenverstand, zum Beispiel? Vorrangig: alle Fakten. Mach jetzt Schluss für heute und warte auf den Autopsiebericht. Genieße das Abendessen mit deinem Freund. Und zieh dir gefälligst etwas an, das sexy ist, verdammt noch mal. Das Letzte, was er sehen will, bist du in einem labberigen T-Shirt und ausgebeulten Jogginghosen.

Die Jayne im Spiegel hatte keinen Schimmer von Polizeiarbeit, aber was das Thema Männer anbelangte, so musste ich zugeben, hatte sie ein paar gute Argumente auf Lager.

Als ich aus dem Badezimmer kam, hörte ich Meeka auf ihrem Hundekissen leise schnarchen. Die arme Maus. Auch sie war nicht an Weckrufe um halb drei morgens gewöhnt.

Statt des bequemen, zwei Nummern zu großen Outfits, mit dem ich eigentlich gedroht hatte, schlüpfte ich also in eine Leggings und ein Tanktop. Dann warf ich mir einen Kuschelpulli locker über die Schultern und holte noch ein paar grobe Wollsocken aus der Schublade meiner Kommode.

Draußen hatte Tripp das Sonnendeck in ein romantisches kleines Bistro verwandelt. Rund um das Geländer waren Lichterketten gespannt, und in der Mitte des großen, quadratischen Couchtischs knisterte ein behagliches Feuer in dem kleinen Gaskamin.

„Wann bitte hattest du denn Zeit, das alles herzurichten?", fragte ich und fügte noch hinzu: „Wie lange war ich eigentlich unter der Dusche?"

Er lachte, zog mich an sich und fuhr mit den Händen unter meinem Pullover langsam meinen Rücken auf und ab. „Die Lichter habe ich bereits heute Nachmittag aufgehängt und einfach darauf gehofft, dass du sie erst bemerkst, wenn ich sie einschalte."

Er führte mich zu dem Sofa mit Blick auf den See. Dort wartete ein perfekt angerichtetes Spaghetti-Dinner mit

Knoblauchbrot und Salat auf mich. Er bedeutete mir, mich zu setzen, legte mir eine kuschelige Decke über die Beine und reichte mir ein Glas Wein.

„Wein?", fragte ich erstaunt. „Den trinken wir doch sonst nie."

„Ich habe dir doch gesagt, dass ich anfangen werde, mich damit zu beschäftigen. Ich war heute Nachmittag extra bei *Sundry*, und wie sich herausstellte, ist einer der Verkäufer ein wahrer Weinkenner. Wer hätte das gedacht?"

Eigentlich mochte ich Wein überhaupt nicht, aber weil er so stolz auf sich war, verkniff ich mir die Bemerkung. Stattdessen nahm ich einen Schluck, überlegte mir schon eine freundliche Notlüge ... und stellte überrascht fest, dass die gar nicht nötig war.

„Der ist echt gut."

„Du klingst überrascht."

„Na ja, um ehrlich zu sein, hat mir bisher noch kein Wein wirklich geschmeckt."

„Deshalb hat der Typ auch vorgeschlagen, erst einmal mit einer halbtrockenen Sorte zu beginnen. Das ist ein Zinfandel. Der passt normalerweise nicht zu Pasta, aber dafür gut zu rotem Fleisch – und das ist ja in der Soße drin."

Ich war so beeindruckt von der kleinen Lektion, dass ich gar nicht sofort antworten konnte. Stattdessen lehnte ich mich zurück, genoss mein Glas Zinfandel und ließ zu, dass mein Freund die diversen Schüsseln und Schalen abdeckte und mich mal wieder nach Strich und Faden verwöhnte.

Wir hatten uns gerade mal eine Woche gekannt, da war Tripp schon bereit für eine Beziehung gewesen. Bei mir ging das definitiv nicht so schnell, aber warum ich so lange gezögert hatte, wusste ich selbst nicht. Doch, ich wusste es: Ich hatte Angst, zurückgewiesen zu werden, davor, von jemandem, der mir wichtig war, kontrolliert zu werden, und davor, ihn eines Tages wieder zu verlieren. Egal, wie gut es zwischen uns auch lief und wie perfekt alles schien – lieber wollte ich seine Freundin bleiben und niemals erfahren, wie es wäre, ihn wirklich zu lieben, als ihn nicht mehr an meiner Seite zu haben.

Briars Worte hallten laut in meinem Kopf wider. *Hör auf, Tripp mit Jonah zu vergleichen. Du lebst immer entweder in der Vergangenheit oder in der Zukunft, aber nie im Hier und Jetzt.*

Mit beiden Tellern in der Hand gesellte sich Tripp zu mir unter die Decke. Zwischen dem leise knisternden Feuer, dem überraschend guten Wein und der Wärme, die von unseren Körpern ausging, fühlte ich mich rundum geborgen und zufrieden.

„O mein Gott." Ich hielt mir die Hand vor den Mund und schluckte den Bissen Fleischbällchen herunter. „Das schmeckt ja fantastisch. Gibt es eigentlich irgendwas, was du nicht kochen oder backen kannst?"

„Haferkekse", entgegnete er mit ernster Miene und fast ein wenig schuldbewusst. „Ich habe es schon dutzende Male versucht, und sie werden immer flach wie ein Crêpe und viel zu hart."

Während wir aßen, unterhielten wir uns über die Erfolge seines Tages. Das Frühstück war wieder gut angekommen, trotz der eher gedämpften Stimmung der Gäste. Dass Arden oder Holly bereits am Vortag den Speisesaal hergerichtet hatten, war die beste Idee schlechthin gewesen. Das einzig Negative, das er erwähnte, war, dass er nicht so wahnsinnig beschäftigt war wie erwartet.

„Das ist eine schlechte Sache?", fragte ich erstaunt. „Nach heute würde ich alles für einen ruhigen Tag geben."

„Du weißt, was ich meine. Wir hatten mit einem vollen Haus gerechnet."

„Tripp, es ist das Eröffnungswochenende. Angesichts des Zeitdrucks, unter dem wir standen, um den Laden fertig zu kriegen, bin ich begeistert, dass fünf der sieben Zimmer gebucht wurden." Ich musste Moms Spruch, dass siebzig Prozent Erfolg auch immer dreißig Prozent Misserfolg bedeuteten, aus meinem Kopf verdrängen. Blieb zu hoffen, dass wir bald das Schild *Voll belegt* aushängen könnten. „Ich kann dir gar nicht sagen, wie viele Leute mich heute auf der Patrouille im Dorf angesprochen haben. Alle wollen sich bei uns einmieten. Mach dir keine Sorgen, bald haben wir eine Warteliste von sechs Monaten, und du wirst dir eine Auszeit herbeisehnen."

Er gab mir einen Kuss auf die Stirn. „Du hast natürlich recht. Aber ich habe das Gefühl, all die Gelegenheitsjobs, die ich auf meinen Reisen durch das Land gemacht habe, haben mich genau hierauf vorbereitet. Ein Bed and Breakfast zu führen, ist einfach mein Traum, und du bist genau die Person, mit der ich ihn Wirklichkeit werden lassen möchte."

Er stellte unsere Teller und die Weingläser auf den Tisch, zog mich auf seinen Schoß und küsste mich ausgiebig und voller Hingabe. Wie so oft wurde es schnell heiß zwischen uns, und so löste ich mich mit einem Lächeln aus seinem Griff.

„Ich hab es dir doch gesagt", murmelte er mit heiser-verführerischer Stimme, „dass ich es dir nicht leicht machen werde."

„Willst du damit andeuten, dass es für dich leicht ist?"

Ich lachte über seinen Gesichtsausdruck, der dem deutlich widersprach, kuschelte mich in seine Arme und genoss die kühle Nachtluft, die allerdings für einen Spätsommerabend ungewöhnlich frisch war. Wie schon so oft, bevor ich Sheriff geworden war und die Renovierung des Hauses unser Leben bestimmt hatte, saßen wir einfach nur da und atmeten tief den würzigen Duft ein, der vom See und den Kiefern zu uns herüberwehte. Ein sanfter Wind bewegte die Äste und ließ sie wispern und rauschen … ein Klang, den ich inzwischen lieben gelernt hatte. Irgendwo tief im Wald heulte ein Wolf.

Ein Kitzeln auf dem Nasenrücken ließ mich zusammenzucken.

Ich blinzelte und schaute zu Tripp auf. „Was ist los?"

„Du bist eingenickt. Dass das passieren würde, war mir

von Anfang an klar. Du hast dich an meine Brust gekuschelt und warst ruckzuck weg."

„Wie lange habe ich denn geschlafen?", fragte ich gähnend.

„Etwa fünfzehn Minuten. Und so gerne ich auch die ganze Nacht hier mit dir sitzen und dich im Arm halten würde, solltest du wahrscheinlich besser zu Bett gehen."

Ich gähnte erneut. „Kein Wunder, dass ich eingeschlafen bin – bei dem guten Wein, dem fantastischen Essen und dem Klang deines Herzschlags."

Er hob mich hoch, trug mich durch mein Apartment und bis zu meinem Bett. Dort blieb er stehen, mich noch immer in seinen Armen haltend, und sagte grinsend: „Ich würde dir ja anbieten, dich auch noch auszuziehen, aber dann bekämst du heute Nacht garantiert keinen Schlaf mehr ab."

So küsste er mich nur ein letztes Mal, setzte mich sanft ab und ging.

Kapitel Dreiundzwanzig

Ich schlief die komplette Nacht tief und fest durch, ohne mich auch nur ein einziges Mal zu regen. Was mich schließlich weckte, war etwas, das an meiner Wange rieb. Eigentlich rechnete ich damit, Meeka neben mir vorzufinden, wie sie mich sanft mit der Pfote anstupste, weil sie raus musste. Doch als ich die Augen öffnete, saß Tripp auf der Bettkante. Als er sich vorbeugte, um mich zu küssen, hielt ich mir die Hand vor den Mund.

„Bitte nicht, ich habe morgens immer so Mundgeruch. Es ist doch Morgen, oder? Ich dachte, du wärst gestern gegangen?"

„Ja, es ist Morgen, und ja, bin ich. Allerdings bin ich gerade wieder zurückgekommen, um dich zu wecken, weil ich mir dachte, du willst heute vielleicht doch noch irgendwann zur Arbeit gehen."

Ich schoss in die Höhe, und beinahe wären wir mit den Köpfen zusammengestoßen. „Wie spät ist es? Hab ich etwa meinen Wecker überhört?"

„Muss wohl so gewesen sein. Es ist zehn vor acht."

„Mist! Ich komme zu spät!"

Er legte den Arm über mich und hielt mich so unter der Decke fest. „Dafür hast du ein Walkie-Talkie. Wenn im Dorf was los sein sollte, melden sie sich schon. Du hast gestern fast achtzehn Stunden durchgearbeitet, da wird es dir keiner übel nehmen, wenn du mal ein bisschen länger schläfst."

„Okay." Ich ließ mich zurück auf die Matratze fallen, fuhr aber direkt wieder auf. „Ich muss Meeka rauslassen."

„Schon erledigt. Sie saß bereits an der Tür und ist direkt rausgestürmt, kaum, dass ich sie geöffnet hatte. Ich habe sie auch schon gefüttert. Deine Fellnase ist also versorgt. Sogar sie hat kapiert, dass du Schlaf nötig hattest."

Ich ließ mich wieder in die Kissen sinken und zog mir die Decke bis ans Kinn. „Warum bist du eigentlich so gut zu mir?"

„Weil du mir verdammt viel bedeutest. Jetzt muss ich aber zurück ins Haupthaus. Die Gäste waren gerade beim Frühstück, als ich los bin, und ich will nachsehen, ob es ihnen auch an nichts fehlt. Für dich habe ich übrigens was aufgehoben. Also raus aus den Federn und rein in die Klamotten."

„Was steht denn heute auf der Speisekarte?", fragte ich, während er sich bereits zum Gehen wandte.

„Frittata mit Frühlingszwiebeln, roter Paprika, gewürfeltem Schinken, etwas Parmesan und einer ordentlichen Portion Schweizer Käse."

Die Frittata, serviert mit einem kleinen Häufchen grüner Trauben, ein paar Orangenspalten und einer dicken Scheibe seines legendären rustikalen Haferbrots, war der perfekte Start in einen neuen Morgen. Außerdem war die Kältewelle endlich abgeebbt. Der Himmel über Whispering Pines präsentierte sich in einem klaren, strahlenden Blau, keine einzige Wolke war zu sehen, und die Temperatur lag gut sieben Grad höher als noch am Vortag. Die ersten beiden Tage des langen Wochenendes waren ein Segen für die

Laden- und Restaurantbesitzer gewesen, und heute würde es vermutlich am Jachthafen noch einmal so richtig zur Sache gehen.

Weil sie so zeitig zu Bett gegangen und von daher gut ausgeschlafen war, beschloss Meeka, als wir im Revier ankamen, dieses heute einmal genauer zu erkunden, anstatt sich wie üblich direkt unter das Feldbett zu verziehen. Reed war immer noch nicht da, also ließ ich meine K-9-Partnerin erst einmal überprüfen, ob sich nicht irgendwo in einer Ecke oder hinter den Aktenschränken ein ungebetener Gast versteckte, während ich mich in meinem Büro niederließ und die Namensliste auf meiner Verdächtigenwand anstarrte. Vielleicht würde mir nach ein paar Stunden Schlaf ja eine offensichtliche Lösung ins Auge stechen.

Da Kristina und Kyle sich gegenseitig ein Alibi gegeben hatten, strich ich ihre Namen durch. Ich hatte mich gerade daran gemacht, meine verbleibenden Kandidaten durchzugehen – Constance Halpern, Jeremy Levine, Doug Croft, Elaine Snow und River Carr –, als Dr. Bundy anrief.

„Haben Sie Ergebnisse für mich?", fragte ich aufgeregt.

„Allerdings. Wollen Sie raten?"

„Lieber nicht, ich liege sowieso immer daneben."

„Ich glaube nicht, dass er von einem Auto erfasst wurde. Bei einem klassischen Unfall mit Fahrerflucht hätte er deutlich schwerere Verletzungen erlitten. Er aber hat weder Knochenbrüche noch Prellungen, wie sie bei einem solchen Aufprall typisch wären."

„Sie schließen also einen Unfalltod, verursacht durch einen Wagen, aus. Wurde er denn auf andere Weise ermordet?"

„Mr Halpern hatte einen Herzinfarkt."

„Er hatte was? Wollen Sie mir damit sagen, er ist mitten in der Nacht an der Landstraße entlanggelaufen und einfach tot umgefallen?"

„Ganz genau. Mord kann ich allerdings nicht ausschließen, das ist Ihr Job."

„Sorry, aber so ganz kann ich Ihnen gerade nicht folgen. Was hat die Obduktion denn nun ergeben, und was werden Sie auf den Totenschein schreiben?"

„*Commotio cordis* als Todesursache."

„Mit diesem lateinischen Ausdruck kann ich nichts anfangen. Helfen Sie mir auf die Sprünge, Doc."

„*Commotio cordis* ist ein eher seltenes Phänomen, das zu einem plötzlichen Herzstillstand führt. Es tritt am häufigsten bei jüngeren Menschen auf. Sie kennen doch diese tragischen Fälle, in denen ein gesunder Teenager plötzlich beim Training oder während eines Spiels tot zusammenbricht?"

„Ja, das ist so traurig, aber was hat das mit Nick Halpern zu tun?"

„Dieser Herzschock wird durch einen Schlag auf die Brust verursacht. Oft wird das Opfer von etwas getroffen, zum Beispiel einem Baseball, einen Lacrosse-Ball oder einem Hockey-Puck. Das Syndrom kann auch bei Sportarten auftreten wie Rugby, Fußball, Karate oder Boxen, bei denen kein Körperschutz getragen wird."

„Und was genau war das Phänomen? Es klingt, als könnten viele Dinge es auslösen. Warum ist es dann so selten?"

„Weil der Schlag genau im richtigen Moment passieren muss oder eben im falschen, je nachdem, wie man es sieht. Und der, sei es durch einen Ball, einen Tritt oder einen Faustschlag, verursacht eine Arrhythmie, also eine Störung des Herzrhythmus, die dann zum Herzstillstand führt."

„Wollen Sie damit sagen, dass Halpern einen Schlag auf die Brust abbekommen hat?"

„So würde ich es sehen. Gebrochene Knochen fand ich ja keine, aber dafür habe ich eine große Prellung genau über seinem Herzen entdeckt. Das führte mich zu der Diagnose *Commotio cordis*."

Diese Ausführung ergab für mich nicht wirklich Sinn. „Ein Schlag, der stark genug ist, um sein Herz zum Stillstand zu bringen, nicht aber seine Rippen bricht?"

„Um eine Arrhythmie auszulösen, muss er gar nicht stark sein, sondern lediglich genau im richtigen Moment erfolgen, um den Herzrhythmus zu stören. Es gibt Fälle von Sportlern, die trotz Brustschutz daran gestorben sind. Ein unglücklich getimter Schneeball könnte das gleiche Ergebnis zur Folge haben. Wie bereits erwähnt, handelt es sich um ein seltenes Ereignis. Doch da es meist gesunde junge Menschen trifft, wird in den Medien häufig darüber berichtet."

Mein Gehirn hatte sich auf eine bestimmte Möglichkeit eingeschossen. „Dann können wir einen Mord also nicht ausschließen. Wenn ihn jemand geschlagen hat und dadurch sein Herz stehen blieb, wäre das mindestens fahrlässige Tötung."

Dr. Bundy zögerte kurz, bevor er fortfuhr: „So gesehen wäre eine Art Fahrerflucht tatsächlich denkbar. Möglicherweise hat jemand beim Vorbeifahren etwas aus dem Auto geworfen und der Gegenstand hat Mr Halpern getroffen."

„Stimmt. Ich hatte eher vermutet, dass er im Affekt erschlagen wurde – immerhin hat er sich hier in erstaunlich kurzer Zeit jede Menge Feinde gemacht. Aber ein Wurfgeschoss wäre natürlich auch denkbar."

Und wenn der Schlag gar nicht besonders heftig gewesen sein musste, käme auch die zierliche Elaine Snow weiterhin als Verdächtige infrage.

„Was ist mit der Kopfwunde?", bohrte ich weiter nach. „Was haben Sie darüber herausgefunden?"

„Ah, ja. Wie bereits besprochen würde der Schnitt eines Messers oder eines anderen scharfen Gegenstands eine glatte Linie hinterlassen. Ein stumpfer Aufprall hingegen erzeugt eher eine ausgefranste Wunde."

„Lassen Sie mich raten: Die Verletzung bei Halpern war weder glatt noch ausgefranst."

„Volltreffer. Wie sind Sie denn darauf gekommen?"

„Weil in diesem Dorf nie irgendetwas einfach sein kann. Und was meinen Sie?"

Er lachte leise über meinen Kommentar. „Ich würde es als gezackten Schnitt bezeichnen. Die Linie war zwar nicht glatt, sieht aber auch nicht aus wie bei einer aufgeplatzten Tomate."

„Was verursacht so etwas?", fragte ich, eher mich selbst als ihn.

„Ich würde sagen, etwas wie ein Messer mit gezackter Klinge. Ein Jagdmesser zum Beispiel."

In meinem Kopf begann sich alles zu drehen. Welcher meiner Verdächtigen könnte so etwas besitzen?

„Ich schicke Ihnen den vorläufigen Bericht per E-Mail", versprach Dr. Bundy. „Allerdings rechne ich nicht damit, dass sich noch etwas daran ändert. Jetzt sind Sie am Zug. Lassen Sie sich nicht mit einem Kick in die Brust vom Spielfeld werfen." Er hielt kurz inne. „Verzeihung, das war geschmacklos."

„Sie sind ein kranker Mann, Doc."

„In diesem Beruf gar keine so schlechte Eigenschaft. Bis später, Sheriff. Und hoffentlich deutlich später."

Ich lehnte mich in meinem Stuhl zurück, verschränkte die Hände hinter dem Kopf und starrte erneut auf die Tafel mit meinen Verdächtigen. Ein Messer mit gezackter Klinge würde sich schwerer nachverfolgen lassen. Ich sollte mich besser erst einmal auf die andere Verletzung konzentrieren: ein Schlag auf die Brust, der nicht einmal besonders heftig gewesen sein musste. Nun ja, da war dieser Bodybuilder im *The Inn*, der das *Treat Me Sweetly* ganz schön aufgemischt hatte. Auch wenn körperliche Stärke keine Voraussetzung dafür war, erschien es mir vernünftig, mit ihm anzufangen.

„Los geht's, Deputy Meeka", rief ich. Der kleine Westie kam unter Reeds Schreibtisch hervor und schaute mich mit schräg gelegtem Kopf fragend an. „Wir müssen einen weiteren Verdächtigen befragen."

⁂

Als Meeka und ich auf dem Weg zum *The Inn* durch den Pentagramm-Garten schlenderten, schien es, als wären heute alle Besucher des Dorfes draußen unterwegs. Im Gegensatz zu den letzten beiden Tagen war der Himmel wolkenlos, und die Brise vom See fühlte sich an wie eine warme Umarmung. Die mürrischen Mienen, die das kalte Wetter mit sich gebracht hatte, waren verschwunden – stattdessen sah man überall lachende Gesichter und diese besondere Urlaubsfreude, die wir bei unseren Gästen so sehr schätzten. Wir waren schon fast am Hotel angekommen, als ich Laurel davor entdeckte. Sie stand einfach nur so da.

„Was ist los?", fragte ich.

Mit geschlossenen Augen hielt sie das Gesicht in die Sonne. „Ist es nicht herrlich? Der Winter zieht sich hier im hohen Norden immer scheinbar ewig hin, da fühlt es sich fast unfair an, wenn einem auch nur ein Sommertag genommen wird. Ich dachte mir, ich gehe kurz vor die Tür und tanke ein bisschen Sonne."

Ich stellte mich in ähnlicher Haltung neben sie. Sie hatte recht – die Wärme, die mich durchströmte, tat richtig gut. Obwohl ich mein ganzes Leben in Wisconsin verbracht hatte, hatte ich noch nie einen Winter in den Northwoods miterlebt, und die Einheimischen versuchten seit Langem, mich darauf vorzubereiten. Manche ließen beiläufig Bemerkungen über die lange Dauer fallen, so wie Laurel gerade. Andere warnten eindringlich, dass einen nichts auf die Tage vorbereiten könne, an denen sich der Wind trotz mehrerer Schichten Kleidung gnadenlos bis auf die Knochen durchfraß. Sie sorgten sich eben um die *Neue*. Irgendwie süß von ihnen.

„Sind Sie nur hergekommen, um mit mir ein bisschen

Vitamin D zu tanken?", erkundigte sich Laurel. „Oder gibt es noch einen anderen Grund? Die erste Option wäre übrigens völlig okay."

„Eigentlich suche ich einen Ihrer Gäste. Ich nehme an, Sie erkennen ihn bereits an der Beschreibung. Reed sagte mir, er sei Bodybuilder …"

„Doug Croft", warf sie ein, noch bevor ich den Satz beenden konnte. „Klar kenne ich ihn. Ich frage lieber nicht, warum Sie nach ihm suchen, aber er ist im Moment nicht hier. Soweit ich weiß, wollten er und seine Freundin runter zum öffentlichen Strand."

Wir blieben noch eine Minute zusammen stehen, bis Laurel mir eröffnete, sie müsse zurück an die Arbeit. Also machten Meeka und ich uns auf zu dem knapp einen Kilometer entfernten Strand. Unterwegs plauderten wir mit ein paar Touristen, und wieder erzählten viele, dass sie am Freitagabend auf der Party waren und nur zu gerne ihren nächsten Urlaub bei uns verbringen würden. Ich versicherte ihnen, dass wir uns sehr über ihren Besuch freuen würden, nannte ihnen die Adresse unserer Website und erklärte, dass man Zimmer direkt dort reservieren könne. Ich sollte mir dringend Visitenkarten drucken lassen und ein paar davon stets bei mir tragen.

Der öffentliche Strandbereich war genauso überfüllt wie der Dorfplatz. Kreischende Kinder rannten ins Wasser und wieder hinaus, während ihre erschöpft wirkenden Eltern aussahen, als könnten sie ihr Glück kaum fassen − ein ganzer Tag in der Sonne oder im Schatten eines Sonnenschirms, während der Nachwuchs sich austobte. Am anderen Ende, fernab von den Familien, hatte sich eine Gruppe von Millennials versammelt, und mein Bauchgefühl sagte mir, dass wir Doug Croft genau dort finden würden.

Wir waren vielleicht noch zwanzig Meter entfernt, als Jubelrufe aus der Menschenansammlung aufstiegen. Gleich darauf entdeckte ich einen riesigen Kerl, der vor der Menge posierte.

„Ist das Doug Croft?", fragte ich eine junge Frau am Rand der Gruppe, die eine auffällige, schwarz gerahmte Brille trug.

„Ja, das ist er." Sie wirkte wie gebannt.

„Sieht aus, als würde er gerade eine ziemliche Show abziehen."

„So hat es gar nicht angefangen", erklärte sie.

Ihre Freundin, eine weitere junge Frau, bei der jede Aussage wie eine Frage klang, riss das Gespräch an sich. „Also ich glaube, die wollten hier eigentlich nur am Strand joggen oder so, nicht wahr? Und als sie fertig waren, hat sie einfach nur hier gesessen und meditiert oder gelesen, oder? Er hingegen hat trainiert … Sie wissen schon, Liegestützen, Handstände und so. Irgendwann bat ihn jemand zu posen."

Die erste Frau nickte zustimmend. „Es ist schwer, weiterzulaufen, wenn einem so etwas geboten wird."

Ich bahnte mir einen Weg durch die Menge, und wie so oft, wenn die Leute meine Uniform bemerkten, zerstreute sich der Haufen ziemlich schnell und die Gruppe schrumpfte fast um die Hälfte.

„Doug Croft?", rief ich.

Eine zierliche Frau, ebenfalls ziemlich muskulös und bekleidet mit einem quietschrosa Sport-BH sowie winzigen Laufshorts, tippte ihm auf den Arm. Der Riese – knapp zwei Meter groß, rund einhundertzwanzig Kilo reine Muskelmasse, wie Reed gesagt hatte – drehte sich um. Als er sah, dass er es nicht etwa mit einem Fan zu tun hatte, sondern mit dem Sheriff, verschwand das Lächeln schlagartig aus seinem Gesicht.

„Was ist denn jetzt schon wieder? Ich hab dem anderen Typen doch schon alles erzählt. Was wollen Sie denn noch?"

Jetzt verstand ich auch, warum die Kunden im *Treat Me Sweetly* Angst vor ihm bekamen. Croft hatte eine laute Stimme und wirkte vom ersten Moment an konfrontativ. Dabei hatte ich lediglich nach seinem Namen gefragt. Sofort schrillten bei mir sämtliche Alarmglocken.

„Mr Croft, ich bin Sheriff O'Shea. Tut mir leid, dass ich Sie beim Training störe, aber ich muss kurz mit Ihnen sprechen."

Er winkte die Menge davon und nahm dann die winzige Hand seiner Freundin in seine Pranken. „Ich hätte gern, dass Casey dabeibleibt, wenn's recht ist."

Wie er da so stand, erinnerte er mich an einen kleinen Jungen, der sich an seiner Schmusedecke festklammerte. Und genau in diesem Moment kippte mein erster Eindruck komplett.

„Vorerst", stimmte ich zu. „Vielleicht kann sie ja auch ein paar Fragen beantworten. Sie haben also gestern bereits mit Deputy Reed gesprochen."

Croft beugte sich leicht vor, ohne mich dabei auch nur eine Sekunde aus den Augen zu lassen. „Ja, er hat nach dem Idioten aus der Eisdiele gefragt. Soll angeblich tot sein."

„Das ist er auch. Was haben Sie ihm über den Vorfall erzählt?"

Er sah auf seine Freundin hinunter. „Ich habe ihm zu verstehen gegeben, wie respektlos er sich gegenüber Casey benommen hat. Bin ihm ein wenig auf die Pelle gerückt und habe ihm gesagt, er soll aufhören, sich wie ein Idiot zu benehmen." Er zuckte mit den massigen Schultern. „Das war's im Grunde."

„Die Besitzerin vom *Treat Me Sweetly* meinte, dass es nicht bei ein paar Worten geblieben ist. Sie sagte, Sie hätten so laut herumgeschrien, dass einige ihrer Kunden verängstigt das Weite gesucht hatten."

„Was hat sie gesagt?", fragte Croft seine Freundin.

Casey wandte sich mit einem Lächeln zu mir um. „Doug hat Probleme mit den Ohren. Auf dem linken ist er so gut wie taub. Besonders in kleinen Räumen mit vielen Leuten, wie in der Eisdiele, hört er nur noch ein Summen. Und egal, wie oft ich es ihm auch sage", – sie warf ihm einen Blick zu und redete nun ebenfalls lauter, – „er scheint einfach nicht zu begreifen, dass er eine verdammt laute Stimme hat."

Das erklärte so Einiges. Ich sprach nun ebenfalls deutlicher und langsamer, und weil er offenbar versuchte, von meinen Lippen zu lesen, drehte ich mich ihm direkt zu. „Sie wollen mir damit also zu verstehen geben, dass das Opfer nach dem Angriff auf Ihre Freundin …"

„Entschuldigung", fiel er mir ins Wort, „aber wäre in dem Fall nicht Casey das Opfer?"

Der Ausdruck von Zuneigung für seine Freundin, den ich auch bei Tripp schon oft gesehen hatte, entlockte mir ein Lächeln.

„Da haben Sie absolut recht. Lassen Sie es mich anders formulieren. Sie sagen also, dass der Verstorbene Casey belästigt hat und Sie ihn daraufhin aufgefordert haben, sie in Ruhe zu lassen. Und weil es im Laden so laut war, haben Sie ihn angeschrien, was wiederum einige Kunden verschreckt hat."

Nach einer kurzen Pause nickte er. „Genau das wollte ich sagen."

„Und Sie waren nicht wütend darüber, dass dieser Mann Ihre Freundin angefasst hat?"

„Natürlich war ich das, aber schauen Sie mich an." Er streckte einen Arm zur Seite und ließ dabei verschiedene Muskelgruppen spielen. „Ich habe Jahre gebraucht, um diesen Körper aufzubauen. Ich weiß, dass ich groß und stark bin, und ich weiß auch, dass ich wahrscheinlich jemanden umbringen könnte, wenn ich in so einem Moment zuschlagen würde. Lautstärke ist vielleicht ein Problem bei mir, klar, aber solange meine Stimme nicht als tödliche Waffe gilt, habe ich dem Typen nichts getan."

Wenn doch bloß jeder so viel Selbsterkenntnis hätte. „Ich muss Ihnen noch eine letzte Frage stellen: Wo waren Sie in der Nacht, in der Nick Halpern starb?"

Er sah zu Casey hinüber und grinste breit. „Ich lag mit meiner Freundin im Bett. Möchten Sie wissen, was genau wir gemacht haben?"

„Nein, nicht wirklich." Ich wandte mich an Casey. „Können Sie diese Aussage bestätigen? Waren Sie und Doug in jener Nacht zusammen?"

„O ja. Das war eine richtige Marathon-Nacht."

Ich hob die Hand. „Bitte, keine Details."

Sie sah mich verwundert an, die Augen leicht zusammengekniffen – dann jedoch ging ihr ein Licht auf. „Ach so! Nein, nicht das! Wir haben bis in die frühen Morgenstunden kitschige Liebesfilme geschaut."

Sie begann, alle Filme aufzuzählen, die sie gesehen hatten, und da alle auf das Zimmer gebucht worden waren, würde ich ihre Aussage problemlos bei Laurel überprüfen können.

Ich hob wieder die Stimme. „Ich nehme an, Sie können nachvollziehen, warum man Sie als Verdächtigen in Betracht zieht."

„Oh, absolut", versicherte mir Croft. „Die Leute haben mir gegenüber ständig Vorurteile. *Gib dem Großen die Schuld, der war's bestimmt. Der hat zweifellos wieder was kaputt gemacht oder jemandem eine aufs Maul gegeben.*"

„Es ist sehr unfair", sagte Casey, eher traurig als wütend. „Doug ist ein riesengroßer Marshmallow … na ja, wenn Marshmallows steinhart wären. Er würde keiner Fliege etwas zuleide tun."

„Danke, dass Sie sich die Zeit genommen haben, mit mir zu sprechen." Ich zog Meekas Leine ein Stück ein und machte mich bereit, zum Revier zurückzugehen, drehte mich dann aber doch noch einmal zu Casey um. „Es tut mir leid, was Ihnen widerfahren ist. Geht es Ihnen gut?"

Sie bedachte mich mit einem dankbaren Blick. „Sie sind die Erste, die das fragt, abgesehen von Doug natürlich. Ja, ich bin in Ordnung."

Ich nahm mir vor, bei Gelegenheit mit Reed über seine

Befragungstechnik zu sprechen. Hätte er von Anfang an etwas gründlicher nachgehakt, hätten wir Mr Croft sofort von der Liste der Verdächtigen streichen können. Andererseits wäre ich diesem Paar dann womöglich nie begegnet und nicht an etwas wirklich Wichtiges erinnert worden … wie leicht man Menschen nach dem äußeren Eindruck beurteilt. Eine wertvolle Lektion, gerade hier in Whispering Pines.

Kapitel Vierundzwanzig

ZWISCHEN DEM ÖFFENTLICHEN STRAND UND DEM JACHTHAFEN lag ein naturbelassenes Stück Land, gut einen halben Hektar groß. Abgesehen von ein paar Dutzend Holztischen und Feuerstellen mit Grillrosten gab es auf diesem kargen Streifen nur Gestrüpp und große Felsen. Der Platz war beliebt für Picknicks und BBQs, aber zahlreiche Schilder mit der Aufschrift *Baden verboten – Kein Rettungsschwimmer im Dienst* hielten die Badegäste fern. Anstatt direkt zum Revier zurückzukehren, zog ich meine Wanderschuhe aus und schlenderte mit Meeka ein Stück am Ufer entlang. Es war erstaunlich, wie ein bisschen Sonnenschein und eine warme Brise die Stimmung heben konnten, und das nach nur zwei Tagen unerwarteter Kälte und grauem Himmel.

„Halt dich vom Wasser fern", warnte ich meine Fellnase, „sonst muss ich dich wieder baden."

So sehr Meeka es auch liebte, im See zu plantschen, hasste sie es, gebadet zu werden. Ich ließ sie an der Leine, gab ihr aber so viel Spielraum wie möglich, und sie nutzte das neu gewonnene Terrain, um den Wellen hinterherzujagen und dann quietschend zurückzuspringen, wenn die Gischt ihr entgegenrollte.

Auf halbem Weg zum Hafen entdeckte ich ein Mädchen, das etwa fünf Meter vom Wasser entfernt neben einem der struppigen Büsche auf dem Boden saß.

„Lily Grace? Was machst du denn hier?"

Sie hatte die Knie an die Brust gezogen und den Kopf darauf abgelegt. Als ich sie ansprach, blickte sie zu mir auf.

„Hey, Sheriff. Ich wollte einfach nur ein bisschen Ruhe."

„Oh, tut mir leid, ich wollte nicht …"

Sie hob den Kopf nun ganz und richtete sich ein wenig auf. „Nein, ist schon gut. Sie müssen nicht gleich wieder gehen. Vielleicht ist es sogar ganz schön, mal mit jemand Normalem zu reden."

Da Lily Grace nie direkt um etwas bat, nahm ich das als Einladung und ließ mich neben ihr nieder. „Was ist los?"

Sie seufzte tief und resigniert. „Alles ist so ein Chaos."

Oh-oh. Das konnte so ziemlich alles bedeuten – von einem Kunden, der sie nach einer Lesung zusammengestaucht hatte, bis hin zur Trennung von ihrem Freund Oren.

„Was ist denn ein Chaos?", fragte ich daher vorsichtig. Aus Erfahrung wusste ich, dass ich mir bei der falschen Frage einen finsteren Blick der jugendlichen Wahrsagerin einhandeln würde.

„Diese ganze Sache mit meinen Eltern. Warum haben alle das vor mir verheimlicht?"

„Doch nicht alle." Und da war er, dieser gewisse Blick. „Entschuldige, ich weiß natürlich, dass du dieses *alle* nicht wörtlich gemeint hast."

„Immer, wenn ich denke, ich hab mein Leben so halbwegs im Griff, kommt wieder irgendwas Neues auf. Mir war natürlich von jeher klar, dass da irgendwas mit meinen Eltern nicht stimmte. Immerhin lebe ich von klein auf bei meiner Großmutter Cybil. Nicht einmal zwei Jahre alt war ich damals, als sie mich aufnahm. Meinen Vater sehe ich manchmal, aber nicht oft. An meine Mutter kann ich mich überhaupt nicht erinnern. Wenn ich frage, was mit ihr passiert ist, sagt Großmutter lediglich, sie wisse von nichts, und Dad wechselt sofort das Thema. Ich glaube, einmal habe ich ihn gedrängt, mir zu erklären, warum ich nicht bei ihm wohnen kann. Er schob es auf die viele Arbeit, und ich habe es einfach so hingenommen. Was soll's. Ich habe mich bei meiner Grandma ja auch immer wohl gefühlt. Aber jetzt ist das hier passiert."

„Was genau meinst du mit *das hier*?"

„Sie wissen schon. Dieses ganze Desaster mit dem toten Mädchen kommt ans Licht, und dann erfahre ich auch noch, dass meine Eltern aus dem Dorf verstoßen wurden. Und jetzt, nach all den Jahren …"

Ihre Stimme brach, und sie konnte nicht weiterreden.

Ich gab ihr ein paar Sekunden, um sich zu sammeln, und hakte dann behutsam nach: „Nach all den Jahren … was?"

„Letzte Nacht, im Bett, habe ich versucht einzuschlafen, was mir aktuell so gut wie nie gelingt, weil ich über so viel nachgrüble. Sobald man so was erst einmal weiß, kriegt man es einfach nicht mehr aus dem Kopf. Also liege ich da, denke nach, und dann fällt mir ein: Nachdem das alles mit Priscilla rauskam, hat irgendjemand gesagt, dass Rae und Gabe zwei Babys hatten."

„Stimmt, Rae wurde kurz nach dem Weggang aus Whispering Pines schwanger. Aber von einem zweiten Baby habe ich, ehrlich gesagt, noch nichts gehört."

„Jeder wusste schon immer, dass Effie Jolas Großmutter ist. Und vielen ist auch bekannt, dass Rae ihre Mutter ist – sie reden nur nie darüber. Sie alle wissen, dass Gabe mein Vater ist." Lily Grace sah mich an – erwartungsvoll, fast schon ungeduldig, als müsste ich nur noch eins und eins zusammenzählen. „Rae und Gabe waren zusammen … " Sie gab mir nur noch eine Sekunde, bevor sie mit den Händen auf den Sand schlug. „Verdammt, Jayne! Rae und Gabe sind meine Eltern. Das heißt, Effie ist auch meine Großmutter und Jola somit meine Schwester." Ihre Kiefermuskeln spannten sich an, ihr Atem ging schneller. „Ich habe über fünfzehn Jahre bei Cybil und Effie gelebt und nie geahnt, dass Effie meine Grandma ist. Man hat mir mein ganzes Leben lang eine Schwester vorenthalten. Jetzt werde ich bald achtzehn. Das sind fast zwei Jahrzehnte, die man uns gestohlen hat."

Holla, die Waldfee!, wie Violet sagen würde. Sie hatte recht. Jola sollte eigentlich darüber Bescheid wissen. Sie war sechs, als ihr Vater Lily Grace hierher zu Cybil brachte. Das war alt genug, um sich an eine Schwester zu erinnern, oder? Oder war das wieder einmal eines dieser vielen verbotenen, unaussprechlichen Geheimnisse von Whispering Pines?

„Ich habe übrigens auch einen Bruder, von dem ich nie etwas wusste", warf ich ein, in der Hoffnung, ihr Leid ein wenig zu lindern. „Immerhin hast du ein cooles geheimes Geschwisterchen. Ich möchte meines gar nicht haben. Wollen wir tauschen?"

Da war er wieder, dieser vernichtende Blick.

Ich setzte mein schiefstes Entschuldigungslächeln auf. „Wie können solche Dinge direkt vor unseren Augen liegen, und wir sehen sie nicht?"

„Ich weiß es nicht." Sie streckte die Beine vor sich aus, bewegte ihre Füße auf und ab und zog sie dann wieder im Schneidersitz zu sich heran. „Vielleicht wollen wir sie nicht sehen, zumindest nicht, bevor wir bereit dazu sind, uns ihnen zu stellen."

„Stimmt. Letzteres ist meistens der Fall. Was diesen Mord anbelangt, habe ich gerade eine ganze Reihe Verdächtiger. Einer von ihnen ist der Schuldige, aber noch kann ich ihn nicht benennen, weil mir diverse Puzzleteile fehlen." Sie musterte mich gelangweilt. „Okay, das passt jetzt vielleicht nicht ganz zu deiner Situation. Was allerdings Jola betrifft Selbstbestimmung über unseren eigenen Körper ist das unantastbare Recht eines jeden von uns Niemand von uns wusste bis vor sechs Wochen, dass sie deine Schwester ist."

„Das stimmt nicht! Kein bisschen! Hier leben Leute, die

damals dabei waren, als Rae und Gabe gezwungen wurden, das Dorf zu verlassen."

„Aber meine Großmutter Lucy hat ihnen allen den Mund verboten. Die Einzigen, die die ganze Wahrheit kannten, waren sie, deine beiden Großmütter und vielleicht mein Vater. Möglicherweise auch noch Flavia. Wie dem auch sei – offensichtlich wurden diejenigen, die Bescheid wussten, zum Schweigen verdammt. Wer redete, riskierte, ebenfalls aus dem Dorf gejagt zu werden."

Ein weiterer schwarzer Fleck auf Grandmas Weste.

„Mag ja sein. Aber viele Leute, die nicht dieser Schweigepflicht unterlagen, wussten, dass Gabe mit einem Baby zurückkam und es Cybil übergab, damit sie es aufzog." Lily Grace schlug die Hände vors Gesicht und stieß einen erstickten Schrei aus. „Jola war so oft hier. Jeden Sommer kam sie Effie besuchen. Wir haben täglich miteinander gespielt, und niemand hat mir je etwas gesagt."

„Vielleicht wollten sie dich vor irgendetwas schützen."

„Vor meiner eigenen Familie? Meiner Mutter und meiner Schwester?"

Ich suchte nach den passenden Worten, wusste mir aber auch keinen Rat mehr, wie ich ihr hierbei helfen sollte.

„Niemand hat mir je etwas über meine Mutter erzählt, zum Beispiel, dass sie, genau wie ich, damit gerungen hat, ob sie eine Wahrsagerin werden soll. Cybil und Effie lieben ihre Arbeit, sie können nicht nachvollziehen, wie sich solch ein Zwiespalt anfühlt. Meine Mom hätte bestimmt verstanden, was gerade in mir vorgeht." Noch vor wenigen Sekunden hatte ihre Stimme vor Ergriffenheit gezittert, jetzt war sie erfüllt von Zorn. „Und Jola steht wie ich zwischen zwei Welten. Ihre Haut ist zu hell, um wirklich braun zu sein, aber sie ist zu dunkel, um als Weiße durchzugehen. Ihr Haar kann sich nicht entscheiden, ob es glatt oder lockig sein will. Ich weiß einfach nicht, ob ich hier bei Oren in diesem gottverdammten Nest bleiben oder endlich meinen eigenen Weg gehen und die Welt erkunden soll."

Ich nutzte die Atempause, um etwas dazwischenzuwerfen. „Mit Oren zusammen zu sein, heißt doch nicht, dass du deinen eigenen Weg aufgeben musst. Zumindest sollte es das nicht. Er sollte dein Leben bereichern, nicht bestimmen oder einschränken. Und klar, es ist nicht das, was du dir wünschst, aber immerhin hast du gemeinsame Kindheitserinnerungen mit deiner Schwester."

Sie sagte nichts, was mir bestätigte, dass sie zuhörte und meine Worte auf sich wirken ließ.

„Abgesehen vom Offensichtlichen", sagte ich nach ein paar Minuten, „was geht dir gerade sonst so durch den Kopf?"

„Das ist ja die Krux. Ich kann an nichts anderes denken als daran, dass man mich belogen hat." Der Zorn war gewichen, nun klang sie wieder traurig. „Ich brauche ein wenig Abstand, um den Kopf freizubekommen. Eigentlich sollte ich heute im Wahrsagerdreieck Karten legen. Wie aber soll ich mich auf die Zukunft anderer konzentrieren, wenn meine eigene gerade komplett im Nebel verschwunden ist?"

Eine Weile saßen wir einfach schweigend nebeneinander und beobachteten Meeka dabei, wie sie den Wellen hinterherjagte. Meine Fellnase hatte entdeckt, dass beim Zurückweichen des Wassers Blasen aus dem Sand aufstiegen. Sie begann, mit den Vorderpfoten darauf herumzutapsen – ganz versessen darauf, sie platzen zu lassen – und vergaß dabei völlig, dass das Wasser auch wieder zurückkam. Als es ihre Pfoten berührte, quietschte sie erschrocken auf und kam zu mir zurückgerannt.

Das brachte Lily Grace zum Lachen, und sie zog die verwirrte Meeka an sich. Die kleine Westie-Dame wehrte sich zunächst, schien dann aber zu begreifen, dass das Mädchen Trost brauchte und die Nähe zu einem lebendigen Wesen. Wenn ich sie in den Arm genommen hätte, wäre es irgendwie seltsam gewesen.

Irgendwann ließ sie meinen Hund wieder los und wandte sich erneut mir zu. „Mein anderes Problem ist, dass Sie meine *Gabe* geweckt haben." Sie strafte mich mit einem weiteren finsteren Blick, ganz so, als wolle sie mir die Schuld dafür geben, dass sie jetzt eine talentierte und gefragte Wahrsagerin war. „Und seither werde ich immer empfänglicher für die Gefühle anderer."

Das sagte sie in einem Ton, als hätte ich ihr die Pest angehängt.

„Ist Einfühlungsvermögen nicht eine gute Eigenschaft für eine Wahrsagerin?"

„Wie auch immer … Blöd ist nur, dass ich es nicht abstellen kann." Sie rieb sich die Arme, als wäre ihr plötzlich kalt. „Spüren Sie das nicht ebenfalls? Irgendetwas stimmt nicht mit diesem Dorf."

Bei dieser Bemerkung brach ich in Gelächter aus.

„Das ist nicht lustig, Jayne." Sie sah mich ernst an. „Ich rede nicht davon, dass die Leute hier Außenseiter sind oder dass wir anders leben und an andere Dinge glauben als der Rest der Gesellschaft. Ich meine damit, irgendetwas in diesem Ort ist aus dem Gleichgewicht geraten." Sie formte mit den Armen einen Kreis, die Fingerspitzen berührten sich, als wollte sie ganz Whispering Pines damit umschließen. „Bis vor etwa sechs Monaten waren die Menschen hier glücklich. Das hat sich massiv geändert."

Ich rutschte unbehaglich hin und her. Da ich erst seit dem Memorial Day hier war, konnte ich es nicht mit Sicherheit sagen, aber: Hatte sie recht? „Ich habe nicht den Eindruck, dass die Leute unglücklich sind", erwiderte ich. „So wie ich es sehe, fühlen sich alle hier oben, in der Abgeschiedenheit der Northwoods, sicher und geborgen."

„Ja, dieser Ort hat etwas Magisches für uns", erwiderte sie. „Aber wenn wir das Dorf nehmen und irgendwo anders hin versetzen würden, sollten wir trotzdem noch uns haben. Unsere Gemeinschaft. Genau die fühlt sich gerade an, als würde sie sich auflösen. Ich weiß nicht, wie ich es erklären soll." Sie seufzte tief. „Es ist, als würde die alte Ordnung nach und nach verblassen. Mit jedem Außenstehenden, der bleibt, verliert das Dorf ein kleines Stück seiner Seele. Lucy hat das bereits vor langer Zeit erkannt."

Deshalb hatte der Rat in letzter Zeit auch niemand Neuen mehr aufgenommen. Gut, Donovan war vor acht Monaten ins Haus seiner Großmutter gezogen, aber er hatte schon als Kind regelmäßig seine Ferien hier verbracht. Die einzigen Neulinge waren also ... Moment mal.

„Du meinst doch nicht etwa Tripp und mich?"

„Ich will das gar nicht negativ klingen lassen, aber Sie wissen selbst, dass Sie das Dorf verändert haben. Sie haben Dinge aufgedeckt, die vierzig Jahre lang im Verborgenen lagen."

„Aber wir haben doch nicht die Vergangenheit verändert. Das alles ist doch damals tatsächlich passiert." Der Zorn, den ich vorhin gegenüber Sugar empfunden hatte, flackerte erneut auf. Das hier kam viel zu nah an ihre Anschuldigung heran, ich hätte die Dunkelheit nach Whispering Pines gebracht.

„Trotzdem müssen Sie doch zugeben, dass Sie mit Ihrer Ermittlung eine Welle ausgelöst haben, die auf die ganze Gemeinschaft überschwappte."

So wie bei Halperns Leiche musste ich über das Offensichtliche hinwegschauen, um zur Wahrheit vorzudringen. Es ging nicht darum, dass sich das Dorf verändert hatte, sondern dass ich etwas aufgedeckt hatte, das Lily Graces Welt aus dem Gleichgewicht zu bringen drohte. Eine zu große Last, als dass eine Siebzehnjährige sie zu stemmen vermocht hätte.

„Lily Grace, wenn ich das Anwesen meiner Großeltern nicht übernommen und in ein Bed and Breakfast verwandelt hätte, würden nicht nur das Haus, sondern auch die knapp tausend Hektar Land, die meiner Familie gehören, inzwischen zum Verkauf stehen. Das ist dir schon klar, oder? Ich will mir den Preis dafür gar nicht vorstellen, aber er wäre gewaltig. Und verstehst du, was passieren könnte, wenn der potenzielle Käufer kein Dorf auf seinem Grundstück haben möchte?"

Das war der Druck, der auf mir lastete. Der Grund, warum ich es laut Briar nicht schaffte, im Hier und Jetzt zu leben. Wenn ich das B&B nicht zum Laufen brachte, würden meine Eltern alles verkaufen. Die Zukunft von Whispering Pines – und meine eigene – hing ganz allein von meinem Handeln ab: entweder war sie glänzend und vielversprechend oder düster und apokalyptisch.

Man sah Lily Grace an, dass sie mir am liebsten Vorwürfe gemacht hätte, weil ich ihre Standpauke nicht einfach so hinnahm. Gleichzeitig glich sie einem kleinen Mädchen, das gerade zur Strafe in sein Zimmer geschickt worden war.

„Schon klar, dass ich noch nicht lange hier bin, und ich weiß auch nicht, wie ich dir das begreiflich machen soll, aber mir liegt dieses Dorf genauso am Herzen wie dir. Mache ich alles richtig? Gewiss nicht, aber ich tue, was ich kann. Also halte mir bitte keinen Vortrag über …"

„Ich halte Ihnen keinen Vortrag, und es war auch nicht meine Absicht, Sie wütend zu machen." Ihre Stimme zitterte, und sie kämpfte mit den Tränen. „Es ist nur so, dass sich alles verändert."

Am liebsten hätte ich sie angeschrien, sie solle aufhören, sich wie ein Kind zu benehmen. Aber sie war ja fast noch ein Kind.

„Lily Grace, Süße, in zwei Tagen kommst du in die Abschlussklasse. Selbst dir sollte klar sein, dass sich nach der Schule einiges verändern wird, aber wie tiefgreifend diese Veränderungen sein werden, kannst du dir jetzt noch gar nicht vorstellen. Weil du noch nicht an diesem Punkt warst. Ich weiß, das macht dir Angst. Und ich sage das jetzt nicht als besserwisserische Erwachsene, sondern als jemand, der vor noch gar nicht allzu langer Zeit in genau dieser Situation war. Ich bin erst sechsundzwanzig. Das mag dir alt erscheinen, aber ehrlich gesagt kommt es mir so vor, als hätte ich gerade erst selbst die Highschool beendet. Und obendrein musstest du auch noch feststellen, dass deine Familie nicht die ist, für die du sie immer gehalten hast."

„Sie verstehen mich nicht …"

„O doch, das tue ich. Und ich will nur, dass du begreifst: Auch wenn es dir hart erscheinen mag, das Leben ist einem ständigen Wandel unterworfen. Manche Veränderungen kündigen sich an, andere treffen dich unvorbereitet von einem Tag auf den nächsten. Glaub mir, ich verstehe dich nur zu gut."

„Ich hatte eine Vision, was unser Dorf betrifft", platzte sie heraus und duckte sich gleich darauf, als hätte sie Angst vor meiner Reaktion.

Für einen Moment schien die Zeit stillzustehen. Zwar glaubte ich nicht an die mystischen Kräfte, auf die Morgan und die anderen Wiccas schworen – was zugegebenermaßen ziemlich heuchlerisch war –, doch ebenso wenig an Zufälle. Lily Graces Visionen ließen mich immer innehalten, denn auch wenn sie nicht immer hundertprozentig eintrafen, waren sie doch auf unheimliche Weise oft erstaunlich präzise. Für mich Grund genug, sie ernst zu nehmen.

Leise, fast flüsternd, fragte ich: „Was hast du gesehen?"

„Die Dinge werden noch schlimmer, bevor sich alles zum Besseren wendet. Die Gemeinschaft wird zerbrechen." Sie zog die Knie wieder an die Brust und legte den Kopf darauf ab. Dann sah sie mich an, blinzelte und schien darauf zu warten, dass ich, die große Besserwisserin mit gerade mal sechsundzwanzig Jahren, etwas darauf erwiderte.

„Um ehrlich zu sein, weiß ich damit gerade auch nicht so recht umzugehen. Außer natürlich, wachsam zu bleiben, was ja schließlich mein Job ist."

Sie nickte. „Ich weiß, wie das jetzt klingen mag, aber ich bin wirklich froh, dass Sie hier sind. Manchmal habe ich das Gefühl, Sie sind die Einzige, die mir wirklich zuhört. Wäre ich mit diesen Gedanken und Gefühlen zu meiner Großmutter beziehungsweise meinen *Großmüttern* gegangen, hätten die mich nach dem ersten Satz abgewürgt. Danke, dass ich all das bei Ihnen loswerden durfte."

„Gern geschehen. Ich würde dich ja gerne umarmen, will aber nicht wieder eine Vision provozieren."

„Danke. Ich glaube, das würde ich gerade auch nicht verkraften. Eine Vision, meine ich natürlich."

Ich musterte sie prüfend und ließ unser teils hitziges Gespräch noch einmal Revue passieren. „Du weißt, dass Tripp und ich wirklich versuchen, hier etwas zum Positiven zu verändern."

„Ja, mir ist schon klar, dass Sie das versuchen."

Ich hätte erwartet, dass noch etwas nachkäme, aber sie ließ die unausgesprochenen Worte einfach im Raum stehen. „Geht es dir jetzt besser?"

„Ein wenig. Ich bin nicht mehr ganz so wütend. Doch was den Abstand angeht, meinte ich es ernst. Ich muss ein paar große Entscheidungen in Bezug auf mein Leben treffen. Seit einem Jahr schwanke ich: Bleibe ich hier oder beginne ich das Studium für Veterinärmedizin? Wenn ich ständig mit Effie, Cybil und all den anderen Wahrsagerinnen zusammen bin, habe ich nicht den nötigen Abstand. Für sie bin ich nur eine Einnahmequelle."

„So solltest du das nicht sehen." Man merkte wirklich, wie sehr sie all das belastete. „Hast du schon mit Jola gesprochen? Ich weiß zwar nicht, ob sie ebenfalls über diese Art von Fähigkeit verfügt, aber sie kann bestimmt nachvollziehen, was es heißt, von gemischter Abstammung zu sein. Vielleicht kann sie dir auch bei den anderen Dingen weiterhelfen."

Lily Grace richtete sich ein wenig auf. „Gute Idee. Jetzt bin ich wirklich froh, dass Sie hier sind."

„Ich muss zurück aufs Revier." Das Heilzentrum, in dem Jola arbeitete, lag gleich nördlich davon. „Möchtest du mitkommen? Dann könntest du kurz bei ihr vorbeischauen."

„Noch nicht. Ich will noch ein wenig hierblieben. Sie haben mir gerade eine Menge neuer Gedanken in den Kopf gesetzt."

Ich nickte, pfiff nach Meeka und stand auf. „Weißt du, manchmal zeigt sich die Wahrheit erst, wenn man sich den ganzen Frust von der Seele redet. Ich gehe mal davon aus, dass du die schlimmen Dinge über Tripp und mich nicht wirklich so gemeint hast … Zumindest hoffe ich das. Aber auch du hast mir ein paar neue Perspektiven aufgezeigt. Als Sheriff habe ich bisher vor allem das Dorf als Ganzes im Blick gehabt, dabei sollte ich auch den einzelnen Menschen mehr Beachtung schenken."

„Wenn überhaupt jemand Whispering Pines retten kann, dann Sie, Sheriff Jayne."

Erneut trafen Lily Graces Worte beunruhigend genau den Ton, den auch Sugar angeschlagen hatte. *Sie werden diejenige sein, die diese dunkle Wolke, die über unserem Dorf schwebt, auch wieder verscheucht.*

Kapitel Fünfundzwanzig

Nachdem Meeka und ich den sandigen Abschnitt hinter uns gelassen hatten, blieb ich kurz stehen, um meine Schuhe wieder anzuziehen. Was für ein frustrierender Morgen. Diese völlig nutzlose Aktion, einen Verdächtigen zu verhören, der von Anfang an hätte ausgeschlossen werden können. Andererseits: Wäre ich nicht zu Doug Croft gegangen, um ihn zu vernehmen, hätte ich auch Lily Grace nicht getroffen. Hoffentlich konnte ich ihr zumindest ein wenig helfen. Sie jedenfalls hatte mir die Augen für Dinge geöffnet, die ich bisher so nicht gesehen hatte. Das beunruhigte mich.

„Erst einmal Kaffee", sagte ich zu meiner K-9-Stellvertreterin.

Meeka begann, in der doppelten Geschwindigkeit wie normal mit dem Schwanz zu wedeln, denn sie wusste genau, dass „Kaffee" bei uns *Ye Olde Bean Grinder* bedeutete, und in ihrer Sprache hieß das Hundekekse. Obwohl ich dringend einen Koffeinkick brauchte, nahm ich mir die Zeit, um unterwegs mit ein paar Leuten zu plaudern, während ich am Jachthafen sowie am *The Inn* vorbei und durch den Pentagramm-Garten schlenderte. Die wenigen Dorfbewohner, denen ich begegnete, hatten sich alle für ein paar Minuten nach draußen gewagt. Fast alle sagten im Grunde dasselbe: Erstens sei dies der geschäftigste Sommer, an den sie sich erinnern konnten. Und zweitens seien sie mehr als froh, wenn er endlich vorbei wäre, hofften aber, dass ihnen davor noch ein paar warme Tage beschert würden, bevor der Herbst seinen Einzug in den Northwoods hielt.

Wir waren fast schon an unserem Ziel angelangt, als mir eine kleine Gruppe Frauen auffiel, die sich beim Negativitätsbrunnen im Zentrum des Pentagramm-Gartens versammelt hatte. Im Gegensatz zu einem Wunschbrunnen, bei dem man auf etwas Positives hoffte, diente dieser dazu, Negatives loszuwerden. Man flüsterte frustrierende oder belastende Gedanken oder Gefühle in die Hände, formte eine imaginäre Seifenblase und schickte sie hinab ins Wasser, um anschließend befreit weiterzugehen, ohne den Ballast, der einen zuvor niedergedrückt hatte.

Eine zierliche Frau, vielleicht einen Meter fünfundfünfzig groß, mit kurzem, rötlich-braunem Haar, ergriff das Wort: „Jetzt, wo wir all unseren Selbstzweifel in den Brunnen geworfen haben, müssen wir unsere Kräfte bündeln und gemeinsam für diese Sache einstehen."

„Wetten, dass das Elaine Snow ist?", fragte ich Meeka.

Sie bellte kurz, was sich ganz wie *ja* anhörte.

Die Rede der Frau steuerte gerade auf ihren Höhepunkt zu, also wartete ich ab. Als sie geendet hatte, klatschten die Frauen in der Runde und gingen plaudernd auseinander, sichtlich beeindruckt von dem, was sie gerade gehört hatten.

„Entschuldigung", wandte ich mich an sie, „sind Sie Elaine Snow?"

„Allerdings." Ihr Blick wanderte zu dem Abzeichen an meinem Hemd. „Und Sie sind offensichtlich der Sheriff dieses netten Dorfes."

„Ich hätte ein paar Fragen an Sie."

„Wegen des toten Grapschers?" Sie verzog angewidert die Lippen.

„Sie wissen, dass er gestorben ist."

„Wir alle wissen es. Wie nennen das Ihre Hexen noch gleich? Karma? Sieht ganz so aus, als hätte er bekommen, was er verdient hat. Und bevor Sie fragen: Nein, ich habe ihn nicht umgebracht. Für so einen schmierigen Typen riskiere ich ganz sicher nicht meine Freiheit."

Sie sprach mit klarer Stimme, voller Überzeugung, und sah mir die ganze Zeit über fest in die Augen.

„Wo waren Sie in der Nacht, in der das Opfer starb?" Ich erkannte meinen Fehler, kaum, dass ich das Wort ausgesprochen hatte.

„Opfer?" Wut loderte in ihr auf. „Wovon war der bitte ein Opfer? Glauben Sie ernsthaft, all diese Frauen haben ihm freiwillig ihre Brüste und Hintern in die schwitzigen Hände geschoben? Er war kein Opfer, Sheriff."

„Ich analysiere nicht seinen Charakter, Ms Snow. Aber immerhin wäre es möglich, dass er durch körperliche Gewalt ums Leben kam – und damit fällt er juristisch gesehen in eben diese Kategorie." Sie ruderte zurück und hob beschwichtigend die Hände. „Lassen Sie es mich anders formulieren: Wo waren Sie in der Nacht, als Mr Halpern ums Leben kam?"

Sie deutete nach Osten. „Ich wohne übers Wochenende in einem der Miet-Cottages. Gestern Nacht saß ich mit einer Gruppe am Lagerfeuer, und wir haben darüber diskutiert, wie kaputt die Menschheit ist."

„Um zwei Uhr morgens?"

„Ich kann Ihnen gerne die Namen der Leute nennen, mit denen ich zusammen war, falls Sie das überprüfen möchten."

Ich nahm ihre Daten auf, für den Fall, dass ich später noch einmal bei ihr nachhaken müsste, aber fürs Erste blieb ich bei unserer ursprünglichen Einschätzung: Elaine Snow war stinksauer darüber, von Halpern belästigt worden zu sein, aber es sprach nichts dafür, dass sie ihn deshalb umgebracht hätte.

Nachdem sie sich wieder zu ihren Freundinnen gesellt

hatte, sah Meeka zu mir hoch, mittlerweile nur noch halbherzig mit dem Schwanz wedelnd. „Okay, Kleine. Lass uns deine Kekse holen."

Ich stellte mich innerlich schon auf ein überfülltes Café ein, denn das war es eigentlich immer. Umso überraschter war ich, drinnen nur ein paar Gäste vorzufinden.

„Hallo, Sheriff", begrüßte mich Violet. „Dasselbe wie immer?"

„Hier ist ja gar niemand", sagte ich verdutzt.

„Doch, natürlich." Sie deutete auf zwei Dorfbewohnerinnen: eine Frau mit einem Hut aus Alufolie und Agnes, die Nonne, die sonst immer nur auf ihrem Fahrrad anzutreffen war. Beide saßen schweigend da und tranken in aller Ruhe ihren Kaffee. „In ein, zwei Tagen wirst du erleben, dass es hier normalerweise immer so aussieht. Na ja, ein paar mehr Leute kommen schon noch, vor allem die eher Zurückgezogenen, die sich erst wieder blicken lassen, wenn die Touristen weg sind. Aber so voll wie im Sommer ist es nie. Was auch gut ist, wenn man wieder ein bisschen durchatmen und das Leben genießen kann." Sie legte den Kopf schief und musterte mich prüfend. „Was ist los, Jayne?"

„Ich wurde gerade von einer jugendlichen Wahrsagerin zusammengestaucht."

Sie schnappte nach Luft. „Von Lily Grace? Warum das denn?" Sie hob die Hand, um mich am Antworten zu hindern, und deutete auf die beiden dick gepolsterten Ledersessel in der Ecke neben dem ungenutzten Kamin. „Setz dich erst einmal. Ich bring dir dein Getränk gleich rüber. Basil? Kannst du kurz den Tresen übernehmen?"

Basil, Violets deutlich größerer Zwillingsbruder, tauchte aus dem Hinterzimmer auf. „Klar, kein Problem. Hallo, Sheriff."

Ich winkte ihm zu und nahm von ihr das kleine Pergamenttütchen mit Hundekeksen für Meeka entgegen. Dann durchquerte ich den gemütlichen kleinen Laden und ließ mich in einen der Sessel fallen, der mit der Lehne zur Wand stand. Das war das erste Mal, dass ich mir nicht nur etwas zum Mitnehmen holte, sondern mich tatsächlich hier niederließ. Und der Sessel war genauso bequem, wie ich ihn mir immer vorgestellt hatte. Vielleicht würde ich ja wirklich in ein paar Tagen, wie alle sagten, mit einem Buch herkommen und ein paar Stunden lesend darin verbringen. Oder malend. Ich hatte die Aquarellfarben, die ich aus Madison mitgebracht hatte, noch immer nicht ausgepackt.

Ein paar Minuten später erschien Violet mit einer riesigen Keramiktasse Kaffee. Auch die gehörte zu den Dingen, die ich mir bisher noch nicht gegönnt hatte. Wann immer ich herkam, ging ich meist mit einem Pappbecher oder meinem Thermobecher voll mit Violets magischen Mischungen wieder raus. Für diejenigen Dorfbewohner, die sich hier länger und regelmäßig aufhielten, stand im Hinterzimmer ein Regal mit personalisierten Tassen. Und tatsächlich hatte ich auch eine, beschriftet mit *Sheriff Jayne* und versehen mit einem kleinen, goldenen Stern.

„Das sieht aber nicht nach meinem üblichen Mokka aus", stellte ich fest.

„Ist es auch nicht. Ich dachte mir, du könntest heute mal was anderes gebrauchen."

Ich hob die Tasse an und schnupperte. Ein Aroma aus Sahne und typisch herbstlichen Gewürzen stieg mir in die Nase. Ich hob den Blick. „Kürbisgewürz, allen Ernstes? Jetzt schon?"

Sie legte einen Finger an die Lippen. „Nur für dich. Du siehst aus, als könntest du etwas Beruhigendes gebrauchen, und nur wenige Dinge sind so tröstlich wie Kürbiskuchen mit extra viel Schlagsahne."

Ich nahm einen Schluck und spürte sofort, wie mein ganzer Körper erschlaffte. „Genauso schmeckt es. Einfach genial. Du hast wirklich magische Kaffeebohnen, meine Liebe."

Sie griff mit zwei Fingern nach dem Saum ihrer waldgrünen Schürze, die ihr knapp bis übers Knie reichte, und machte einen kleinen Knicks. Dann zog sie sich einen Stuhl heran und setzte sich zu mir. „Jetzt erzähl mal, was los ist. Ich habe dich ja schon oft gestresst erlebt, aber noch nie so wie heute."

„Das Lustige ist, dass ich das heute Morgen, als ich aufwachte, noch nicht war. Erst das Gespräch mit Lily Grace hat das ausgelöst."

„Gute Göttin, was hat das Mädchen denn zu dir gesagt?"

Ich erzählte ihr natürlich nichts von Lily Graces persönlichen Offenbarungen über die Großmutter und Schwester, von deren Existenz sie nichts geahnt hatte. Das stand mir nicht zu. Stattdessen berichtete ich ihr von deren Vision, dass die Dorfgemeinschaft zerbrechen würde.

„Hat sie recht damit, dass hier in letzter Zeit etwas gehörig aus dem Ruder läuft?", fragte ich. „Natürlich haben sich in den letzten Monaten, seit ich hier bin, einige Dinge verändert, aber tatsächlich in dem Maße, dass wir auf eine Krise zusteuern?"

„Eine Krise, die das ganze Dorf erfasst? Das möchte ich stark bezweifeln. Du weißt doch, wie Teenager sind: Für sie ist alles riesig und Veränderungen oft traumatisch. Ich bin jetzt schon eine Weile hier. Natürlich nicht annähernd so lange wie manch andere, aber zwanzig Jahre sind auch nicht ohne. Als meine Eltern das Café eröffneten, war ich zwei. Das war eine echte Veränderung für den Ort … Plötzlich waren da Fremde, die ein bestehendes Geschäft übernehmen wollten? Das hat im Rat zu heftigen Diskussionen geführt."

„Aber ihr wurdet ohne große Probleme aufgenommen, oder? Immerhin gehört deine Familie zur Gemeinschaft der Wicca, und die sind hier in der Regel ja immer willkommen."

„Das stimmt wohl, aber zu dem Zeitpunkt, also 1998, um ganz genau zu sein, war das Dorf schon fast zwanzig Jahre offiziell als Gemeinde anerkannt. Immer mehr Menschen drängten hierher, und deine Grandma Lucy wurde ziemlich wählerisch, was die potenziellen Neuzugänge betraf, die sie dem Zirkel vorschlug. Der ausschlaggebende Punkt war wohl, dass meine Eltern das Café zu übernehmen gedachten und die damaligen Besitzer genau sie als Nachfolger wollten. So mussten sie sich weder auf Jobsuche begeben noch ein neues Geschäftskonzept vorschlagen."

„Wie lange führst du den Laden schon?"

Die zierliche Frau, normalerweise das personifizierte Energiebündel, wurde nachdenklich und runzelte die Stirn. „Mama starb, als Basil und ich siebzehn waren. Ab da haben wir Daddy jeden Tag geholfen, aber zwei Tage nach unserem achtzehnten Geburtstag hat er uns die Schlüssel in die Hand gedrückt und gesagt, er würde nach Florida ziehen, in die Nähe seines Bruders. Es war einfach zu schwer für ihn, hierzubleiben. Alles erinnerte ihn an Mom. Und die kalten Winter waren nichts für seine alten Knochen."

„Du lebst also seit zwanzig Jahren hier und führst das Café seit über vier. Somit dürftest du einen ganz guten Überblick haben, sowohl über das Geschäftliche als auch über das Dorfleben an sich."

„Ich denke schon."

„Lily Grace hat so was angedeutet, dass es vielleicht nicht gut für den Ort ist, wenn Tripp und ich Gäste auch außerhalb der Saison anlocken. Was hältst du davon?"

„Das ganze Jahr über Saison?" Sie bedachte mich mit einem traurigen Lächeln. „Das Erste, was du bedenken musst, ist, dass die Läden rund um den Pentagramm-Garten nicht das komplette Jahr über geöffnet sind. Im tiefsten Winter haben wir alle meist nur maximal zwei oder drei Tage pro Woche auf, in der Regel immer sonntags ... außer bei Schneesturm. Das dient zum einen dazu, die nötigen Einkäufe zu erledigen, aber vor allem, um wieder einmal zusammenzukommen. Hier oben sind die Winter lang und hart, und zumindest hin und wieder Kontakt zu anderen zu haben, tut richtig gut."

„Du bist also der gleichen Meinung wie Lily Grace, dass wir den Winter über geschlossen bleiben sollten?" Das würde unsere Chance, bis zum Ende der nächsten Sommersaison schwarze Zahlen zu schreiben, ordentlich schmälern.

„Das will ich damit nicht sagen, aber wenn ihr tatsächlich den ganzen Winter über Gäste aufnehmen wollt, müsst ihr euer Konzept komplett umstrukturieren. Bisher bekommen sie bei euch ja nur Frühstück. Wo aber sollen sie denn zu Mittag und zu Abend essen, wenn das *Triple G* und auch das *The Inn* geschlossen haben? Das *Treat Me Sweetly* hat unter der Woche ebenfalls fast nie auf. Honey and Sugar lassen uns zwar sonntags rein, damit wir Brot und Leckereien für die Woche holen können, aber von Montag bis Samstag gäbe es für eure Gäste nicht einmal Scones."

Ich zog mein Notizbuch aus der Beintasche und notierte mir alles. Tripp konnte jede Mahlzeit kochen, nicht nur Frühstück zubereiten, das wäre also das kleinste Problem.

„Was, wenn wir Aktivitäten wie Eisfischen, Schneemobilfahren und Langlauf anbieten würden? Glaubst du, das könnte bei den Dorfbewohnern auf Widerstand stoßen?"

„Die Schneemobile möglicherweise", gab Violet ehrlich zu. „Im Winter ist es hier oben unglaublich still und friedlich, und genau diese Ruhe wissen wir sehr zu schätzen. Aber gegen die anderen Aktivitäten hätte vermutlich niemand etwas einzuwenden." Sie lehnte sich zurück, verschränkte die Arme und trommelte mit den Fingern auf ihren ziemlich beachtlichen Bizepsen herum. Offensichtlich war Säcke voll Kaffeebohnen zu schleppen ein gutes Training. „Es gibt da aber noch etwas, das du offensichtlich auch erst nach einem Jahr hier wirklich begreifen wirst. Die Sommersaison ist heftig, das hast du ja selbst miterlebt. Wenn man vier Monate lang sieben Tage die Woche Vollgas gibt, ist man am Ende mehr als bereit für ein bisschen Ruhe und Erholung.“

Unser Ziel, innerhalb eines Jahres die Gewinnschwelle zu erreichen, rückte mit jedem ihrer Sätze ein Stück weiter in die Ferne. „Was würdest du empfehlen?“

„Mindestens den kompletten Februar dichtmachen. Ein paar Wiccas kommen jedes Jahr um den ersten Februar herum her, um mit uns Imbolc zu feiern, aber danach fällt das Dorf sozusagen in den Winterschlaf. Wie gesagt: Wenn draußen kein Blizzard tobt, haben wir sonntags immer offen, und meistens auch ein paar Stunden am Dienstag und Donnerstag. Es gibt eben immer mal wieder Leute, die auf dem Weg irgendwohin einen Zwischenstopp einlegen. Die drei Hotels drüben am Strand haben schnell herausgefunden, dass sie nie und nimmer das ganze Jahr über ausgebucht sein würden.“

„Deshalb bleibt nach der Sommersaison auch nur noch eines davon geöffnet?“

„Genau. Und auch die Hütten machen dicht. Da Laurel selbst im Gasthaus wohnt, lässt sie auch außerhalb der Saison immer mal wieder Gäste dort übernachten. Ein Pluspunkt für Tripp und dich wäre, dass ihr, genau wie das *The Inn*, Mahlzeiten anbieten könntet, was wiederum das letzte verbliebene Hotel nicht tut. Deshalb schließt es nach Neujahr ebenfalls seine Pforten und öffnet erst wieder Ende März.“

„Vielen Dank, das sind wirklich gute Informationen. Hätte ich nur mal früher mit dir gesprochen, bevor ich die Zahlen für meine Eltern zusammengestellt habe.“

Wieder was gelernt. Marktanalyse war offenbar doch nicht nur eine reine Formsache.

„Es gibt noch einen weiteren Vorteil, wenn ihr den Februar über schließt“, fügte Violet hinzu, stand auf und schob ihren Stuhl zurück an seinen Platz. „Du und dein Herzblatt hättet dann endlich ein bisschen Zeit für euch.“ Augenzwinkernd fügte sie hinzu: „Dann lass ich dich das besser erst mal alles verarbeiten", und verschwand nach hinten.

Ich musste dringend mit Tripp über all das sprechen, was ich heute in Erfahrung gebracht hatte. Er hätte sicher kein Problem damit, drei Mahlzeiten am Tag zu servieren, aber würde das wirklich ausreichen, um Leute mitten im Winter hierherzulocken? Wo waren eigentlich die nächstgelegenen Schneemobil-Strecken? Wenn dieser Anreiz fehlte, könnte das ein echtes Manko darstellen.

Ich saß noch ein paar Minuten da und betrachtete dieses Problem von allen Seiten. Hatten wir uns nach all der Arbeit am Ende doch übernommen?

Plötzlich stellte Meeka die Vorderpfoten auf meine Knie und sah mich an, als wollte sie sagen: *Können wir uns darüber nicht später Gedanken machen? Es ist so schönes Wetter. Lass uns wieder rausgehen.*

Ich nahm ihr kleines Gesicht zwischen die Hände und wuschelte ihr die Ohren. „Du hast absolut recht. Dann mal los."

Wir waren kaum fünf Schritte gegangen, da entdeckte ich Morgan auf der Veranda ihres Ladens, wo sie gerade die Blumen goss. Ich stürmte regelrecht auf sie zu.

„Du bist wieder da."

„Bin ich."

„Nicht, dass ich mich wie deine Mutter aufführen will – du hast ja schon eine ganz wunderbare –, aber ich würde trotzdem gern wissen, wo du gesteckt hast."

Sie versteifte sich. „Ich war mit River zusammen."

„Die ganze Zeit? Willow sagte mir, du wärst bereits Samstagmittag los."

Sie lachte über meine beunruhigte Miene. „Es ist ja nicht so, dass ich gerade erst zurückgekommen wäre. Natürlich habe ich letzte Nacht in meinem eigenen Bett geschlafen."

„Ich war gestern im Laden und habe nach dir gesucht,

und Willow war völlig außer sich, fast schon wütend. Die Kunden haben ihr die Bude eingerannt."

„Das solltest du nicht so ernst nehmen." Sie beugte sich zu mir und flüsterte: „Willow ist eine kleine Drama-Queen. Zudem hat sie eine winzige Blase. Ich hab ihr schon vorher gesagt, dass ich eventuell länger weg bin, und das war für sie völlig in Ordnung. Okay, zwischendurch ging es etwas chaotisch zu, aber sie meinte, du hättest die Stellung gehalten, sodass sie in Ruhe zu Mittag essen konnte. Und später hat sich die Lage ja auch wieder beruhigt."

„Aber sie konnte keine Hexenkugeln oder Glücksbeutel anfertigen, als die ausgingen."

Morgans Mundwinkel zuckten, wie bei einer Mutter, die sich über die Beharrlichkeit ihres Kleinkindes das Lachen verkneifen muss. „Und darüber hast du dir ernsthaft Sorgen gemacht?"

„Nein", gab ich zu. „Darum ging's mir nicht. Es war nur … niemand wusste, wo du warst. Und es kam mir seltsam vor, dass du an einem so geschäftigen Tag einfach verschwindest."

„Das war wirklich das erste Mal, wenn ich mich recht erinnere, dass ich während der Öffnungszeiten weg war, weil ich etwas Persönliches regeln musste. Leider wurde es genau dann so voll. Aber am Ende war ja alles gut, und Willow hat mir verziehen."

„Was genau war es denn, das du so dringend regeln musstest?"

Eine hochgezogene Augenbraue war die einzige Antwort. Dazu legte sie mir noch die Hand auf die Schulter und tätschelte sie leicht – eine wortlose Geste, die mir klarmachte, dass sie keine detaillierte Erklärung abgeben würde. „Es ist wirklich lieb, dass du dir Sorgen machst, aber ich versichere dir, es ist alles in Ordnung. Was dachtest du denn? Dass River mich entführt haben könnte?"

Offenbar war ihr nicht bewusst, dass ihr Date ganz oben

auf meiner Verdächtigenliste stand. Woher auch? Sie war verschwunden, bevor ich ihr davon erzählen konnte.

„Ehrlich gesagt, genau das habe ich befürchtet. Es gab noch einen weiteren Todesfall im Dorf, erinnerst du dich? Es sieht ganz danach aus, als hätten wir es wieder mit einem Mord zu tun. Und dann verschwindest du einfach, ohne jemandem zu sagen, wo du bist."

„Bei allen Göttinnen!" Sie presste beide Hände auf ihr Herz. „Ich wusste ja nicht, dass der Mann ermordet wurde. Als wir zuletzt sprachen, hieß es doch, es sei ein Unfall gewesen."

Ich gab ihr die Kurzfassung von Dr. Bundys Commotio-cordis-Erklärung.

„Der Doc hat einen großen Bluterguss auf Halperns Brustkorb entdeckt, direkt über dem Herzen. Und auch wenn es möglich ist, dass die Verletzung von etwas anderem als einem Schlag herrührt, erscheint ein zufälliger Treffer eher unwahrscheinlich."

„Das klingt beunruhigend", stimmte Morgan zu.

So erleichtert ich auch war, dass es ihr gut ging, konnte ich mir einen kleinen Rüffel nicht verkneifen. „Ich versuche gerade herauszufinden, wer der Mörder sein könnte, und Carr steht ebenfalls auf meiner Liste. Wie hättest du dich wohl gefühlt, wenn du an meiner Stelle gewesen wärst und deine Freundin plötzlich wie vom Erdboden verschluckt gewesen wäre?"

Sie bedachte mich mit einem verständnisvollen Lächeln. „Nochmal: Deine Sorge ist lieb gemeint, aber völlig unbegründet. River und ich haben zusammen im *Grapes, Grains, and Grub* zu Mittag gegessen. Diverse Leute haben uns dort zusammen gesehen und können das bezeugen, falls du meine Aussage überprüfen möchtest. Danach sind wir in seinem heißen Schlitten ein bisschen herumgefahren, und schwups, war der Nachmittag vorbei. Als wir ins Dorf zurückkamen, war es schon fast Abendessenszeit. Und da es im gesamten Ort nur ein einziges Lokal gibt, wo man um diese Zeit was Vernünftiges für sein Geld bekommt, habe ich ihn ins *The Inn* eingeladen. Laurel hat uns gesehen und kann dir das bestätigen."

Ich kniff die Augen zusammen. „Machst du dich über mich lustig?"

„Natürlich. Aber jetzt mal im Ernst, Jayne: Ich bin eine erwachsene Frau, die weiß, was sie tut und mit wem. Und ich kann gut auf mich selbst aufpassen."

„Was hast du denn getan?"

Sie verdrehte die Augen, allmählich genervt von meinem ständigen Nachhaken. „Eins kannst du mir glauben: Ich würde meine Mom niemals …"

„O Mist! Ich habe total vergessen, sie nach Hause zu bringen", platzte ich heraus. „Dabei hatte ich doch versprochen, zurückzukommen und sie abzuholen."

„Kein Grund zur Sorge. Willow hat sie auf ihrem Fahrrad mitgenommen. Mama fand das großartig." Sie lächelte amüsiert, wurde dann aber gleich wieder ernst. „Wie ich schon sagte, ich würde sie nie die ganze Nacht über allein lassen. Neunundneunzig Prozent der Zeit geht es ihr gut, aber dieses eine Prozent ist ein Unsicherheitsfaktor. Das weiß sie auch, und wenn ich nicht heimkäme, würde sie Alarm schlagen."

Offensichtlich, denn Briar hatte sich überhaupt keine Sorgen um ihre Tochter gemacht.

„Es tut mir leid, Morgan. Vergiss einfach, was ich gesagt habe. Ich bin natürlich beunruhigt, weil es wieder einen Mord gegeben haben könnte, aber da sind auch diverse persönliche Dinge, die mir Kopfzerbrechen bereiten. So wie es aussieht, müssen wir uns Gedanken darüber machen, ob es tatsächlich sinnvoll ist, das B&B ganzjährig geöffnet zu lassen. Und zu allem Überfluss hatte ich vorhin auch noch eine

Auseinandersetzung mit Lily Grace. Die steckt mir auch noch in den Knochen."

„Mit Lily Grace? Das überrascht mich."

„Ich hätte das auch nie für möglich gehalten. Sie …"

Morgan legte mir die Hand auf den Arm und brachte mich damit zum Schweigen. „Ich würde dich wirklich gern auf eine Tasse Tee einladen und mir alles in Ruhe anhören, aber da ich gestern den kompletten Nachmittag weg war, habe ich jetzt einiges aufzuholen."

Dieser Tag lief ja echt völlig aus dem Ruder, und so allmählich hatte ich genug. Lily Grace hatte mich angeschrien, Violet mir ins Gewissen geredet und Morgan schickte mich weg. Außerdem schied einer meiner Hauptverdächtigen in dem mittlerweile klaren Mordfall aus, und zwar Doug Croft. Und wo River Carr sich in der Nacht von Halperns Tod aufgehalten hatte, wusste ich immer noch nicht.

„Können wir uns vielleicht später nochmals sehen? Oder hast du schon wieder was mit River geplant?"

Ups, das klang wirklich schnippisch. Wenn ich mich jetzt noch hinknien und sie anflehen würde, doch bitte weiterhin meine Freundin zu sein, könnte ich kaum erbärmlicher klingen.

„Das habe ich in der Tat. Er kommt heute Abend vorbei, um Mama kennenzulernen", erklärte sie mir. „Aber wir können uns vorher auf einen schnellen Happen treffen. Würde dir das passen?"

„Um deine Mutter kennenzulernen?" Schlagartig war meine Sorge zurück. Angesichts seiner angeblichen Fähigkeit der Gedankenkontrolle … versuchte er womöglich, sie auszunehmen? Charmante Schwätzer brachten ja selbst hochintelligente Frauen dazu, ihnen Millionen zu überlassen. Nicht, dass Morgan Millionen besäße, soweit ich wusste, aber sie könnte etwas besitzen, das er wollte. Ich lachte und hoffte inständig, meine Worte würden unbeschwerter klingen, als mir zumute war. „Das ging aber schnell. Sag bloß, du meinst es ernst mit einem Typen, den du erst vor sechsunddreißig Stunden kennengelernt hast."

Sie bedachte mich mit einem Blick, der eindeutig sagte: *Hör auf, die Hexe infrage zu stellen.* „Also, ein schnelles Abendessen?"

„Abendessen klingt gut." Dann – was selten vorkam – drängte sich die unsichere Normalo-Jayne in den Vordergrund und schob die toughe Sheriff-Jayne beiseite. Das konnte nichts Gutes bedeuten. „Ich bin nur neugierig: Wird er jetzt dauerhaft hier rumhängen? Muss ich in Zukunft eine Nummer ziehen, wenn ich Zeit mit dir verbringen will?"

Morgan lachte, offenbar hielt sie das Ganze für einen Scherz. „Sicher nicht. Nennen wir es einfach eine stürmische Wochenend-Romanze, einen völlig harmlosen Spaß. So was hatte ich schon ewig nicht mehr." Und ihr strahlendes Gesicht bat: *Freu dich doch einfach für mich, ja?*

Natürlich tat ich das.

Ich sah mich schnell um, ob jemand in der Nähe war, und zog sie dann an mich. Dass der Sheriff eine Dorfbewohnerin in den Arm nahm, könnte auf manche Leute seltsam wirken.

„Tut mir leid, dass ich so auf dir rumgehackt habe", sagte ich, als ich sie wieder losließ. „Ich hab mir eben Sorgen um dich gemacht."

„Und das weiß ich wirklich zu schätzen. Wir sehen uns nach der Arbeit."

Zum ersten Mal, seit ich Morgan kannte, fühlte ich mich irgendwie unzufrieden, als ich weiterzog. Wie Briar hatte auch sie diese Fähigkeit, mir das Gefühl zu vermitteln, die Dinge im Griff zu haben. Heute jedoch sah es so aus, als müsste ich das allein hinkriegen.

Meeka stupste mich mit dem Kopf an.

„Ich weiß, das ist egoistisch, und ich freue mich ja auch für sie. Ich will nur nicht, dass sie verletzt wird."

Eine Gruppe Touristen musterte mich irritiert und bog,

kaum dass ich aufsah, eilig in Richtung Pentagramm-Garten ab. Dass Sheriff Jayne eine Dorfbewohnerin umarmte, wäre ja noch in Ordnung gewesen. Aber dass sie sich auch noch mit dem Polizeihund unterhielt? Das war dann doch zu viel des Guten.

Kapitel Sechsundzwanzig

GERADE ALS ICH DACHTE, DIESER TAG KÖNNE UNMÖGLICH noch seltsamer werden, fand ich beim Betreten der Wache Reed und Reeva Long an seinem Schreibtisch sitzend vor, in etwas auf dem Bildschirm vor ihnen vertieft.

„Was ist denn hier los?", fragte ich, als keiner von beiden aufblickte.

„Oh, hallo, Jayne", grüßte Reeva.

„Hey, Sheriff", sagte Reed. „Tante Reeva hilft mir bei ..." Sie berührte ihn sacht am Arm. „... einem Projekt."

Reeva bedachte ihn mit einem stolzen Tanten-Lächeln und legte die Hand an seine Wange, woraufhin er vor Verlegenheit errötete.

„Ich führe meinen Neffen gerade in die hohe Kunst der Küchenhexerei ein. Flavia hat das mit dem Kochen ja nie so richtig hinbekommen."

Martin verzog das Gesicht, was deutlich machte, dass das kulinarische Niveau bei ihnen zu Hause eher ausbaufähig zu sein schien.

„Allzu viel hat sie ihm jedenfalls nicht beigebracht", stellte Reeva fest.

„Also springen Sie jetzt ein?", fragte ich. „Weiß Flavia davon?"

„Noch steht das Dorf." Reeva grinste, als würde sie einen Witz machen, wurde aber gleich darauf wieder ernst. „Nein, tut sie nicht, aber ich habe versucht, ihr ein paar Tipps und Tricks mitzugeben."

Tipps waren ja kein Problem, aber Tricks, von einer verärgerten Schwesternhexe zur anderen … Das ließ mich doch etwas nervös werden.

„Tantchen hat Mama gestern das Salatdressing zubereiten lassen."

Martin klang zufrieden damit, doch ihr allzu unschuldiger Gesichtsausdruck verriet, dass mehr dahintersteckte als nur ein wenig Küchentraining.

Meeka stellte sich fordernd mit den Vorderpfoten auf meinen Fuß, denn ich hatte doch glatt vergessen, ihr das Geschirr abzunehmen. Schnell kniete ich mich hin, um das nachzuholen. „Stimmt, ihr habt gestern Abend ja zusammen gegessen. Wie ist es gelaufen?"

Reeva seufzte. „Flavia blieb genau so lange, wie es sich für einen guten Hausgast gehört – dann schoss sie davon wie eine Fee, die zum ausgelassenen Tanz in den Wald eilt."

Sie lachte leise über ihre eigene Analogie. Ich hingegen hatte nicht die geringste Ahnung, wovon sie sprach.

„Letztlich", fuhr sie fort, nun ganz ernst, „habe ich viel zu viel Zeit mit meiner Familie verloren. Zwanzig Jahre, um genau zu sein. Mein Neffe war gerade mal ein entzückender Dreijähriger, als ich nach Milwaukee gezogen bin."

Martin rutschte unbehaglich auf seinem Stuhl hin und her und warf mir einen *Rette-mich*-Blick zu. Ich jedoch grinste nur und verzog mich in mein Büro. Damit musste er jetzt allein klarkommen.

Während die beiden vermutlich über Backrezepte oder Ähnliches diskutierten, ließ ich mich hinter meinem Schreibtisch nieder und versuchte, das Ermittlungsboard zu ignorieren, das wie ein drohender Schatten über mir schwebte. Mein Blick blieb an den vielen Namen hängen, die ich dort notiert hatte. Da ich wusste, dass einer von ihnen für Nick Halperns Tod verantwortlich war, wünschte ich mir einfach, der oder die Schuldige würde vortreten.

Weitere Stimmen aus dem Hauptraum erregten meine Aufmerksamkeit.

Eine davon gehörte Martin. „Bist du endlich fertig? Ich dachte schon, ich würde dich nie mehr zu Gesicht bekommen."

„Ja, ich habe es geschafft." Dem Akzent nach unverkennbar Lupe. „Und dann, während ich auf die Antwort meines Verlags wartete, habe ich mich auf den Roman gestürzt, von dem ich dir erzählt habe, dass ich ihn schreiben will."

„Lupe, das ist übrigens meine Tante Reeva."

Die Stimmen wurden leiser, wahrscheinlich führte er seine Freundin vom Türbereich weg zu seinem Schreibtisch. Nach einer weiteren Minute jedoch wurde die Eingangstür erneut geöffnet, und diesmal knallte sie heftig gegen die danebenstehende Bank.

„Du!" Diese kreischende Stimme konnte nur Flavia gehören. „Das hast du getan!"

Alarmiert sprang ich auf und eilte hinüber in den Hauptraum, gerade noch rechtzeitig, um zu sehen, wie diese sich einen dünnen Schal vom Kopf zog. Ihr Gesicht, ihre Arme und die sichtbaren Stellen ihrer Beine waren von kleinen roten Pünktchen übersät.

„Wusste ich es doch, dass an dem Salatöl etwas faul war. Du hast mich verflucht."

So unauffällig wie möglich schlich sich Lupe in mein Büro und überließ es mir, den Familienstreit zu schlichten.

„Es war kein Fluch", beharrte Reeva, genauso ruhig, wie Flavia wütend war.

„Warum habe ich dann überall diese Flecken?"

Nach kurzem Überlegen erhellte sich ihre Miene ob einer plötzlichen Eingebung. „Es war wahrscheinlich der Kaktus." Sie legte die Handflächen aneinander und neigte den Kopf. „Mein Fehler, bitte entschuldige."

Ihre Schwester starrte sie nur an und ignorierte die Entschuldigung. „Und was war in dem Salat? Meine Zunge wurde dick und meine Augen waren fast komplett zugeschwollen."

Reeva zählte die Sorten an ihren Fingern ab. „Roter Blattsalat, Rucola, Grünkohl, Löwenzahn, Endivien …"

„Löwenzahn?", kreischte Flavia. „Du weißt doch, dass ich darauf allergisch reagiere. Und wofür war der Kaktus?"

„Okay", unterbrach ich sie. „Bitte beruhigen Sie sich. Reeva, was genau haben Sie getan?"

Mit hoch erhobenem Kopf und ohne den Hauch eines schlechten Gewissens antwortete sie: „Ich wollte ihr Karma reinigen."

„Mit dem Vierräuberessig?" Flavia stemmte die Hände in die Hüften. „Du hast wohl nicht damit gerechnet, dass ich das herausfinden würde, oder?"

„Reeva, kommen Sie bitte mal mit mir mit." Weil Lupe sich immer noch in meinem Büro versteckte, brachte ich sie kurzerhand durch die Hintertür nach draußen. „Was ist hier los?"

„Sie wissen doch so gut wie ich, dass Flavia schon immer Ärger gemacht hat, und es wird immer schlimmer. Ob Sie es glauben oder nicht, ich liebe meine Schwester und wollte ihr nur helfen."

„Indem Sie ihr Karma mit Essig reinigten?" Nie hätte ich gedacht, dass ausgerechnet ich einmal solch eine Feststellung treffen würde.

„Nein. Indem ich ihr die Zubereitung überließ, wurde ihre Absicht auf den Essig übertragen. Bevor ich schlafen ging, schrieb ich ihren Namen auf einen Zettel, tränkte ihn darin und steckte ihn in meinen Kaktustopf. Ich dachte, dessen scharfe Stacheln würden das schlechte Karma von ihr fernhalten." Sie errötete. „Es ist lange her, dass ich diesen Zauber gewirkt habe. Offenbar hat der Kaktus sie stattdessen angegriffen, was ehrlich nicht meine Absicht war."

Morgan hatte mich gewarnt, dass Reevas Rückkehr ins Dorf zu Problemen führen könnte.

„Waren auch Schafgarbe und Weihrauch im Spiel?" Wusste ich es doch, dass sie mehr vorhatte, als nur ihre Vorräte aufzufüllen, als sie bei *Shoppe Mystique* vorbeikam. „Schauen Sie, ich kann ja nachvollziehen, dass Sie beide noch jede Menge Wut und Groll gegeneinander hegen. Und es ist auch okay, das rauszulassen. Aber bitte ziehen Sie nicht noch andere Personen mit hinein." Reeva griff nach der Türklinke. Bevor sie etwas darauf antworten konnte, fügte ich hinzu: „Das mit dem Löwenzahn sollte auch besser ein Versehen gewesen sein. Wenn Sie Ihrer Schwester wissentlich etwas vorgesetzt haben, auf das sie allergisch reagiert – und ihre Allergie ist nicht ohne –, müsste ich Sie wegen versuchten Mordes anklagen."

Sie nickte nur. Wenn sie es vorsätzlich getan hatte, so ließ sie sich zumindest nichts anmerken. Zurück im Revier, ging ich direkt in mein Büro. Lupe war immer noch da.

„Ich habe mitbekommen, dass du gesagt hast, du hättest deinen letzten Artikel fertig."

„Nicht meinen letzten", widersprach sie. „Ich darf noch einen ganzen Monat bleiben. Und wenn ich es schaffe, vor Ablauf meiner Zeit hier noch weitere Artikel über das Dorf zu schreiben, vielleicht sogar noch länger." Sie zeigte auf das Board mit den Verdächtigen. „Was ist das denn?"

„Erinnerst du dich an den Mann von meiner Party, der solchen Ärger gemacht hat?"

„Ja, was für ein schrecklicher Kerl. Was hat er denn sonst noch angestellt?"

„Wenn du dich zum Schreiben zurückziehst, dann aber richtig, oder? Hast du nicht gehört, dass er gestorben ist?"

Der Ausdruck auf ihrem Gesicht sprach Bände. „In den letzten anderthalb Tagen habe ich meine Tür nur einmal geöffnet, um Essen entgegenzunehmen. Draußen war ich überhaupt nicht. Er ist tot? Wie ist er gestorben? Darf ich davon ausgehen, dass all die Namen auf dem Board bedeuten, es handelt sich erneut um einen Mordfall?"

Lupe und ich hatten gleich zu Beginn ihrer Ankunft im Dorf eine Abmachung getroffen. Damals war Reed nach seiner Vergiftung noch nicht wieder einsatzfähig und ich brauchte Unterstützung bei den Ermittlungen zu zwei Todesfällen im Zirkus. Im Gegenzug für ihre Hilfe, bei der sie potenzielle Verdächtige interviewte – getarnt als Mini-Biografien über die Schausteller –, würde ich sie über alle brisanten Neuigkeiten auf dem Laufenden halten. Jetzt, während sie die Namen auf dem Brett durchging, war klar, dass sich in ihrem Kopf schon der nächste Artikel formte. Ich fasste kurz zusammen, was passiert war, und erklärte ihr Dr. Bundys Diagnose: Commotio cordis.

Während ich sprach, starrte sie wie gebannt auf das Whiteboard. „Einige dieser Namen kommen mir bekannt vor. Die wohnen doch in deinem Bed and Breakfast, oder?"

Ich lehnte mich auf meinem Stuhl nach vorne. „Ach, stimmt ja. Dein aktueller Artikel handelt ja vom *Pine Time*, und dafür hast du meine Gäste interviewt."

Sie nickte und zog leicht die Stirn kraus. „Mein Herausgeber war nur mittelmäßig begeistert davon. Er meinte, der Text sei nicht so spannend wie die anderen, die ich über die Dorfbewohner geschrieben habe. Nichts für ungut … Dein B&B ist natürlich klasse." Dann wandte sie ihre Aufmerksamkeit wieder dem Fall Halpern zu, stand auf und trat näher an die Tafel heran. „Du vermutest also, dass der Täter einer deiner Gäste ist?"

„Es kamen auch ein paar Touristen infrage." Ich zeigte auf die Namen von Doug Croft und Elaine Snow. „Die konnten wir aber ausschließen."

„Ich nehme an, die übrigen durchgestrichenen Namen bedeuten, dass diese Personen ebenfalls nicht mehr verdächtigt werden?"

„Richtig."

Sie tippte mit dem Finger auf die Namen Alicia, Derek und Trevor. „Bei denen sehe ich das genauso. Nach dem Gespräch mit ihnen glaube ich ebenfalls nicht, dass einer von ihnen als Täter infrage käme."

Sie drehte ihren Stuhl zur Tafel und setzte sich wieder.

„Ich bin überzeugt, dass einer von ihnen es getan hat, doch bei einigen fehlt mir ein schlüssiger Grund", erklärte ich. „Meine Hauptverdächtigen sind Constance Halpern, Jeremy Levine und River Carr. Sie hatten die Gelegenheit, da sie alle im B&B wohnen. Bei der Ehefrau liegt das Motiv klar auf der Hand, aber ich kann ihr nichts nachweisen. Levine ist schwer einzuschätzen und hat mit seiner zwielichtigen Art mein Misstrauen geweckt. Carr ist mit Nick aneinandergeraten, aber auch das reicht natürlich nicht als Beweis. Er steht nur noch immer auf der Liste, weil ich ihn bisher nicht erreichen konnte."

„Was ist mit Kristina und Kyle Mandel? Warum hast du die beiden gestrichen?"

Nachdem ich erklärt hatte, wie widerlich Halpern sich Kristina gegenüber verhalten und wie Kyle darauf reagiert hatte, sagte ich: „Ich habe aber nichts gegen einen von beiden in der Hand. Als ich sie gestern Abend verhörte, konnten sie einander ein Alibi geben. Kyle wirkte, was das Schicksal seines Schwagers anbelangt, eher gleichgültig. Kristina gefiel es natürlich nicht, dass dieser so ein Mistkerl war, aber sie schien sich eher um ihn zu sorgen, als ihm etwas Böses zu wollen. Außerdem ist sie so sehr mit sich selbst und dem Baby beschäftigt, dass sie Nick Halpern seit ihrer Ankunft hier kaum einen Gedanken gewidmet hat. Ich glaube ihnen."

Lupe hatte die Lippen fest zusammengepresst und wippte

unruhig mit einem Bein. Ganz eindeutig war sie anderer Meinung als ich.

„Du bist nicht überzeugt? Haben sie dir gegenüber irgendetwas geäußert, was für mich von Wichtigkeit wäre?"

Sie überlegte einen Moment lang. „Nein. Das einzig Seltsame war, wie schockiert Kyle über die Schwangerschaft seiner Frau wirkte."

„Das ist mir auch aufgefallen. Ich glaube allerdings, egal wie sehr man sich auf ein Baby freut, die Wahrheit ist für die meisten erst einmal ein großer Schock."

„Wohl wahr", stimmte sie zu. „Und das allein rechtfertigt noch nicht, ihn auf die Liste der Mordverdächtigen zu setzen. Es sei denn …"

„Was?"

„Sie hätten gemeinsame Sache gemacht."

Ich schwieg kurz, ließ mir diese Möglichkeit durch den Kopf gehen und setzte dann mit dem Marker ein X hinter ihre Namen. „Daran hatte ich noch nicht gedacht und halte es auch eher für unwahrscheinlich, aber ganz ausschließen kann man es natürlich nicht. Wir sollten sie wohl auf der Liste belassen, jedoch ganz unten."

„Ist das die Entscheidung von Sheriff O'Shea oder eher von Kristinas Freundin?"

Ehrlich gesagt, fragte ich mich das auch. „Was weißt du sonst noch über die übrigen Gäste? Fangen wir mit Jeremy Levine an."

„An ihn erinnere ich mich besonders gut. Ich hatte den Eindruck, dass er sich in dem Kreis als Außenseiter fühlt."

„Er ist erst um Neujahr zu ihnen gestoßen. Für Trevor sind acht Monate zwar schon eine extrem lange Beziehung, für eine Gruppe hingegen, die sich schon so viele Jahre kennt, ein verschwindend kurzer Zeitraum."

„Das muss es sein. Er wirkte nicht gerade glücklich auf mich. Und er hasst seinen Job."

Ich blätterte in meinem kleinen Notizbuch. „Er ist

Verwaltungsassistent. Hat wahrscheinlich keine große Chance, aufzusteigen. Wenn er extrem gut ist, könnte er es vielleicht zum Büroleiter schaffen."

„Überhaupt nicht das, was seine ursprünglichen Ziele waren. Er hat zwar Jura studiert, aber das Studium nicht abschließen können."

„Das könnte zu Verbitterung führen. Vielleicht fühlt er sich seinem Freund gegenüber sogar minderwertig. Trevor war immer ein Macher und scheint in seiner Kanzlei aktuell so richtig durchzustarten."

„Aber wir sprechen hier von einem Mord", erinnerte Lupe mich. „Wie macht ihn das zu einem Verdächtigen?"

„Das allein natürlich nicht", stimmte ich zu, „aber Wut kann sich auf seltsame Weise manifestieren. Wir suchen nach einem Auslöser, der ihn zum Explodieren gebracht haben könnte. Wenn er mit seinem Berufsleben unzufrieden ist und sich privat unzulänglich fühlt, könnte er das an jemand anderem auslassen." Ich verschränkte die Arme vor der Brust und starrte auf Jeremys Namen an der Tafel. „Doch warum Halpern? Warum sollte er sich ausgerechnet an einem Kerl abreagieren, dem es genauso geht?"

„Projektion?", schlug Lupe vor. „Er hat seinen Frust an ihm ausgelassen, weil Halpern ihn an sich selbst erinnert hat?"

„Möglich, aber es ist nicht das starke Motiv, nach dem ich suche. Dass Jeremy ihn angegriffen haben soll, erscheint mir ziemlich aus der Luft gegriffen. Machen wir mit Constance weiter."

„Ist der Ehepartner nicht immer automatisch der Hauptverdächtige?", fragte Lupe.

„Oft, ja. Ich habe ziemlich lange mit Constance geredet, gleich, nachdem wir ihren Mann gefunden hatten. Ihr Verhalten kam mir merkwürdig vor, aber sie stand womöglich unter Schock. Sie erzählte mir, wie er seinen Job verloren hatte und danach in eine tiefe Depression abgerutscht ist."

„Ich habe auch mit ihr gesprochen", sagte Lupe, „aber nur

ganz kurz. Ich habe sie gefragt, warum sie ausgerechnet dieses Wochenende in Whispering Pines verbringt, und sie meinte, sie hoffe, ihr Leben neu ausrichten zu können."

„Ihr Leben? Hat sie das genau so gesagt? Nicht *ihr gemeinsames* Leben?"

Lupe blätterte ebenfalls durch ihre Aufzeichnungen. „So habe ich es mir notiert: einen Neuanfang für ihr Leben. Warum ist das wichtig?"

„Die Worte, die wir in emotionalen Momenten wählen, sagen oft mehr, als uns bewusst ist. Dass sie nur von sich sprach und ihren Mann gar nicht erwähnte, könnte etwas zu bedeuten haben. Aber vielleicht war sie einfach nur wütend auf ihn und hat sich vorgestellt, wie es wäre, noch mal ganz von vorn anzufangen."

„Du vermutest, es war geplant?"

„Möglicherweise. Aber ein Neuanfang muss ja nicht gleich bedeuten, dass sie ihn umbringen wollte. Vielleicht hatte sie lediglich vor, ihm zu sagen, dass sie mit dem ganzen Drama durch sei und sich scheiden lassen würde."

„Und was ist mit deinem großen, mysteriösen Fremden?" Sie wackelte vielsagend mit den Augenbrauen.

„Du meinst River Carr?"

„Genau den, der aussieht wie der Engel der Finsternis oder ein Todesbote oder was auch immer. Hat er ebenfalls ein Alibi für die Nacht, in der Mr Halpern starb?"

„Ich habe, wie gesagt, noch nicht mit ihm gesprochen. Gestern war er allerdings mit Morgan unterwegs, und sie bürgt für seinen Charakter. Aber das heißt natürlich nicht, dass sie ihn vom Verdacht freisprechen kann. Immerhin war sie in der fraglichen Zeit nicht bei ihm."

„Carr ist also kein Verdächtiger?"

„Ich will noch mit ihm reden, aber bislang habe ich nur eine harmlose Auseinandersetzung zwischen ihm und dem Opfer. Kein wirkliches Mordmotiv."

War das mein tatsächlicher Grund? Oder versuchte ich

nur, Morgan vor möglichem Herzschmerz zu bewahren? Doch wenn er wirklich ein Mörder war, wäre ihr Herz das Letzte, worum ich mir Sorgen machen sollte. Wahrscheinlicher war, dass ich schlicht Angst hatte, die beste Freundin meines Lebens zu verlieren. Wie man es auch drehte und wendete – gute Polizeiarbeit sah anders aus.

„Damit wären es nur noch zwei", stellte Lupe fest. „Constance Halpern und Jeremy Levine."

„Wenn Halpern nicht mitten in der Nacht von etwas an der Brust getroffen wurde, das aus einem vorbeifahrenden Wagen flog, während er an der Schnellstraße entlangspazierte, bleiben wohl nur die beiden als Verdächtige übrig."

„Da sieht man mal wieder, wie wenig wir unser Schicksal in der Hand haben."

„Ich glaube, ich sollte noch mal zurück zum *Pine Time* fahren und mir die beiden vorknöpfen."

„Kann ich irgendwie helfen?"

Ich lächelte. „Danke, aber ich habe alles im Griff."

Lupe drehte ihren Stuhl so, dass sie in den Hauptraum sehen konnte. Genauer gesagt: zu Reed.

„Du magst ihn wirklich, oder?", fragte ich.

„Ich war in den letzten Jahren beruflich so viel unterwegs, dass mir gar keine Zeit für eine feste Beziehung blieb. Und an unser erstes Abendessen hatte ich auch wirklich keine großen Erwartungen. Aber ja, ich mag ihn wirklich sehr." Sie sah mich mit flehenden Augen an. „Was kann ich tun, um in diesem Dorf bleiben zu dürfen?"

„Das ist die Eine-Million-Dollar-Frage, nicht wahr? Es gibt leider Regeln, wer aufgenommen wird."

Sie fuchtelte hilflos mit der Hand in der Luft herum. „Martin hat mir davon erzählt. Aber du bist doch der große Boss, oder? Kannst du sie nicht einfach ändern?"

„Ich und der Boss?" Ich lachte. „Warum? Weil meiner Familie das Land gehört? Eben darum gibt es den Rat, damit nicht eine einzelne Person zu viel Macht erlangt. Die Regeln sind klar, Lupe. Der einzige Weg, dauerhaft im Dorf zu bleiben, ist ein Job hier. Wenn du einen der Ladenbesitzer überreden kannst, dich einzustellen, würde der Vorstand dich wahrscheinlich bleiben lassen."

Sie starrte scheinbar gedankenverloren in die hinterste Ecke meines Büros, aber es war ihr anzusehen, dass es in ihrem Kopf arbeitete. Ich konnte zwar nicht viel tun, um ihr zu helfen, würde sie aber ganz sicher auch nicht am Bleiben hindern.

Aus dem Hauptraum drang plötzlich neuer Tumult zu uns herüber.

„Bitte, helfen Sie uns. Dustin ist schon wieder verschwunden."

Kapitel Siebenundzwanzig

ICH EILTE NACH VORNE UND FAND MICH EINER JUGENDLICHEN gegenüber, in deren großen, braunen Augen Tränen glänzten.

Ungefähr einen Meter sechzig groß, glattes dunkelblondes Haar, das ihr bis zu den Schultern reichte, sportliche Figur und schätzungsweise vierzehn Jahre alt.

Ich nahm ihre Hände, sah ihr in die Augen und versuchte, sie zu beruhigen. Offensichtlich stand sie kurz davor zu hyperventilieren, und ich wollte natürlich vermeiden, dass sie mir ohnmächtig wurde. Irgendwann gelang es ihr tatsächlich, ihre Atmung unter Kontrolle zu bekommen, und sie schien sich wieder halbwegs im Griff zu haben.

„Gut. Ich bin Sheriff O'Shea. Erzähl mir, was passiert ist. Wer ist Dustin?"

Sie nickte, während sie sprach, als würde ihr das helfen, sich zu fangen. „Dustin ist mein Bruder. Er ist vier." Sie zeigte auf Reed. „Er hat ihn neulich am Strand gefunden."

„Ich erinnere mich an Dustin." Reed klang unbesorgt. „Er ist also schon wieder ausgebüxt?"

„Ja. Wir waren im Wald bei diesem Kreis?"

„Dem Meditationskreis?", ergänzte ich.

„Ja, ich glaube, so heißt er. Da ist diese Feuerstelle in der Mitte und überall Bänke drumherum."

„Genau, den meine ich auch. Okay, also ihr wart mit der Familie dort?"

„Ja, ganz viele von uns sind extra fürs Wochenende hierhergekommen. Wir sind …" Sie blickte nach oben, als würde sie im Kopf nachrechnen. „Meine Mama und mein Papa, ich und mein kleiner Bruder, meine Tante und mein Onkel mit drei Cousins und meine Oma. Sind das zehn? Es sollten zehn sein."

„Sind es", bestätigte ich. „Ihr habt also zusammen eine Wanderung unternommen?"

„Na ja, eine richtige Wanderung war es nicht. Da ist dieser Pfad, der nach oben führt, und dem sind wir einfach gefolgt. Dann aber haben sich meine drei Cousins gestritten. Meine Oma hat versucht zu schlichten und meine Tante war total genervt, weil ihre Kinder kleine Teufel sind und nie auf jemanden hören." Das Mädchen schüttelte auf typische Teenager-Manier angewidert den Kopf. „Keiner hat auf meinen kleinen Bruder geachtet. Alle sind gelaufen und haben sich gestritten, und plötzlich sagte mein Dad: ,Wo ist eigentlich Dustin?'"

„Okay, du regst dich schon wieder extrem auf. Ganz ruhig."

Sie atmete mit mir ein und stieß die Luft langsam wieder aus.

„Sind die Übrigen noch beim Meditationskreis?"

„Mehr oder weniger. Meine Eltern, meine Tante und mein Onkel suchen nach Dustin. Wir beschlossen, eine Person sollte die Polizei verständigen. Oma passt auf die drei kleinen Teufel auf. Also blieb nur noch ich übrig. Kommen Sie mit?"

„Aber natürlich." Ich wandte mich an Reed. „Ich nehme Meeka mit. Setz du dich bitte mit dem Büro des County Sheriffs in Verbindung. Sie sollen Gewehr bei Fuß stehen.

Wenn wir den Jungen nicht in kürzester Zeit finden, will ich, dass sie ein Such- und Rettungsteam losschicken." Ich klopfte mir ans Hüftholster und lief dann in mein Büro, um mein Funkgerät zu holen. „Wir bleiben in ständigem Kontakt. Sobald ich oben bin und mit der Suche begonnen habe, melde ich mich alle zehn Minuten mit einem Update."

„Verstanden." Martin hatte bereits zum Hörer gegriffen. „Willst du nicht, dass ich dich begleite und helfe?"

„Noch nicht. Bleib vorerst hier, bis wir wissen, ob wir die Sucheinheit aktivieren müssen." Ich pfiff nach Meeka, die prompt unter ihrer Liege hervorkam. „Los, Kleine."

Dieses Mal spürte sie an meinem Tonfall, dass es ernst war, und ließ sich ohne Zögern das Geschirr und die Leine anlegen. Bevor wir aufbrachen, ging ich noch einmal ins Büro zurück und griff nach dem kleinen Rucksack, den ich vorab mit dem ausgestattet hatte, was die Pfadfinder als die *Ten Essentials* bezeichnen: Multifunktions-Taschenmesser, Erste-Hilfe-Set, Regenschutz, Wasserflaschen, Taschenlampe, haltbare Lebensmittel, Rettungsdecke, Sonnenschutz, Kompass und wasserfeste Streichhölzer.

Dann stand ich mit Meeka zu meinen Füßen in der Tür, schloss die Augen und atmete ein paar Mal tief durch.

„Keine Panik", flüsterte ich mir selbst zu, da mir Fälle von vermissten Kindern immer besonders nahegingen. „Reiß dich zusammen. Diese Familie zählt auf dich."

Meeka drückte sich leicht gegen mein Bein, als würde auch sie sich innerlich bereit machen. Ich stieß einen letzten, langen Atemzug aus, streichelte meinem Hund über den Kopf und kehrte zurück in den Hauptraum.

„Du hast mir noch gar nicht gesagt, wie du heißt, Liebes", sagte ich zu dem Mädchen.

„Ich bin Lindy."

Ich legte den Arm um sie. „Lindy, ich bin Jayne. Lass uns gehen und Dustin finden."

Mit Lindy auf dem Beifahrersitz trat ich aufs Gas und hupte, während wir die zweispurige Straße entlangrasten und dann die staubige Schotterpiste Richtung Bach nahmen. Von dort aus war es nur noch ein kurzes Stück bis zum Meditationskreis, vielleicht vierhundert Meter. Sobald Meeka aus dem Auto war, griff Lindy nach meiner Hand und rannte mit mir den Weg entlang.

„Oma!", rief sie. „Oma, ich hab den Sheriff mitgebracht!"

Als wir durch die Bäume auf die Lichtung traten, die den Kreis darstellte, blieb ich abrupt stehen – nur für ein, zwei Sekunden vielleicht, aber es fühlte sich an wie eine kleine Ewigkeit. Das letzte Mal, als ich hier gewesen war, hatte sich Sheriff Karl Brighton vor meinen Augen das Leben genommen. Ganz automatisch schaute ich zu der Bank ganz im Westen, direkt am Waldrand. Dort hatte er gesessen, das Gesicht den Bäumen zugewandt.

Ich zwang mich wegzusehen, und mein Blick landete auf einem halbmondförmigen Stück kahler Erde neben der Feuerstelle. Das musste die Stelle sein, an der Priscilla Page vierzig Jahre zuvor verstorben war. Dort hatte Flavia in der Mitte gestanden, Rae zu ihrer Rechten, Priscilla zu ihrer Linken. Und mein Dad? Ganz in der Nähe von Rae, wenn meine Großmutter das korrekt notiert hatte.

Wie viele Menschen mussten in diesem Dorf noch sterben? Und welche Rolle spielte ich dabei? War ich Teil des Problems oder nur hier, um diesem unheilvollen Schatten den Kampf anzusagen? Ein milder, warmer Luftzug strich durch das Blätterdach und brachte die Zweige zum Flüstern. *O'Shea*, schienen sie mir zuzuraunen, und holten mich zurück in die Gegenwart.

Ich blinzelte und bemerkte erst jetzt die Frau, die ich auf Anfang sechzig schätzte. Sie sah völlig erschöpft aus – ob vor Schock über den verschwundenen kleinen Dustin oder vom puren Stress mit den drei *Teufeln*, die sie zu hüten versuchte, ließ sich schwer sagen.

Zwei kleine Jungen und ein Mädchen, alle ungefähr im gleichen Alter von vier oder fünf Jahren, jagten lachend und kreischend um den Meditationskreis herum. Sie hatten richtig Spaß. Noch schien keiner zu bluten oder sich irgendwelche Schrammen zugezogen zu haben, doch bei so viel Chaos und Bewegung war es vermutlich nur eine Frage der Zeit.

„Ihr habt sie mit dieser Rasselbande allein gelassen?", fragte ich leise, fast ungläubig.

„Sie hat ein kaputtes Knie", antwortete Lindy, als sei damit alles gesagt … was es im Grunde auch war. Von den beiden war sie eindeutig die Schnellere gewesen.

„Oh, Gott sei Dank." Die Großmutter blickte zu Lindy und deutete auf das kleine Terror-Trio. Die verstand sofort und übernahm die Aufgabe des Babysitters, sodass die ältere Dame zu mir kommen konnte. „Lindy hat Ihnen sicher erzählt, dass die anderen nach ihm suchen? Sie haben sich in Zweiergruppen aufgeteilt, damit nicht noch jemand verloren geht. Und falls doch, ist wenigstens niemand allein. Ich wünschte, sie könnten zumindest anrufen, aber Sie wissen ja bestimmt selbst, dass es in diesem Dorf keinen Handyempfang gibt, oder?"

„Das weiß ich nur zu gut, Ma'am. Ich bin Sheriff O'Shea. Was können Sie mir noch berichten?"

Wie sich herausstellte, hatte Lindy alles schon perfekt geschildert. Die Großmutter, deren Vorname Eloise war, konnte mir keine neuen Informationen liefern, aber zumindest das bereits Gehörte bestätigen.

„Wo haben Sie Dustin zuletzt gesehen?", fragte ich so laut, dass auch Lindy mich trotz des Kreischens der Kleinkinder verstehen konnte.

„Hier", sagte Eloise.

„Tante Helen …", Lindy deutete mit Blick auf die

Kleinen an, dass sie deren Mutter meinte, „ist total besessen von eurer Religion hier."

„Ist sie eine praktizierende Wicca?", erkundigte ich mich.

„Noch nicht ganz, aber sie arbeitet daran", erwiderte Eloise. „Wir sind extra hier heraufgekommen, damit sie uns bei einer Meditation anleiten kann, aber mit diesen drei Wirbelwinden können Sie sich sicher vorstellen, wie gut das funktioniert hat."

„Eigentlich gar nicht", ergänzte Lindy, „und meine Tante war ziemlich sauer. Es kam zu einem großen Streit, und sie ist wütend davonmarschiert."

„Und wir ihr natürlich hinterher", ergänzte Eloise. „Wenn Helen sich aufregt, ist der Tag für alle gelaufen. Und weil wir uns ausschließlich auf sie konzentriert haben, ist keinem aufgefallen, dass Dustin plötzlich nicht mehr da war."

Lindy verzog das Gesicht, als wollte sie die Tränen zurückhalten. Einen Moment später jedoch brach sie in Schluchzen aus. „Es ist allein meine Schuld, denn ich hätte auf ihn aufpassen sollen."

„Nein, Süße, das ist es nicht", versicherte Eloise ihr auf sehr fürsorgliche, großmütterliche Art. Wie lieb von ihr. Meine Großmutter mütterlicherseits hätte die Augen verdreht und gesagt, ich solle mich zusammenreißen. „Du bist nur die Schwester, nicht die Mutter."

„Ihr beide sagt also", fasste ich zusammen und holte uns zurück ins Hier und Jetzt, „dass das der letzte Ort war, an dem ihr Dustin gesehen habt?"

Beide nickten.

„Ich möchte, dass ihr fünf drüben auf dem Fußweg bei meinem Auto wartet. Ich muss das Gelände untersuchen, aber dazu darf sich niemand hier aufhalten. Lindy, könntest du ihnen bitte den Weg zeigen?"

Das Mädchen nickte und trieb die Kleinen aus dem Meditationskreis, ihre Großmutter folgte ihnen auf den Fuß.

Keine dreißig Sekunden später jedoch tauchte Lindy erneut auf.

„Ich dachte mir, das könnte Ihnen helfen." Sie reichte mir ein kleines, königsblaues Sweatshirt. „Das gehört meinem Bruder. Großmutter meinte, vielleicht kann Ihr Hund anhand des Geruchs eine Spur aufnehmen."

„Darauf ist Meeka zwar nicht spezialisiert, aber wir können es zumindest einmal versuchen." Ich hielt meiner Kleinen das Kleidungsstück unter die Nase, und sie begann sofort, daran zu schnüffeln. „Ich behalte das vorerst bei mir, okay?"

Sie nickte, die Augen fest auf den kleinen Pullover gerichtet. „Meine Mom wird ihn aber zurückhaben wollen."

„Keine Sorge, das wird sie auch, sobald ich Dustin gefunden habe."

Mein Walkie-Talkie meldete sich quietschend zu Wort. „Sheriff? Ich habe dem County Bescheid gegeben. Wie läuft es bei dir? Over."

Ich löste das Gerät von meinem Gürtel und drückte auf die Sprachtaste. „Habe gerade mit der Großmutter geredet. Meeka und ich fangen jetzt an, den Wald zu durchkämmen." Dann zog ich mein Handy aus der Tasche meiner Cargohose und stellte den Timer. „Ich melde mich in zehn Minuten wieder." An das Mädchen gewandt, befahl ich: „Bitte pass auf, dass sich weder deine Großmutter noch die Kleinen vom Auto entfernen, okay? Bleibt unbedingt dort. Das Letzte, was wir brauchen, sind weitere Vermisste."

Lindy versprach es mir hoch und heilig und setzte sogar noch einen drauf: Sobald ihre Eltern samt Tante und Onkel auftauchten, würde sie diese ebenfalls dort festhalten.

Ich trat an den Rand des Meditationskreises und ließ den Blick umherschweifen, versuchte, mir das Ganze aus der Perspektive eines vierjährigen Jungen vorzustellen. Zu hoch. Ich ging auf die Knie. Schon besser.

Ich mag es nicht, wenn alle herumschreien. Das macht mir Angst. Sie gehen alle weg, also bleibe ich einfach hier. Ich habe genug von dem Gebrülle.

Ich blinzelte die Vision weg, ließ sie verschwinden wie ein verpixeltes Video. Zu erzwungen. So dachte kein Vierjähriger. Ich atmete tief ein, hielt die Luft an und ließ sie langsam wieder entweichen.

Ein Streifenhörnchen! Das fange ich mir. Wenn ich mich ganz vorsichtig ranschleiche, bemerkt es mich vielleicht nicht. Mist, zu laut. Es ist weggelaufen. Okay, da ist es wieder. Ich muss jetzt superleise sein. Ein Schritt. Und noch einer. Verdammt! Ich bin auf einen Stock getreten, und das Geräusch hat es erneut verschreckt. Wo ist es hin? Vielleicht da lang ...

Es gab vier oder fünf unterschiedlich breite, gepflegte Wanderwege, die wie Speichen eines Rades von der Lichtung abgingen. Eine Stelle ohne erkennbaren Pfad stach mir ins Auge, an der das Unkraut plattgedrückt wirkte. Ich trat näher. Tatsächlich, einige der Halme waren definitiv niedergetrampelt worden. Ein etwa bleistiftdicker Zweig war frisch abgebrochen und in den Busch hineingeklappt. Erneut ging ich auf die Knie und brachte ihn in seine ursprüngliche Position zurück. Wäre ich vier Jahre alt, hätte ich ihn vermutlich direkt vor der Nase gehabt.

Der blöde Ast ist mir im Weg ... Da. Jetzt muss ich ganz still stehen wie eine Statue und warten, bis das kleine Kerlchen wieder aus seinem Versteck kommt.

Wir mussten irgendwo anfangen, und das schien der logischste Weg zu sein. „Komm, Meeka, wir probieren es hier."

Erneut hielt ich ihr das Sweatshirt unter die Nase, und sie schnüffelte daran und trabte dann voraus. Ob sie wirklich Dustins Spur aufgenommen hatte, konnte ich natürlich nicht mit Sicherheit sagen. Wir hatten kaum zwanzig Meter geschafft, als der Alarm auf meinem Handy losging. Ich zog das Walkie-Talkie aus meinem Gürtel.

„Deputy Reed. Wie versprochen, Update nach zehn Minuten."

„Ich höre, Sheriff. Over."

„Wir haben etwas gefunden. Zertrampeltes Unkraut und ein paar kleine Fußabdrücke, die direkt in den Wald führen. Dieser Spur folgen wir. Over and out."

Obwohl Meeka wie verrückt an der Leine zog, ging ich langsam und vorsichtig weiter, den Blick fest auf den Boden gerichtet und ganz auf die plattgedrückten Halme konzentriert. Hin und wieder führte uns die Spur zu einem Busch. Manchmal verlief sie außen herum, dann wieder direkt hinein, und ich entdeckte ein oder zwei weitere abgebrochene Äste. An solchen Stellen mussten wir anhalten – sehr zu Meekas Missfallen – und die Fährte neu aufnehmen. Und wieder piepte mein Alarm.

„Deputy Reed. Nächstes Update."

„Ich höre, Sheriff. Over."

„Wir folgen weiterhin einer Art Pfad durch den Wald. Ich vermute, die Eltern haben einen bereits vorhandenen Weg gewählt, statt sich einen neuen zu suchen. Wir bleiben dran und gehen weiter Richtung Norden. Over and out."

Das Ganze wiederholten wir noch zwei Mal, immer im Takt meines Timers. Und jedes Mal, wenn ich in Erwägung zog umzukehren, stieß ich auf etwas Neues – winzige Fußabdrücke oder zertretenes Gras. Also blieb ich auf Kurs. Nach weiteren fünf Minuten hielt Meeka plötzlich inne, hob den Kopf, streckte den Hals nach vorn und schnupperte. Dann, ohne jegliche Vorwarnung, wich sie zurück, schoss hinter meine Beine und duckte sich. Was auch immer sie gewittert haben mochte, es schien ihr ganz und gar nicht zu behagen. War es ein Stinktier? Ein Fuchs?

Dreißig Sekunden später hatte ich meine Antwort.

„Na, wenn das nicht Sheriff Jayne O'Shea ist."

Es gab nur eine Person im ganzen Dorf, die so groß war und dazu so übel roch. *Knapp zwei Meter groß, verfilztes weißes*

Haar und einen ebensolchen Bart … Der Mann sah aus, als hätte er sein ganzes Leben im Wald verbracht.

„Willie? Was machst du denn hier draußen?"

Blind Willie, wie jeder im Ort den Eigenbrötler zu nennen pflegte, trat einen Schritt zur Seite und gab den Blick auf einen kleinen Jungen frei, der sich hinter ihm versteckt hatte. „Du suchst doch nicht etwa nach Dustin, oder?"

Ich schickte ein stilles Dankgebet ans Universum, während ganz allmählich die Anspannung von mir abfiel. Aus vielerlei Gründen musste zumindest diese Suche mit einem Erfolg enden.

„O doch, das tue ich. Und ebenso seine Mama, sein Papa, seine Tante und sein Onkel." Ich ging zu dem kleinen Jungen hinüber und beugte mich zu ihm hinunter. „Ich bin Sheriff Jayne. Deine Familie macht sich große Sorgen um dich. Was genau ist denn passiert?"

„Da war diese kleine Katze", erklärte Dustin. „Eigentlich wollte ich einer grünen Schlange folgen, aber die hat sich verlaufen."

Ich wartete auf weitere Details, aber der Kleine schien mit dieser Erklärung zufrieden zu sein. „Jetzt bin ich doch verwirrt. Wer hat sich verlaufen? Die Katze oder die Schlange?"

Er verdrehte die Augen, als wäre ich schwer von Begriff, und fing noch einmal von vorne an. „Ich bin der Schlange hinterher, aber die ist in einem Busch verschwunden. Dann kam das Kätzchen. Das habe ich zu fangen versucht, aber es war zu schlau."

„Du hast die Katze wahrscheinlich auch schon mal gesehen", mischte Willie sich ein.

„Weiß mit blauen Augen?", fragte ich. „Und die Leute hier nennen sie Blue?"

„Genau die. Wusstest du, dass die meisten weißen Katzen mit zwei blauen Augen taub sind?"

„Nein, das ist mir neu."

„Es ist was Genetisches", erklärte Dustin mit ernster Miene, als handle es sich um eine tödliche Krankheit, und ließ sich gleich darauf auf alle Viere fallen, um Meeka zu streicheln.

Ich unterdrückte ein Grinsen. Er plapperte offensichtlich nur nach, was Willie ihm erzählt hatte. „Das war mir ebenfalls nicht bekannt. Meeka hat Blue gestern im Pentagramm-Garten entdeckt. Sie mochten sich auf Anhieb."

„Sie ist eine ganz Schlaue, unsere Blue", sagte Willie. „Hat Dustin direkt zu meiner Hütte geführt. Und ich dachte mir: Wenn in unserem Wald nicht plötzlich kleine Jungen wie Unkraut aus dem Boden sprießen, wird ihn wohl jemand aus dem Dorf vermissen."

Der Kleine kicherte. „Jungen-Unkraut."

„Ich kann dir gar nicht genug danken, Willie. Hast du zufällig seine Eltern oder Tante und Onkel ebenfalls gesehen?"

„Werden die auch vermisst?"

„Nicht direkt, aber sie sind ebenfalls verschwunden, weil sie ihn suchen. Solltest du ihnen zufällig über den Weg laufen, würdest du ihnen bitte sagen, dass ich Dustin jetzt zurückbringe?"

Er salutierte knapp, versprach, nach der restlichen Familie Ausschau zu halten, und verschwand im dichten Gebüsch.

„Willie?", rief ich ihm noch nach.

Wie ein Waldschrat tauchte er ebenso schnell wieder auf, wie er verschwunden war. „Sheriff?"

„Gibt es von hier aus einen einfacheren Weg zurück zum Meditationskreis?"

Er zeigte nach Westen und erklärte, wir müssten nur etwa hundert Meter in diese Richtung gehen, um auf einen breiteren Pfad zu stoßen. „Wenn ihr dem nach Süden folgt, seid ihr in ungefähr zehn Minuten wieder an eurem Ausgangsort."

„Vielen Dank, Willie."

„Gern geschehen." Er blickte zu Dustin hinunter und deutete mit einem kräftigen, breiten Finger auf ihn. „Und du, kleiner Mann, komm bloß nicht auf die Idee, noch weiteren Schlangen hinterherzujagen."

Der kicherte und schlang zum Abschied die Arme um Willies Bein. „Bestimmt nicht, versprochen."

Ich ließ Reed wissen, dass ich den Jungen aufgestöbert hatte und ihn jetzt zu seiner Familie zurückbringen würde. Tatsächlich fanden wir den Weg problemlos, und nach einem zwanzigminütigen Fußmarsch, da Dustin natürlich viel kürzere Beine hatte als Willie, tauchte in der Ferne mein SUV auf. Dort standen inzwischen noch weitere Leute als nur Lindy und Eloise. Auch die Erwachsenen schienen zurückgekehrt zu sein.

Die drei Vorschulkinder kamen drängelnd und schubsend auf uns zugerannt, denn jeder wollte als Erster bei Dustin sein.

„Hey, Dustin!"

„Wo bist du gewesen?"

„Wieso bist du ohne uns weggegangen?"

Nach vielen Umarmungen und etlichen Tränen hatten sich Dustins Eltern endlich wieder so weit beruhigt, dass ich ihnen erklären konnte, was passiert war. Sie waren unendlich dankbar und versprachen, ihren Sprössling künftig keine Sekunde mehr aus den Augen zu lassen. Leider war ich überzeugt, dass sie Reed exakt dasselbe zugesichert hatten, nachdem er ihn am See aufstöberte.

„Ich werde dafür sorgen, dass er nicht wieder wegläuft", sagte Lindy leise und zog mich kurz zur Seite. „Natürlich bin ich nicht seine Mutter, aber manchmal fühlt es sich fast so an."

Ich erwiderte ihre Umarmung und erkannte schlagartig, wie sehr wir beide uns ähnelten. Meine Mom hatte mir früher auch stets die Aufsicht über Rosalyn aufs Auge gedrückt. Das war eine zu große Verantwortung, und Lindy schien darunter zu zerbrechen – genau wie ich damals. Dann kam die Nacht, in der ich mich zum ersten Mal weigerte, als kleine Assistentin meiner Mutter zu fungieren. Und genau da wurde Rosalyn entführt. Vom Verstand her wusste ich, dass es nicht meine Schuld war, aber bis heute weigerte sich mein Herz, das zu akzeptieren.

„Hab keine Scheu, ihnen zu sagen, wie du dich fühlst. Als Teenager hast du schon genug mit dir selbst zu tun."

Kapitel Achtundzwanzig

AUF DEM WEG VOM MEDITATIONSKREIS ZUM REVIER WURDE mir der Wert des Augenblicks bewusst. Von dem Moment an, als ich mich auf die Knie begab und das Gelände aus der Perspektive eines Vierjährigen betrachtete, bis zu dem Augenblick, als ich Dustin seiner Familie zurückbrachte, galt meine ganze Aufmerksamkeit nur ihm. In gewisser Weise wurde die Welt kleiner, weil ich nichts anderes sah als das, was direkt vor mir lag. Gleichzeitig wurde sie größer, denn statt des Waldes als Ganzes nahm ich plötzlich all die Details wahr, die mir normalerweise entgingen: die unterschiedlichen Farben, die Gerüche, die Geräusche. Es war irgendwie … belebend.

„Gibt es noch etwas, womit ich dir helfen kann?", fragte Martin gegen Ende des Nachmittags. „Soll ich dir vielleicht den Papierkram abnehmen?"

„Nein, danke, damit bin ich so gut wie fertig." Ich klickte bei Dustins Bericht auf *Speichern* und würde ihn noch ein letztes Mal durchgehen, bevor ich die Akte schloss.

„Glückwunsch, dass du den Jungen gefunden hast."

„Danke, und auch dafür, dass du als mein Back-up im Hintergrund Gewehr bei Fuß gestanden hast."

Er winkte ab. „Das ist immerhin mein Job. Wenn es okay

für dich wäre … Lupe sehnt sich nach zwei Tagen in völliger Abgeschiedenheit nach etwas Gesellschaft."

„Na klar. Viel Spaß. Zumindest hoffe ich, dass ihr den haben werdet. Sie kam mir ziemlich niedergeschlagen vor, weil sie gehen muss, oder?"

„Ja, das ist sie. Wenn ich wenigstens eine eigene Wohnung hätte, könnte sie mich besuchen, ohne für eine Unterkunft zahlen zu müssen."

„Vorsicht! Womöglich zieht sie dann gleich dauerhaft bei dir ein."

Er grinste schelmisch und verließ das Gebäude. Nachdem ich Dustins Bericht noch einmal geprüft hatte, überdachte ich meinen Plan, mich mit Morgan zum Abendessen zu treffen. So gerne ich auch Zeit mit ihr verbringen wollte, sollte ich wirklich dringend mit Carr reden und ihn entweder als Verdächtigen weiterverfolgen oder von der Liste streichen. Das bedeutete, ich musste unsere Verabredung verschieben.

Als Meeka und ich bei *Shoppe Mystique* ankamen, trafen wir auf Willow, die gerade die Veranda fegte. Kaum, dass sie uns bemerkt hatte, hielt sie uns die Tür auf. Diese freundliche Geste kam völlig unerwartet, denn normalerweise verhielt sie sich mir gegenüber eher reserviert.

„Morgan hat mir gesagt, dass du vorbeikommen würdest", sagte sie und folgte uns ins Innere. „Ich glaube, sie ist im Leseraum."

Während wir den Laden durchquerten und die alten Holzböden bei jedem unserer Schritte knarrten und knarzten, fiel mir auf, dass die gestern zumindest noch halbvollen Regale inzwischen fast komplett leer waren.

„Sieht so aus, als hättet ihr ein gutes Wochenende gehabt", sagte ich zu Morgan, die tatsächlich genau dort war, wo Willow sie vermutet hatte, und gerade die Bücher in den Regalen entlang der Wand neu ordnete – jener Wand, hinter der sich der geheime Altarraum verbarg.

„Ja, und das Timing war perfekt. Alles Saisonale, was sich

bisher nicht verkaufen ließ, hätten wir eh bis zum Frühling einlagern müssen, denn es wird Zeit, die Herbstsachen hervorzuholen. In weniger als einem Monat ist Mabon, und dann dreht sich alles um die Ernte."

Allein bei dem Gedanken an den Herbst, die heiligste Zeit für die Wiccas, begannen ihre Augen zu leuchten. Für sie begann das neue Jahr nämlich mit Halloween oder besser gesagt Samhain, wie sie den Tag zu nennen pflegten.

„Ich weiß, wir wollten eigentlich im *Triple G* essen gehen", setzte ich an, „aber lass uns das bitte verschieben. Ich muss dringend zurück ins B&B."

„Kein Problem. Das kommt mir sogar sehr entgegen." Sie machte eine ausladende Geste. „Wie du siehst, haben wir eine Menge aufzufüllen. Und wie ich vorhin schon erwähnte, kommt River heute Abend vorbei, um Mama kennenzulernen."

Bei der Erwähnung von Carrs Namen zog sich mir der Magen zusammen.

„Ich könnte fünf Minuten für eine Tasse Tee erübrigen." Wieso drängte ich so darauf? Eigentlich musste ich schleunigst nach Hause und mir diesen Typen vornehmen.

„Nicht heute Abend, Jayne. River wird das Dorf eh nach dem Abendessen verlassen. Wir haben also die nächsten Tage noch genug Zeit, um uns in Ruhe zu unterhalten."

Sie öffnete die Ladentür, und mir wurde erst jetzt bewusst, dass sie mich unauffällig in Richtung Ausgang dirigiert hatte.

„Wir reden bald ausführlicher. Ich verspreche es." Ihre Fingerspitzen an meinem Arm, geleitete sie mich hinaus. „Sei gesegnet."

Da stand ich nun also auf der Veranda ihres Ladens und fühlte mich irgendwie höflich hinauskomplimentiert. Wie nannte man es wohl, wenn man genau das bekam, worum man gebeten hatte und sich trotzdem unzufrieden fühlte, weil jemand anderes einem die Entscheidung abgenommen hatte?

Als am Ende meiner langen Einfahrt die Garage und der Aston Martin in Sicht kamen, begann mein Puls zu rasen. War ich etwa nervös? Ich konnte mich nicht erinnern, das vor einem Verhör jemals gewesen zu sein. Vielleicht bei meinem allerersten, aber seither nicht mehr. Die Wahrheit war: Meinetwegen hätte Carr schuldig sein können, aber um Morgans willen hoffte ich inständig, dass dem nicht so sein mochte.

Ich ließ Meeka aus ihrer Box und durchquerte den Garten in Richtung Terrasse. Bereits auf halbem Weg vernahm ich Stimmen, und als ich um die Hausecke bog, entdeckte ich unsere Gäste, die dort gemütlich beisammensaßen. Und Tripp war mittendrin.

„Was ist denn hier los?", fragte ich, als er mir entgegenkam, um mich zu begrüßen.

„Ich dachte mir, die Leute könnten ein bisschen Ablenkung gut gebrauchen. Komm, setz dich zu uns. *Pine Time* feiert die Premiere seines Wein-und-Käse-Abends."

Der erste Gedanke, der mir in den Sinn kam, war: *Hoffentlich hast du dafür nicht zu viel ausgegeben.* Violets Warnung, dass es im Winter schwer werden könnte, hatte mich den ganzen Nachmittag nicht losgelassen.

„Du solltest dich aber zuerst umziehen", riet er mir. „Das hier ist eine zwanglose Zusammenkunft, und eine Sheriff-Uniform wäre da nur störend."

„Eigentlich …", setzte ich an, und seiner Miene war deutlich anzusehen, dass er ahnte, was kam.

Also warf er einen schnellen Blick über die Schulter, um sicherzugehen, dass sich niemand in Hörweite befand. „Ist er verdächtig?"

„So genau kann ich das nicht sagen, aber auch nicht ausschließen, solange ich nicht mit ihm gesprochen habe. Er hat noch nicht ausgecheckt, oder?"

„Nein, warum sollte er? Er hat doch bis morgen bezahlt."

„Ich habe gerade eben Morgan getroffen, und sie meinte, er wollte noch heute Abend abreisen."

Tripp runzelte verwirrt die Stirn. „Woher will sie denn das wissen?"

„Ich habe dir doch gestern Abend von den beiden erzählt, oder nicht?"

„Von den beiden? Nicht, dass ich wüsste. Was ist mit ihnen?"

Ich bemühte mich stets, Dienstliches und Privates so gut wie möglich voneinander zu trennen. Wenn wir beim Abendessen über unseren Tag sprachen, gab ich ihm immer nur eine grobe Zusammenfassung der aktuellen Ereignisse, um zu vermeiden, dass er bei den Ermittlungen direkt wieder mitzumischen versuchte. Nicht, dass ich seine Unterstützung nicht zu schätzen wusste, aber seit ich Sheriff war, waren die Grenzen dessen, was ich erzählen durfte, etwas schwammig. Es gab Dinge, die ich ihm einfach nicht anvertrauen konnte. Doch da die Sache mit Morgan nicht direkt etwas mit dem Halpern-Fall zu tun hatte, erzählte ich ihm, dass sie gestern plötzlich von der Bildfläche verschwunden war.

„Und du hast dir Sorgen gemacht, er könnte ihr etwas angetan haben? Geht es ihr denn gut?"

Sein Tonfall und seine Haltung signalisierten, dass er direkt losrennen würde, sollte sie Hilfe benötigen.

„Ja, es ist alles in Ordnung", versicherte ich ihm, „aber ich muss mit Carr reden, wegen dieser Sache neulich beim Frühstück. Es war wahrscheinlich nichts, aber man weiß nie, was jemanden zum Ausrasten bringt."

Tripp richtete sich auf und straffte die Schultern – seine typische Alpha-Gorilla-Pose. „Ich denke, er ist oben. Hat sich seinen Kelch vollgefüllt, ein paar Käsestückchen geschnappt und ist wieder verschwunden." Dann starrte er mich an und wartete, dass ich seinen Blick erwiderte. „Du sagst Bescheid, wenn du Hilfe brauchst, ja?"

Das war der andere Grund, warum ich versuchte, Dienstliches und das B&B voneinander getrennt zu halten. Er meinte es ja gut, aber was die Polizeiarbeit anging, wusste ich selbst am besten, was zu tun war.

„Keine Sorge, ich komme schon klar. Heb mir ein Glas Wein auf."

Meeka wollte eigentlich lieber bei Tripp bleiben, denn sie roch den Käse, aber ich bestand darauf, dass sie mitkam. Sich verteidigen zu können, bedeutete auch, seine Waffen bei sich zu haben – sowohl die Glock als auch den Polizeihund.

Wir fanden Carr in der kleinen Nische am oberen Ende der Treppe sitzend vor.

„Der See ist einfach wunderschön", sagte er, ohne den Blick abzuwenden. „Ich verstehe nur zu gut, warum die Leute so gern hier leben."

Ich stimmte ihm zu und setzte mich neben ihn, und Meeka ließ sich zwischen uns nieder.

„Es ist wohl an der Zeit für unser Gespräch, oder?", fragte er. Wie üblich strahlte er eine ruhige Selbstsicherheit aus, die mich jedoch kalt ließ. „Unbedingt."

„Und welches Thema handeln wir zuerst ab?"

„Wie … welches Thema?"

Er stand auf, drehte seinen Ohrensessel vom Fenster weg in meine Richtung und ließ sich erneut darauf nieder. „Ihren unglückseligen verstorbenen Gast oder die bezaubernde Ms Barlow?"

Das brachte mich tatsächlich kurz aus dem Konzept, denn ich hatte eigentlich nicht vorgehabt, mit ihm über Morgan zu sprechen.

„Zuerst das Geschäftliche." Ich schaltete mein Aufnahmegerät ein und stellte es auf den kleinen runden Holztisch zwischen unseren Sesseln. „Beim Frühstück hatten Sie eine kleine Auseinandersetzung mit Halpern."

„Wenn Sie es so sehen." Er trank einen Schluck aus seinem Kelch, bevor er weitersprach. „Ich muss schon sagen,

Sheriff – wenn ein kleiner verbaler Disput ausreicht, um in einem Mordfall als Verdächtiger zu gelten, dann sind Sie vermutlich gut beschäftigt mit Verhören."

„Seine Worte haben Sie offensichtlich getroffen, denn ich habe mitbekommen, was Sie anschließend getan haben." Ich fuhr mir mit dem Finger demonstrativ den Hals entlang.

Er lächelte, ließ sich davon jedoch nicht im Geringsten aus der Ruhe bringen. „Ein netter Trick, nicht wahr?"

„Wo waren Sie in der Nacht, als Nick Halpern starb?"

„Da ich den genauen Todeszeitpunkt nicht kenne, kann ich diese Frage nicht präzise beantworten. Aber sollten Sie ganz allgemein wissen wollen, wo ich mich am Samstag spätabends oder am Sonntag in den frühen Morgenstunden aufhielt … Da war ich hier, teils allein, teils habe ich mich mit Mrs Halpern unterhalten."

„Mit Constance? Mitten in der Nacht?"

„Ich bleibe oft bis spät in die Nacht auf. Und da nur die Fenster meines Badezimmers zum See hinausgehen, habe ich mich genau hier, in diesem Sessel, niedergelassen, um den nächtlichen See und den Himmel zu betrachten."

„Und um wie viel Uhr war das?"

„Ungefähr um Viertel nach eins. In jener Nacht war einiges los im Haus. Gegen halb zwei ging jemand am Flurfenster vorbei, aber ich konnte nicht erkennen, wer es war. Etwa fünfzehn Minuten später kam dann auch noch Mr Halpern und murmelte etwas über seine – entschuldigen Sie den Ausdruck – *Schlampe von Ehefrau*."

„Wie können Sie sich sicher sein, dass es Halpern war und nicht etwa Mr Mandel, der sich über seine Frau ausließ?"

Er legte leicht den Kopf schief, eine Geste der stillen Anerkennung für eine berechtigte Frage. „Guter Einwand, Sheriff. Es hätte natürlich auch er sein können, aber die Stimme klang wie die von Halpern."

„Und wann fand diese Unterhaltung mit Constance statt?"

Er hielt inne und dachte nach. „Es war gegen zwei Uhr

morgens, als wieder jemand vorbeiging. Dieses Mal jedoch kam die Person zurück. Wie zuvor war es dunkel, und ich konnte nicht erkennen, um wen es sich handelte. Da ich wie gesagt den Eindruck hatte, es wäre Mr Halpern gewesen, der vorhin das Haus verließ, wollte ich einfach kurz nachsehen, ob bei seiner Frau alles in Ordnung war."

„Sie sind also zu ihr aufs Zimmer gegangen?"

„Ja. Ich klopfte an, und als sie öffnete, bemerke ich sofort, dass ihre Augen, ihre Nase und ihre Wangen gerötet waren."

„Gerötet, als hätte sie geweint? Oder von der kühlen Nachtluft?"

Er schüttelte den Kopf. „Das kann ich nicht sagen. Ich fragte, ob sie okay sei, und sie erwähnte einen Streit mit ihrem Mann. Ich geleitete sie hinunter in die Küche und gab ihr ein Glas Wasser. Wir sprachen vielleicht zwanzig Minuten lang über ihre Frustration wegen seines Gemütszustands, und als sie sich beruhigt hatte, gingen wir zurück auf unsere Zimmer."

Ich starrte aus dem Fenster, während ich Carrs Zeitlinie im Kopf nachzuvollziehen versuchte. Die unbekannte Person hatte den Flur um halb zwei durchquert. Constance? Kyle? Halpern war angeblich um Viertel vor zwei gefolgt. Eine unbekannte Person kehrte gegen zwei Uhr zurück – und zu diesem Zeitpunkt ging Carr zu Constances Zimmer und unterhielt sich mit ihr bis circa zwanzig nach zwei. Etwa um diese Zeit hatte Laurel mich über das Walkie-Talkie gerufen.

„Constance würde Ihre Aussage bestätigen?"

„Davon gehe ich aus."

„Hat jemand Sie hier oben in der Nische sitzen sehen?"

„Es war ziemlich dunkel in jener Nacht. Wenn ich die Leute, die vorbeigingen, nicht erkennen konnte, nehme ich an, dass es umgekehrt genauso war."

„Mit anderen Worten: Ihr einziges Alibi in dieser Nacht ist Constance, die Sie um zwei Uhr gesehen hat."

„Das ist richtig."

„Alles andere, was Sie mir erzählt haben, ist also nicht belegt. Mr Halperns Leiche wurde um kurz nach zwei entdeckt. Sie hätten ihn töten und anschließend seine Frau aufsuchen können, in der Hoffnung, dass sie Ihnen ein Alibi verschafft."

„So hätte es ablaufen können, ist es aber nicht." Er musterte mich einen Moment lang prüfend. „Sie hegen eine Menge Zorn gegen mich, Sheriff. Da Sie keinen konkreten Beweis dafür haben, dass ich mehr getan habe, als mit Mr Halpern zu sprechen, nehme ich an, es geht eher darum, dass ich Zeit mit Ms Barlow verbringe."

Widersprüchliche Gefühle machten sich in mir breit. Einerseits wollte ich ihn Morgan zuliebe entlasten, andererseits aber auch nur zu gerne drankriegen, um ihn von ihr fernzuhalten. Das war keine saubere Polizeiarbeit. Und er hatte recht: Ich hatte nichts gegen ihn in der Hand.

Ich erwiderte seinen Blick. „War das eine Frage oder wollten Sie mir nur Ihre Sicht der Dinge mitteilen?"

Seine Mundwinkel zuckten, und ein amüsiertes Lächeln huschte über seine Lippen. Dann jedoch warf er einen Blick auf seine Armbanduhr. „Ich muss in zehn Minuten zum Abendessen aufbrechen. Gibt es noch etwas, worüber Sie mit mir sprechen wollten?"

Offensichtlich meinte er die Verabredung mit Morgan. Und darüber wollte ich bestimmt nicht mit ihm reden.

„Ihr Dinner-Date wird mir schon erzählen, was ich wissen muss." Ich erhob mich und fügte hinzu. „Eines sollten Sie sich merken: Sie hat Freunde, die alles für sie tun würden. Ein paar von ihnen können sogar zaubern, also tun Sie ihr besser nichts zuleide."

Hatte ich ihm gerade ernsthaft mit Hokuspokus gedroht?

Kapitel Neunundzwanzig

TRIPP WIRKTE ÜBERTRIEBEN ERLEICHTERT, ALS ICH AUF DIE Terrasse zurückkehrte, wo die Wein-und-Käse-Runde noch in vollem Gange war. Ausgezeichnet. Alkohol lockerte bekanntlich die Zungen.

„Ist alles gut gelaufen?", erkundigte er sich.

„Da bin ich mir noch nicht ganz sicher." Ich ging zu Constance hinüber und bat sie leise, mit mir kurz auf das Sonnendeck zu kommen. Sie folgte mir, das Weinglas in der Hand. An meinem Wagen hielt ich kurz an, um Nicks Akte zu holen, dann führte ich sie hinauf auf meine Veranda. Ich wählte meinen Stuhl so, dass ich die Treppe im Blick hatte, und deutete auf den Platz zu meiner Rechten, der zum See hin ausgerichtet war.

„Ich habe dich seit gestern Morgen nicht mehr gesehen." Dann schaltete ich mein Aufnahmegerät ein und stellte es auf den Tisch neben die Feuerschale. „Von daher wollte ich nur mal hören, wie es dir geht."

„Du meinst, ob der Schock inzwischen nachgelassen hat und ob ich meinen Mann jetzt betraure?"

Noch immer so kalt wie Stein. „Ich muss ehrlich sagen, Constance, deine Reaktion schockiert mich nicht wenig."

„Ich habe dir doch gesagt, dass die Ehe mit Nick seit mehr als einem Jahr eine echte Herausforderung war. Wären die Dinge vorher besser gewesen, hätte ich mit den Belästigungsvorwürfen leichter umgehen können."

„Ein Jahr? Du hast nie erwähnt, dass es bereits vor seinem Jobverlust Probleme gab."

Sie zuckte mit den Schultern. „Das hatte nichts mit unserem ursprünglichen Gespräch zu tun. Tatsache ist, dass wir beide in den letzten zwei Jahren mehr oder weniger wahnsinnig viel gearbeitet haben. Wir haben es so gut wie nie geschafft, gemeinsam ein Abendessen oder eine andere Mahlzeit einzunehmen. Das Einzige, was einem halbwegs sozialen Leben ähnelte, waren Einladungen zu den Partys von Kristina und Kyle. Ich kann mich nicht einmal mehr erinnern, wann wir das letzte Mal aus waren. Wir waren praktisch nur noch eine Wohngemeinschaft, und ehrlich gesagt war mir das ganz recht. Lieber den Spatz in der Hand als die Taube auf dem Dach, wie es so schön heißt."

„Bist du eigentlich sportlich?" Meine Frage schien sie zu überraschen.

„Sportlich? Du meinst, ob ich Mitglied in einem Verein bin?" Sie lachte. „Ich habe dir doch gerade zu erklären versucht, wie viel ich arbeite. Das Einzige, was ich hin und wieder schaffe, sind ein paar Minuten auf dem Laufband. Oder auch mal draußen zu joggen. Das macht mir tatsächlich Spaß."

„Hast du irgendein Talent? Beispielsweise, einen Ball zu werfen oder einen Schlag zu landen? Trainierst du jemals an einem Boxsack?"

Sie lachte, als fände sie allein die Vorstellung total witzig. „Nein, ich habe nicht das geringste Talent, weder im Werfen noch im Schlagen. Ich weiß nicht einmal genau, was ein Boxsack ist. Wo führt diese Fragerei eigentlich hin?"

Ich zog die Akte hervor, die ich zwischen Armlehne und

Sitzkissen geklemmt hatte, und holte das Foto der Prellung auf Nicks Brust heraus.

„Die Obduktionsergebnisse deines Mannes sind eingetroffen, oder besser gesagt, die vorläufigen. Ich gehe davon aus, dir ist bewusst, dass der vollständige Bericht noch Wochen dauern kann."

Constance rutschte unruhig auf ihrem Stuhl herum und wirkte zum ersten Mal nicht gleichgültig, sondern eher verunsichert.

„Und was zeigen diese Ergebnisse?"

„Kennst du den Begriff *Commotio cordis*?"

Sie schien ihre Erinnerung zu durchforsten und nickte dann. „Ja, das ist lateinisch für eine Art Thoraxtrauma. Eine Herzrhythmusstörung, die durch einen Schlag auf die Brust oder den Rücken ausgelöst wird. Es gibt Fälle, bei denen Menschen diese Störung verursacht haben, als sie einem Erstickenden auf den Rücken klopften, was ohnehin nicht empfohlen wird."

Ich drehte das Bild so, dass sie es besser betrachten konnte. „Der Gerichtsmediziner hat diese Prellung auf Nicks Brust entdeckt. Wie du sehen kannst, ist sie ziemlich groß. Sie könnte von einem Basketball stammen, wahrscheinlich aber von einem anderen großen, stumpfen Gegenstand."

„Warte mal." Sie riss mir das Bild aus der Hand. „Das ist Nick?"

„Ja."

„Du willst mir also erzählen, dass mein Mann an Commotio cordis gestorben ist? Das ist doch eine Sache, die hauptsächlich Teenager trifft, vor allem Jungs."

„Nach Angaben des Arztes kann es in seltenen Fällen auch bei Erwachsenen auftreten. Das wirklich Verwirrende für mich ist, dass es passierte, während Nick mitten in der Nacht die Straße entlangspazierte."

Constance saß ganz still da und starrte lange auf das Foto.

Als sie schließlich zu mir aufsah, standen ihr die Tränen in den Augen.

„Als Krankenschwester bin ich dafür ausgebildet, mich täglich mit lebensbedrohlichen Krankheiten und dem Tod auseinanderzusetzen. Und obwohl ich alles in meiner Macht Stehende tue, um meine Patienten so gut wie möglich zu begleiten, muss ich Gefühle ausblenden. Natürlich klappt das nicht immer. Es gibt oft Patienten, zu denen ich eine Bindung aufbaue." Sie wischte sich die Tränen von den Wangen. „Es ist so lange nicht real, bis es eine Diagnose gibt, weißt du? Ich meine, ich habe dir natürlich geglaubt, dass Nick tot ist, auch wenn du mich nicht gebeten hast, die Leiche zu identifizieren." Sie starrte wieder auf das Bild und tippte dann auf eine Stelle darauf. „Siehst du dieses Muttermal?"

Ich beugte mich vor, um genauer hinzuschauen. „Es sieht aus wie ein kleines Herz."

Sie nickte, und jetzt flossen die Tränen ungehindert. „Damals, als noch alles gut zwischen uns war und wir bis über beide Ohren verliebt waren, hat er mir oft gesagt, dass er mich so sehr lieben würde, dass sein Herz diese Menge an Gefühl gar nicht fassen könne und er deshalb ein zweites brauche."

Jetzt, wo sie neben mir schluchzte, war ich es, die sich zusammenreißen musste. Wie oft war ich schon mit dem Tod konfrontiert worden? Wie bei Constance gehörte es auch zu meinem Alltag, Dunkelheit über die schönsten Tage im Leben anderer zu bringen. Ich ging kurz in meine Wohnung, holte eine Packung Taschentücher für sie und schwieg, bis sie sich wieder gefasst hatte. Das verschaffte auch mir Zeit, mich zu sammeln.

„Du hast deinen Mann also noch geliebt", sagte ich leise und nahm so unser Gespräch wieder auf.

Sie nickte und betupfte sich die Augenwinkel. „Ja, das habe ich, obwohl es speziell in den letzten acht Monaten nicht immer einfach war." Sie stieß ein leises, trauriges Lachen aus. „Man denkt, wenn man den Menschen gefunden hat, den man für seine große Liebe hält, wird plötzlich alles ganz leicht. Auf die meisten Dinge trifft das auch zu, aber in einer Beziehung herrscht nie ein vollkommenes Gleichgewicht zwischen Geben und Nehmen. Egal, ob Ehepartner, Familienmitglied oder Freund, einer braucht immer mehr als der andere. Was eine Partnerschaft stark macht, ist, dass beide das akzeptieren und füreinander da sind."

„Hattest du das vergessen, seit es bei ihm bergab ging?"

„Ich glaube schon." Erneut kullerten die Tränen. „Und jetzt ist es zu spät. Ich hätte Nick öfters daran erinnern sollen, dass ich zu ihm stehe, was immer auch geschieht. Aber dann hat mich der Stress eingeholt. Immerhin war ich die Einzige, die das Geld nach Hause brachte. Ich war so darauf fixiert, finanziell über die Runden zu kommen, dass ich völlig vergessen habe, auf die emotionalen Bedürfnisse meines Mannes einzugehen."

„Constance, ich muss herausfinden, wer Nick das angetan hat. Du stimmst mir sicher zu, dass die Wahrscheinlichkeit eines Unfalls verschwindend gering ist. Damit meine ich, dass jemand im Vorbeifahren etwas aus einem Auto geworfen hat, was Nick an der Brust traf und die Arrhythmie auslöste, die letztendlich sein Herz zum Stillstand brachte."

„Das tue ich. Commotio cordis ist an sich schon extrem selten, und es ist zwar nicht unmöglich, aber kaum vorstellbar, dass es so passiert sein soll." Sie fuhr mit den Fingerspitzen über das herzförmige Muttermal auf Nicks Brust, dann sah sie zu mir hoch. „Bin ich jetzt von deiner Verdächtigenliste gestrichen?"

Für einen Moment schien mir das Blut in den Adern zu gefrieren. Eine derartige Frage, völlig aus dem Nichts gestellt – noch dazu von einer hochintelligenten Frau, die zuvor so kalt über den Tod ihres Mannes gesprochen hatte –, wirkte auf mich berechnend. Ich wollte ihr natürlich glauben, also antwortete ich nicht sofort. Stattdessen beobachtete ich ihre

Körpersprache. Sie hielt meinem Blick selbstbewusst stand, aber nicht so lang, dass es gekünstelt gewirkt hätte. Auch zappelte sie nicht herum oder zeigte irgendwelche nervösen Tics. Und obwohl es heute fast warm war, waren ihre Augen, Nase und Wangen stark gerötet. Offenbar gehörte sie zu den Menschen, die beim Weinen nicht blass wurden, sondern rot anliefen. Nein, die Frage war nicht berechnend, sondern eher der stille Hilferuf einer Frau, die mehr ertragen musste, als sie verkraften konnte.

„Ja, das bist du." Ich ließ ihr einen Moment zum Durchatmen, bevor ich fragte: „Hast du in der Nacht, als Nick starb, mit River Carr gesprochen?"

„Ja, das habe ich. Nick und ich hatten einen Streit." Ein leiser Laut entwich ihrer Kehle, als sie gegen neue Tränen ankämpfte. „Unsere letzten Worte waren voller Wut."

Das bestätigte zumindest diesen Teil von Carrs Aussage. Mit ziemlicher Sicherheit handelte es sich bei dem übellaunigen Mann, den Carr vorbeigehen hörte, um Nick. Wer aber war die zweite Person gewesen?

„Hast du sonst noch jemanden um die Zeit gesehen?"

Constance schüttelte den Kopf. „Ich habe bei Kristina geklopft, denn ich wollte mit jemandem über den Streit reden. Aber keiner von beiden hat aufgemacht."

„Kam dir das seltsam vor?"

„Dass keiner die Tür geöffnet hat?" Sie dachte kurz nach, durchforstete ihre Erinnerungen. „Na ja, Kristina hat schon immer geschlafen wie ein Murmeltier. Was Kyle anbelangt, kann ich es nicht sagen."

„Was ist mit Trevor oder Jeremy?"

„Die habe ich nicht gesehen."

„Tendierst du zu irgendeiner Richtung, in die ich deiner Meinung nach weiterforschen sollte?"

Sie schüttelte den Kopf. „Ich wünschte, ich könnte dir etwas raten, aber ich habe keine Ahnung."

„Macht nichts. Ich komme der Sache schon auf den Grund."

Ich streckte die Hand nach dem Foto aus, und sie starrte mich an, als verstünde sie nicht, was ich von ihr wollte. Ihre Welt begann direkt vor meinen Augen zu zerbröckeln − noch mehr, als sie es in den letzten sechs Monaten ohnehin schon getan hatte. Vorsichtig zog ich daran und löste es aus ihren schlaffen Fingern.

Dann brachte ich sie zurück zur Terrasse. Als wir nah genug waren und das Licht auf der Rückseite des Hauses Constances tränenüberströmtes Gesicht erhellte, kam Kristina auf uns zugeeilt, schloss ihre Schwester wortlos in die Arme und sah mich dabei fest an.

„Jetzt ist es ihr endlich so richtig bewusst geworden, nicht wahr?", fragte sie.

Tja, jeder trauerte eben anders. Man konnte einem Menschen nun mal nicht ansehen, was in ihm vorging.

„Ja. Bleibst du bei ihr?"

Sie nickte und führte Constance ins Haus. Gemeinsam ließen sie sich auf einem der Sofas im großen Wohnzimmer nieder.

Ich sah mich auf der Veranda um. Einige Gäste waren noch da. Alicia und Derek unterhielten sich leise und warfen mir zwischendurch fragende Blicke zu. Trevor nahm einen großen Schluck aus seinem Weinglas. Kyle starrte durch das Fenster nach drinnen zu seiner Frau und seiner Schwägerin.

Einzig Jeremy erschien nicht sonderlich berührt von Constances Gefühlsausbruch. Vielleicht, weil er der Neuste in der Runde war oder eben zu sehr mit sich selbst beschäftigt. Er war ganz offensichtlich wütend auf Nick Halpern gewesen, wegen der Art und Weise, wie dieser Frauen behandelte. Aber ging diese Wut so weit, dass er Nick in jener Nacht folgte und seinen Emotionen Taten folgen ließ? War er der mysteriöse Täter?

„Jeremy, kommst du kurz mit? Ich würde gerne ein paar Minuten mit dir reden."

Er deutete mit dem Zeigefinger auf seine Brust. „Ich?"

Ich nickte. „Ja, bitte. Lass uns rüber zum Sonnendeck gehen."

Wir hatten kaum unsere Plätze eingenommen und ich das Aufnahmegerät gestartet, als es auch schon aus ihm herausprudelte. „Wir haben doch schon gesprochen. Warum jetzt noch mal?"

Ich passte meine Stimme seinem aggressiven Tonfall an. „Irgendetwas an deiner Haltung irritiert mich."

„An meiner Haltung? Du kritisierst mich, wo du doch selbst mitbekommen hast, wie Halpern sich aufgeführt hat?"

Er stand auf und begann, unruhig auf und ab zu gehen.

„Bitte setz dich wieder." Das Letzte, was ich wollte, war, dass er plötzlich Panik bekam und davonlief. „Du wirkst so wütend. Warum das?"

Widerwillig kehrte er zu seinem Platz zurück. „Ich bin nicht wütend, eher genervt von alledem."

Wortklauberei. Na gut, wenn er es so wollte. „Und warum bitte?"

„Weil keiner in dieser Truppe zu schätzen weiß, wie gut er es hat … abgesehen von Alicia und Derek."

„Tust du es denn?"

Schmollend ließ er sich tiefer in seinen Stuhl sinken. „Was soll das heißen?"

„Du wirkst nicht sonderlich zufrieden mit deinem Leben. Dabei hast du einen großartigen Partner und viele gute Freunde."

Mit einer wegwerfenden Geste deutete er zur Terrasse hinüber. „Sprichst du von denen da? Das sind nicht meine Freunde. Trevor und ich sind jetzt seit acht Monaten zusammen, und sie haben mich immer noch nicht akzeptiert."

„Ich nehme an, Trevor und du habt über frühere Partner gesprochen, oder?"

Er zog verwirrt die Brauen hoch, nickte jedoch.

„Da ich dieses Gespräch aufnehme, würde ich dich bitten, verbal zu antworten."

Er räusperte sich und richtete sich wieder etwas auf. „Ja, Trevor und ich haben über vergangene Beziehungen gesprochen."

„Dann weißt du ja auch, dass er vor dir schon diverse Freunde hatte. Versuch dich bitte mal in die Lage der Gruppe zu versetzen: Wenn du Trevor so lange gekannt hättest wie wir und immer wieder einen neuen Mann vorgesetzt bekämst, wie wahrscheinlich wäre es da, dass du ein enges Verhältnis zu jemandem aufbaust, von dem du glaubst, dass er in ein oder zwei Monaten eh wieder weg ist?"

Seine Wangen wurden feuerrot. „Aber es sind doch schon acht Monate."

Constances Worte darüber, dass einer der Partner immer mehr brauchte als der andere, kamen mir wieder in den Sinn. „Hast du mal darüber nachgedacht, was bei den anderen gerade los ist?"

Er wich meinem Blick aus. „Inwiefern?"

„Nick und Constance beispielsweise hatten es mit seinem Jobverlust und der daraus resultierenden Depression zu tun. Sie erzählte mir, er hätte sich sogar in Therapie begeben, die aber nicht anschlug. Seinen Frust ließ er deshalb auf die einzige Weise raus, die er kannte: indem er andere runtermachte, um sich selbst ein wenig besser zu fühlen."

Jeremy hörte mir zu – das merkte ich daran, dass er nicht antwortete.

„Alicia und Derek," fuhr ich fort, „haben fünf Kinder. Ich kann mir kaum vorstellen, dass sie Zeit füreinander haben, geschweige denn für andere. Kristina und Kyle arbeiten beide Vollzeit und litten ewig darunter, nicht schwanger werden zu können, obwohl sie es sich so sehr gewünscht haben."

Bei dieser Aussage zuckte er zusammen.

„Gibt es einen bestimmten Grund, warum dich Nicks Belästigungen, vor allem Frauen gegenüber, so sehr in Rage gebracht haben?"

Er schwieg, wahrscheinlich in der Hoffnung, ich würde nicht weiter nachhaken. Ich jedoch lehnte mich zurück und wartete. Erneut rutschte er unruhig hin und her und stieß mehrere genervte Seufzer aus. Schließlich sagte er: „Meine Zwillingsschwester. Sie sah mir sehr ähnlich."

Ich versuchte, mir eine weibliche Version von Jeremy vorzustellen. Logisch, dass das Äußere selten das widerspiegelte, was wirklich in einem Menschen steckte, aber für die meisten zählt leider genau das. Es war das Erste, was sie wahrnahmen, und wenn es ihnen nicht gefiel, schauten sie gar nicht erst genauer hin.

„Ich weiß schon, was du jetzt denkst." Sein Tonfall war bitter. „Nein, sie war keine Schönheit. Tatsächlich wurde sie schon seit unserer Kindheit wegen ihres Aussehens gemobbt, und das Tag für Tag."

O weh, er sprach von ihr in der Vergangenheitsform. Ich wusste, wohin das führen würde, und setzte an, um ihn zu unterbrechen, doch er redete unbeirrt weiter.

„Sie hat alles versucht, wirklich alles – jeden Beauty-Tipp und jeden Trick ausprobiert, den sie finden konnte, um sich irgendwie attraktiver zu machen." Er deutete auf die große Lücke zwischen seinen Schneidezähnen – offenbar hatte sie dieselbe gehabt. „Hier kamen Kronen drauf." Dann tippte er sich an die Nase. „Danach ging sie zu einem Schönheitschirurgen und ließ sich ihren riesigen Zinken verkleinern." Er legte beide Hände an seine Wangen. „Als Nächstes wurden ihr Wangenimplantate eingesetzt und die Ohren angelegt, damit ihr Gesicht schmäler wirkte. Und natürlich bestand sie auch auf eine Brustvergrößerung." Er schüttelte angewidert den Kopf, als wollte er all diese Bilder loswerden. „Am Ende war sie ein absoluter Hingucker. Alle

Männer drehten sich nach ihr um. Sie aber sehnte sich so sehr nach Zuneigung, dass sie sich jedem an den Hals warf, der auch nur ein klein wenig Interesse an ihr zeigte." Er sah mich an, das Gesicht gezeichnet von Trauer. „Sicher kannst du dir vorstellen, was für Typen das waren."

„Vom Mobbing direkt in die nächste Abwärtsspirale?", fragte ich leise.

„Ganz genau. Vor etwa zwei Jahren kam dann die Nacht, in der sie es nicht mehr ertragen konnte. Sie schloss sich in meiner Garage ein, setzte sich ins Auto und ließ den Motor an." Statt Trauer kam bei ihm nun wieder die Wut an die Oberfläche.

„Es tut mir so leid, Jeremy, wirklich. Kein Mensch sollte durchmachen müssen, was deine Schwester durchgemacht hat. Wie hieß sie?"

„Justine." Er schwieg einen Moment lang. „Am schlimmsten war, dass sich mit dem Äußeren auch ihre Persönlichkeit veränderte. Früher war sie ein großartiger Mensch gewesen, aber am Ende – oberflächlich und kaum noch zu ertragen. Sie fing an zu trinken und Drogen zu nehmen, vermutlich, um irgendwie ihren Schmerz zu betäuben." Er starrte hinaus auf den See, ballte die Hände zu Fäusten und ließ wieder locker. „Bevor das passiert ist, war ich nie so wütend."

„Jeremy? Hast du Nick Halpern umgebracht?"

Er sah mir fest in die Augen. „Nein, das habe ich nicht, aber ich bin nicht im Geringsten traurig, dass er tot ist. Ich nehme an, sobald die Leute anfangen, über ihn zu reden, so wie sie das immer tun, wenn jemand gestorben ist …" Ich nickte verständnisvoll. „Vielleicht würde sich meine Einstellung ihm gegenüber ändern, wenn ich wüsste, wie er wirklich war. Im Moment jedoch empfinde ich nur Wut auf diesen Mann, der andere so respektlos behandelt hat."

Ich hätte Jeremy weiter befragen, ihm von den Ergebnissen der Autopsie erzählen und mehr über seine sportlichen Fähigkeiten in Erfahrung bringen können. Aber das war nicht nötig. Der Mann, der hier vor mir saß, war aufgebracht und verstört, aber kein Mörder.

„Vielen Dank für deine Zeit. Du kannst gehen."

Anstatt wie erwartet aufzuspringen, blieb er sitzen, den Blick auf den Boden gerichtet, die Hände auf den Knien abgestützt.

„Danke, dass du mich so direkt mit all dem konfrontiert hast. Irgendwann habe ich mir eingeredet, meine Probleme seien nur wegen der anderen entstanden, dass mein Zorn berechtigt sei … wegen Justine, und weil ich glaubte, sie seien oberflächlich und wüssten nicht zu schätzen, was sie haben." Er warf mir einen flüchtigen Blick zu, sah dann jedoch gleich wieder weg. „Eigentlich mag ich sie alle, besonders Kristina und Kyle, und möchte nur zu gerne Teil ihrer Gruppe bleiben. Ich glaube, es ist an der Zeit, meine eigenen Probleme beiseitezuschieben und mehr auf sie einzugehen."

„Hast du schon einmal mit jemandem über deine Schwester gesprochen? Also mit einem Therapeuten, meine ich."

„Einige Male bereits, aber irgendwann habe ich diese Termine nicht mehr wahrgenommen."

„Ich denke, es wäre eine gute Idee, es noch einmal zu versuchen. Versprich mir, dass du darüber nachdenkst?"

Er versprach es. Anstatt Jeremy auf die Terrasse zu folgen, blieb ich noch einen Moment lang sitzen, um in mich zu gehen. In der letzten Stunde hatte ich zwei wichtige Erkenntnisse gewonnen, die beide auch auf Morgan und mich zutrafen. Die erste war: Keine Beziehung war je ausgeglichen. Ein ausgewogenes Geben und Nehmen war aber Voraussetzung, selbst unter Freunden, wenn sie eine tiefgehende Verbindung pflegen wollten. Und zweitens: Auch ich musste hin und wieder mehr auf andere eingehen. In den letzten vierundzwanzig Stunden hatte ich oft betont, wie glücklich es mich machte, dass Morgan mit Carr ihren Spaß hatte – doch das war nur oberflächliches Gerede. Während ich auf die Kiefern starrte, die mich wie stumme Richter zu mustern schienen, gestand ich mir ein, dass es mich von Herzen für sie freute, River gefunden zu haben, auch wenn das bedeutete, dass sie dann weniger Zeit für mich hätte. Ich hatte ja schließlich Tripp. Sie verdiente ein ähnliches Glück.

Kapitel Dreißig

ICH GING ZURÜCK AUF DIE TERRASSE, UM MIR EIN GLAS WEIN und ein paar Käsewürfel zu holen. *Besser mehr Käse als Wein*, ermahnte ich mich, denn ich musste, wie Großmutter immer zu sagen pflegte, *meinen Verstand beisammenhalten* und sollte mich von daher nicht allzu sehr dem Alkohol hingeben. Schließlich hatte ich immer noch nicht herausgefunden, wer hinter dem Angriff auf Nick Halpern steckte. Tripp hatte mir einmal gesagt, dass er, wenn er so gar nicht mehr weiterwusste, einfach still wurde, und dann fand sich die Antwort wie von selbst. Da meine eigenen Methoden nicht zu funktionieren schienen, war es an der Zeit, es einmal mit seiner Taktik zu versuchen.

Stolz präsentierte er mir nun seine Auswahl: drei verschiedene Weine – Weiß, Rosé und Rot – sowie ein halbes Dutzend Käsesorten. Dazu gab es grüne und rote Trauben und verschiedene Cracker. Auf kleinen, handbeschrifteten Schildern stand *Wassercracker*, *Reiscracker* und *Mehrkorncracker*.

Verständlicherweise war das hier aktuell Meekas Lieblingsplatz. Sie schnüffelte neugierig unter dem Tisch herum und fraß genüsslich sämtliche Krümel von Crackern und Käse, die versehentlich heruntergefallen waren. Sogar eine Weintraube probierte sie, spuckte sie aber prompt wieder aus.

„Du trägst ja noch immer deine Uniform", tadelte Tripp mich.

Ich warf ihm einen koketten Blick zu und erwiderte: „Wir sind ja auch noch nicht allein."

Dieses Mal war er es, der heftig errötete, was sich wie ein kleiner Sieg anfühlte.

„Leider bin ich nach wie vor im Dienst", erklärte ich. „Was bedeutet, dass ich eigentlich nichts trinken darf. Aber ein kleines Gläschen schadet bestimmt nichts. Tatsächlich könnte es sogar hilfreich sein, sich zurückzulehnen und zu entspannen, während man über die Komplexität dieses Muskatellers nachdenkt." Ich nahm ihm die Flasche forsch aus der Hand.

Seine Stimme war kaum mehr als ein Flüstern, als er fragte: „Du glaubst also immer noch, es war einer unserer Gäste?"

„Das tue ich, aber ich kann nichts beweisen."

„Was sind deine nächsten Schritte?"

Ich sah ihn an und lächelte. „Still werden."

Er lächelte ebenfalls. Offensichtlich hatte er verstanden, was ich damit meinte. Dann griff er nach einem kleinen Teller und füllte ihn bis zum Rand. „Die Leichtigkeit dieses Weins verlangt nach einer Kombination aus Käse und Crackern, die ihn ergänzt, ohne ihn zu übertönen."

Ich nahm den Teller entgegen und klimperte verführerisch mit den Wimpern. „Du bist richtig sexy, wenn du wie ein Weinkenner sprichst."

Er straffte die Schultern. „Der korrekte Begriff dafür lautet *Sommelier*."

Ich wählte einen Stuhl abseits der Gruppe, von dem aus ich alle im Blick hatte, setzte mich und beobachtete. Alicia und Derek unterhielten sich noch immer leise miteinander, wirkten allerdings deutlich entspannter als bei ihrer Ankunft, trotz des tragischen Zwischenfalls. Auf der Couch sitzend, einander halb zugewandt, hielten sie Händchen und lachten. Ein Paar, das auch nach fünf Kindern und zahlreichen Schwierigkeiten noch richtig verliebt zu sein schien.

Ganz anders die Stimmung bei Trevor und Jeremy, zwischen denen eine Spannung herrschte, die nichts mit der Gruppendynamik zu tun hatte. Trevor versuchte, Jeremy etwas zu erzählen, aber dessen Aufmerksamkeit galt allein Kristina und Constance im Wohnzimmer. Schließlich wandte sich Trevor ab, zog sein Handy hervor und tippte auf den Bildschirm herum. Machte er sich Notizen für die Arbeit am Dienstag? Oder verfasste er eine E-Mail, die jedoch erst dann versendet werden konnte, wenn er wieder Netz hatte? Womöglich war es sogar ein Brief an Jeremy, in dem er ihre Beziehung für beendet erklärte?

Auch Kyles Blick war auf seine Frau und seine Schwägerin gerichtet. So wie ich, fragte er sich anscheinend ebenfalls, worüber sie wohl sprachen. Eigentlich hätte ich vermutet, Kristina würde Constance Ratschläge geben, wie es jetzt für sie weitergehen sollte. Es machte aber eher den umgekehrten Eindruck, denn es war Constance, die ununterbrochen auf ihre Schwester einredete. Dazu hielt sie ihre Hände, und irgendwann sah Kristina mit ernstem Blick herüber zu ihrem Ehemann. Dann nickte sie und schien etwas zu erwidern, was auch Constance dazu brachte, über die Schulter zu Kyle zu schauen.

Von beiden Frauen so angestarrt zu werden, schien ihn nervös zu machen. Er zappelte unruhig auf dem Stuhl herum, verlagerte sein Gewicht, hob irgendwann den rechten Fuß und legte ihn auf sein linkes Knie. Dabei rutschte seine Shorts ein Stück hoch und gab den Blick auf einen großen Bluterguss knapp über dem rechten Knie frei.

Das Syndrom kann auch bei Sportarten auftreten, bei denen keine Körperschutzpolster getragen werden, wie Rugby, Fußball, Karate oder Boxen, hatte Dr. Bundy erklärt.

Er verwaltet die Finanzen für eine Kette von Kampfsportstudios, hatte Kristina mir beim Verhör erzählt. *Er liebt seinen Job, manchmal vielleicht ein bisschen zu sehr.*

Mit meinem Glas und dem Teller in der Hand rückte ich näher an Kyle heran und nahm auf dem Stuhl diagonal gegenüber Platz. Er bedachte mich mit einem flüchtigen Blick und einem schmallippigen Lächeln.

„Das ist eure letzte Nacht hier", stellte ich fest. „Es war ja nicht gerade das, was man unter einem entspannten Wochenende versteht. Bereit, wieder an die Arbeit zu gehen?"

Sich zögernd von dem Geschehen zwischen seiner Frau und Schwägerin abwendend, sah er mich schließlich an. „Ehrlich gesagt, nach dem hier wird der Job die pure Erholung."

„Ich glaube, ich habe noch gar nicht gefragt, was genau du eigentlich machst?"

Er musterte mich prüfend. „Ich kümmere mich um die Finanzen eines Kampfsport-Franchise."

„Ach ja, stimmt, Kristina hatte so etwas erwähnt." Ich nippte an meinem Wein, schmeckte aber nichts. Mein Mund war plötzlich staubtrocken. „Trainierst du auch selbst?"

„Ja." Er richtete sich auf und straffte die Schultern. „Ich bin *Rokudan*, ein Sechster Dan, was bedeutet, ich habe den schwarzen Gürtel."

„Wow, das klingt beeindruckend. Hat es lange gedauert, diesen Rang zu erreichen?"

Er bedachte mich mit einem nachsichtigen Lächeln, als wäre ich ein kompletter Dummkopf. „Jahrzehnte. Ich war gerade mal sechs, als ich mit Karate anfing."

Ich leerte den Rest meines Weins, steckte mir den letzten Cracker mit Käse in den Mund und stellte dann Teller und Glas vor uns auf dem Tisch ab. Dabei strich ich wie zufällig über mein Bein, als wollte ich Krümel wegwischen, und überprüfte dabei, ob die Handschellen auch tatsächlich in meiner Cargotasche steckten.

„Was dagegen", sagte ich und deutete hinauf zum Sonnendeck, „wenn wir kurz nach oben gehen? Wir müssen ja nicht alle anderen mit diesem Gespräch stören."

Kyle musste klar sein, was ich vorhatte. Schließlich hatte er mitbekommen, wie ich zuvor bereits Constance und Jeremy dort hinaufdirigiert hatte. Trotzdem spielte er mit und erhob sich.

Als ich ebenfalls aufstand, begegnete ich Tripps Blick. Er hatte sich die ganze Zeit über im Hintergrund gehalten und mich beobachtet. Mit ernster Miene schien er wortlos zu fragen: *Er? Ist er es gewesen?* Ich nickte knapp, überzeugt, dass er uns im Auge behalten würde.

Um das Gespräch weiterhin am Laufen zu halten, erkundigte ich mich beiläufig: „Als ich noch bei der Polizei in Madison war, habe ich mal Kickboxkurse genommen. Das ist doch irgendwie auch eine Form von Kampfsport, oder?"

„Ein paar Techniken sind identisch", stimmte Kyle mir zu. „Vor allem manche Tritte ähneln denen, die wir im Karate lehren."

„Wir? Du unterrichtest also auch?"

Während er mir durch den Garten und die Stufen zum Sonnendeck hinauffolgte, erklärte er mir, dass das Unterrichten ein Teil seines eigenen Lernprozesses sei. Meeka hielt sich dicht neben mir. Die Ohren leicht aufgestellt, lauschte sie aufmerksam, bereit, auf jede seiner Bewegungen zu reagieren. Braver Hund.

Oben angekommen, deutete ich auf den Stuhl, bei dem er die Treppe im Rücken hatte, sozusagen seinen einzigen Fluchtweg. Außer natürlich, er würde über das Geländer direkt in den See springen. Dann setzte ich mich neben ihn und fragte mich kurz, was eine Frau, die gerade mal eins vierundsechzig groß war, wohl gegen einen Schwarzgurt sechsten Grades ausrichten konnte, falls er angreifen sollte. Bis ich meine Glock gezogen hätte, läge ich wahrscheinlich längst am Boden. Ein kurzer Blick auf meine treue K-9, die brav zu meinen Füßen saß, und ich fühlte mich gleich etwas wohler.

Während Kyle gedankenverloren auf das Wasser hinausstarrte, zog ich meinen Stimmenrekorder aus der Tasche und drückte auf Aufnahme.

„Einer der ersten Tricks, die mir mein Kickbox-Trainer beigebracht hat, war ein Stoß mit dem Knie in die Weichteile."

Er drehte sich zu mir und musterte mich erschreckend ruhig. Dann lehnte er sich zurück, die Arme lässig über die Rückenlehne gelegt, die Beine weit auseinandergespreizt, die typische Männerpose.

„Kniestöße gehören zu den effektivsten Techniken", erklärte er mit einer Stimme, die zu seiner kühlen Ausstrahlung passte. „Warum fragst du mich nicht einfach, was du wissen willst, Sheriff? Ich nehme an, du hast Constance und Jeremy als Verdächtige ausgeschlossen, oder?"

Ich zog mein Notizbuch hervor. „Beim letzten Mal hast du mir erzählt, wie sehr Nick seine Arbeit geliebt und wie er auf den Verlust reagiert hat. Und sehr ausführlich, wie er Constance und Kristina danach behandelt hat. Ich würde gern mehr über dein Verhältnis zu ihm erfahren."

„Ich hab dir doch gesagt, wir waren keine Freunde."

„Aber als Schwäger müsst ihr doch irgendeine Art von Beziehung gehabt haben. Du meintest, du konntest die ‚Verzweiflung' nachvollziehen, die er empfunden haben muss, als er plötzlich ohne den Job dastand, der ihm so viel bedeutete. Hast du mit ihm darüber geredet?"

„Versucht habe ich es natürlich, aber er wollte sich nicht an meiner Schulter ausweinen. Stattdessen hat er sich auf Constance konzentriert, bis auch die das Drama satt hatte." Er verzog das Gesicht zu einem spöttischen Grinsen. „Also hat er sich an das nächstbeste Opfer rangemacht, nämlich die Frau, die seiner eigenen ähnelte."

„Du meinst Kristina?"

Er zeigte auf mich und zwinkerte. „Volltreffer! Eine Weile habe ich mir das sogar angeschaut, aber irgendwann reichte es mir."

„Warum?"

Diese Frage schien ihn zu überraschen. „Weil er meiner Frau viel zu viel Aufmerksamkeit schenkte."

Mir gefiel die Betonung auf *meiner Frau* nicht … als ob sie sein Eigentum wäre.

„Er war die ganze Zeit um sie herum", fuhr Kyle fort. „Entweder hatte sie ihm klargemacht, dass er Abstand halten solle und er es einfach ignoriert, oder sie traute sich nicht, es ihm zu sagen. Schließlich bin ich eingeschritten − so, wie ich es von Anfang an hätte tun sollen −, und habe ihm Hausverbot erteilt, wenn ich nicht da war."

„Hat er sich daran gehalten?"

„Bedingt. Er kam zwar nicht mehr persönlich vorbei, fing aber stattdessen an, sie permanent anzurufen und ihr zu schreiben. Einige der Nachrichten habe ich selbst gelesen. Widerliche Sachen, die gleichen Anspielungen wie neulich beim Frühstück, nur noch deutlicher. Also habe ich Kristina zu verstehen gegeben, dass ich keinen weiteren Kontakt dulde."

„Und sie hat das akzeptiert?"

„Zumindest behauptete sie das."

„Du glaubst ihr nicht?"

Er dachte kurz nach, und seine angespannten Schultern lockerten sich etwas. „Doch, eigentlich schon, denn ab da ist Nick total ausgeflippt. Anstatt sich professionelle Hilfe zu suchen, beispielsweise bei einem Therapeuten, begann er, jede Frau, die ihm über den Weg lief, wie Dreck zu behandeln."

Ich hätte ihn nur zu gern darauf hingewiesen, dass genau diese Haltung auch auf ihn selbst zutraf, aber Charakterstudien waren im Moment nicht mein Hauptanliegen.

„Seit eurer Ankunft am Freitag scheint dein Zorn auf ihn gewachsen zu sein. Was war der Auslöser dafür?"

„Tatsächlich?" Er hielt inne und rieb sich die Nase, bevor er fortfuhr: „Vielleicht lag es einfach daran, dass ich plötzlich nach Monaten wieder was mit dem Kerl zu tun hatte."

Ich richtete mich auf – das Ziel rückte in greifbare Nähe. „Übrigens, ich finde Körpersprache faszinierend."

Er runzelte die Stirn, überrascht von diesem scheinbar plötzlichen Themenwechsel. „Ach ja?"

„Ja. Wusstest du beispielsweise, dass es ein Hinweis darauf sein kann, dass dein Gegenüber lügt, wenn es sich häufig an die Nase fasst oder sich dort kratzt?"

Er erstarrte, sein Atem ging flach und schnell – ein klassisches Zeichen für Nervosität oder Stress.

„Hast du Nick Halpern umgebracht, Kyle?"

„Es war nicht meine Absicht."

Ich bemühte mich, meine Überraschung nicht zu zeigen. Nie hätte ich damit gerechnet, dass er seine Tat so schnell zugab. „Erzähl mir, was passiert ist. Du hast gesehen, wie er spät in der Nacht das Haus verlassen hat. Und dann? Bist du ihm gefolgt?"

„So ungefähr." Er klammerte sich so stark an die Armlehnen seines Stuhls, dass seine Knöchel weiß hervortraten. „Ich konnte in jener Nacht einfach nicht einschlafen. Um Kristina nicht zu wecken, wollte ich mich oben in die kleine Nische beim Treppenabsatz setzen, aber da war schon jemand. Also habe ich mich nach unten in den Wohnbereich begeben. Es war stockdunkel, ich hatte kein Licht angemacht, und Nick hat mich gar nicht gesehen, als er durch die Terrassentür raus ist. Es war wirklich eine ganz spontane Entscheidung. Ich bin einfach aufgestanden und ihm gefolgt." Er lachte leise vor sich hin.

„Was ist denn so witzig daran?"

„Ich weiß nicht, ob es daran lag, dass er so trampelig daherkam oder einfach total in Gedanken war, aber er hat überhaupt nicht mitbekommen, dass ich hinter ihm war. Er ging die Auffahrt hinauf, am Campingplatz vorbei und bis ganz ans Ende dieses Parkplatzes. Gerade, als er in einen Wanderweg abbiegen wollte, gab ich mich zu erkennen."

„Und was ist passiert, als ihr euch gegenüberstandet?"

„Es kam zu einem verbalen Schlagabtausch, und die Stimmung kippte schnell. Dann legte er wieder seine übliche arrogante Art an den Tag. Er sagte Dinge über meine Frau, die einfach unverzeihlich waren, und ich konnte ihn nicht schon wieder damit davonkommen lassen."

„Lass mich raten – du hast ihm mit dem Knie einen Stoß gegen die Brust verpasst." Ich deutete auf sein rechtes Knie. „Der Bluterguss ist mir bisher noch gar nicht aufgefallen, wahrscheinlich, weil es zu kalt für Shorts war. Warum hast du das getan?"

„Ich habe dir doch gesagt, es war keine Absicht. Wir haben uns gestritten, ein Wort gab das andere, und dann ist er auf mich losgegangen. Ich hatte meine Autoschlüssel dabei, für den Fall, dass ich mich entschließen sollte, noch eine Spritztour zu machen. Die haben in meiner Hosentasche geklappert. Ich wollte nicht, dass er das hört, also hab ich sie rausgenommen und mir zwischen die Finger geklemmt." Er betrachtete seine Hand, als würde er erwarten, dass sie noch immer da waren. „Dann holte Nick plötzlich aus, und ich hob zur Abwehr den Arm. Dabei habe ich ihn mit den Schlüsseln an der Stirn erwischt."

„Das erklärt die gezackte Platzwunde an seiner Stirn. Und der Stoß mit dem Knie?"

Er sah mir fest in die Augen, sein Atem ging inzwischen ruhiger. „Nach all den Jahren ist Karate für mich nicht mehr nur ein Sport – es ist vielmehr ein Teil von mir geworden. Die Abwehrbewegung war ein Reflex, genauso wie der Knietritt. In neunundneunzig von hundert Fällen habe ich mein Temperament unter Kontrolle, selbst bei hitzigen Diskussionen. Wie oft ich mich beim Training von

Emotionen habe leiten lassen, lässt sich an einer Hand abzählen."

„Und das hier war der eine Ausrutscher von hundert."

„Nick muss irgendwas am Herzen gehabt haben. Vielleicht waren die Anstrengung und der Stress zu viel für ihn. Diese Bewegung habe ich schon millionenfach ausgeführt und habe sie perfekt im Griff. Ich habe definitiv nicht hart zugeschlagen."

„Der Bluterguss an deinem Knie sagt mir da was anderes", entgegnete ich. „Hast du je von einem Trauma namens *Commotio cordis* gehört?"

Er zuckte mit den Schultern. „Nein, was soll das sein?"

Ich erklärte ihm, was mit Nicks Herz passiert war, als Kyle ihm das Knie in die Brust gerammt hatte.

„Na so was." Er lehnte sich überrascht zurück. „Das war also dieser eine von hundert Fällen, obwohl, wahrscheinlich eher einer von einer Million, oder?"

„Als du gemerkt hast, dass er tot ist, hast du die Leiche so hingelegt, dass es wie ein Unfall mit Fahrerflucht aussah?"

„Nein." Er runzelte die Stirn und schien in eine ferne Erinnerung abzutauchen, als würde er sich die Szene erneut ins Gedächtnis rufen. „Na ja, irgendwie schon. Ich habe die Leiche nicht bewusst arrangiert, sondern nur zur Seite gezogen. Wollte nicht, dass der Kerl auch noch überfahren wird. Dabei hat er einen Schuh verloren, den habe ich einfach liegen lassen. Die Taschenlampen-App konnte ich nicht ausschalten, also habe ich sein Handy kurzerhand umgedreht. Das grelle Licht hat in dieser dunklen Nacht ganz schön geblendet." Er hielt kurz inne. „Dann habe ich noch seine Geldbörse aus der Tasche geholt. Vermutlich wollte ich es so aussehen lassen, als sei er ausgeraubt worden."

„Und die leere Schnapsflasche?"

„Damit hatte ich nichts zu tun, die lag schon da. War aber nicht seine, soweit ich weiß."

Meeka stand auf und spitzte die Ohren. Etwas hatte ihre Aufmerksamkeit erregt.

Ich beobachtete sie aus dem Augenwinkel und fragte erneut: „Was hat er über Kristina gesagt, das dich so aufgebracht hat?"

Er wich meinem Blick aus und starrte an mir vorbei. „Es waren all diese kleinen Andeutungen darüber, wie schön sie sei und wie einsam sie wohl wäre, wenn ich geschäftlich unterwegs bin – was zugegebenermaßen in letzter Zeit tatsächlich öfter vorkam als sonst."

Jetzt gab meine Kleine ein leises Knurren von sich und starrte zur Treppe, und nur eine Sekunde später tauchte Kristina auf.

Kyle drehte sich um, und als er seine Frau entdeckte, hob er herausfordernd das Kinn. „Es gibt da eine Sache, die du sicher nicht weißt: Ich hatte vor drei Jahren eine Vasektomie."

Sie stand aufrecht da und reagierte kaum auf die Nachricht, außer dass sie sich am Treppengeländer festkrallte.

„Vielleicht erinnerst du dich nicht mehr daran …" Er verdrehte die Augen. „Ganz offensichtlich nicht, aber ich habe dir schon damals, als wir zusammenkamen, gesagt, dass ich keine Kinder will. Ich wollte eine Karriere. Eine Frau an meiner Seite war mir genug. Nachwuchs stand nie auf meiner To-do-Liste. Also hast du offensichtlich mit Nick Halpern geschlafen."

Kristina straffte die Schultern und lachte schrill auf – ein heller, scharfer Ton, der ihren Mann sichtlich zur Weißglut brachte. „Ich habe auch etwas für dich, mein Lieber: Constance wusste von der Vasektomie. Sie hat mir gerade davon erzählt."

Kyle erblasste. „Was fällt ihr ein? Es ist illegal, Patientendaten weiterzugeben!"

„Nicht, wenn man eine Einverständniserklärung unterschreibt, die der Klinik erlaubt, der Ehefrau Auskunft über Eingriffe zu geben. Sie hat all die Jahre dichtgehalten, weil sie sich nicht in unsere Beziehung einmischen wollte. Aber angesichts meines Zustands fand sie, es sei an der Zeit, dass ich die Wahrheit erfahre. Bist du so arrogant oder einfach nur dumm? Constance hat Zugriff auf alles." An mich gewandt, erklärte sie: „Er hat den Eingriff in dem Krankenhaus machen lassen, in dem wir beide arbeiten." Dann drehte sie sich wieder ihm zu. „Constance brauchte in den letzten Monaten einfach etwas Unterstützung, wie eine frisch gebackene Mutter mit ihrem Baby. Jemanden, der ihr half, mit Nicks Depression klarzukommen. Und diese Person war ich."

Verdutzt richtete Kyle sich schließlich auf und räusperte sich. „Da wir gerade von deinem Zustand sprechen: Wusste er überhaupt, dass du schwanger bist?"

Tränen liefen Kristina über das Gesicht. „Du hast den falschen Mann getötet."

Er sprang auf die Füße und bewegte sich auf seine Frau zu. Kristina trat ein paar Schritte näher zu mir, und ich löste den Riemen, der meine Glock im Holster hielt, aus Angst, dass sich sein einmaliger Kontrollverlust von neulich wiederholen könnte.

„Vielleicht solltest du dich wieder setzen, Kyle", wies ich ihn an.

Mit einem einzigen Atemzug schien all seine Energie aus seinem Körper zu entweichen, und er ließ sich zurück auf seinen Stuhl sinken.

„Was Nick über meine Einsamkeit gesagt hat, war absolut wahr." Sie nahm sich ein Taschentuch aus der Schachtel, die ich zuvor für Constance bereitgestellt hatte. „Es spielte keine Rolle, ob du unterwegs warst oder nicht, du warst ständig im Fitnessstudio. Und wenn du nicht gearbeitet hast, hast du Kurse gegeben oder selbst für den nächsten Gürtel trainiert. Wir haben uns lediglich morgens vielleicht zehn Minuten lang gesehen, und wenn du nach Hause kamst, war ich meist schon im Bett. Je nachdem, welche Schicht ich hatte, vergingen oft Wochen, ohne dass wir auch nur einmal gleichzeitig im Haus waren."

„Wer ist es?" Das Grollen in Kyles Stimme klang beinahe animalisch.

Kristina schwieg trotzig.

„Wer?", schrie er sie an. „Wer ist der Vater?"

„Kyle." Ich zog meine Waffe und betete, sie nicht benutzen zu müssen. „Ich glaube nicht, dass du noch einmal die Kontrolle verlieren willst."

Zwar wollte ich Kristina nicht dazu drängen, ihm diese Frage zu beantworten, musste allerdings zugeben, dass auch ich neugierig war.

„Sag mir zuerst eins", entgegnete sie, scheinbar bereit für einen Kompromiss. „Wie konntest du dich in der Nacht, als du Nick getötet hast, heimlich rausschleichen, ohne dass ich es mitbekommen habe?"

Er wandte den Blick ab und knirschte mit den Zähnen. „Du schläfst ja normalerweise wie ein Stein, aber nur um sicherzugehen, habe ich dir eine zerstoßene Schlaftablette in deinen Kamillentee gemischt."

„Du hast mich betäubt? Weißt du, was das bei dem Baby anrichten könnte?"

Er zuckte mit den Schultern. „Ist ja nicht mein Kind."

Der Ausdruck von Hass in ihrem Gesicht wich einem selbstgefälligen Grinsen. „Hast du dich nie gefragt, warum Jeremy dir nicht in die Augen schauen kann?"

Kyle überlegte kurz und deutete dann auf die Gruppe auf der Terrasse. „Jeremy Levine? Der ist doch schwul."

Kristina schüttelte den Kopf. „Eigentlich ist er bisexuell. Und selbst wenn, bedeutet das nicht, dass er zu dieser Sache nicht fähig wäre."

„Warum bist du ausgerechnet mit so einem Typen ins Bett …?"

„Okay", unterbrach ich sie, „ich habe genug gehört. Die schmutzigen Details könnt ihr später klären."

Ich wies Kristina an, zur Gruppe zurückzugehen, und zog die Handschellen aus meiner Tasche. Sie war gerade einmal halb die Treppe hinunter, als Kyle aufsprang und ihr hinterherstürmte. Als ich versuchte, ihn aufzuhalten, drehte er sich blitzschnell zur Seite und rammte mir mit einem Seitwärtskick den Fuß in den Magen. Mir blieb die Luft weg, und ich ging wie ein gefällter Baum zu Boden. Knurrend und bellend nahm Meeka an meiner statt die Verfolgung auf. Es dauerte ein paar Sekunden, bis ich wieder zu Atem kam und mich aufrappeln konnte. Als ich nach einer gefühlten Ewigkeit unten ankam, fand ich ihn auf dem Boden liegend vor, das Knie meines Deputys im Rücken, während Meeka danebenstand und Wache hielt.

„Hab dir doch gesagt, dass ich wieder trainiere", meinte Reed mit hörbarem Stolz in der Stimme. „Ich nehme an, du möchtest, dass ich ihn mitnehme und einbuchte."

„Das wäre großartig. Aber wie hast du …?"

„Frag deinen Freund", antwortete er nur.

Ich wartete, bis Martin Kyle sicher auf der Rückbank des Einsatzwagens verstaut hatte, an die beiden am Boden verschweißten Stahlösen gefesselt. Mit ausgestreckter Hand und gespreizten Fingern bedeutete ich ihm, dass ich in fünf Minuten nachkommen würde. Er nickte und verabschiedete sich mit einem lässigen Winken.

Als ich mich umdrehte, stieß ich beinahe mit Tripp zusammen.

„Geht es dir gut?", fragte er und zog mich an sich. Sein Herz pochte, sein Körper zitterte. „Ich hab gesehen, wie er dich getreten hat. Soll ich dich rüber ins Gesundheitszentrum bringen?"

„Nein, mir geht es gut. Ich bin nur wieder einmal schockiert darüber, herausfinden zu müssen, dass manche Menschen nicht die sind, für die ich sie gehalten habe." An dieser Stelle hielt ich inne. Ich konnte ihm unmöglich sagen, was Kristina mir gerade offenbart hatte, obwohl ich ahnte, dass sowohl er als auch der Rest der Truppe bei meiner Rückkehr Bescheid wissen würde. „Hast du Martin verständigt?"

„Ja, habe ich. Zwar war ich mir sicher, dass du es auch allein hinkriegen würdest, aber du hattest mir ja oft genug gesagt, wie wichtig Rückendeckung ist."

Ich ließ mich nochmals von ihm umarmen. „Vielen Dank. Das ist sie in der Tat. Und diesmal habe ich sie wirklich gebraucht."

„Du weißt doch, ich bin immer für dich da."

Nur ungern löste ich mich von ihm. „Ich muss noch mal rüber zum Revier und Reed helfen, komme aber so schnell wie möglich zurück."

Er küsste mich sanft auf die Nasenspitze. „Ich werde hier sein und auf dich warten."

Kapitel Einunddreißig

ALS MEEKA UND ICH AUF DER WACHE ANKAMEN, HATTE REED bereits das Büro des County Sheriffs kontaktiert, damit sie jemanden schickten, um Kyle zu übernehmen. Wir waren gerade dabei, den Papierkram abzuschließen, als Deputy Evan Atkins eintraf. Ich überließ es Reed, ihm alles zu schildern, was er über den Fall wusste, und ergänzte lediglich die Fakten, bei denen er sich unsicher war.

„Als ich vorhin den Anruf bekam", sagte Atkins, als wir fertig waren, „dachte ich zuerst, es beträfe den kleinen Jungen. Wie ist die Sache eigentlich ausgegangen?"

„Sie hat ein gutes Ende genommen", informierte ich ihn. „Schuld war eine Ringelnatter und seine zu große Neugier. Zum Glück haben wir unseren eigenen Mann in den Bergen und Blue, die Dorfkatze, die durch die Wälder streifen. Somit ist der kleine Dustin wohlbehalten zurück bei seiner Familie."

„Sorry, aber ich kann Ihnen im Moment überhaupt nicht folgen." Bevor ich zu weiteren Erklärungen ansetzen konnte, hob er die Hand. „Ist eigentlich auch egal."

„Wie gesagt, alles hat sich geklärt", versicherte ich ihm. „So etwas haken wir hier in Whispering Pines als Standardkram ab."

„Habe ich das richtig verstanden, dass Sie beide kannten?"
Deputy Atkins lenkte das Gespräch zurück auf den Halpern-
Fall. „Also sowohl das Opfer als auch den Täter?"

„Das Opfer habe ich am Freitag zum ersten Mal getroffen,
aber mit der Ehefrau unseres Täters bin ich seit dem College
gut befreundet. Wobei ich nicht sicher bin, wie es nach
alledem um diese Freundschaft jetzt bestellt ist."

„Das klingt, als würden Sie sich schuldig fühlen, weil Sie
ihn verhaften mussten. Dabei haben Sie doch nur Ihren Job
getan."

Abgesehen davon war auch Kristina nicht mehr die
Person, die sie einmal gewesen war. Ihr fehlendes
Schuldbewusstsein wegen der Affäre störte mich gewaltig.
Aber gut … „Gibt es eigentlich irgendwelche Neuigkeiten im
Fall Donovan?", wechselte ich das Thema.

„In der Tat – eine Meldung über eine Person auf den
Machinac Islands, auf die seine Beschreibung passt."

„Michigan? Was hat er denn dort zu suchen?"

„Keine Ahnung. Bei der Polizei ging ein anonymer
Hinweis ein, aber Sie wissen ja, wie es auf der Insel ist. Autos
sind nicht erlaubt, also patrouillieren die Beamten zu Fuß. Bis
sie in dem Gebiet ankamen, wo er angeblich gesehen worden
war, hatte sich jegliche Spur von ihm bereits verloren.
Vielleicht hat er Wind davon bekommen, dass man nach ihm
sucht, und ist mit der nächsten Fähre wieder von dort
verschwunden. So oder so, wir sind uns nicht mal sicher, ob es
wirklich er war."

„Bestimmt war er es, dessen bin ich mir sicher." Donovan
fiel auf. *Gut einen Meter achtzig groß, bullige Statur, silberner
Pferdeschwanz.* Seine Frisur zu ändern, wäre einfach, aber ich
konnte mir nicht vorstellen, dass er das getan hatte. Dazu war
er zu eitel. Und obendrein so arrogant, sich unbehelligt mitten
unter uns zu bewegen, ohne dass wir ihn bemerkten, und nur
auf den richtigen Moment zu warten, um wieder
aufzutauchen. „Meiner Meinung nach streift er entweder

noch auf einer der oberen Halbinseln von Michigan herum oder hat sich bereits nach Ontario abgesetzt. Vielleicht könnten wir …"

„Es gibt kein *wir*", unterbrach mich Atkins scharf. „Sie stecken gefühlsmäßig viel zu tief in der Sache drin. Außerdem ist er unter meiner Aufsicht entkommen, und deshalb werde auch ich dafür sorgen, dass er wieder gefasst wird." Er warf mir einen eindringlichen Blick zu. „Ernsthaft, dieser Kerl ist psychisch instabil. Versprechen Sie mir, sich da nicht einzumischen."

Nach ein paar Sekunden schmollenden Schweigens bedachte ich ihn mit einem übertrieben breiten Grinsen. „Wenn ich schon einen großen Bruder haben musste, warum konnte er dann nicht so sein wie Sie?"

Er ignorierte diese Frage geflissentlich. „Brauchen Sie sonst noch was von mir? Wenn nicht, sollte ich mal langsam los. Immerhin habe ich ein gutes Stück Fahrt vor mir, und ich hasse es, nachts durch diese Wälder zu gurken."

„Dann bleiben Sie doch einfach." Stolz hob ich das Kinn. „Ich nenne jetzt ein Bed and Breakfast mein Eigen, und ich hätte noch ein Zimmer frei. Das gebe ich Ihnen gerne. Und für einen Kollegen im Dienste der Gerechtigkeit würde ich auch nichts dafür verlangen."

Einen Moment lang schien er zu überlegen, dann jedoch schüttelte er lächelnd den Kopf. „Danke, aber ich glaube, ich mach mich lieber auf den Weg."

„Okay, aber dann verpassen Sie ein wahrlich phänomenales Frühstück."

„Ein andermal." Er ließ den Blick von mir zu Reed wandern. „Und Sie beide … keinen weiteren Ärger in nächster Zeit, verstanden?"

„Ob Sie es glauben oder nicht", mischte Martin sich ein, „das ist genau unser Plan."

Nachdem Deputy Atkins mitsamt seinem Gefangenen

verschwunden war, wurde es auch für uns Zeit, endlich Feierabend zu machen.

„Ich kann dir gar nicht genug danken dafür, dass du so schnell bei mir zu Hause aufgetaucht bist."

Er zuckte lässig mit den Schultern. „Das ist mein Job." Dann jedoch fügte er ernsthafter hinzu: „Gern geschehen. Ich bin nur froh, dass ich rechtzeitig da war. In erster Linie solltest du dich bei Tripp bedanken. Er klang ziemlich besorgt."

Bei diesen Worten breitete sich ein warmes, wohliges Gefühl in mir aus. „Er ist wirklich ein ganz besonderer Mann."

Auf dem Heimweg, an der Kreuzung, die zu Morgans Haus führte, trat ich unvermittelt auf die Bremse. Zwar war es spät, fast elf Uhr, aber nach all dem Gerede über Beziehungen, bei denen Geben und Nehmen nicht immer ausgeglichen waren, musste ich sie einfach sehen. Ich hatte mich ihr gegenüber wie ein trotziges Kind benommen, eingeschnappt wegen ihres Dates mit Carr, oder was auch immer das gewesen sein mochte. Und mir war klar, dass ich heute Nacht keine Ruhe finden würde, wenn ich mich nicht bei ihr entschuldigte. Also bog ich, anstatt weiter nach Westen zu fahren, nach Norden ab.

Als wir beim Cottage der Barlows ankamen, stellte sich heraus, dass mein Bauchgefühl richtig gewesen war: Morgan war ebenfalls noch wach, im Garten bewegten sich Schatten. Ich schloss leise die Autotür und ließ Meeka aus dem Kofferraum, begleitet von einem geflüsterten Befehl, nicht zu bellen. Sie nieste dezent zur Bestätigung und huschte unter der niedrigen Hecke hindurch in den Garten.

Während ich noch in der kurzen Auffahrt stand und mit mir haderte, ob ich nach Morgan rufen oder einfach hineingehen sollte, öffnete sich plötzlich die Haustür.

„Sei gesegnet. Was machst du denn hier? Ist alles in Ordnung?"

Ich öffnete den Mund, um etwas darauf zu erwidern,

bekam jedoch kein Wort heraus. Stattdessen schüttelte ich nur den Kopf.

„Oh, Jayne. Komm rein."

Sie führte mich durch das Haus in den Garten und zu einem Stuhl in einer gemütlichen Ecke, wo eine Öllampe warmes Licht spendete. Dann verschwand sie wieder nach drinnen und kehrte ein paar Minuten später mit zwei Tassen Tee zurück.

„Was ist das für einer?", fragte ich.

„Das ist mein Seelentröster – Kamille, Nelke, Linde, Lavendel, Rosmarin und Baldrian." Sie setzte sich neben mich und wartete, bis ich den ersten Schluck nahm. „Du siehst nämlich aus, als könntest du etwas Trost gebrauchen."

„Ich wollte mich bei dir entschuldigen", platzte ich nur ein paar Sekunden später heraus, als sich tatsächlich ein Gefühl von Trost in mir ausbreitete.

„Bei mir? Aber warum denn?"

„Weil du jemanden gefunden hattest, mit dem du Zeit verbringen wolltest, und ..."

Mit einer knappen Handbewegung schnitt sie mir das Wort ab. „Das war nur ein kurzes Intermezzo, und er ist auch schon wieder weg. Er spielt in meinem Leben keine Rolle mehr, also musst du dir darüber keine Gedanken machen."

„Es macht dir wirklich nichts aus, dass es nur das war?"

„Ganz und gar nicht. Mehr wollte und brauchte ich nicht."

Ich musterte sie über dem Rand meiner Tasse hinweg, während ich einen weiteren Schluck von meinem Tee nahm. Sie wirkte aufrichtig –, wer war ich also, das zu hinterfragen? „Wenn du glücklich bist, bin ich es auch. Aber darum ging es mir eigentlich gar nicht. Ich entschuldige mich, weil da plötzlich jemand war, der dich interessierte, und ich so tat, als würdest du mich für ihn einfach fallen lassen. Wenn du dich entschlossen hättest, River zu einem Teil deines Lebens zu machen, wäre das im Prinzip nichts anderes als bei Tripp und mir.“

Morgan schwieg, ließ mich ausreden, alles sagen, was gesagt werden musste.

„In ganz kurzer Zeit bist du für mich zu einer wahren Freundin geworden, etwas, das ich schon lange nicht mehr hatte. Abgesehen von Arbeitskollegen waren die einzigen Menschen in meiner Welt eine Mutter, die alles daransetzte, dass ich wie meine Schwester werde, eine Schwester, die nichts mit mir zu tun haben wollte, und ein Freund, der versuchte, mich nach seiner Vorstellung der perfekten Politikergattin zu formen.“

„Und all diese Gedanken nur deshalb, weil ich ein Date hatte?“ Sie meinte es neckisch, dennoch war ihr Ton ernst. „Das ist wahrlich beeindruckend.“

Ich verzog das Gesicht. „Es ist mir so peinlich.“

„Du weißt, dass es dir das nicht zu sein braucht, oder?“

„Doch, denn ich habe heute eine wichtige Erkenntnis gewonnen.“

Sie lehnte sich in ihren Stuhl zurück und zog sich ihren salbeigrünen, mit Fransen besetzten Chiffon-Schal enger um die Schultern. „Und die wäre?“

„Dass in einer Beziehung nie beide Partner gleichberechtigt sind, oder zumindest sehr selten. Dass immer mal eine Person ein wenig mehr braucht als die andere. Du sollst wissen, dass ich als deine durch diese Erkenntnis geläuterte beste Freundin immer bereit bin, einen Schritt zurückzutreten, damit du einen nach vorne gehen kannst, wenn du es möchtest.“

Morgan nahm einen Schluck von ihrem Tee und räusperte sich dann. „Das ist eine wirklich gute Erkenntnis. Danke dafür. Und jetzt – was bedrückt dich sonst noch?“

„Das kann warten. Lass uns einfach hier sitzen und unseren Tee trinken.“

„Du bist mitten in der Nacht zu mir gekommen, Jayne,

und das doch sicher nicht nur, um dich bei mir zu entschuldigen. Sag schon, was dir sonst noch so schwer auf dem Herzen liegt."

Ich gab nach und erzählte ihr alles – was Lily Grace gesagt hatte, dass man vorsichtig sein müsse, Whispering Pines nicht zu sehr zu verändern, und von Violets Ansicht, dass das *Pine Time* vielleicht nicht das ganze Jahr über geöffnet sein sollte.

„Das Dorf verändert sich, oder?", fragte ich.

„Das tut es mit jeder Jahreszeit, aber ich verstehe, was du meinst. Was du aufgedeckt hast – Priscillas Tod und Flavias Beteiligung daran –, hat die Dinge tatsächlich durcheinandergebracht. Jahrzehntelang lag dieses Geheimnis tief unter der Oberfläche des Dorfes begraben. Aber Vergrabenes kann faulen und enorme Probleme verursachen, wenn es ans Licht kommt. Wäre die Wahrheit über Priscilla damals bereits bekannt geworden, hätten die Bewohner sich damit auseinandersetzen können. Jetzt hingegen müssen sie nicht nur mit dem Ereignis selbst fertig werden, sondern auch mit der Tatsache, dass sie belogen wurden."

Ich nickte. „Grandma hat Mist gebaut."

„Das hat sie", stimmte Morgan zu. „Was Lily Grace gesagt hat, ist schon richtig: Du hast tatsächlich eine Wunde aufgerissen, die jetzt heilen muss. Derartige Dinge haben aber ihre eigene Art, irgendwann an die Oberfläche zu kommen. Früher oder später hätten wir uns ihnen sowieso stellen müssen."

Briar tauchte aus dem Schatten auf, eine Tasse Tee in der Hand.

„Mama, du solltest doch im Bett sein."

„Das sollte ich", gab sie zu. „Ihr beide aber auch. Worüber reden wir?"

„Darüber, dass Jayne nicht für die Sünden der Vergangenheit unseres Dorfes in der Pflicht steht."

Morgan fasste die Lage kurz zusammen, während Briar

sich auf einen Stuhl sinken ließ. Ich ergänzte: „Sugar hat mir erzählt, dass sie glaubt, über dem Dorf liege eine dunkle Wolke."

„Und du glaubst, das ist deine Schuld?"

„Ich weiß nicht, was ich glauben soll. Diese Bemerkung hat mich zumindest ins Grübeln gebracht."

„Ich stimme Sugars Theorie zu", begann Briar, ihre Stimme schwer vor Müdigkeit, „aber nicht darin, dass du dafür verantwortlich bist. Diese Wolke hat sich vor vierzig Jahren gebildet, als Priscilla starb – und seither ist sie mit jedem negativen Ereignis hier größer und dunkler geworden."

Morgan nickte. „Wenn du für irgendetwas verantwortlich bist, dann dafür, dass du Schicht um Schicht abträgst und alte Geheimnisse aufdeckst. Und wenn dein Weg der ist, diese alten Geschichten aufzuarbeiten, dann stehe dazu – mit Stolz."

„Glaubst du wirklich, das ist meine Bestimmung? Zu helfen, das Gleichgewicht in Whispering Pines wiederherzustellen?"

„Ich halte das durchaus für möglich. Aber du darfst es nicht überstürzen. Du hast ein Bed and Breakfast eröffnet, das den Namen *Pine Time* trägt, doch den Rhythmus, in dem die Zeit in diesem Dorf vergeht, hast du noch nicht verinnerlicht."

„Genau das habe ich ihr gestern schon gesagt", warf ihre Mutter ein. „Sie blickt immer nach vorne. Aktuell ist sie nur bis Ende des nächsten Sommers auf der sicheren Seite."

„Das liegt daran, dass meine Eltern alles zum Verkauf stellen, wenn wir keine schwarzen Zahlen schreiben. Und was wird dann aus dem Dorf?"

Morgan griff über den kleinen Cafétisch und legte beruhigend ihre Hand auf meine. „Wenn es wirklich dein Weg ist, Whispering Pines zu retten, spielt es keine Rolle, was du tust – die Dinge werden sich so fügen, wie sie sollen."

„Das gilt übrigens für jeden", ergänzte Briar. „Also nimm

dir Zeit und hör beziehungsweise sieh genau hin, dann wird sich dir der richtige Pfad offenbaren."

Oder einfach schweigen, und die Antwort wird zu dir kommen, wie Tripp zu sagen pflegte.

„Das glaubst du wirklich, oder?", fragte ich.

Sie lächelte leicht. „Ja, das tue ich."

Morgan erhob sich von ihrem Stuhl. „Ich bin gleich wieder da."

Entweder holte sie mehr Tee oder sie wollte wieder einen Zauber für mich wirken. Bei der Menge an kleinen Glücksbeutelchen, die sich inzwischen in meiner Nachttischschublade stapelten, war kaum noch Platz für ein weiteres.

Weniger als eine Minute später kam sie zurück, mit einer Kerze, einer kleinen Schale und einem Glas Wasser.

„O ja", sagte Briar, als sie die Auswahl sah. „Gute Idee."

Ihre Tochter stellte die Kerze und die Schale, die sie mit dem Wasser füllte, auf den Tisch.

„Was wird das?", fragte ich. „Was für einen Zauber willst du mir diesmal aufzwingen?"

„Nichts in der Art", versicherte sie mir. „Wir möchten, dass du lernst, das Leben zu leben und jeden Tag als das Geschenk zu genießen, das es ist. Deshalb werden wir dir beibringen, wie man meditiert."

Beinahe hätte ich mich an meinem Tee verschluckt. „Meditieren?"

„Die Kerze ist ein Fixpunkt", erklärte Briar und warf dann einen fragenden Blick zu ihrer Tochter. Die nickte. Wieder einmal tauschten sie sich ganz ohne Worte aus. „Wir haben da einen Verdacht, was deine Verbindung zu Wasser anbelangt."

„Meine Verbindung zu Wasser? Was soll das denn heißen?"

„Deine liebe Großmutter Lucy", begann Briar, „schöpfte

Kraft aus dem Wasser. Es gab ihr Energie. Deshalb hat sie dieses Haus direkt am See gebaut."

„Sugar hat mir erzählt, dass Grandma eine Wasserhexe war", sagte ich. „Glaubt ihr, ich könnte auch eine sein?"

Morgan bedachte mich mit einem lächelnden Ist-sie-nicht-niedlich?-Blick. „Nein, aber ich glaube, genau wie bei ihr ist das deine Kraftquelle."

Das könnte tatsächlich stimmen. An dem Tag, als ich hier ankam, saß ich auf dieser Veranda und blickte auf den See hinaus, und eine Art Frieden, von dem ich nicht wusste, dass er möglich war, überkam mich.

„Wie meditiere ich denn?", fragte ich.

„Du musst dich lediglich konzentrieren und tief durchatmen." Sie zündete die Kerze an. „Das Schwierigste dabei ist, den Geist zur Ruhe zu bringen. Hierbei hilft ein Fixpunkt. Ich fokussiere mich am liebsten auf das Kerzenlicht. Wenn du das auch machen willst, starre aber nicht direkt in die Flamme, sonst tun dir schnell die Augen weh. Schau eher an ihr vorbei, wenn du verstehst, was ich meine."

Genau wie ich es Reed am Unfallort vorgeschlagen hatte. „Das ergibt absolut Sinn. Und was hat es mit der Wasserschale auf sich?"

„Ich denke, weil Wasser dich offensichtlich beruhigt", erklärte sie, „könnte es dir als dein Mittelpunkt dienen. Wir hören den Bach draußen vorbeiplätschern – vielleicht reicht allein das Geräusch ja schon, um dich zu zentrieren. Oder du schaust eben in die Schale. Du könntest sie auch so hinstellen, dass sich die Flamme darin spiegelt."

„Wie du es machst, ist allein dir überlassen", ergänzte Briar. „Beim Meditieren gibt es kein richtig oder falsch. Das Ziel ist einfach, zur Ruhe zu kommen und deine Gedanken zu ordnen, damit du mehr im Hier und Jetzt sein kannst – so, wie wir es besprochen haben."

Morgan zog die Beine auf ihren Stuhl und nahm eine

Position ein, die verdächtig nach vollem Lotussitz aussah. Keine Chance, dass ich das hinkriegen würde.

„Ein einfacher Schneidersitz tut es ebenfalls", sagte sie. Anscheinend hatte sie wieder einmal meine Gedanken gelesen.

„Oder du setzt dich einfach ganz normal hin." Briar hatte die Füße am Boden und die Hände locker im Schoß liegen.

„Bist du bereit?", fragte Morgan.

Ich entschied mich für den Schneidersitz, die Hände auf den Oberschenkeln, und richtete den Blick auf die Wasserschale. Dann atmete ich tief ein, versuchte, meinen Geist zur Ruhe zu bringen und zu fokussieren. „So bereit, wie man es nur sein kann."

Kapitel Zweiunddreißig

Es war weit nach Mitternacht, als ich wieder zu Hause ankam. Am liebsten hätte ich Tripp geweckt, um ihm zu sagen, dass wir lernen mussten, die Dinge hier ruhiger anzugehen und wirklich in dieser Welt anzukommen. Angesichts seiner Sorge, weil das B&B nicht immer voll war, war das etwas, das auch er sich zu Herzen nehmen sollte. Aber jemanden aus dem Schlaf zu reißen, nur um über Achtsamkeit zu sprechen, erschien mir dann doch ein wenig ironisch, wenn nicht sogar schlichtweg gemein. Außerdem war ich von Morgans Tee und der Meditation derart entspannt, dass ich bezweifelte, ob meine Worte im Moment überhaupt irgendeinen Sinn ergeben würden.

Also begab ich mich stattdessen an meinen liebsten Ort in ganz Whispering Pines: meine Sonnenterrasse. Morgan hatte recht – ich spürte tatsächlich so etwas wie Energie, wenn ich mich in der Nähe von Wasser aufhielt. Die Verbindung, von der Grandma immer gesprochen hatte – der Frieden, den sie in der Natur fand, besonders in der Nähe des Sees –, konnte ich jetzt endlich nachvollziehen. Ganz gleich, was sonst in der Welt geschah: Solange ich hier stehen, den Duft des Sees einatmen und meinen flüsternden Bäumen lauschen konnte, war meine Welt in Ordnung.

Ich beschloss, den Worten meiner Freundin zu glauben: Wenn es wirklich meine Bestimmung war, hier zu sein, um Whispering Pines zu heilen, dann würde nichts und niemand mich daran hindern können. Sollten meine Eltern tatsächlich beschließen, das Haus und das Grundstück zu veräußern, würde ich einen Weg finden, es zu kaufen. Oder den Käufer von der Wichtigkeit des Dorfes zu überzeugen.

Vielleicht könnte ich Mom und Dad auch klarmachen, dass es hierbei nicht nur ums Geld ging. Sie mochten den Ort ja mit schlechten Erinnerungen in Verbindung bringen, aber ich liebte ihn und die Menschen hier von ganzem Herzen. Wenn ich sie doch nur dazu bringen könnte, herzukommen und Whispering Pines so zu erleben, wie ich es kannte, könnten sie vielleicht endlich die Ereignisse hinter sich lassen, die vor Jahren beinahe ihre Ehe zerstört hatten. Dafür müsste ich aber erst mal Dad zurück ins Land holen, was sich schwierig gestalten könnte. Und meine Mutter, obwohl nur wenige Stunden entfernt, zu diesem Trip zu bewegen, wäre wahrscheinlich eine noch größere Herausforderung.

Nachdem sie ihre nächtliche Gartenrunde beendet hatte, kam Meeka die Treppe hoch, und bei jedem Schritt klackten ihre Krallen auf dem Holz. Sie setzte sich vor mich und wartete geduldig darauf, reingelassen zu werden.

Just in dem Moment, in dem ich die Türen für sie öffnete, fiel mein Blick auf die schmale Sichel des Mondes, und ich realisierte, dass ich die letzten fünf Minuten wieder einmal nur damit zugebracht hatte, über meine Eltern und die Zukunft nachzudenken, statt einfach den Abend zu genießen. Im Hier und Jetzt zu leben, würde einiges an Übung brauchen. Also schnappte ich mir eine Decke aus meiner Wohnung, rollte mich auf einem der Liegestühle zusammen und konzentrierte mich nur auf das Spiegelbild des Mondes im Wasser. Gab es einen besseren Fokus?

Mein Vogelalarm riss mich um fünf Uhr aus dem Schlaf. Ich wusste zwar nicht, was Tripp für heute geplant hatte, wollte aber unbedingt noch ein paar Minuten Zeit mit ihm verbringen, bevor der Alltag uns einholte. Nach einer schnellen Dusche durchquerte ich den Garten und sah, dass in der Küche noch kein Licht brannte. Ich hatte nicht ganz sein Händchen, was die Zubereitung von Kaffee anbelangte, aber da ich ihm schon oft genug zugesehen hatte, war ich zuversichtlich, es zumindest annähernd hinzubekommen. Eigentlich war es ja kein großer Akt, eine Kanne Kaffee aufzusetzen, und doch machte es mich glücklich, endlich einmal etwas für ihn zu tun, wo er sich doch immer so rührend um mich sorgte.

Fünf Minuten später ging die Tür zum Schlafzimmer neben der Küche auf, und ein verstrubbelter Tripp streckte den Kopf um die Ecke.

„Was machst du denn schon so früh auf?" Seine Stimme war noch rau vom Schlaf.

„Ich wollte sicherstellen, dass ich meinen Tag mit dir beginne."

„Was für eine nette Überraschung. Du bist gestern Abend spät nach Hause gekommen, oder? Ist alles gut gelaufen?"

„Ja, ich musste nur noch bei Morgan vorbeischauen und mich dafür entschuldigen, dass ich mich wie eine Idiotin benommen habe."

„Du? Niemals. Hat sie dir gesagt, dass unser Hexenmeisterfreund schon bald wiederkommen möchte?"

Mir klappte die Kinnlade herunter. „Nein. Sie kam mir eher erleichtert vor, dass er weg ist."

Er lachte. „Er hat zwar nicht gesagt, wann, aber so wie es klang, sollte sie sich besser schon bald auf unerwarteten Besuch einstellen." Dann gähnte er herzhaft. „Gib mir eine

Minute. Ich ziehe mir nur schnell etwas an. Bin gleich wieder da."

Doch noch bevor er sein Versprechen in die Tat umsetzen konnte, tauchten plötzlich all unsere Gäste auf.

„Ihr müsst heute Morgen kein Frühstück für uns zubereiten", informierte mich Constance. „Wir haben uns gestern vor dem Schlafengehen noch abgesprochen und beschlossen, euch keinen weiteren Ärger zu bereiten und zeitig abzureisen."

„So war das doch nicht", protestierte ich, obwohl das natürlich nicht der Wahrheit entsprach. Als Betreiberin eines Bed and Breakfast musste ich damit rechnen, dass nicht immer alles perfekt lief. Schließlich hatte jeder seine eigenen Probleme im Gepäck. Dennoch hatte ich natürlich gehofft, dass mit unseren ersten Gästen alles glattgehen würde, zumal sie Freunde von mir waren.

Kristina hielt sich dicht an der Seite ihrer Schwester. „Wir machen uns dann mal auf den Weg."

Ich griff nach ihrer Hand und versuchte, ihr zu vermitteln, dass ich ihr nichts von dem, was passiert war, übel nahm. „Ihr müsst nicht gleich gehen. Trinkt doch wenigstens noch eine Tasse Kaffee. Ich habe gerade eine riesige Kanne aufgesetzt, die Tripp und ich unmöglich allein schaffen können."

Die Spannung, die auf der Gruppe lastete, war mit Händen greifbar. Zwischen Trevor und Jeremy lief ganz offensichtlich gar nichts mehr rund. Ich vermutete, dass sie sich entweder letzte Nacht getrennt hatten oder es spätestens auf dem Weg zurück nach Milwaukee tun würden. Und auch Kristina mied Ersterer ganz offensichtlich. Er hatte die Angewohnheit, Menschen einfach hinter sich zu lassen, ohne sich auch nur noch einmal nach ihnen umzudrehen. Manchmal war das sicher von Vorteil, aber ich hoffte, er würde über das hinwegkommen, was zwischen Kristina und

Jeremy gelaufen war. Auch wenn das vermutlich zu viel verlangt war.

Alicia umarmte mich und flüsterte mir ins Ohr: „All das, was passiert ist, tut mir so leid. Deine große Eröffnung hätte doch ein freudiger Anlass sein sollen."

„Bringt ja nichts, sich im Nachhinein den Kopf darüber zu zerbrechen", sagte ich und löste mich von ihr. „Zumindest habe ich euch mal wiedergesehen, und das hat mich sehr gefreut. Fahrt ihr jetzt direkt nach Hause?"

Sie schüttelte den Kopf. „Meine Eltern haben sich bereiterklärt, noch bis zum Abendessen auf die Kinder aufzupassen. Also haben wir uns für die gemütliche Route entschieden und wollen noch ein wenig die Landschaft genießen."

Just in diesem Moment kam Tripp aus seinem Zimmer und blieb überrascht stehen, als er die versammelte Mannschaft vor sich sah.

„Gute Idee", sagte ich, an Alicia gewandt. „Wartet kurz … ich hole euch noch schnell Kaffee und schaue, ob ich irgendwo ein paar Scones oder Muffins auftreiben kann."

Gemeinsam mit Tripp füllte ich ihnen ihre Thermobecher und packte noch ein paar Provianttüten für unterwegs. Nachdem auch der letzte Wagen vom Hof gerollt war, führte ich ihn in das große Zimmer.

„Wir sollten uns kurz unterhalten."

„Ein Gespräch auf der Couch?", fragte er. „Das klingt ernst."

„Wir müssen einige Dinge überdenken." Erschrocken riss er die Augen auf, und ich lachte. „Keine Sorge, nichts, was uns betrifft. Tut mir leid, ich wollte dir nicht den Morgen verderben."

„Gut, denn ich gehe hier nicht mehr weg. Das habe ich dir aber schon mehrmals zu verstehen gegeben." Er trank einen großen Schluck von seinem Kaffee. „Worum geht es dann?"

Ich erzählte ihm von meinen Gesprächen mit Lily Grace und Violet.

„Also ich hätte kein Problem damit, unseren Gästen Mittag- und Abendessen zu servieren." Er stand auf und ließ Meeka durch die Terrassentür rein. „Und ehrlich gesagt finde ich nicht, dass es eine gute Idee wäre, im Winter zu schließen."

„Nein, nicht den ganzen Winter über. Nur den Februar. Und vielleicht im März nur an langen Wochenenden öffnen – also von Donnerstag oder Freitag bis Montag."

Er dachte über den Vorschlag nach. „Das würde bedeuten, wir hätten jede Menge Zeit nur für uns. Meinst du, du würdest das aushalten?"

„Na ja, es wäre ein echtes Opfer." Ich seufzte theatralisch. „Aber ich bin bereit, es zu wagen."

„Ich habe gestern Abend, bevor ich zu Bett ging, noch nach den Reservierungen geschaut. Sieht so aus, als ob die Feier echt was gebracht hätte. Wir haben mindestens ein halbes Dutzend neuer Buchungen. Was, wenn wir statt in Wintersport-Ausrüstung, wie wir ursprünglich überlegt hatten, lieber in mehr Werbung investieren? Und wenn dann Gäste kommen wollen, sollen sie eben kommen."

Ich nickte und ließ den Vorschlag erst einmal sacken. „Nur so ein Gedanke, aber wenn wir drei Mahlzeiten anbieten, können wir ja auch einiges mehr verlangen, oder?"

„Aber hallo! Du kümmerst dich um die Zahlen, und ich fange schon mal an, Lunch- und Abendmenüs zu planen."

„O gut, das bedeutet jede Menge Testessen für mich", scherzte ich. „Wie wär's, wenn wir es einfach mal ausprobieren und schauen, wie es bis Februar läuft?"

„Abgemacht." Er hob seine Kaffeetasse hoch und wir besiegelten unseren Vorsatz mit einem kleinen Toast.

„Eine Sache noch", fügte ich hinzu. „Es wird wohl bald ruhiger werden, jetzt, da weniger Touristen kommen. Allerdings will Reed sich den Herbst und Winter über seinem

Studium der Kriminalwissenschaften widmen. Was bedeutet, dass ich das Revier wieder einmal allein stemmen muss."

„Ich erinnere mich, du hattest so was in der Art erwähnt."

Während ich seinen Becher nachfüllte, überlegte ich, ihm von der schwarzen Wolke und dem Gespräch über meinen Weg zu erzählen, das ich letzte Nacht mit Morgan und Briar geführt hatte. Irgendwann würde ich das auch tun, nur nicht jetzt. Aktuell gab es etwas, das wichtiger war.

„Ich möchte, dass du mir etwas versprichst."

„Alles, was du willst", sagte er sofort.

Ich reichte ihm den Becher. „Ich hab dir doch noch gar nicht gesagt, worum es geht."

„Spielt keine Rolle."

Ich nahm seine freie Hand in meine. „Versprich mir, dass du es mir sagst, wenn ich zu oft weg bin und du dich einsam fühlst."

„Wie könnte ich mich einsam fühlen in einem Haus voller Gäste?", erwiderte er mit einem Augenzwinkern.

„Ich meine das ernst."

Er strich mir eine Haarsträhne hinters Ohr. „Das weiß ich doch. Diese Frage hat was mit Kyle und Kristina zu tun, oder?"

„Ja, aber noch mehr mit Constance und Nick. Anfangs war sie ganz für ihn da, aber irgendwann ist er ihr entglitten. Ich will nicht, dass uns jemals so etwas passiert. Egal, ob ich gerade wieder einmal einem Mörder auf der Spur bin und du dich vor Arbeit nicht mehr retten kannst – fünf Minuten am Tag, nur für uns, sollten immer drin sein."

„Das klingt doch nach einem Plan."

„Gut, denn das Letzte, was ich will, ist, dass du in den Armen einer anderen Frau landest." Ich kniff die Augen zusammen und sah ihn schräg von der Seite an. „Denke nicht, ich habe nicht mitbekommen, wie Holly dich jedes Mal musterte, wenn sie hier ist."

Er tat meine Bemerkung mit einer wegwerfenden

Handbewegung ab. „Holly? Ich bitte dich … Arden ist diejenige, um die du dir Sorgen machen solltest."

Er nahm mir die Kaffeetasse aus der Hand, stellte sie zusammen mit seiner auf den Couchtisch und zog mich auf seinen Schoß. Dann küsste er mich lang und innig, aber dieses Mal war er es, der sich zuerst zurückzog.

„Hungrig?", fragte er.

„Regelrecht ausgehungert." Ich bedachte ihn mit einem schiefen Grinsen. „Ach so – du meintest Frühstück?"

Er hob mich hoch und trug mich in die Küche. „Ich bereite dir gleich was zu."

Kaum hatte er mich auf einem Barhocker abgesetzt, sprang ich schon wieder auf. „Lass uns doch gemeinsam kochen."

Während Tripp mir beibrachte, wie man Omeletts und Muffins zubereitete, plauderten wir über den bevorstehenden Tag.

Weiter in die Zukunft wollte ich gerade gar nicht blicken.

Über die Autorin

Die Mystery- und Fantasy-Autorin Shawn McGuire liebt es, Charaktere und Orte zu erschaffen, zu denen ihre LeserInnen immer wieder gerne zurückkehren. Mit dem Schreiben begann sie, nachdem sie als Kind den ersten Star-Wars-Film (das war Episode IV) gesehen hatte. Und da sie es nicht abwarten konnte, bis der nächste Teil herauskam, erschuf sie einfach ihre eigene Geschichte. Leider sind diese Hefte längst verloren, aber ihr Wunsch, spannende Storys zu erzählen, ist heute noch genauso stark wie damals. Sie lebt in Wisconsin in der Nähe des wunderschönen Mississippi. Wenn sie nicht gerade schreibt oder liest, backt sie, arbeitet im Garten, bastelt, unternimmt lange Spaziergänge oder nascht für ihr Leben gerne richtig dunkle Schokolade.